梅娘文集

1952-1954

〖小说卷〗 卷三

1982 年 摄于北京农影小区住所

1953 年
摄于农业部农业电影社
阅览室

1951 年华北沦陷区作家的聚会

照片选自张道梁《往事九十年》，天津人民美术出版社，2009

前排：左一 马际融（1915-1985），笔名马骊，小说家。1949 年后任天津政协副秘书长、民革副主任。

左二 郭镛（1917-1995），为大众书店天津店负责人、北京出版社创建人。

左三 张道梁（1919-2016），又名张域宁，沦陷期任职北京中国公论社。

后排：左一 李景慈（1918-2002），散文家、评论家。

左二 张守谦（1916-2008），笔名关永吉，小说家、批评家。

左三 顾视，诗人。左五 梅娘。

1954 年
摄于农影

1984 年
梅娘（前排左一）在江苏宝应县柳堡人民公社

1956 年
摄于农影

2001 年
乘横贯加拿大东西的火车,
从多伦多前往温哥华,摄于
途中

1983 年
摄于农影恢复公职之后

1953 年
梅娘全家 左起女儿柳荫 儿子孙翔 女儿柳青
摄于北京东四六条流水巷住所

1988 年
摄于北京云居寺

1984 年
与女儿柳青摄于北京

2001 年
梅娘应邀访中国现代文学馆
右一为馆长舒乙
女儿柳青与外孙女柳如眉陪同

主编例言

《梅娘文集》 第3卷

梅娘（1916-2013），原名孙嘉瑞。吉林长春人。从 1936 年 5 月 20 日在长春发表散文《花弄影》，到 2013 年的随笔《企盼、渴望》在北京面世，她执笔为文近 80 载，是中国现代文学史上屈指可数的"长时段作家"。

梅娘的创作生涯大体上分为隔断清晰的五个时段。

第一个时段，1936 年至 1945 年，20 至 29 岁，大约十年。曾短期在长春、北京的报社、杂志任职，基本上专职写作，以小说家名世。出版有新文学作品集四种，还有大量的儿童读物单行本。署名玲玲、孙敏子、敏子、芳子、莲江（存疑）、梅娘等。与内地（山海关以南）相比，新文学在东北的发生滞后。1936 年梅娘在长春益智书店出版的《小姐集》，很可能是苦寒北地的第一部个人的新文学作品集，标志着五四开启的现代女性新文学写作，在正处于水深火热之中的东北落地、开花。

第二个时段，1950 年至 1957 年 8 月，34 至 41 岁，八年。先后入职北京的中学、农业部农业电影社。使用梅琳、孙翔、高翎、刘遐、瑞芝、柳霞儿、云凤、落霞、王崐、白芷等笔名，在上海、香港发表了数量可观的作品。为北京、上海、辽宁等地的美术出版社编写了大量中外文学名著连环画的文字脚本。出版有通俗故事单行本。

第三个时段，1958 年秋至 1960 年冬，42 至 45 岁，接近三年。在北京北苑农场期间，被选入由劳改人员组成的翻译小组，承担日文翻译，也参与其他语种译文的文字润色工作。匿名。

第四个时段，1979 年 6 月至 1986 年，63 至 70 岁，大约八年。恢复公职后，在香港以及上海、北京等地发表随笔和译文，出版有译著。署用柳青娘以及本名。

第五个时段，1987 年至 2013 年，71 至 96 岁，大约二十七年。开始启用笔名梅娘。以散文写作和翻译为主。出书十五种。

其中，第一、第二和第五这三个时段最为重要，也均与张爱玲有着不解之缘。

在第一个时段，梅娘以其丰厚的创作实绩，成为北方沦陷区代表女作家，当年新文学圈内曾有"北张南梅"（欧阳文彬语）之说。[①] 诗人、杂文家邵燕祥 (1933-2020) 回忆他在北京沦陷期

---

① 欧阳文彬：《孙嘉瑞的现实材料 (1955 年 9 月 5 日)》。

阅读《夜合花开》的感受时说，"我从而知道有一种花朝开夜合，夜合花开，寓意是天亮了。她的小说好读的，不难读。说是'南张北梅'，南张（爱玲）我当时没读过，但是梅娘我从小就知道。"[1]而上海沦陷区作家徐淦（1916-2006）在1950年代初的表述是："在敌伪时期北京有个叫梅娘的女作家，同上海的张爱玲齐称"。[2]1945年5月30日，有一则《文化消息》披露，南北正在竞相盗版对方的畅销书："南方女作家张爱玲的《流言》、苏青的《涛》，均在京翻印中。同时华中亦去人翻北方女作家梅娘之《蟹》。此可谓之南北文化'交''流'"。[3]这或可充作沦陷期的一个间接证据。还有另一个。南京在一个月前出版了《战时文学选集》，收小说十篇，作者除王予（徐淦）和北京的曹原影响略小外，均是南北文坛的一时之选。女性仅两篇：张爱玲的《倾城之恋》，梅娘，《侏儒》。[4]

在第二个时段，即共和国建政初期，梅娘在上海、香港发

① 邵燕祥：《一万句顶一句：邵燕祥序跋集》，北京十月文艺出版社，2016。第316-317页。

② 见《抄于新民报·唐云旌交代的社会关系（1956年1月7日）》。

③ 引文中的"华中"，即今华东。"去人"，疑"有人"之笔误。

④《战时文学选集》，中央电讯社编印，1945年4月。该书收入了张爱铃、张金寿、爵青、梅娘、萧艾、曹原、王予、袁犀、山丁、毕基初十位作家的作品。书前有穆穆（穆中南）的《记在前面》。

表了一大批小说、散文。这些作品长期以来鲜为人知，而时任上海新民报社负责人的欧阳文彬，见证了梅娘与张爱玲在"亦报场域"同台为文。前者发文超过 430 次，后者 400 次。两人旗鼓相当。

在第五个时段，梅娘怀人纪事文的数量颇为可观。对于沦陷期是否有过"南玲北梅"说的问题，有文章加以探讨或质疑，[①]最后争论溢出了通常意义上的史实考证，返回到我们应当如何评价沦陷区文学的原点。同时，也引出如何解读作家自述作品的接受美学问题。[②]对于梅娘重新发表旧作时所做的修改，有的研究做了认真的实证分析，也有的"上纲上线"一笔了之。[③]所有这些讨论或商榷，均有助于梅娘乃至沦陷区文学研究的深化。

梅娘在以上各个阶段都笔耕不辍，然而由于各种各样的原因，有相当数量的作品从未结集出版。有鉴于此，编纂梅娘的

[①] 最早质疑"南玲北梅"说的，可能是我的《华北沦陷区文学研究中的史实辩证问题》（《中国现代文学研究丛刊》1998 年 1 期）。

[②] 参见张泉：《关于"自述"以及自述的阅读》，《芳草地》2013 年 1 期。

[③] 参见张泉：《构建沦陷区文学记忆的方法——以女作家梅娘的当代境遇为中心》，《山东社会科学》2013 年 10 期。

全集，便提上了议程。①

　　这版《梅娘文集》分为 9 卷。第 1、2、3 卷为小说卷，书名分别为《梅娘文集·第 1 卷 / 小说卷·卷一（1936-1942）》《梅娘文集·第 2 卷 / 小说卷·卷二（1942-1945）》《梅娘文集·第 3 卷 / 小说卷·卷三（1952-1954）》。第 4、5 卷，散文卷，书名，《梅娘文集·第 4 卷 / 散文卷·卷一（1936-1957）》《梅娘文集·第 5 卷 / 散文卷·卷二（1978-2013）》。第 6、7 卷，译文卷，书名，《梅娘文集·第 6 卷 / 译文卷·卷一（1942；2000）》《梅娘文集·第 7 卷 / 译文卷·卷二（1936-2005）》。第 8 卷，书名，《梅娘文集·第 8 卷 / 诗歌·剧本·儿童文学·连环画及未刊稿卷（1936-2000）》。第 9 卷，书名《梅娘文集·第 9 卷 / 书信卷（1942-2012）》。另有附录卷，书名为《梅娘的生平与创作——年表·叙论·资料》。

　　本卷为 9 卷本《梅娘文集》的第 3 卷《小说卷·卷三》，收中短小说 5 部，载体为上海的《亦报》及其后续《上海新民报晚刊》等。

---

① 详情见张泉：《东北首部个人新文学作品集〈小姐集〉的发现——从寻访梅娘佚文的通信看文化场人情世态》，《燕山论丛 2022》，燕山大学出版社，2022。以及《梅娘文集》附录卷《梅娘的生平与创作——年表·叙论·资料》中的梅娘叙论《二十世纪"长时段作家"梅娘及其全集的编纂》。

1949 年之后，文艺为工农兵服务的方向被迅即体制化。而此时创办的小报《亦报》，构建起了一个吸纳旧文人的文学统战场域。当年南北沦陷区的争议文人在这里同台发文，留下了旧文人在破旧立新转型期的各不相同的个人印记。在民生关怀的层面上，《亦报》也缓解了部分无所适从的旧文人群体的出路和生计问题。这一现象及其背后的因缘际会，无疑是研究 1949 年后新文坛构建问题的又一个切入点。

梅娘这个时期的小说，是她努力学习主流话语、迅速适应新体制的产物，正如《母女俩》的连载预告所言：这是"一部适时的作品，它是以批判资产阶级思想为中心题材的。"并且特别说明："作者梅琳同志，是一位很有名的小说家，她只不过换了一个笔名"。

张 泉

于京东北平里

2022 年 9 月 25 日

2023 年 4 月 11 日改定

目录 Contents

母女俩

署名：梅琳

原刊上海《亦报》

1952 年 4 月 1 日 -6 月 6 日

　　严伟霞在自己的屋子里，坐立不安，盼着女儿小霞赶快放学回来。虽说是立春好久了，外面可还下着大雪，天气比冬天还冷，小霞早起上学去的时候，连件大衣也没穿，作娘的心，怕女儿在外面受冻，觉着比自己冻着还难受。看了看钟，只有四点，离小霞放学还有一个钟头的光景，外面的风雪可是一刻比一刻紧。伟霞想了想，从衣橱中拿出小霞的大衣，找了一块黑头巾系在头上，穿上了新作的蓝布短棉衣，出门接小霞去了。

　　刚出屋门，猛然看到自己的脚上还穿着双黑缎子绣红花的棉鞋，自己也忍不住笑了，赶紧又回到屋子里来换鞋。正在西房里做晚饭的帮工陈大妈，看见伟霞刚一迈出房间，又急忙忙地跑回屋子里去了，不知她在干什么，也从西房跟到北房里来了。

　　"您是叫我吗？"陈大妈问。

　　"不是，我要接小霞去，忘了换鞋。"伟霞一面脱下脚上穿着的棉鞋一面说。

陈大妈看见伟霞脱了棉鞋换上了一双胶鞋，就说："您还是穿棉鞋吧，看冻了脚！"

伟霞把胶鞋带系好，向陈大妈说："我这身打扮，本来就四不像：上身穿着棉制服，像个工作干部；里面穿着花缎子小袄，又像个少奶奶；下身穿着西装裤子，像个女学生；头上扎了块黑头巾，又像个修道院里的尼姑；再配上这双描龙绣凤的缎鞋，小霞的同学要不拿我当妖精看才怪呢！"

陈大妈说："您一换上这双胶鞋就不像妖精啦？"

伟霞说："换上这双胶鞋吗，把上身的棉制服扣紧，不让里面的小袄露出来，棉制服配西装裤，再配上这双胶鞋，可就像个女学生了。就是年纪大点。"伟霞说着，自己也笑起来了。

陈大妈说："一换胶鞋，头上的黑头巾也不像洋尼姑了，是不是？"

伟霞说："黑头巾是为了挡雪的，谁也瞧得出，就是像洋尼姑，今天政府不也允许信教自由吗？"

陈大妈说："共产党不迷信，您还信教，那才是落后分子呢！"

老陈大妈也明白什么是落后分子了。

伟霞笑着说："嗨！真了不得！都是小霞整天跟你闲聊，你受了她影响，也瞧不起我这落后分子啦！"

陈大妈赶紧接着说："您可别这么讲，霞姑娘可没教给我看不起您，那是您多心。说正经话，您要去，就快去吧，再耽误会儿，不等您大衣送到，霞姑娘早跑回来了。"

伟霞说："我跟你说笑话，我还怕小霞看不起我哪。再说，我要是真落后，看不起我也是应该的。"

伟霞说着，挟起小霞的大衣就往外走，陈大妈跟在她后面，手里拎着把扫帚，也往外走，看意思是要扫大门外的雪。

伟霞一看陈大妈连手套也没戴，就说："陈大妈，别扫了，扫也扫不净，索性等雪小点再说吧！你的手怕冻，到晚上手指头又该抽筋了。待会我回来再扫吧。"

陈大妈说："您走您的吧！"

伟霞往前走着，快出胡同口了，回头看，陈大妈还在门口扫雪，就大声嚷着："陈大妈！我不让你扫，你快回去吧！"

陈大妈拎着扫帚回到院里去，嘴里嘟囔着："就这么好心眼，因为好心眼才受罪呢！"

伟霞看着陈大妈进了院，看着陈大妈把街门关好，才回过头来，直奔小霞的学校去了。

伟霞到了学校，已经是四点半过了，三三两两的女学生在院子里又说又笑。一队系着红领巾的小姑娘，扛着铲子、扫帚什么的，领头一个喊着口令，小姑娘们很整齐地分成两队，一队在东，一队在西，立刻扫起雪来了。红领巾映着白雪，越发红的好看，小姑娘们一边扫一边唱，活像一群愉快的小鸟。

伟霞看光景知道已经放学了，怕小霞回家去了，娘俩个走错了路，没遇着。赶紧到传达室里去问工友。

传达室里没有工友，只有一个男学生模样的人，那人身材很高，正透过窗玻璃向院子里瞧着，他穿着灰布的棉上衣，和薄薄的蓝布裤子，伟霞瞧不见他的正脸。

等了一会，工友老强进来了，一看伟霞，就说："李太太，您来接李小霞来啦！"

"是呢！"伟霞说："她早晨出来没穿大衣，这会冷得厉害，我在家里也是闲着，把衣裳给她带来了，她还没有走吧！"

老强说"没走，正在开会，我刚从后头来，那位也是找李小霞来的。"

在老强和伟霞说话的时候，站在窗前的那个人把脸回过来，眼睛打量着伟霞。等伟霞去看他的时候，他却不好意思地把脸转回去了。

正因为知道他是来找小霞的，伟霞就想仔细地看一看他。那个人也知道伟霞就是小霞的妈妈了，也想看一看伟霞。两人都抱着这样的心思，可又都不好意思叫对方看见自己在看另一个人，都装着不在意的样子偷偷地瞧上一眼。

伟霞看见那是一个很英俊的学生，顶多二十一二岁，眼睛大，鼻梁高，脸上露着很健康的红颜色。也许因为等的有些急了，脸上稍稍带了点着急的神气。

老强蹲在炉旁，把双湿透的布鞋翻过来翻过去地烤着，一面向着伟霞说："李小霞就来，会开了有一个钟头了，就要散了。您坐下来等她一会吧！"

伟霞说："我不忙！等她一会不要紧。"说着，在炉边的一只凳子上坐下来了。

屋子里虽然待了三个人，却谁都找不出什么话来说。三人都不言语，只有墙上的钟滴答滴答地响着。窗外女孩子们清脆的笑声，一阵阵地传进来。

忽然一群大女孩子们从正面的楼门口涌到院子里来了。有两个人系着鲜红的红绸领巾，其中一个就是李小霞。屋子里的三个人不约而同地说："来了！"

小霞很快地就跑到传达室里来了，一拉门，先就看见了窗前的人，叫了声"姚祥同志！"随后又叫着伟霞："妈妈！"

小霞说："妈！您找我有事吗？"

伟霞说："不是，怕你冷，给你送衣裳来了。"

小霞说："那您等我一会吧！我跟姚祥同志说两句话就走。"

小霞这样说着，脸很快地红了起来。少女的羞涩，衬着红领巾，灿烂得像早霞一样好看。小霞跟姚祥说话也不知道说过多少次了，从来没觉到不好意思，今天，在相依为命的妈妈面前，却不知为什么脸会红起来了。

姚祥好像也跟小霞一样，在伟霞面前，稍稍显得局促，他用手理理垂到额前的头发，说："我想跟你交换一些经验，你们的学生会是不是也准定在下星期改选呢？"

小霞说："是的，我们刚开过执委会，决定下星期开始改选新执委。我们也正希望从你们那儿吸取些经验啦！历年的改选工作，我们总是做的不太好。"

姚祥说："你还客气啦！谁不知道你们工作做得棒。"

小霞也笑了，说："你是市学联的执委，是我们的领导人啦，你不指出我们缺点，帮助我们把工作提高一步，反倒这样赞美我们，愿意我们停留在这个水平上是不是？"

姚祥被小霞说得脸一红，赶忙分辩着说："该赞美的一定要赞美，缺点也一定要指出的。你也得等我了解一下情况，一见面，就盲目地批评起来，你又会说我是官僚主义了吧！"

小霞正要回答姚祥，猛然记得妈妈就在身边，不由得看了伟霞一眼，她看见妈妈正以无限的信任的眼色在注视着自己和姚祥的时候，脸又从耳后红上来了，她说："姚祥同志，您一定愿意认识我的妈妈吧！来，我给你介绍。"

姚祥很恭敬地向伟霞行着礼，并且招呼着："伯母！"

一群学生拥到传达室里来了，那是出去练习跑长途的同学们，她们穿着薄薄的运动衣，正来拿临去练习以前丢在传达室中的棉袄，其中有认识伟霞的，就亲热地叫着："李家妈妈！"

伟霞笑着应答着她们，想跟姚祥说的话也被打断了。

外面又有客人来了，传达室里挤的连转身的地方都没有了。小霞跟姚祥说："我们到学生会办公室去谈吧。"小霞这样说了，立刻又接着说："妈妈怎么办呢？要不，我们到会客室去吧。"

姚祥说："不一定非今天谈不可，我因为今天没有会，抓这个闲工夫找你来了，你跟伯母回去吧，我再来找你好了。"

伟霞说："小霞，请姚祥同学上咱家去吧！"

小霞跟妈妈一模一样的大眼睛很快地看了姚祥，看了妈妈，又看了看周围的同学，要说什么没说出，显然是她不知道是不是邀姚祥到自己的家里去好。

换衣裳的同学一个接着一个跑出去了，外面的客人也进来了，姚祥和伟霞都在等着小霞说话，姚祥倒不一定愿意上小霞家里去，可是又不愿意立刻离开小霞。

老强带着客人到会客室去了，屋子里只剩下小霞母女和姚祥的时候，小霞向着姚祥说："姚祥同志！到我家去好吗？"

姚祥不回答，瞧着伟霞。

伟霞说："去吧！我们家里就我们娘俩个。"

小霞也说："去吧！姚祥，你跟妈妈先往前走，我拿书包去。"说完，没等姚祥回答，很快地推开门跑了。

姚祥很温顺地随着伟霞走出来了，他随在伟霞后边，好像兵士随着他的指挥员一样，他们走了还没多远，小霞就笑嘻嘻地追上来了。

三

往小霞家里走的时候，小霞走在中间，伟霞在小霞的左边，姚祥在小霞的右边，小霞的眼里露着快乐的光彩，红领巾从敞开的大衣领中露出来，像盛开的花朵一样好看。

小霞从来没系过红领巾，北京解放的时候，她已经是初中三年级的学生了，就在那一年，她光荣地加入了新民主主义青年团，今年已经是高中的三年二期了，虽说只有十八岁，下半年就将是大学的学生了。在学校里成绩非常好，作学生会的执委也已经连任三次了，能干，做工作负责任，是学校里数得着的好学生。

"小霞！你为什么系红领巾呢？"伟霞问。

小霞说："学校里的少年儿童队本部，选我作少年队委员，还作第一中队辅导员，今天周会时跟新批准入队的队员们一块，我也接受了红领巾，妈！你替我感到光荣吗？"

伟霞说："只怕你做不好。"

小霞说："当然不见得做得好，可是，我会努力去做的。只要努力，就有办法，不对吗？妈妈。"

伟霞说："妈妈就怕你不努力啦！"小霞说："不努力，对不起毛主席！"

这时三人已走到天安门面前来了，天安门的红墙黄瓦，衬着瓦上的洁白的雪，越加显得肃穆、美丽。门洞上挂着毛主席的油画像，画像上的主席的眼睛，在雪花的掩映下，越加显得慈祥。小霞这样说着话的时候，规规矩矩地立定了脚，向着主席的画像，把一只手举过了头，行着队的敬礼。

姚祥和伟霞也随着她站定了脚。当他们看见小霞那样郑重地向着毛主席像行队礼的时候，伟霞去看姚祥，恰好姚祥也来看着伟霞，但姚祥立刻就把眼光挪开了，也去注视画像。

在伟大的领袖画像前面，在天安门前的白玉栏杆的环抱之中，伟霞看着自己的独生的女儿和姚祥，小霞和姚祥的脸，都是那样光彩焕发，眼睛里流露着对主席的无限信任和热爱。伟霞不由地羡慕起这年轻的一对来了。她好像看见了一条宽阔的大道，在那条大道上，年轻人愉快地前进着，扛着红旗，扛着画像，他们都健康、活泼、高兴地唱着歌，自己过去的那些忧郁的日子，在年轻的这一代身上，绝对不会再有了。她想着，不知不觉地叹了口气。

小霞立刻就注意到伟霞的沉默了，她偎在伟霞身边，轻轻地叫着"妈！"

伟霞说："小霞！你怎么也不理客人！"

小霞说："姚祥也一定觉得我系红领巾奇怪，我回答您，也就等于跟他说话了。再说，今天他是您的客人，不是您请他来家的吗？"

伟霞说："虽是我请姚祥同学来，他究属是你的朋友，你这样跟妈妈放刁，姚祥同学才真要笑话你啦！"

小霞说："他想放刁还不成呢，他倒想有这样一位好妈妈哩！"

姚祥在小霞母女说话的时候，只是微笑地看着这异常相像的娘俩个。妈妈和女儿一样，都是又圆又大的黑眼睛，都是厚厚的红嘴唇，都是左颊上跳动着一只小笑涡。妈妈看去年轻得很，像小霞的姊姊一样。李小霞的同学都说小霞的妈妈漂亮，真是名不虚传，不怪平日李小霞总是那样活泼愉快，有这样一位好妈妈，谁也会高兴的。

姚祥说："李家伯母，您别跟我客气，一客气我反倒拘束了。"

小霞说："这话倒是真的，我不敢约你上家里来，就怕你嫌拘束，其实妈妈是顶能理解年轻人的，待熟了，你就会知道了。以后希望你常来呢！"

姚祥说："只要你和伯母不嫌我，我一定来。"

伟霞说："我们家里只有我们娘俩个，还有一个帮忙的老太太，本来我没工作，做做饭洗洗衣裳自己也可以做得了，那位老太太没家，孤苦伶仃一个人，在我家待了十几年了，小霞就是她带大的，她也没地方去，只好留在我家里，虽说是帮忙，实际上就是一家人，你来玩吧！小霞自己也嫌闷。"

说着话，已经走到绒线胡同口上了，小霞跟姚祥说："进胡同第三家就是，你记着了，下回自己来好找。"

四

吃过晚饭，小霞要做功课，就邀姚祥到自己的小书房里去。小霞的小书房陈设得很舒适，又很漂亮，桌布上，靠垫上，连窗帘上都用浅紫的线绣着小霞的名字。墙角摆着一架老式的风琴，琴上面，挂着小霞和妈妈合照的相片。小霞自己坐在书桌前面，请姚祥坐在对面的椅子上。

小霞说："姚祥！你是不是觉得我的屋子太漂亮了。"

姚祥点点头。

小霞说："是不是不像青年团员的屋子了。"

姚祥说："青年团员的屋子又应该什么样呢？"

小霞说："真的，姚祥，我常常觉得我的生活太舒适了，我住得这样舒服，穿得这样暖和，又吃得这样好，在今天这个时候，我总是觉得不应该。我甚至想，这样的生活环境，会腐蚀我的战斗意志的。"

姚祥说："生活水平比较高，究竟应该不应该，我们再来谈，你的后一句话倒是真的，就怕这样的生活腐蚀了战斗的意志。"

小霞说："其实我自己并不愿意这样，这都是妈妈给我安排的。妈妈对我真的太好了，今天你亲眼看见了，下了那样一点雪，妈妈就立刻去给我送大衣。"

姚祥说："妈妈在生活上照顾你，当然也是应该的，只要妈妈不阻碍你进步，就是好妈妈。"

小霞说："正是这样，妈妈的心整个放在我身上，整个希望也寄托在我身上。过去，虽然不愁吃，不愁穿，可是妈妈的日子可没一天好过。每天不知道偷着淌了多少委屈泪。现在，我总是怕惹妈妈伤心，总想尽可能地使妈妈高兴一些。"

姚祥说："我觉得，你应该劝妈妈出去工作。"

小霞说："妈妈也愿意去工作，只是又怕奶奶说闲话。妈妈人是好人，就永远是这样怕前怕后的，其实，怕人家说闲话，人家也未必就不说闲话了，想八面好，可不就得自己受委屈。"

姚祥说："我才知道，你还有奶奶呢。也在一起住吗？"

小霞说："他们住在东院，你看得出我们这是个小跨院吧！你不知道，就是我们娘俩个搬到这个跨院来，也费了整整一年的工夫，才交涉成功的。那时候，要不是妈病得要死要活，大院子里实在乱得厉害，奶奶又怕妈死在东院晦气，想往这样清静的地方搬，才是做梦呢。"

姚祥说："现在，你们已经完全跟他们分开了吗？"

小霞说："差不多，我们单走这扇旁门已经半年了，不过，实质上也还没完全断绝关系，生活费也还是向爸爸拿的。"

姚祥说："爸爸做什么工作？"

小霞不回答，只咬着自己的嘴唇，脸上很不自然，显然，她非常不愿意谈起关于爸爸的事。

姚祥瞧着小霞，用非常诚恳的眼色瞧着小霞。这样静静地待了一会之后，姚祥把上半身伏在桌子上，并且握着了小霞的一只手，慢慢地说："小霞，我们一块搞工作已经两年了，我们两人又很谈得来，你相信我不是有意来打听你家的秘密吧！"

小霞说："其实，也没什么秘密，只是这里牵连到妈妈的问题，妈妈自己都不愿意讲这些事，我也跟着不爱提起这些了。要按着我的脾气来讲，早想把这些弄清楚了，只是妈妈老不能下决心，我就怕妈妈难过，也就这样看着妈妈拖下来了。姚祥，你一定会笑的，笑我这样软弱。姚祥，只要妈妈不愿意，我就不想做了。我也知道这样是不对的。"

姚祥说："小霞！我记得斯大林说过：'鼠目寸光'，只看眼前的这一点点是最要不得的，你一定能领会这句话的意义。什么事，该往长远了想，不是吗？"

小霞说："当然是这样，只是妈妈——"

正这时候伟霞捧着两杯可可茶进来了，一进来就向姚祥说："姚祥，这是前五年留下来的可可罐头，你第一次来，没东西招待你，冲一杯你喝喝看。"

姚祥说："伯母真是客气，喝白开水一样。"

小霞说："妈！您认为一杯可可不算事，吃惯了窝头的人，不会领略可可的香味的，姚祥会笑您资产阶级作风哩！"

伟霞说："又不是现买来的，家里存得有，难道说还得扔掉不吃才算好！"

姚祥说："伯母！您别听小霞的，她在跟我开玩笑，您说得对，存着东西不吃，反拿来扔掉，那才真是不应该。"

伟霞说："我也想起一句新词来了，小霞这叫左倾幼稚病。"

小霞说："我正在批评我的右倾思想，妈妈又说我左倾，到底我是左倾还是右倾呢！"

姚祥说："不论左倾，也不论右倾，总之都是错误的，这一点你总该承认吧。"

小霞说："妈一见姚祥，就立刻跟姚祥一条阵线了，把我孤立起来了，妈跟姚祥好好谈谈吧！省得跟我谈总不解决问题。"

伟霞说："我有什么问题好谈呢，是我的资产阶级作风吗？"

小霞说："资产阶级作风正是要批评的对象，妈不是也净在讲资产阶级在向工人阶级进攻吗？"

姚祥说："伯母也参加了'三反'运动，小霞还说伯母落后哩！"

小霞说："妈不但参加了'三反'，正进一步在学习'五反'呢！"

姚祥说："我真的愿意跟伯母谈谈呢！"

伟霞说："谈新的我谈不好，旧的不但你们不爱听，我说起来也没意思。我能谈什么呢！"

姚祥说："新的就是从旧的来的，没有旧的，新的也不会有，能批判旧的，新的也就会进行得更好，不对吗？伯母。"

伟霞说："姚祥真懂事，找一天我跟你好好谈谈，谈起来就怕你不爱听了。"

姚祥说："我一定能爱听，伯母。"

五

星期六的晚上，伟霞特意把小霞书房中的壁炉燃起来，特意跟卖劈柴的掌柜买了大块的柏木，壁炉已经长久不烧了，烧起来仍旧很好用。伟霞一个人坐在壁炉前，看看眼前跳跃的火焰，听着窗外春雪融化的声音，嗅着柏木燃烧时放散出来的香味，觉到了一种甚于平日的安静，也觉到了一种甚于平日的寂寞。姚祥说好了来吃晚饭，可是已经七点钟了，不但姚祥没来，连小霞也没回来。

两个年轻人不知上哪儿去了，他们生活得多么愉快。伟霞觉得自己在忌妒他们，同时又觉得异常空虚，她禁不住自言自语地说："小霞这丫头，不知又干什么去了，再也想不到妈妈在家里多着急。"

"小霞还没回来吗？"有人在伟霞身后突然这样问，伟霞吓了一大跳，赶紧回过身子来，一看，再也没想到是小霞的爸爸李云甫。

伟霞说："你什么时候来的。"

李云甫说："进来一会儿了，看你正望着火出神，也没招呼你。"

静默了一会，伟霞说："你怎么有工夫到这儿来？"李云甫说："我不应该来吗？"

伟霞说："无所谓应该不应该，要说是应该，你就应该每天来，真正拿我这儿当你的家看；要说不应该，我们娘俩个吃着你的饭，户口簿子上你又是户主。"

李云甫说："伟霞，我知道我有很多事情对不起你，可是，我们的疏远，你也应该负一部分责任。你的生活方式跟我不同，你爱清静，我爱热闹，我们合不来的最大原因是这个，要说我心上没你，那才真正是冤枉我。"

伟霞说："得啦！你也没照镜子看看两鬓都花白了，还谈爱情呢。"

云甫说："你嫌我老啦！我瞧你倒是越来越漂亮了，真的，伟霞，十八年前的你，我觉得也没今天好看。"

伟霞说："你倒还以为我是小姑娘呢，夸我两句漂亮，我就心满意足了是不是。就是真的很漂亮，又怎样呢？"

云甫本来站在伟霞身后，这时索性从伟霞坐的躺椅上面伸过手来按着伟霞的肩膀，说："伟霞，不跟我吵，我们很多时候没好好谈谈了，你总是躲着我，好像我身上有病菌一样，难得今天这么清静，这间房子又这样舒服，让我们好好谈谈吧！"

伟霞说："有什么好谈，谈不上两句，不是你烦，就是我不爱听，何必闹得不欢而散呢。你还是找你的如意珠去吧！"说着，挣开了云甫的手，又换了张椅子坐下。

云甫说："明珠也来了五六年了，原来她就不如你，这一养上孩子，更不像人样了，你还把她放在心上干什么？一百个她也比不上你。"

伟霞冷笑了一声说："得啦！经理老爷，参议大人，帮办先生，您有话就请说吧，反正无事不进三宝殿，你不会无所为而来，何必讽刺着我，又拉扯上别人呢！明珠不好，怎么配称'如意珠'呢。"

云甫说："那些都是旧意识，老太太要说是她命好，是她给李家带来了'福'，我并没那样想。何况，解放也三年了，整天嚷着反封建，我们还信这一套吗！伟霞，听说你学习很进步，妇女联谊会中也当选为小组长啦，你也该带动我来学习学习呀！"

伟霞说："你比谁不精，北洋政府时候，你年纪轻轻的就能作参议，日本鬼子来了，你又钻到洋人圈里去搞海关帮办，日本投降，国民党虽说是要收拾你，要拿你当汉奸办，结果还不是胡扯，你照样是咱们这方的红人，是京津两地的名士。解放了，你又搞起来营造厂，你是民族资本家，政府照顾你，营业蒸蒸日上，你还有什么吃不开的，还用得着学习吗！"

云甫说："我一句话就把你惹翻了，你看，你连廿年前的老账都给我揭出来了。伟霞，说真的，我真是觉得我落后，真是想学习，我要有一句假话我是王八蛋。"

伟霞说："这么说，找我来，就是为了学习吧！"云甫说："对！从今天起，我跟你一起学习。"

云甫这样说着，又过来拉伟霞的手，这时候，有人叫门，陈大妈去开门，伟霞走到门旁去，向云甫说："准是小霞回来了，她还有朋友一块来，你到北屋去吧！"

云甫说："小霞带朋友一块回来，男朋友，女朋友？"

伟霞说："男朋友。刚才还说反封建，一听说女儿有了男朋友，可又心里不自在了。你就是这样，话不妨说得漂亮，事可要办得随自己的心。"

云甫说："我也没说小霞交男朋友不好哇！小霞回家来，我还得躲着她呀？"

这时已经听见小霞愉快的笑声了，伟霞推了云甫一下，说："你上北屋去吧！孩子老没见你了，又是跟朋友一块回来，见了你免不了要觉着拘束，等等再见还不行吗！"

"好，听你的。"云甫说完，就穿过东房跟北房相连的小套间到北房去了。云甫刚走，小霞和姚祥就推开屋门进来了。

小霞说："妈！陈大妈说您生了壁炉，快让我们来看看火。"姚祥也招呼着伟霞，并且说："多好看的火！"

小霞说："妈！我知道您一定等急了，我们的会一直开到现在。"

伟霞说："快坐下来暖一暖，我给你们去弄晚饭。"

小霞抱着了伟霞说："妈！您真好，我要饿死了，我准知道有最好吃的东西，是不是，妈！"

伟霞推开了小霞说："坐下休息会儿，饭就好，你们等在这儿，不要到北屋去了，就在这儿吃吧！"

六

吃晚饭中间，小霞由陈大妈嘴里，听说爸爸来了的时候，脸上立刻就露出来不高兴的神色，饭也吃的不那样香了，拿着筷子半天不说话。

姚祥瞧着她，她也不理会。姚祥叫："小霞！"

小霞只"嗯"了一声，仍旧自己想心事。

姚祥把碗里的饭吃干净了，过来站在小霞身边，姚祥说："小霞，快吃呀！你看我都吃完了。"

小霞这才定了定神，看着姚祥，说："你是真吃饱了吗？再添一点吧！"

姚祥说："我是吃饱了，你呢？"

小霞把剩的半碗饭推开说："我也吃饱了！"说完就跑到炉前去坐好了，拿着火箸，拨弄着炉中燃烧着的木块。

姚祥把两人吃残的菜和饭碗收在端饭的方盘里，又用抹布把桌子抹干净，端起方盘来问："小霞，是不是要送到西屋去？"

小霞看见姚祥端着方盘，立刻跑过来从姚祥手中接过方盘来说："你坐会，我送去吧！"

说完，端着方盘出去了。

姚祥一个人走到那只老风琴前面，看着风琴上面挂着的小霞和妈妈的照片。

照片里的小霞在幸福地笑着，妈妈则很安静，跟她平日不说话时的神气一模一样。

姚祥想到了市检委会刘主任交给他的任务，要他来动员小霞，动员小霞的妈妈，动员小霞和她妈妈帮助小霞的爸爸李云甫交代问题。李云甫是京津两地的大营造商，除了他本身所承包的工程中无一无问题外，他还秘密领导着一个营造商组织，这个组织有计划地包围了政府各部门，在营建工程上，形成了垄断的势力范围。这些，政府的检查机关在"三反"运动一开始，就获得了线索，随着运动的开展，政府掌握的材料也随之增加，目前，根据已有材料，李云甫已经够上了被逮捕法办的条件，只是在"三反"运动中，他表现的比较暧昧，还看不出来他在完全抗拒"三反"，并且离开自动坦白的限期还有几天，政府仁至义尽地愿意再给他一个自新的机会。姚祥被学校派去参加总检查组的第二天，刘主任知道他跟李小霞很谈得来的时候，就给了他这个任务，并且嘱咐他要细心、机警。

看小霞对爸爸的感情，论小霞平日的作风，动员小霞是很有把握的。不过，根据小霞的家庭情况看，小霞和妈妈动员李云甫，倒不见得有希望呢。

这时候，小霞回来了，端着一壶茶。脸上的神色已经比刚才好看一些了。她看见姚祥正在看照片，就说："那是去年我过生日时照的，妈妈比我照得好，你说是不是。"

姚祥说："你也照得不错，你瞧你笑得多好。"

小霞叹了口气，说："姚祥，你看妈妈这样生活下去，是不是太苦了，我虽然想尽自己的力量来安慰她，可是总不能使得她很高兴。这个不合理的家庭，真的把妈妈害苦了。"

姚祥说："听你说，好像奶奶很厉害，奶奶究竟是老太太，妈妈可以不理她的！"

小霞说："一家有一家的难处，你看见'白毛女'中的那个黄老太太了吧！嘿！我奶奶跟她就像亲生姊妹。平日吃斋念佛，小猫捉只老鼠吃，她都喊'罪过'，实际上，她除了认识金钱势力之外，连人的感情都没有。就是她对我爸爸，也不见得真有做娘的感情。我爸爸在我妈之先，已经有了妻子，那位才真是可怜虫，名门千金，两只脚缠得比我的拳头还小，立都立不住，瘦弱得像不禁风的杨柳一样，一天三餐，吃不上一碗饭，风刮响了害怕，雨下猛了也害怕，一到晚上，一个人不敢待在屋子里，见生人说不出话来，生叫我奶奶冷言热语地给气死了。我妈之后，人家又当礼物送给我爸爸一位舞女，这位才真辣，比我奶奶还狠，交际场里会拉拢，过去我爸爸着实借了她的力量，嘴甜得不得了，天大的气，她都能给你说消了，奶奶的威风在她身上不能使，就反转来欺侮妈，你说，妈妈那样和善的人，能受得了这些折磨吗？”

小霞一口气说了这么一大段话，好像有些后悔自己说多了，两只眼睛尽在姚祥脸上打转。

姚祥不讲什么，只握着小霞的手。静了一会，说：“小霞，你上次说妈妈大病过，就是这些烦事磨的吧？”

小霞说：“可不是，那次妈差一点死了。妈病的时候，正是爸爸叫国民党一个大特务敲了一大笔钱去的时候，爸爸烦得要命，奶奶就说妈是扫帚星，把爸爸的官运冲了，妈病得那样，她还指着陈大妈说妈妈的闲话。解放军进了城，奶奶怕妈妈将来斗争她，这才对妈妈好些了。爸爸也怕妈妈对他报复，才把我们娘两个安置到这个小院里来，分了一点生活费，妈才算有安静的日子过了。我们刚搬过来的时候，妈很高兴，做这个做那个，总想把这个家弄得非常舒服。不过，物质享受只是生活中的一种点缀，我不知道别人怎么想，叫我整天吃着鸡鸭鱼肉，穿着呢绒绸缎，住着高楼大厦，一点工作也没有，我一定会闷死。你看我这间小屋子这么漂亮，我要没事情做的时候，一分钟也待不住。姚祥，你说，妈妈整天闲在家里，是不是要闷死？"

姚祥说："我也跟你的感觉一样，生活得越紧张，工作得越忙，越觉得生活愉快。你记得不记得'三反'刚一开始的时候，我们忙着听报告、检查自己、动员别人、捉小虎、捉大虎，忙得连着几夜合不了眼，可是情绪多高。等到学校本身的工作告了一个段落，放了寒假，直到现在工作比较可以松一口气的时候，又忙着加紧学习，有点空闲，就想找同学聊，找朋友玩，伯母这样一个人蹲在家里，真的要闷死。"

小霞说："妈在妇联里学习得非常好，思想已经起了很大的变化，妈要是能够亲身参加像'三反'这样伟大的斗争，妈更会转变得快的。本来在妈身上，爸爸他们那些人的坏习惯，根本就没有。妈是个肯用功学习的人。"

姚祥说："伯母说约我今天来谈谈的，怎么不过来？"

小霞说："刚才我去看妈妈，妈正在跟爸说什么，看样子，爸爸一时不会走，妈也许不能过来谈了。"

姚祥说："不方便的话，我先走吧！"

小霞说："再坐一会，明天又不要起早上学，我正想找你研究一下，我想做中队辅导计划，你一定会给我很多好意见。"

姚祥说："我也没过过队的生活，跟队员也没接触，哪会有好意见提给你。"

小霞说："至少你可以提供一些原则上的意见，我只是做一个初步计划，我们在中队辅导员会上要讨论，同时还要请总辅导员批准。"

姚祥说："好吧！我帮你研究一下。"

七

李云甫说是要学习，真的积极学习起来了，新的旧的找了一大堆杂志，笔记本子也预备好了，自己说一定要从头学起，过去学的不但全忘了，而且学的不实在，从现在起，要从最根本的理论学起。他开始念社会发展简史，从头念，热心念，连一个名词搞不清也不放手，钻研的热情非常高。并且每一个问题都听从伟霞的意见，绝不主观，跟从前的李云甫完全两样了。

这一变，伟霞当然觉得非常奇怪，问起李云甫的时候，李云甫说："大家都在搞'三反'，搞'五反'，咱们厂里因为做的规矩，根本没大问题，虽有些个鸡毛蒜皮的小毛病，但也都及时坦白了，厂里的会计主任张松年是工会里的学习小组长，带着五个营造厂的职工学习。自己是资方，职工们学习的时候，要避避嫌疑，省得万一大家发现问题，不好意思提出来。同时这次深入学习'三反'，自己也发现了自己在思想上的确存在很多问题，乐得借着这个机会好好学习一下。"

李云甫这样说，伟霞半信半疑。就是李云甫提的那位张松年，伟霞也见过他两次，他前前后后地跟了李云甫有十几年了，的确很能干，有他在外面顶着，李云甫可能清闲一些。只是她认为李云甫就是再会假装，也瞒不过政府的眼睛去，伟霞对政府无限信任，若是李云甫有问题的话，她相信他是不可能漏网的。

自从李云甫来住，在伟霞的心里唤起了一种奇妙的感情，屋子里多了一个人，而且这个人跟你嘘寒问暖，体贴备至。这种感情，不是从女儿，从朋友那儿可以得到的，也不是从操劳，从工作，从学习中可以找出的。在长久为寂寞所侵蚀的伟霞的心里，这种酒一样的浓情很快地占了一个很大的位置。

一天，两天，三天平静无事地过去了，李云甫除了每天上午到区上的工会去一次之外，哪儿都不去。他除了积极读书之外，还做思想反省的笔记，爱和伟霞谈论谁坦白的彻底，谁根本不认识政策等问题。

对小霞，李云甫也表现了父亲的最大的关心，除了他给小霞买了一只小霞希望了很久的手风琴以外，还把自己书桌上摆着的最新式的美国袖珍无线电匣给装在小霞的书桌上，说是早晚可以让小霞听听音乐，听听时事解说。对陈大妈，也不像从前那样摆老爷架子了，还给陈大妈远方来投的表侄，找了个做工的地方。总之，李云甫正像最好的家主人一样，把一切家主人对家庭照顾与关心的工作都做到了。

第四天的深夜十一点钟，小霞，陈大妈都已经睡下了，伟霞在为李云甫结绒线背心。因为李云甫抱怨背心坏了，说明珠连给他修修都不管。伟霞听了之后，觉得自己反正闲着，代手就可以给他结一件。就找了一些灰绒线动手结背心。晚上两个人守在房里，围着炉火，手里结着绒线，嘴里谈谈讲讲，也的确叫人感到愉快。这一晚，伟霞照例坐在自己常坐的靠椅上，李云甫坐在她身边，替她抽着绒线，有人敲门来找李太太了。

从来也没有人在晚上来找伟霞，跟伟霞来往的一些朋友，都知道伟霞闲在家里，有事总是白天来找她，最晚也只是吃晚饭的时候，这样晚，有人来找伟霞，真是破天荒的事。

伟霞出去开门，那天晚上没有风，是立春以来最温暖的一个晚上。时间又是月半，圆圆的月亮挂在天上，清亮的光辉照着屋顶上的积雪，把院子里照得一清两楚。伟霞又开了街门上面的灯，才问门外是谁。

门外的人是个生人，伟霞怎样也猜不出他是谁，门外的人只是说："李太太，开门吧！熟人。"

伟霞犹疑了一下，相信在现在的治安情况之下，绝不会有歹人敢明目张胆地来叫门。她想也许是陈健，陈健是伟霞的老同学，高中、大学，俩人都是一块上的。本来已经多少年不通消息了。小霞在一次团员大会中遇到他，他本来不认识小霞，经小霞自我介绍，他问小霞为什么叫小霞，小霞说因为妈妈叫严伟霞，自己才叫小霞。陈健听了，就说出他跟伟霞同学的话来，他又说要来拜望老同学，只是他忙得很，每天得晚上十点以后才能休息，要来也得在晚上。

伟霞心里想，要真是陈健，那才讨厌；虽然自己前些天还在盼望他来，可是李云甫在这儿，天又是这样迟，怎样跟李云甫解释好呢！伟霞想：管他是谁，开了门再说。

伟霞一开门，外面的人立刻就跨进来了，险些把伟霞撞倒，那个人转身把门先关好，这才从容地说："李太太，打扰您了，您已经睡了吧？我是张松年，我来问问经理在这儿不在。"

张松年的脸上遮着很大的口罩，围巾围到下颏上，帽子又戴得低，他要不是一边说一边摘帽子、摘口罩，伟霞根本看不清楚他的脸。

这时李云甫也跨出房门来了，还没有容伟霞说话，他就说："是松年吗？快进来，你怎么有功夫出来？屋里坐吧！"

张松年一边回答李云甫，一边很客气地请伟霞先走，三人一道进到北房里来了。

八

张松年坐定，伟霞想总该给客人烧杯茶喝，就到厨房里去看火，她心里觉得张松年来得奇怪，把水壶坐在火上之后，立刻回到北屋里来，想听听他们两人说些什么，看张松年究竟有什么要紧事，这么晚还来打扰人家。

伟霞进屋，只听见张松年在讲几个数目字，张松年的神情表现得有些不安定。这人生得很清秀，两只眉梢高高挑起，加上苍白的脸色，活像旧戏里的风流小生。李云甫看见伟霞进屋，立刻就向伟霞说："松年怕我闷在家里着急，来报告我一些'三反'中的消息，咱厂子比较起来是私营厂中数一数二的好厂子，有毛病也都是小毛病，咱们经手的工程，有两处已经验看了，多少有些偷工减料，可是并没影响建筑物的本质。工人、职员原来对我很怀疑，这回，大家对我的情绪也转换了，松年要找我回去呢。"

伟霞听了很高兴，她想李云甫也许就只是这些小问题了，因为李云甫大风大浪地在社会中过了这么多年，不会不懂得"谨慎"，能安分守己一些，自然问题也就少些。她就说："你别自己打包票，得别人证明你没问题才行呢！"

李云甫说："松年就是好证明，他是营造界中的打虎队长，手下掌握着雄兵猛将，在工会里首屈一指，他的话还有假吗？"

张松年说："李太太，真到目前为止，我们还没有发现李经理有什么大问题，您要掌握了他的材料的话，请供给我们一些。"

伟霞说："他来到我这儿，算今天也只有四天，别看我们是夫妻，也许他跟我在一起的时候，还没有跟您在一起的时候长呢。他的事，我连一分一厘也不知道，他又跟我多着一个心眼。躲我还躲不过来呢！"

张松年说："倒不是我给经理辩护，经理跟我常提到您，后悔自己失足办了那桩对不起您的事，要说经理跟您分心，连我都不相信。"

李云甫赶紧接下来说："伟霞，你听见了吧！我跟你说的话要有一句假的，叫我天诛地灭。我老早就想跟明珠离开，只是想前顾后下不了决心，又想对不起孩子，明珠不好，孩子总是我李云甫的。这回学习'三反'，我才彻底认识到，保留着这样不合理的家庭，整天屈着心过日子，实在不对头。照那样下去，把严伟霞害了，把黄明珠害了，把我李云甫也害了，甚至连儿女对我的感情也带坏了。所以，我就下了决心来把这个问题解决。"

张松年说："怎么，您到底跟黄明珠一刀两断了，当初，您这样说，不但我，连厂里的人都不相信，大家估计您下不了这么大的决心，原因是您跟她一块也四五年了，孩子三四个，问题并不简单。您能对这个问题当机立断，足证您的魄力，我真是望尘莫及。"

李云甫说："也还没算完全弄清楚，她那样的人，根本无所谓感情，有钱就好办，大体上她也愿意这样做，她很明白，自知样样比不过伟霞，原来还倚仗自己年轻，现在当然也谈不到这一点了。她跟我也吵够了，也想，散了完了。就是钱要的狠一点，按我的意见我有多少都给她，我知道伟霞根本不在乎这些，我们两人一块工作，将来生活总不会愁，只是老太太那里谈不通，明珠暂时带孩子到天津去了，大致不会再有变化，根本解决也只是时间问题罢了。"

张松年说："怪不得我刚才到那边去，院子里静悄悄的，我还想，要说是都睡了，时间又太早，要说没睡，连孩子的说话声也听不见，原来如此，原来凤去楼空了。"

伟霞说："您怎会到这边来了呢？谁告诉您云甫在这里。"张松年说："看门的老吴说不知经理上那儿去了，老太太病着，不见客；我本身也不想找黄明珠，说老实话，我对经理那位如夫人，实在没好感。我正在为难，老吴冲我一伸大拇指说，经理也许在那儿。我从前也到您这儿来过，我想姑且来问问，本来我从工会出来的就晚，这么一耽误，就更晚了，您不怪罪我吧！"

还没等伟霞说话，李云甫说："松年，你开完会直接就来了，晚饭还没吃吧？"

张松年说："不要紧，这些天太紧张了，不吃晚饭是常事，我也就要走了，待会小摊上吃碗馄饨吧！"

李云甫说："难得你来，咱们好好聊聊，伟霞在妇联会中也是积极分子，你们大可以交换交换学习经验呢。"说完，李云甫哈哈大笑起来，就转向伟霞说："叫陈大妈给松年搞些吃食吧！"

伟霞说："陈大妈睡了。"

张松年赶紧拦住说："不用不用！"伟霞说："我去做吧！只是没菜。"

云甫说："你看我，不能爱惜人的毛病处处表现，本来陈大妈也累了一天了，怎好再把她叫起来，你也够累的了，还是我去买点现成的来吃吧！"

伟霞说："这会铺子都休息了，你上那儿买去。还是我做去吧！"

李云甫说："我帮你去搞。"

说着，真跟着伟霞一块往厨房里走。伟霞推了他一把，说："你跟客人说话去吧！用不着你帮忙。"

伟霞自己到厨房里去了。

九

张松年吃过了伟霞做的热汤面，又真的跟伟霞扯了一会"三反"学习中的情况，才再三道了打扰走了。伟霞和李云甫出去送他的时候，外面月明如画，张松年飞快地闪出了李家的角门，三步两步就走出去好远，闹得伟霞连跟他说句再见也没来得及。伟霞关上门回到院里，李云甫闪在门后正向空无一人的巷里打量，伟霞开玩笑地说："你们这样的经理职员倒真是好搭档，张松年是来去如风，你是躲躲闪闪，若搞点秘密活动，准保超人一等。"

李云甫说："好太太，别这样寻我开心，这话若叫别人听见了，真的疑惑我有什么秘密，那我才是吃不了兜着走呢！快进屋去吧，天凉得很。"

两人这样说着，西屋睡的陈大妈，东屋睡的小霞，一先一后地都问是谁来了。她们听了伟霞的解释之后，陈大妈没再吭声，可是小霞说："张松年为什么这么晚来，是不是来跟爸爸订立'攻守同盟'？反正，这么晚来就是怕别人看见，背人没好事，好事不背人。"

伟霞说："张松年通知爸爸去参加'五反'，说直到现在还没发现爸爸有什么问题。你睡吧，别嚷了，明天还要早起呢。"

小霞说："爸爸有问题，我第一个去检举，我不能掩护盗窃犯、做盗窃犯的女儿。"

伟霞说："好了，青年团员同志，你放心，你爸爸要有问题，我也不能放过他去，你睡觉吧！"

伟霞和李云甫回到北屋里，李云甫立刻张罗睡觉，他说天太晚了，伟霞身体不好，怕累着她。

躺在床上的时候，伟霞说："云甫，说真格的，论你过去的作风来讲，你不可能没问题，你跟我讲讲不好吗？我也帮你研究研究。"

李云甫说："问题当然不是完全没有，有的工程我们的估价稍稍比市价高了些，这就是暴利，有的工程中也有少量的偷工减料事实。这些，'三反'开始，我一认清政府的政策之后，就都分门别类彻底向政府和盘托出了。我还敢抗拒'三反'，不要说职工的压力如何如何，就拿家里来说吧，有你，有小霞的帮助，我想抗拒运动也做不到，这是天罗地网，想钻出去根本不可能，你别惦记我的问题了，我认识的很清楚，有问题我早说了。"

伟霞说："张松年到底在工会中搞什么工作。"

李云甫说："'五反'刚一开始的时候，工会的领导方面，因为他是厂里的高级职员，对他并不信任。后来他领导群众首先揭穿了咱们厂中的一部分假账，又动员大家检举、控诉，工作搞得很不坏。对我，他就当众开了头炮，当时我还恨他不留情面，今天才明白他对我是一片好心。这样，经过了验看工程，证明咱们厂中的问题正是他所揭发的那些问题之后，工会就选他领导营造业的一部分工人、职员。你不相信我的话，总该相信他的话吧！"

伟霞没再说什么，看情形，看李云甫的态度，也许李云甫真的没有什么大毛病。要是李云甫真的在这轰轰烈烈的运动之中，革面洗心，从此做一个新中国的好人民，真是可喜的事。伟霞觉得心里很安恬，很快地就沉入睡乡了。

伟霞正睡得香甜的时候，忽然觉得屋里有人在轻轻走动，又好像灯开着。她立刻惊醒了，一摸，身边的李云甫没在，屋子里的灯并没有开着，月亮从窗帘的隙缝中射进来一丝银色的光亮，好像李云甫也并没在屋里。她赶快坐起来，拉亮了灯，叫着："云甫，云甫！"

李云甫在里间应了一声，但并没有立刻进来。李云甫说："老鼠吵得太凶了，我听见它们在啃箱子，我起来看看。"

这样说着，李云甫两手沾满了灰尘，睡衣的口袋里斜插着手电筒，从套间中走了出来。

伟霞问："你为什么不开灯？"

李云甫说："你可真是聪明人说傻话，一开灯，老鼠还不吓跑了，我想打着了明天拿给你看呢。前天我说把套间的墙修修，年头太久了，灰皮土块的露在外面不好看，你偏说，反正搁东西，不塌就算了。我告诉你吧！箱子下面的墙角中，老鼠洞比茶碗口还大，看把你的宝贝箱子咬了，你心痛不心痛？"

伟霞说："我没想到老鼠会在墙角打洞，从前虽然有小老鼠，从陈大妈要来黄花猫之后，就没有再看见，一向也没有闹过，今儿不知怎么闹起老鼠来了。"

李云甫说："你没听见，我可天天晚上听见老鼠啃东西，前两天不太厉害，我也没跟你说，我记得你从前怕老鼠，今天实在听不过了，才爬起来看看，又把你吵醒了。"

伟霞说："从前黄花猫夜夜守在屋里，这几天我老没看见它，这猫也跑野了。"

正说着，外面有猫在叫，李云甫说："不是黄花猫野了，是春天来了，你听，黄花猫找他的爱人去了。"

伟霞说："得了，别贫嘴了，快上来睡觉吧！你怎么老在地下站着。"

李云甫一边上床一边说："伟霞！跟你在一起，我才感到了家庭的温暖。"

伟霞说："我还忘了，你的老鼠打着没有。"

李云甫说："看见了，身边没有凑手的家伙，眼瞧着跑了，挺大一只老鼠。"

伟霞说："真有大老鼠，可得想想办法。"

打老鼠的那夜，伟霞朦朦胧胧地觉得，李云甫老是翻来覆去，好像始终也没睡安定。天刚闪亮，李云甫就悄悄地起来了。伟霞本来就有早起的好习惯，李云甫一起，她也就醒了。

伟霞睁开眼睛的时候，看见李云甫在地下站着，已经穿好衣裳了。

伟霞说："这么早起干啥？"

李云甫说："我预备赶早车上天津去，松年昨天讲，听说老陆有问题，又听说他不肯坦白，我想去看看，劝劝他。政府的政策很清楚，只有坦白才是生路，这么多年的老交情了，我不愿意看他往绝路走。"

伟霞说："那个老陆？"

李云甫说："陆长清，天津长清营造厂的经理。上北京来过的，你忘了？"

伟霞说："原来是他呀！"

伟霞想起那个陆长清来了，肥肥的，短短的，站在地上像只衣柜一样。满身铜臭气，自己可硬装着所谓"文化人"，逢人就卖弄他的"才情"，话里老夹着两句旧诗。其实，正像他自己常说的那句话一样，他本身正是"面目可憎，言语无味"。

老陆有个儿子，打扮得跟旧年画上的花姑娘一样，十六岁那年，就带着一群流氓在跳舞场里泡舞女，找人抓碴打架。天津解放的时候，说是他也改样了，在家里请了先生念书，准备考大学。一共请了四个家庭教师，连教俄文的先生都从哈尔滨请来了，反正他爹有的是钱，花点钱念念书还比干别的强。

最可笑的是陆长清在北京见了小霞一面之后，要聘小霞给他的宝贝儿子作媳妇。李云甫很愿意作成这头亲事，一则陆长清有钱，李云甫的大中华营造厂创办伊始，正需钱用，有了这么个有钱的亲家，缓急有个通融。二来，陆长清虽是钱上算得狠，可是人并不够机警聪明，以李云甫的手腕来讲，足可操纵他，作为自己的喽啰。李云甫跟伟霞讲的时候，特别夸耀了陆长清的富，又特别指出陆长清只有这一个儿子，家中人口轻，小霞嫁过去，不致受拘束等等的话。伟霞当然坚决反对这件事，她自己受李云甫母亲的气受够了，一看陆长清的老婆，四十多岁还打扮的跟老妖精一样，两只眼老是滴溜溜地乱转，就生了戒心。说死也不愿意把姑娘送到她身边去。再则，小霞年纪小，谈婚姻根本不合适。

李云甫曾为这件事跟伟霞别扭好久，他说伟霞顾虑的都不是根本问题，只要有钱，没有办不通的事。李云甫虽是这样说，因为当时伟霞正在病中，也没好过分强迫，这件事就这样搁下了。

因为过去有这层关系，所以伟霞一听说是陆长清，不由得就先讨厌起来了。她说："依我看，你那些好朋友也该清理清理了，像陆长清那样只认得钱的人，趁早绝交，跟他在一起，有损无益，早晚叫他把你拖下水去。他怎么也搞起营造厂来了呢？"

李云甫说："天津解放的时候，他本来要到香港去，后来他眼看着天津的工商业不断发展，比国民党时还好，利润又把稳，买卖也好做，就心动了，也想搞个摊子。他跟大家一商量，就搞了个营造厂，从前跟松年一块到咱家来过的老程给他作工程师，包了几次工，利润都不小，老陆越发吃的脑满肠肥了。"

伟霞说："是不是中国话中夹英文，满身洒香水，专爱找小姑娘跳舞的那个老程？"

李云甫说："是。"

伟霞说："真是物以类聚，一对活宝，他们俩一块，准得'五毒'俱全，要什么毛病有什么毛病。"

这样说着话，李云甫早已漱好了口，用暖瓶中的水连脸也洗了。外面已经大亮了，陈大妈在外面扫着院子，小霞也起来了。开了她的小无线电在听"清晨音乐"。

伟霞穿衣裳的当儿，李云甫掀窗帘向外面看了两次，伟霞越看他，越觉得不对头，李云甫表面上虽跟平时一样，瞧得出他心中有事。伟霞忍不住问："云甫！你几点车走？"

李云甫说："七点十分有趟特快，九点到天津，时间正好。"

伟霞突然说："云甫，你跟我说实话，你这样急急忙忙到天津去，究竟为什么？"

李云甫听了伟霞的话，骤然一惊，正要辩白，伟霞又接着说：

"你是不是去看你的如意珠？"

一听伟霞说的是明珠，李云甫的神色就和缓下来了，他苦笑着说："得了，伟霞，我没权利要求你不疑惑我，将来，我会用事实证明给你看的。今天要说我跟明珠一点感情都没有，说死你也不会信的。我准备早晨去，晚上就回来，要为明珠去，总得住上两三天才行。这一点也可以给我做个小证明吧！"

伟霞说："两人好，见一分钟也是好，若是不好，住上一年也好不了。反正你是心里惦记她，才想去的。昨晚你一夜没睡好，你当我不知道呢。"

李云甫一听伟霞说他一夜没睡好，赶忙就辩白说："我没睡好，不是为明珠，实是为了老陆，实是为了老陆，我核计着，怎么说才能打通他的思想。"

伟霞说："管他为谁，反正你上天津是去定了，七点钟开车，时间还有一些，吃些东西再走吧！"

李云甫说："不吃了，这么早，又得麻烦陈大妈。"

伟霞说："小霞每天都要吃些东西才上学去，我去看看，你们爷俩一块吃好了。"

伟霞说着，就到西屋去了。

小霞说是要到学校去写壁报，早带了两只冷馒头走了。伟霞就陪着李云甫一块吃了早粥，送李云甫出门到天津去了。

李云甫走了，伟霞整理了屋子之后就坐下来结毛背心。在李云甫没来之前，伟霞这样一个人待在屋里是常事，她并没有觉得寂寞过。今天，心境就不同了，她总觉得屋子里缺了点什么，时间也过得特别慢。她想起今天十点钟市妇联在音乐堂有大会，二区妇联负责人高同志已经通知了她，她不但一定要去参加，而且回来之后要领导小组讨论。大会的内容是发动家庭妇女参加"五反"，并有动员丈夫坦白了的女同志做典型报告。

时间只有八点，早春的太阳从玻璃窗中照进来，晒得人暖暖的，前些天下的一场大雪也融化了，檐头滴滴答答地流着水，伟霞觉得热，把炉火用煤封上，丢掉了手中编结的毛背心，找出了学习笔记，想仔细看看首长们关于"五反"的重要指示，好做下午小组讨论时的帮助。

但是她怎样也看不下去，李云甫从昨夜以来的不安的样子，使得她很疑惑，按张松年和李云甫的神情说起来，他们像是没什么问题。可是，像李云甫那样自称"临危不慌"的人物，也居然夜睡不安，这其中必有缘故。当然，李云甫绝不会是为了什么陆长清，就连觉都睡不好，要说是为了黄明珠，也不对头，因为李云甫就从没为那个女人真正动过心。对李云甫，女人只是一种附属品，一种可以呼之即来，挥之即去的他事业上的帮手，一种屋子里的装饰而已。

无论怎样讲，想起黄明珠，伟霞总是本能地妒忌起来。有时，她甚至软弱地想，没有黄明珠，她和李云甫的关系一定不会像现在这样淡漠，她也不会对李云甫这样不抱希望，夫妻本是个很自然的两性结合体，中间一加上第三者，就把整个关系打碎了。

这几天李云甫来了，而且又是这样温存体贴，把伟霞整个安静的情绪都搅乱了。也正因为这样，伟霞觉得自己从前的所谓"安静"，都是假的。把爱情寄托在女儿身上，用良母这样的范围来约束自己，实际，只是自己欺骗自己，除了作母亲之外，她还需要一个伴侣，一个朝夕与共、志同道合的伴侣。但这个人不可能是李云甫，十八年来，李云甫对她，有时是冤家，有时是仇人，有时是老板，有时是孩子的父亲。从来没是过丈夫，更不是爱人，在今天，只这短短的四天相聚。四天重聚，就能说两人能完全消除了过去的隔阂而和好吗！要是的话，那才真是"奇迹"。但这"奇迹"确实搅乱了伟霞平静的心，伟霞更加深切地觉得自己确实是太软弱了。

伟霞这样想着，拿出的笔记一页也没看，时间已是九点过了，就关照了陈大妈，到音乐堂开大会去了。

音乐堂里挤满了妇女同志们，伟霞在人群中找了好几次，才把她们小组的人都找在一起。小组的十六个组员来了十四个，其中林瑛正请产假，张璧如说是感冒了，临时请了假。

她们并排坐在长木椅上。十四个人中文化程度最高的是伟霞，大学毕业；文化程度最低的是李梅，刚上了两年小学。家庭成分大都是职员和商人的家属，只有三个人参加了工作。

大会开始了，首先由妇联主席张同志向大家做报告。她的话，讲的异常清楚，讲的是为什么要搞"三反"，搞"五反"；搞"三反"

搞"五反"对国家有什么好处，对个人有什么好处，不搞，对国家有什么坏处，对个人又有什么坏处。她的话，句句打在大家的心坎上。本来，"三反""五反"搞起来已经三个月了，这些听众虽说是待在家里，没有亲身参加斗争，但自己周围的人既都已卷在这个伟大的斗争之中了，不可能不受到影响，不受到教育与启发。本身亲属有问题的，更是早已参加了斗争，受到考验了。张同志的话又这样清清楚楚地指出来搞"三反"搞"五反"的必然性，大家都听得很明白，也越加觉得张同志话说得对。

张同志讲完，是典型报告，五区一家五金行的老板娘，动员说服丈夫坦白了从解放以来的偷税和漏税的行为。这个老板娘是所谓"姨太太"扶正的，从前在家里受了许多窝心气，自己带着两个孩子，大太太连饭都不给她们吃饱，经人民政府作主，才跟她家的老板讲明，按月拿到了必要的生活费，后来大太太病死，政府批准她和老板的正式夫妇关系，她才过到舒心的日子。"五反"一开始，在妇联同志的帮助下，她立刻认清了偷税漏税是危害国家的罪恶行为，经她的说服，她的丈夫彻底坦白了偷税漏税事件，并在五区的同业工会中带动了其他一些商户坦白。她的话说得入情入理，大家都听得很满意，特别当她说到"只有在今天这样的政府下，女人才有自由，才受到了最好的照顾"的时候，台下的听众用雷一样的掌声回报了她。

第二个做典型报告的是一个青年团员，她报告了她怎样说服父亲坦白了盗窃国家资产和向干部行贿的事实，她的父亲开始相当顽固，除了店中的工人同志用算细账的方法指出他的违法行为之外，青年团员和她母亲在家也跟他算细账，在这样双重的压力与帮助之下，他父亲终于全部坦白了他的违法行为。

典型报告完了，妇联负责的李同志，又针对大家在"三反""五反"中所顾虑的问题，做了解答报告，之后就散会了。

伟霞的一个小组，商量了一下，就又照着老习惯，除了有两个同志要跑回去给小孩子喂奶，等一会赶来以外，大家就都到伟霞家开讨论会来了。

十 三

没带饭的同志，怕伟霞家准备的饭不够这么多人吃，路上买了些馒头，伟霞也买了些小菜，大家谈谈讲讲，很快地就走到伟霞的家里来了。

陈大妈出来开门的时候，没有像往常那样很愉快地招呼着客人们，她脸上露着一种有话说不出的神气，吞吞吐吐地跟伟霞说："请客人们到霞姑娘屋里坐吧！"

伟霞把客人让到小霞的小书房里，椅子不够坐，要到北屋去搬椅子的时候，陈大妈在她身旁，伸出小拇指，悄悄地说："这个来了。"

伟霞知道小拇指是黄明珠的代表符号，原来是她来了。这件事实在出乎伟霞的意料之外。黄明珠从来没有到这儿来过，伟霞和她之间，是一种非常微妙的关系，伟霞看黄明珠，有时觉得她可怜，觉得她没有灵魂，觉得她除了腐朽的生活之外一无所知；有时又觉得她阴狠毒辣，沾她一点，就要吃亏。所以，对她是能少接近就少接近，过去虽然住在一块，甚至几天几天都不说一句话，关系淡漠的就像陌路人一样。

伟霞到北屋去，黄明珠立刻站起来迎接她，她的身边，倚着李云甫和黄明珠的第三个儿子，三岁的满堂。黄明珠亲热地跟伟霞叫着"姐姐"。她完全改变了平日的装束，脸上洗净了铅华，穿着一件蓝布旗袍。

伟霞不知为什么觉得很不自在，黄明珠喊她"姐姐"，她听了心里非常不舒服，她勉强地招呼了黄明珠，她说："你先坐下，我有些客人，你不忙着走的话，我们待会再谈。"

黄明珠说："我是特为来看您的，要跟您商量一个问题，我等着您好了。"黄明珠这样说着，又推着身边的满堂，叫他喊伟霞妈妈。

伟霞说："那你坐吧！我们也许要谈的时间长一些，你闷的话，就看看画报。"这样说着，伟霞就搬了椅子到东屋去了。东屋的女同志有几个跑到厨房里去帮陈大妈弄菜，其余的人在小霞的小书房里，东瞧瞧，西看看，一致称赞着伟霞刺绣的花靠垫好看。

伟霞一进屋，李梅就说："严大姐，今天你跟陈大妈捣的什么鬼，为什么连北屋也不让我们去了？"

另一个爱说笑话的张容也说："严大姐，是不是李先生来了，你把他藏在北屋里不让我们看见？"

郭清说："严大姐早就跟李先生有名无实了，北屋的秘密，恐怕不是李先生。"

伟霞正要回答这些话，跟伟霞最谈得来的赵筠如说："别这样跟严大姐开玩笑好不好，站在我们新中国的女同志立场上，我认为，我们都应该劝严大姐改变这个不合理的家庭，冲出李云甫给她的束缚才对。大家赞成不赞成？"

大家立刻七嘴八舌地都说："赞成！"

李梅更加了一句说："就凭严大姐，别说一个李云甫，十个李云甫也配得过。赞成严大姐改变不合理的家庭，摆脱李云甫的束缚。"

钱凌文平常最不爱说话，这时也插了一句，她说："我赞成大家的意见，李云甫再好，也不过是个民族资本家。凡是资本家，就少不掉唯利是图的根性，跟唯利是图的人生活在一起，当然不会很幸福的。"

张容说："要照你这样说，资本家的老婆都得闹离婚了，这种论调是不太妥当的。"

李梅说："怪不得钱大姐跟工人同志结婚了，原来是看出资本家不是理想的对象哩！"

李梅这样说着，自己先笑起来，大家也都跟着笑了。原来钱凌文是人家的女婢，被主人强奸之后又遗弃了，解放后，自己寻了一个修理汽车的工人，两人婚后非常好，工人在国营汽车修缮厂作技工，平常工作学习都很积极，钱凌文也跟他学了文化，在这一小组中是学习进步最快的一个。缺点只是平常不大爱说话。

李梅说的钱凌文的脸红了，她最怕有人谈她的往事，每一提起过去，就先脸红起来。伟霞看了李梅一眼，阻止她再往下说。她很知道钱凌文的性格，钱凌文总是怕人看不起她，说起她的出身，虽说是大家都认识到了，婢女是在封建社会受歧视、受压榨的女人，并不是婢女本身不好。但提起这些时，钱凌文总是不能完全坦然，这其中，大部分还是她仇恨那些过去的日子，一提起就没好感的缘故。

李梅看见伟霞用眼睛瞪着自己，也觉得自己的话不对头，她说："严大姐，咱们快吃饭吧，吃完了饭大家好痛痛快快地谈谈，张同志的话说得真透彻。真好。"

伟霞说："同志们，饭已经预备好了，咱们现在进行准备工作，吃完了饭，谁的问题咱们都拿出来谈谈，张同志不是指示过我们，'三反''五反'运动既是阶级斗争又是思想改造吗？咱们就用眼前的具体事实来量量咱们的思想上都存在的哪些问题，看咱们够不够做个新中国妇女。"

李梅说："吃饭还需要什么准备工作，准备嘴巴就行了。"伟霞说"我们这么多的人，坐的地方就得先准备好，把这张方桌跟书桌拼在一起，椅子摆拢来，这就是准备工作。陈大妈立刻就拿菜来了，大家围坐在一起，吃的热闹些。"

大家动手把桌子拼好，椅子靠拢，陈大妈已经用一个大托盘把饭菜都搬来了。大家坐下来吃饭，伟霞恰好夹在李梅和郭清的中间，三人挤坐在一只沙发上。

伟霞本想去找黄明珠来跟大家一道吃，又一想，出去一趟，三人全得站起来，太麻烦，黄明珠来了，跟大家介绍时也不好说，说她是谁呢？在这些同志面前说假话犯不上，说真话，又觉得别扭，能容黄明珠在家，就表示自己思想上有毛病，还留恋于跟李云甫的腐朽生活，就是对李云甫投降。这样一想，她就不想找黄明珠去了。

伟霞想到黄明珠，就跟陈大妈说："给满堂她们弄点吃的。"陈大妈说："知道，饿不着她们。"

李梅说："谁是满堂？是不是北屋中的秘密，请来一道吃好了。"

伟霞说："偏是你耳朵尖，什么都听得见，这个人暂时不给你们看，等我思想搞通了，再给大家介绍。"

李梅推了身边的赵筠如一下说："严大姐有秘密了。"

赵筠如说："赶快吃吧！饭还堵不住嘴。严大姐的事早晚会告诉我们的，你急什么！"

郭清说："对，赶快吃了饭开会是正经，我早就憋了一肚子话要跟大家谈哩！"

十 三

伟霞的小组会一向开得很热烈，这次也不例外，原因是伟霞对人体贴，人情又很透彻，对今天新中国的成长与变化，她首先寄予无限的热爱。这样，她的组员们无形中受了她的感染，大家既能从百忙的家务中抽出时间来参加妇联，就都是抱了一颗要求上进的心来的。再加上妇联同志切合实际的领导，很替大家解决了一些思想上、生活上的问题，大家都对小组会生了感情，有了信任。聚在一起，真是无话不谈。

这一天，赵筠如说出她的思想顾虑，请大家帮她分析。赵筠如本身从师范学校毕业之后，就一直待在家里，做旧社会要求的所谓贤妻良母，她的丈夫开着一家不大不小的照相馆。解放后一度营业非常不好，后来随着社会的安定与繁荣，营业好转起来，一九五一这一年中，利润更加优厚。她的丈夫曾用以坏替好的方式卖给某国家机关一批照相器材，对干部也行过贿，数目虽不算多，究属是违法的，赵筠如的丈夫是个比较胆小的商人，钱是看得重，怕事的心思更厉害。"五反"运动一开始，她们夫妻俩一样的心思，谈出来怕政府给处分，不谈出来，又怕瞒不住，事情反倒会闹大，这两年政府对待工商业的照顾，良心上也不允许不把这些事说出来。怕的就是说出来之后，政府从此对自己再不信任，又怕政府跟自己算细账，要罚款。赵筠如把小组中的姊姊妹妹就看成是自己的亲姊妹一样，什么都愿意讲出来请大家给想办法，出出主意。

对伟霞，赵筠如更有特别的好感。在伟霞主动的帮助之下，跟妇联同志联系，很给小组中的同志解决了一些问题，钱凌文脱离她那个人面兽心的主人，就是妇联同志和伟霞帮助她搞清楚的。生活困难的张容，是由小组的推荐，妇联同志给介绍了工作的。赵筠如想：自己的问题，小组中的姊妹一定会尽可能地帮自己想好主意的。

大家对赵筠如事情的看法，有几个人跟赵筠如一样，觉得照直讲出来，太丢面子，会影响以后的生意。但绝大多数都认识到：一定要把事情交代清楚，这就像身上长了一只脓疮一样，割掉它，免不了要受些痛苦，但是不割它，就要满身是毒。

赵筠如谈过之后，钱凌文也讲了她的爱人偷盗汽油的事，那事发生在一九四九年的年初，他的爱人基本还没认清自己的阶级立场的时候。"三反"一开始，他的爱人便把这个污点勇敢地向组织上彻底暴露了。钱凌文说："谈了之后，不但得到了组织上的鼓励，更增加了组织对自己的信任。"所以她劝赵筠如："趁早坦白，政府会原谅自愿悔过的人的。"

张容也说"今天听的典型报告，很可以给大家做例子，今天的社会，忠诚老实就是典型的好人，政府只有鼓励这样的好人，绝不会使忠诚老实的人受委屈的。"

伟霞看大家谈的差不多了，她就把大家的意见做了总结，她说：

"妇联张同志说得很清楚，今天搞'五反'，目的是把违法资产阶级对我们的进攻打退。这也就是说我们的国家绝不能让资产阶级来领导，大家都还记得，蒋介石时代，帝国主义骑在咱们头上，四大家族卡着咱们的脖子，那家的日子也不好过，人是一天比一天没活路，国家是一天比一天穷。那就是因为蒋介石那帮人是中国最大的买办资产阶级的缘故。他就看见他们那一小伙人的好处了，为了他们那一小伙人，千千万万的人都饿死了。在那个社会中，咱们女人叫人当商品，当礼物，真是说不出的痛苦。这一点，我想大家都很清楚，用不着我再提了。现在，只有我们的国家好，我们才能一天比一天好，我们都是国家的当家人，做当家人的，绝不甘心别人来偷盗这个家的。'三反''五反'就是政府给这些人一个机会，叫大家从今学好。政府真是爱护我们，知道我们从旧社会中来，难免有些手脚不干净，趁着政府预备好了水，叫我们洗，我们还能把这些肮脏永远留着吗？"

李梅说："严大姐说的真对，赵筠如你们趁早去坦白，接受你丈夫贿赂的干部，保不齐早已坦白了，你们还瞎等着干啥。"

赵筠如说："就是怕失掉信用，将来生意不好做。"

伟霞说："你想错了，坦白正是换回信用，你想瞒住不说，根本不行，纸里包不住火，将来被人检举出来，更犯了知过不改的错误。别再顾虑了，只有坦白，才是对的，你该相信，我们大家总不会骗你的。"

赵筠如说："我原来就想坦白最好，大家这样一说，我心里更加清楚了，我回去就叫他去坦白。只是他老不敢去，他说不好开口。"

张容说："其实你跟妇联同志讲也行。"

伟霞说："还是本人讲好，不能讲，写个材料交上去也好。"

赵筠如说："写倒是好，可是我们两人文笔都不高。严大姐你帮帮我吧！"

伟霞说："今天我们也谈的差不多了，大家都好好想想，希望有问题的同志们都向赵筠如看齐，有顾虑，谈出来大家帮助分析分析，早日扔掉包袱，争取作干净人，作老实人，今天就谈到这里吧！"

散会后，大家又说了一会闲话，才各自回家去了。赵筠如要留下来请伟霞帮她写材料，伟霞这才想起北屋里还留着一位黄明珠，她想了一下，说："筠如！你先回去跟你们老板仔细谈好，把事情写清楚，晚上你再来找我，我们再谈。我现在还有点闲事，需要立刻办好。"

赵筠如说："那也好，我准定六点钟再来找你好了。"

十　四

大家都走了，伟霞略微地整理了屋子，她想借着整理屋子的时候，把自己的思想也整理一下。黄明珠为什么来呢？当然绝不会无所为而来。这位姨太太，在旧社会的交际场中混了十来年，学得一副惊人的骗人本领。她明明跟你一点感情也没有，却能说为了你整夜睡不着，她明明恨你恨得要命，却能跟你软语温存，叫你神魂颠倒。有时候，你看她在笑语灿然，却能立刻痛苦幽咽，悲哀要死。总之，你不能明白什么是她所爱，什么又是她之所憎。

严伟霞在心里平静的时候，也会同情黄明珠，同情她跟自己同样是旧社会中的牺牲品。伟霞是从小在教会的孤儿院中养大，被洋牧师当一件礼品送给李云甫的。黄明珠是为了养活寡母弱弟，当了红舞女之后，作为一件商品卖给李云甫的。两人的不同，只是五十步与百步而已。但是，当伟霞的心被一种本能的妒忌纠缠的时候，她就恨黄明珠，恨黄明珠插身在她和李云甫之间，使得她们原来本不融洽的夫妻关系更加恶劣。

今天，却一切都不同了，洗尽了铅华的黄明珠的脸，使伟霞觉得很亲切，好像她已经摘去了假面一样。特别是在开过了小组会后，为姊妹们的友爱温暖着的心，自然地使伟霞对黄明珠发生了好感。其实，严伟霞和黄明珠之间，有什么不可解的仇恨呢？没有。造成她们之间敌对的感情的是李云甫。如果没有李云甫骗严伟霞于先，又买黄明珠于后，黄明珠照样可以在伟霞的小组会中，做一个热心的组员。伟霞小组会中的李丽，也是舞女出身，也曾"名满京津"，今天还不是跟其他朴质的家庭主妇一样，穿了蓝布短袄，热心地在上成人夜校吗！

这样思前想后，伟霞不知不觉地就把屋子拾掇干净了，当她正拿了土畚箕往外走的时候，黄明珠轻轻地走进来了。

两人在门口打了一个照面，这短短的正面相视，伟霞看见黄明珠的脸色这样苍白，苍白得像久病刚起一样。她的同情心更加浓重了，她放下手中的扫帚和畚箕，让黄明珠在沙发上坐好，自己也坐了下来。

这样，保持一个短短的静默，黄明珠说："姊姊！你们开的什么会？"

伟霞说："讨论'五反'的小组会。"

黄明珠说："那有什么可讨论的，我们家庭妇女还会有偷税漏税等问题？"

伟霞说："我们本身虽然没问题，可是我们的家人不可能没问题，刚才在我们的会上，就有一位照相馆的太太帮助丈夫坦白了对干部行贿的问题。"

黄明珠说："坦白以后，政府要没收财产的。"

伟霞问："谁这样说的？"

黄明珠说："天津跟咱家来往的一些太太都这样说。"

伟霞说："这是造谣，即使是真正抗拒'五反'，死不肯承认错误的人，将来还要看违法的事实来定案，能够彻底坦白、戴罪立功的人，一定会得到政府的照顾的。你究竟听谁这样说的？"

黄明珠说："陆长清太太就这样讲。"

伟霞说"陆长清的女人，一个胸膛里长了两颗心，她的花招多着呢，你不要信她的话。"

黄明珠说："这几天陆长清在厂里反省，不能回家，听说也牵连到云甫，我一来想跟你商议一下对这件事的办法，二来也想就便通知云甫。"

伟霞说："今早云甫到天津去了。"

黄明珠说："我听陈大妈说了。我也不一定要找他，他一定跟您讲了，我跟他已经把关系弄清楚了。"

伟霞说："这又何必呢？三四个孩子了，五六年都生活下来了，单等现在，就不能合在一起了吗？"

黄明珠说："其实您也明白，云甫就没拿女人当过人。年轻的时候，我还妄想，凭自己的美貌，凭自己的聪明，不怕云甫脱开圈套。现在，我知道那是错的，夫妇要净是互相斗心眼，还叫什么夫妇！我跟云甫就是这样，互相猜忌，互相防范，真是同床异梦，这样的日子我再也不想继续下去了。我想，率性一个人生活倒痛快些。"

伟霞说："你到底比我有勇气。"

黄明珠的猫一样的圆眼睛里，突然闪过了一丝狡黠的光，她咬了咬嘴唇说："云甫对您也比我好得多。"

这句话勾起了伟霞的无限伤心，李云甫是跟严伟霞好吗？不是，肯定地说不是。黄明珠知道这点，但是她却偏要这样说。伟霞心里想：黄明珠又在说好听话骗人了。一把黄明珠跟欺骗连在一起，伟霞对黄明珠的好感便完全都消失了。她就问："你要找我谈的是什么问题呢？"

黄明珠说："我跟云甫的手续，还没经过法院批准，关于孩子们的赡养费问题，我想跟您商量一下，究竟以多少为相宜，您比我看得远，对云甫的情形也知道得清楚，您讲出来，一定对我们大家都好。"

伟霞捉摸着黄明珠话中的意味，想找住她说这句话的真意。这时，陈大妈进来了，她直截了当地向黄明珠说："满堂不肯睡，非要您不可，您去看看他吧！"

黄明珠到北屋陪满堂去了。等她走了之后，陈大妈悄悄地对伟霞说："她来什么事，是不是找经理来了？"

伟霞说："也许，她还没说出来呢。"

陈大妈说："老太太刚才来过了，听说满堂妈跟您正说话，又走了，嘱咐您过东院去一趟，说有要紧的事。"

奇怪的事都碰在今天一天了，从不拿伟霞母女当人看的李老太太也来找伟霞了。

伟霞说："她找我干啥？也许连她儿子给我的这一点生活费也心痛了，我跟她没事，用不着去见她。"

陈大妈说:"老太太样子很急,说不定真有什么大事,您去一趟吧!"

伟霞说:"晚上再说吧!"

陈大妈说:"老太太嘱咐又嘱咐,说要您抓个空就去,还说别叫满堂妈知道。"

伟霞说:"他们这一群人,就是如此,互相当贼待,谁跟谁都没点真的。"

说着,告诉陈大妈关照黄明珠,就到东院老太太处去了。

十　五

伟霞进了东院,院子里静悄悄的,天又近黄昏了,黯淡的光把院子陪衬得越加落寞。黄明珠住的五间南房像僵死的怪兽一样,毫无声息地蹲在那里。伟霞一直到北屋来了。

外间的客厅里没有人,进了里间也没看见人,伟霞无可奈何地喊了一声:"娘!"

李老太太在套间里答应了一声,待了一会,手里拿着两块彩缎,忙忙地从套间里走了出来。她一看见伟霞就说:"你坐!你坐!"自己也在床边坐下来了。

李老太太看去比三个月前瘦了,那双眼睛可仍然光芒四射,盛气凌人。瘦得尖尖的下颏,再配上耳朵上的翠耳环,像乡下专门骗人的巫婆一样,一见到这样的脸,立刻就使人联想到了可怕的鬼魅。

伟霞说:"陈大妈说您找我。"

李老太说："我这几天就要过去找你，我算计小霞快过生日了，怕你不留心，给孩子忘了。小霞今年高中毕业，小小的年纪，书念得又好，很不容易，我想给她办办生日，接她的同学们来玩玩，热闹一天。"

伟霞说："小霞的生日还早啦，还有半个月啦。"

李老太说："总得先做件衣裳给孩子，虽说是现在女学生都提倡朴素，可是过生日穿件漂亮衣裳，总还是应该的。去年国庆节，不是叫女孩子都穿花衣裳吗！"

伟霞没说话，只觉得打这位老太太嘴里说出来的这番话，听起来非常不顺耳。

李老太太展开了手中的彩缎，缎子真好，一块上织满飞翔着的孔雀，一块上织着佛手、石榴等代表祥瑞的东西，颜色鲜艳得像彩虹一样。

老太太说："这还是从前皇宫里进贡的东西，我父亲掌管贡品，私下里留给我的，我一直舍不得用，前天我想起来了，找出来给我的大孙女正好。"

伟霞心里想：怪不得李老太投机取巧的本领高人一等，原来从小就在作贼的窠里长大的。但嘴里却说："小霞还太小，这样的好东西，穿糟蹋了。"

李老太说："我也老了，将来这些东西还不是都留给你们，我近来又多病多灾的，说不定那时死呢。趁着我还明白，该给谁的就先分给你们。虽说是我跟小霞不常一块，我心里可真拿我这个大孙女为重，她穿是应该的。"

伟霞说："您找我还有别的事吗？满堂和她妈还在等着我呢。"

说到黄明珠的时候，伟霞仔细地看了看李老太脸上的颜色，想看看她对黄明珠究竟如何表示。伟霞对李云甫和黄明珠的所谓"离婚"，一直是半信半疑。信的是，像李老太、李云甫，连黄明珠这些人都是一样，能够互相利用的时候，就可以打得火一样的热，一旦利润分开，也就形同陌路，根本没有感情。李老太如果知道黄明珠不能帮助李云甫出入交际场，为李云甫的赚钱生意找门路的时候，黄明珠也会像伟霞一样，在李老太眼中失去在李家的煊赫地位。李云甫对女人，只是看成菜看，今天想尝尝鱼翅，明天又想吃燕窝了。对黄明珠，自然也有吃腻了的时候，这是李老太可以摈斥黄明珠，李云甫可以抛弃黄明珠的道理。疑的是，黄明珠聪明诡诈，不会在李云甫的生意门路上失去作用，也更不会对李云甫无所求而安然下堂，她就是真的要走，李云甫把全副的家当都给她，还怕她不能善罢甘休呢。

李老太太一听伟霞说到满堂的妈，立刻满脸杀气，咬着牙说："快别提那恨人的小姨太了，她在外面不知闹的什么花样，说是闹了个什么'会'，'衙门'要收拾她，说不定连云甫也给搅到里头。伟霞，你是明白人，你看，万一云甫有个长短，我这把年纪，靠谁去呀！"

伟霞心里想：黄明珠又可恨了，当初黄明珠叫老太太给捧到天上去了。黄明珠打个欠伸，老太太还怕她扭了腰呢。这会儿要有人杀了黄明珠，李老太准得说应该。

黄明珠闹的什么"会"呢？还会没有李云甫的关系吗？说不定一定是在"五反"中有什么重大问题，要不然，李云甫不会突然来迁就我严伟霞，黄明珠不会这样低声下气，李老太也不会这样表示好感了。

这样一想，李云甫这几天的温存体贴也不过是对自己的一种进攻方式而已。伟霞突然觉得连心脏都冷缩到一起了，她一认识到李云甫又是耍花枪，有所为而来的时候，就不由激起说不出的愤恨。但她把怒气压到心底去，她想知道知道这位老太太还要在她身上打些什么主意，她假装惊讶地说："明珠还会闹出大事情来吗？她比谁都聪明。"

李老太说："傻孩子，时代不同了，从前是花招越高，人越得势。如今，都说共产党就爱老实人。"

伟霞说："像我这样窝囊废，再也没人说好。"

李老太说："那可不然，从前我是跟你远，都是那个小姨太闹的，她嘴会说，我又耳朵软，日久天长，就叫她给蒙混住了。这回，我可看清楚了，李家的家就要败到她身上。她越坏，越显得你好。伟霞，作娘的糊涂，从前认不清好坏人，现在明白了，再也不会错待你了。"

伟霞说："娘本来就待我不错。"

李老太说："我找你不为别的，云甫在香港有来往的那些人家，有一些存款在那边，他们来回写信都用英文，明珠临上天津去的时候，忙忙乱乱地把这卷信件忘掉了，你抓空过来看看，万一云甫出毛病，咱们老少三辈也好留点后手。再有咱们住的这所房子，云甫说是给小霞了，早我就想催着云甫给小霞换名字，老没得工夫，房照在我手里，你有闲工夫也办一下吧！"

伟霞说："这些事都不忙，娘看着那时候该办，就找我好了，"说完，她又故意问："云甫呢？"

李老太略顿了一顿说："从跟明珠闹翻，就赌气搬到厂中去住了，我还正想叫你去接他回家来呢，他没上你那儿去吗？"

伟霞说："我听说他上天津去了。"

李老太说："门房说是他在你那边，他又人不知鬼不觉地上天津去了，跟作娘的连句实话也没有。"

伟霞说："是在我那儿住了两天，您别着急，他也许马上就回来。"

李老太说："云甫回来，你给我信，你先回去吧，我怕你跟满堂妈说什么，先找你来嘱咐嘱咐你，她已经不是咱家人了，你言语之间要留神，也别说上我这儿来了。"

伟霞说："好吧，那我就回去了。"

伟霞走在外面，李老太又从后头追了上来，附在伟霞耳边说："你能探听探听满堂妈的口风更好，万一她坏了良心把她做的那些坏事都栽在云甫头上，咱们一家可就全完了。能逗得她说一句是一句，咱们也好做个准备。"

伟霞没回答，只是点了点头，心里想：老太太又要拿自己当枪使了。今天，老太太的花招可要不灵了，倒是老太太的话锋中露出来关于李云甫的问题，却是应该详细考虑一下。她这样想着，不知不觉地走近了家，猛抬头，看见黄明珠正站在门口向这边瞭望。手里拉着满堂，脸上又焦急又不安。

伟霞说："你要出去吗？"

黄明珠说："满堂闹，非要出来不可，不是我要出去。"一边说着，一边哄着满堂说："走！跟妈妈家去吧！"

十 六

伟霞一进屋，黄明珠就问："姐姐，你是不是上老太太那儿去了？"

伟霞本来要说"去了"，又一想不好，就没回答，只用眼瞧着黄明珠。

黄明珠说："其实，您不说我也知道，上午您开会去的时候，老太太过来找您，我都听见了。我知道，不是您不愿意告诉我，都是老太太捣的鬼。她就怕人和气，不吵架。她老愿意人跟人都是仇人，就她自己好。"

伟霞从来没听见黄明珠说过这样的话，黄明珠一向说话非常谨慎，就是她明明做了圈套叫你进，她也把话说得很中听。这样正面谈老太太的坏话，还是第一次。

当然这也是意料中的结果，像李老太、李云甫、黄明珠等人，利益一致的时候，自然是甜哥哥、蜜姐姐，说的特别好听，一旦有所冲突，说坏话是必然的现象。

进一步该是怎样互相残害了。伟霞觉得无论老太太，无论黄明珠都很无聊，又觉得讨厌。她一向对这些明争暗斗总是置身事外，躲避得远远的。可是这一次两边都找到了她，她势必要卷在这个冲突之中，而且这个变化，将关系着属于李云甫家族的每一个人，伟霞想，小霞常希望自己把家庭的问题闹清楚，这次是个机会吧。

可是，怎样闹清楚呢。是离开李云甫呢？还是跟李云甫一块，让黄明珠走呢？离开李云甫，自己不是没有这个念头，从黄明珠一进李家的门，自己对爱情的幻想整个破灭以后，就不止一次地这样想过。想的结果，总是觉得自己事小，孩子事大。自己离开李云甫，一个人怎样都好说，孩子离开了爸爸，跟着穷困的妈妈去受折磨，实在是忍心不下。特别是像小霞那样美丽聪明的小姑娘，若是没钱给她撑场面，在那样只认钱不认人的旧社会里，还不是照样得走自己痛苦的前路，甚至是黄明珠痛苦的前路。这样，就觉得把小霞跟爸爸分开，无论如何不能成。解放后，知道青年人的幸福已经有了保障，再也不会有人来侵犯他们生存的自由的时候，却又因为长时期过着不愁吃穿的生活，下不了决心。这两天，李云甫的甜言蜜语，更使得伟霞的决心动摇了。

她瞧着黄明珠，心里想：黄明珠走，黄明珠的孩子也是李云甫的呀！她的孩子离开爸爸不也一样可怜吗？

黄明珠说过了话之后，瞧伟霞半天不言语，也就沉默下来了，她也低着头想心事。

待了一会儿，伟霞说："明珠，我们平常虽然感情不好，但并不是真的你恨不得我死，也不是我看见你就想要毁掉你的性命。说实话，有时候我是恨你，我恨你扯开了李云甫和我的夫妇关系。可是我明白这不是你的错，这完全是李云甫的毛病。我有时又觉得你可怜，因为我知道李云甫对女人就没有作为丈夫的心，他只是一个鬼，把女人青春的汗液吸干了之后，就会把你踢开。在你来之先，他对我也并非不殷勤，可是一切一阵风一样地就过去了。我现在的处境，也就是你将来的榜样。不过，整个社会变了，我们再也不会像在旧社会中那样被人轻视、欺侮了，妇联会的同志就会帮助我们翻身，不受男人的欺侮。我不知道你怎样想，我是想，像我们这样不合理的家庭，像李云甫那样的男人，总该想办法改造他，特别是'三反''五反'运动开始之后，按李云甫的行为来说，绝不会毫无问题，藉着这个伟大的社会改革，我们的家也一定要改改方式了。"

黄明珠说："不是我离开李家了吗！只剩下您和云甫，也就毫无问题了。"

伟霞说："我是诚心诚意来跟你谈的，明珠，你不要跟我耍手腕，你要拿对待别人的办法来对待我，你就用错了。今天，我想跟你谈的，不是你走不走的问题，而是我们怎样通盘为孩子们想一想的问题。我从来没把满堂跟小霞两样看待。你也许根本不能理解我这样的心情，我清清楚楚地告诉你：你要是想上我这儿来给李云甫摸底，看我对他是不是有意见；或者是你不放心，怕李云甫把钱摆在我这儿，少给你；或者是怕我跟老太太联合起来欺侮你；这些事根本都不可能，我从来就没办过这些事。要想那样做，我也不会从大院子搬开，自己住到这个李家的鬼也不见的地方来了。所以，明珠，我希望你好好想想，你也是明白人，我知道你在旧社会里受够了摧残，过去的经验，叫你对人不能不把真感情藏起来，省得自己上当受罪。今天，绝不会再有人给你当上，就是万一还有人拿你不当人，你也有地方说理去。你要能明白我这番话的真意，咱们就谈谈，如果你想在我身上打主意，想法打探我的话，从我嘴里找你认为有利于你的消息，那咱们就不用谈了。"

黄明珠听着伟霞这样开门见山的说法，先很吃惊，显然，就从来没有人跟她这样讲过话。她先疑惑，后来看见伟霞的样子很诚恳，又很坚决，就把头低了下去，低在正在津津有味地吃着苹果、吃着糖的满堂的头上。她是需要好好地考虑一下伟霞说的这番话了。

原本她跟李云甫的离婚，是他两人计划好，又得到了老太太同意的一种圈套。目的就是为的把李云甫的财产分散，怕的是"五反"追赃时把李云甫的财产全部缴走。李云甫找伟霞，是想找个避风的地方；李老太找伟霞，是觉得伟霞很进步，可以做个"靠山"了；黄明珠找伟霞，是因为在天津很紧张，李云甫指使陆长清搞的那套"五毒"就要揭盖，也牵连到黄明珠本身，上北京来听听严伟霞的口气，必要时讨教个躲避的办法。

把这样的内幕跟严伟霞整个揭开，那怎么可能呢！黄明珠不能这样做。说谎吧，过去没骗倒过严伟霞，今天，当然也就更没用处。同时，又不能得罪严伟霞，得罪了她，不只是黄明珠，李家的老老少少都要吃亏。像黄明珠那样伶牙俐嘴的人，也觉得无话可说了。

这时，小霞放学回来了，用她清脆的声音，喊着陈大妈开门，并且大声地喊着妈妈。伟霞看了沉思着的黄明珠一眼，安静地说："明珠，你想想，我们待会再谈。"说完她就出去接小霞去了。

十 七

和小霞一块来的，还有姚祥。姚祥是负着使命来的，他准备来帮助小霞动员伟霞，上级把任务交给姚祥的时候，这样嘱咐他："李小霞是个好同志，因为她家庭对她的影响，她的观点，一般还是革命的小资产阶级的看法，她有一个最大的长处，是有正义感，只要你把事情给她指明，她是能维护正义的。同时她又很虚心，接受意见也很诚恳，所以你不但是要帮助她站稳青年团员的立场，而是要帮助她在斗争中成长。李小霞的母亲，根据妇联同志们的反映，是追求进步的旧知识分子，同时，也因为她的生活过的并不美满，争取她，是有一定的基础的。"

姚祥就先去找小霞。

李云甫在北京的情况，大致是可以划在半守法半违法户之内的，因为他厂里偷工减料、偷税漏税等行为，都不顶严重，不过，在天津，以长清营造厂为核心，李云甫组成了一个营造商集团，准备垄断京津两地的营造业，这个集团虽然刚开始形成，"三反"运动中证明已经有些干部中了他们的糖衣炮弹，成了他们安置在国家机关中的坐探了。

对这些，天津、北京两地的节约检查委员会已经掌握了确凿的检举材料，只是这些都不是和李云甫直接发生关系，绝大部分是跟张松年有直接联系，小部分跟黄明珠有直接关系。当然，张松年和黄明珠的背后牵线人就是李云甫，那是毫无问题的。李云甫在北京，对政府的号召向来是积极响应，曾在抗美援朝的爱国捐献中，得到模范称号，可是对这次"五反"运动，他表现得很暧昧，虽然在表面上还没有表现死抗到底，但是异常狡猾。

上级一方面派工会中以陈健为首的工作队到大中华营造厂中去帮助职工，做好工厂内部的工作；一方面，根据李云甫这些天住在严伟霞家中的特殊情况，来帮助小霞站稳立场，争取严伟霞加入战斗，在家中形成对李云甫的包围网。

姚祥接受了任务之后，考虑了好久，他觉得，对小霞，首先应该是揭露她爸爸在她眼中的所谓"进步"。小霞一向这样认为，她爸爸是有问题的，但也是要求进步的。她因为跟她爸爸不住在一起，虽然知道爸爸在旧社会中是大剥削者，是高高在上的统治阶级，解放后，爸爸的表现她认为至少还是表示爸爸有改造的希望，同时，她又这样信赖党和政府，她想，在这样没有一个人不受到爱护与教育的新社会里，他爸爸的满身毛病总会一天天减少的。又因为跟自己的妈妈有那样浓厚的感情，小时候妈妈的痛苦生活在她感情中刻上了很深的记号。也正因为对妈妈的爱与信任，她不愿意考虑自己爸爸的问题。她常常意识到这是自己思想意识还停留在非无产阶级的表现，但因为跟爸爸一直没有正面接触，这样的意识也就一直没有得到正面的批判。

姚祥找到了小霞，把节约检查委员会对她爸爸的怀疑和上级希望她担负起的任务，清清楚楚地讲给她了。

小霞听了姚祥的话，先很吃惊，而且举出李云甫的模范事迹来为他辩白。到姚祥诚恳地指出了小霞没进一步考虑问题，为表面现象迷惑，特别是因为对方是自己的爸爸而触动了私人感情的时候，小霞逐渐安静下来，最后竟掉下了泪。但她立刻擦去了眼泪，向姚祥说："姚祥，帮助我吧！这是党给我的考验，我一定要站稳青年团员的立场，所有的贪污犯、盗窃犯都是我的敌人，在我能尽力的地方，我保证运用我最大的智慧，参加战斗。"

姚祥说："小霞，你真是好同志，我知道，只要党和政府对你有号召，你就会响应的，当然，在这样的事件中，你免不了感情要波动。我一定尽力帮助你，你还记得，我们在你的小书房中说的那句话吗，那时候你说：不要让物质生活的丰美腐蚀了战斗意志。"

小霞握着了姚祥的手，说："姚祥，下面我们该怎样进行，你告诉我吧！我心里乱得很，我还不是怕丢掉那样一个爸爸，我原本就跟他没有什么真正的父女之情。何况今天他已经变成了我们的敌人，我所担心的是妈妈，我不知道妈妈会怎样。我们能让妈妈保持她的平静生活，到我们把事情弄清楚，再来慢慢告诉她吗？"

姚祥说："为什么要那样做呢？"

小霞说："我怕妈妈太激动了，她究竟跟爸爸是十几年的夫妻了，而且最近爸爸又对她特别好。"

姚祥说："我认为应该让妈妈参加这次战斗，她对你爸爸丑恶嘴脸认识得越清楚，对她越有利，无论将来她是否跟你爸爸在一起，参加这次的战斗，总是对你的妈妈有很大益处的。我觉得，你的妈妈能够经得起这次的考验，她本身的问题基本上就结束了。"

小霞说："你的意见很好，我们就这样吧！是不是你跟我一块回家去。"

姚祥说："你的意见呢？"

小霞说："走吧！路上我们商量具体进行步骤。"

十 八

姚祥和小霞双双进门之后，小霞首先注意到伟霞脸上的神情不同寻常，她拉了姚祥一下，姚祥向她暗暗点了一下头。显然，姚祥也在注意伟霞的变化了。但伟霞看见了姚祥和小霞，仍然和平日一样慈蔼地笑着，并且殷殷地问候着姚祥前几天闹扁桃腺肿，是不是已经完全复原了。

三人一块进到伟霞的小书房里之后，小霞抱着伟霞的双肩，热情地说："妈妈！告诉我，是不是你不高兴来着。"

伟霞笑着摇了摇头。

小霞说："妈妈，是不是爸爸气您了。"伟霞说："爸爸到天津去了。"

小霞很快地瞧了姚祥一眼，说："爸爸为什么到天津去了，是不是瞧黄明珠去了？"

伟霞说："也不是，黄明珠今天到北京来了，现在就在北屋。"

小霞说："怎么这样巧，爸爸走了，她又来了。她是不是找爸爸来的？"

伟霞说："她说不是。内幕复杂得很，等你们吃完了饭，我们来分析一下。姚祥来得正好，可以帮我想想主意哩！"

姚祥说："伯母，只要您认为我可以提供给您一些意见，我愿意尽我最大的智慧。"

伟霞说："我已经落伍了，思想中存在很多问题，看事情也没你们看得远，思想改造不够，什么事也捉不着关键，何况我一向又是随遇而安，得过且过的人。"

小霞说："嗨！可不得了，妈妈今天发起牢骚来哩！妈妈从来没这样怨天尤人地说过话哩。"

姚祥说："伯母心里的话为什么不应当说出来呢！我想，你一定常常这样拦阻伯母说话的兴趣，所以伯母才不跟你谈问题。"

小霞说："我已经累积了一定的经验了，那就是，只要妈妈和姚祥在一块，我总是孤立的。不过，你们孤立我，是错误的，因为我并不是应该被孤立的对象。"

伟霞说："小霞总是这样嘴尖舌快的，一句也不饶人。实际，你才是错了，我们并没有孤立你。"

小霞说："妈，我承认错误，你给我们晚饭吃吧，吃完了，我真的愿意跟您好好谈谈哩。黄明珠从来不肯进咱们家的门，今天这一来，其中绝对有问题，我又心里搁不住事，妈，我恨不得现在咱们就谈谈才好呢。"

伟霞说："还有新鲜事呢，奶奶今天也把我找去了，说是你要过生日了，给你两块宫缎做袍子，我没拿，她巴巴地打发看门老吴特意给送过来的，你去看，在你床边放着。"

小霞跑到卧室里去把缎子拿过来，打开了看着说："妈！缎子是真好看，不过，我可不要拿它来做袍子，只要一想到缎子是从奶奶那儿来的，我就觉得这些好看的颜色是一些花花绿绿的绳子，穿到身上，就会叫它们把我捆死。"

伟霞说："你又来孩子气了，明明是缎子，为什么说是绳子。"

小霞郑重地说："妈！这是心理负担，我穿上它，就等于失去了自由，也标志着我对奶奶的投降。别说这样两块缎子，她把她整个的家当都给我，我要能对她有一丝好感，我就不是李小霞。"

伟霞说："得了，你别这样大吵大嚷地发表高论了，叫黄明珠听见，又是闲话。"

小霞说："我恨奶奶，是因为她没一点人心。您说，白毛女里黄世仁的妈妈能使得别人对她有好感吗？她那样的人，欺侮人也欺侮的到家了，就该被斗争、被消灭。有她，白毛女就没有活路。"

伟霞说："事情就是这样，在处理这些问题上，也该有个方式方法吧，总要收到预期的效果才行，你这样一嚷，就解决问题了吗？"

小霞正要回答，姚祥在一边拦住了小霞说："不是我又跟伯母搞小圈子，我认为伯母的意见还是正确的。处理问题，掌握原则当然是最要紧的，方式方法也应该加以考虑。"

小霞说："反正说什么，我也不要这两块缎子。"伟霞说："没人强迫你要嚜！"

小霞说："也别放在我屋里，您带走吧；我一看见这两块东西，反倒生气，这就是对我人格的侮辱。"

伟霞说："好！我带走，你别嚷了，我去拿饭给你们吃。"

伟霞走了之后，小霞一屁股坐在椅上，气哼哼地说："爸爸来了，黄明珠来了，奶奶也来了，忽然好像我跟妈妈都成了凤凰了。都来捧我们来了，这里边要没毛病，那才真是见鬼。"

姚祥严肃地说："小霞，节约检查委员会的预见是有事实根据的，绝不会盲目指示我们。你冷静些，这是紧张激烈的斗争。"

十 九

姚祥和小霞吃晚饭的时候，赵筠如来找伟霞谈关于她动员丈夫去坦白的问题，同时带了她自己写就的坦白材料来请伟霞给她提些意见。伟霞有意把赵筠如带到北屋去，为的是叫黄明珠听听人家都在怎样对待"五反"。

小霞在东屋里等了半天，还不见伟霞来，就跑到北屋里来找伟霞。

小霞和姚祥已经商量好了跟伟霞谈话的步骤，他们准备根据伟霞过去的痛苦生活，一点点地谈到目前应该如何改善环境的问题，进一步指出因为李云甫本质上的缺点，越发增加了生活中的烦恼。

姚祥知道黄明珠在北屋，他已经从小霞嘴里知道了黄明珠更详尽的情况，依他的主意，伟霞不来，能跟黄明珠多谈一会也好，也许在她们的谈话中，能获得更多关于李云甫的违法行为的线索与证据。但小霞却忍耐不住，她恨不得立刻就把她妈妈争取过来，她现在觉得：妈妈多跟爸爸在一起一分钟，就给妈妈多加一份烦恼。她又觉得爸爸像一只毁人的熔炉，她怕时间一久，妈妈就会被爸爸烧毁了。所以虽然听了姚祥的劝告，她在房中绕了两个圈之后，终于跑到北屋来了。

赵筼如一看进来的是小霞，脸上先一红，立刻就说："霞姑娘，我也成了盗窃犯了，正请你妈妈帮助我写坦白材料呢。"

没等小霞说话，伟霞就说："小霞，赵家阿姨的柜上，因为旧社会坏习惯，再加上对政府政策认识的不够，做了些偷税漏税的事情，'五反'一开始，赵家阿姨就准备坦白，只是有些顾虑没有解除，一直没有下定决心。今天听了妇联负责同志的报告，又经过小组会中的讨论，毅然决然地准备到同业公会里去坦白，找我帮助来写坦白材料的。"

小霞说："赵家阿姨真明白，只有这样做才是最正确的，我们同学的家长之中，有几个有问题的不肯坦白交代，结果被人检举出来，想抵赖也抵赖不过去，结果，后悔也来不及了。"

伟霞说："赵家阿姨最大的顾虑，是怕丢失了信用，妨碍了以后的生意。"

小霞说："我虽然不知道这里边的具体情况，不敢说坦白了是不是对今后阿姨的生意有妨碍。可是，有一点却是肯定的，就是对能够承认错误，并且勇于改正错误的人，政府不会不照顾他。所以我觉得阿姨若真是彻底坦白，再能检举别人，立功赎罪，政府绝对会照顾您的。"

这时，一直沉默着的黄明珠插了一句嘴，她说："其实，自己不去坦白，政府也未必全都知道的。"

小霞说："单靠政府中的少数工作人员，当然知道的事情不多。可是政府依靠的是千千万万热爱祖国的人民，只要是一个新中国的好公民，他就会自动地参加这个运动的。"

黄明珠说："各人有各人的心思，怎么会大家就一样？"

赵筠如说："这样看法不对，虽说个人有个人的心思，遇到跟大家都有关系的事，就能变成一条心。就拿我们柜上的那几个工人来说吧，这么一开会，工人们的心就像从一个底片上翻印出来的全都一样。我在家里，管账先生劝我坦白，洗相暗室里的工人劝我坦白，连收拾屋子的小强也劝我坦白。那个跟我们学了三年徒的外甥李文也劝我们坦白哩！"

小霞说："学校中的同学也是这样，很多同学都劝自己有问题的亲友坦白，不坦白就检举，新英中学的队员姚大钧就把自己拒不坦白的爸爸检举了。"

伟霞说："筠如，争取时间，你赶快回去吧，省得你们经理等在家里也坐卧不安，早一刻是一刻，我不留你了，等你放下包袱，重新做人之后，我准备两样拿手菜，请你好好地吃上一顿。"

筠如说："伟霞，我拿你当作我的亲姊妹看待，你说，是不是这样写就完全行了。"

伟霞说："这不在文章写的好坏，就看你是不是把所有的问题都坦白出来了。坦白得彻底就最好。"

赵筠如说："彻底是彻底，这里又牵连到别人，我总觉得在朋友的交谊上，过不去。"

伟霞说："我的好同志，你快别糊涂了，这样对待朋友，才是真正地爱护朋友，你难道愿意你的朋友拒不交代，与人民为敌到底吗？"

筠如说："当然我也不愿意朋友那样做，我想，事情总是不由我嘴里说出来的好。"

伟霞说："你不说，还有别人说呢！这些事，本来就是瞒不了人的，朋友的好应该是好在互相帮助上，你检举他，不正是帮助他吗？我看你别三心二意了，越晚越吃亏，赶紧回去坦白是正经。"

这样，赵筠如就走了，伟霞出去送她，小霞也跟着跑了出来，附在伟霞耳边，轻轻地说："妈！你马上到东屋来，姚祥要跟您谈谈啦！"

三十

伟霞到东屋来的时候，小霞和姚祥在一块看列宁画册，姚祥很安静，小霞的脸上就显出焦急的神色。伟霞一进来，两人同时抬起头来看她，姚祥并且顺手把画册合上，摆在案头的书夹中。

伟霞说："小霞，你怎么也不招呼黄明珠一声？对人总应该有礼貌，招呼她一声，对你没坏处，也省得她又疑惑你看不起她。"

小霞说："我完全没有看不起她的意思，只是觉得她无聊、讨厌，真的像苍蝇一样。其实说一句话也许算不了什么，我就不说，我就说不出，我从心里就不愿意说。"

伟霞听了，没再说什么，坐在靠椅上，望着姚祥，说："姚祥，你说小霞的态度对不对？"

姚祥想了一下说："在不违背真理的原则下，是应该讲究方式方法的，刚才我们还谈这个问题来着。不过，伯母，在应该斗争的时候，一味迁就也会把事情搞糟的。"

伟霞说："姚祥，你说中了我的心病了，我总是在应该斗争的时候，鼓不起勇气来，以至于误人误己，非常痛苦。"

姚祥说："斗争性是锻炼出来的，您这样热爱学习，很快就会锻炼得坚强起来的。"

伟霞说："姚祥，你还不知道我的历史，我早就想跟你谈谈，主要是想跟你讨论讨论，我觉得，正因为我对过去不够憎恶，不够痛恨，所以下不了决心抛弃旧生活。你帮我分析一下，你看我的思想根源究竟扎在那儿。看看是不是我有勇气把它挖掉。"

姚祥说："只怕我分析的也不深刻，可是我愿意帮您分析一下。"

伟霞说："我是孤儿，在一个英籍的牧师所主持的孤儿院中长大。我是那几百个孤儿中所谓'幸福'的人，被洋姑奶奶从孤儿中挑选出来，读小学，读中学，又读了大学。我有一个时期十分感谢他们，觉得我们这些孤儿在哀哀无告的时候，获得他们的拯救，使我们免于冻死和饿死。可是另一方面，姑奶奶们对孤儿们的阴狠毒辣，又很小就使我因失望而悲观。我差不多每晚上都做着恐怖的梦，梦见饿得要死，梦见姑奶奶变成手持钢叉的恶鬼。

"我们这一群可怜虫，平常穿着破破烂烂的衣裳，一天到晚在绣花架上绣窗帘、绣手绢，六岁就开始绣，学了七八年之后，巧手能把飞着的燕子都照样子绣在布上，可是姑奶奶们也不夸奖我们一句好。有人来参观，我们就穿上院里预备好的花衣裳坐在教室里念书，在院子里游戏，明明肚里饿，眼睛叫太阳照得发花也得脸上装着笑，谁要是把哭脸给外人看，姑奶奶就不给饭吃。一饿能叫你饿上三天，饿得眼睛发蓝。小霞，你们没挨过饿的人是不懂得饥饿的痛苦的。"

小霞和姚祥都静静地瞧着伟霞的脸，姚祥倒了一杯水，过去摆在伟霞的面前。伟霞说："生得漂亮、聪明的小姑娘一到十二、三岁就给另换好屋子，也给饱饭吃，送到外面去上学，洋姑奶奶还装着伪善的面貌，说这是上帝的意思，这些孩子要受最好的教育，将来为主去拯救世人。选出来的人当然只有几个。我就是其中的一个。我虽然早就知道姑奶奶们一边甜言蜜语，一边心比铅还黑。可是，她们的慈悲形象迷惑了我，我一方面为自己的同伴们的遭遇难过，一方面为自己庆幸，我不知不觉地就认为自己是与常人不同的。我们这些被提拔出来的女孩子们，都按着洋牧师们的需要送到外交官的官邸里，送到将军们的住宅里，送到豪绅巨贾的家里去作阔少奶奶去了。

"这些地方的物质生活是丰富的，能满足一个人物质生活的任何需要。这是洋牧师给我们的说不尽的'恩惠'，我们这些被洋牧师加意培养起来的姑娘们，就以洋牧师的教堂为核心，组织了一个细密的分布网，通过这个分布网，洋牧师就更加方便更加有力地控制了某位将军或外交家。洋牧师是编制这个网的蜘蛛，我们就是输送毒液的道路。

"当然，我能够这样认识到过去，也还是解放以后，经过了学习的结果。在我被洋牧师们提升出来，一直到解放前为止，我一直想，我梦想着凭借我的智慧与小霞父亲的财力，我要来为孤儿们造一座乐园来着。也正因为我始终抱着这样的理想，我不能成为小霞父亲攫取财富的好助手；也正因为我有这样的想头，我不能完成洋牧师送我到李云甫家里来的任务；也正因为这样，我没办法成为李家老太太的好媳妇。

"刚到李家，李云甫已经有了妻子，这严重地损伤了我的自尊心，也正因为我一向为洋牧师表面伪装的善良所迷惑，我认为除了犹大之外的人都是好的。结果我就成了那一时期人家欺骗的对象。曾经因为我的不通世故被一个伪装善人的大骗子骗去了一大笔钱，而且把李云甫跟洋牧师们转运军火的秘密泄露了之后，我跟李云甫的关系从那时就完全破裂了。

"有一次，有人送给李云甫一只鹿，他叫人杀了吃鹿肉，他亲眼看着杀那只鹿，那美丽的动物凄惨地叫着，全身颤动着，鲜红的血汩汩地流着。李云甫左顾右盼，心满意足地向我说：'这就是权力，这就是快乐。'这之后，我对他不由自主地怕起来了，我总觉得我有一天会像那只鹿一样，被他或者他的妈妈杀死。正因为怕，我越加不敢触怒他，什么事也不敢拿主意，总怕弄错了，当然跟他只有越来越不能合在一起了。

"到小霞一天天长大，我在那个环境中也有一定抵抗的能力时，跟李云甫的关系也好转了一些，这时候，黄明珠来了。"

伟霞说到这儿，忽然听见陈大妈在窗外说："嗳！您怎么在窗外头站着，进屋去吧！"

伟霞和小霞一齐跑到门口去，小霞说："谁？"黄明珠在外面说："姊姊！是我。"

伟霞说："你要听，进来好了！"

黄明珠说："我怕有客人，进来不方便。"她边说着边进来了，跟姚祥点了点头，拣了张椅子坐下了。

三十

黄明珠进来之后，伟霞的话被打断了，屋内保持着沉默。黄明珠显得很局促，她淡笑着说："姊姊，我听您在谈过去的历史，我跟您一块待了这么多年，还是头一次听您谈呢，你倒说呀！"

伟霞头低着，想了一下，继续说了：

"最初，我是把恋爱看得高过于一切的，我想我跟李云甫之间的分歧，是爱情还没巩固。我读过的书，看过的电影都告诉我：爱情没有贫富之分，资本家的女儿可以下嫁工人。我这样的孤儿也嫁给了显宦李云甫，所以我一直是在想办法来充实我们的爱情。黄明珠来的时候，我之所以恨黄明珠，是因为觉得她在我们夫妻之间制造了破绽，到李云甫对黄明珠也仍然只是把她看成是一位更加得力的助手的时候，我逐渐认清了既不是李老太，也不是黄明珠破坏了我的美满的生活，而是，李云甫根本就没有作为丈夫的爱情。我在那样只认得钱的社会里，追逐梦想的爱情，就是缘木求鱼。只认得钱的人，是根本不知道什么是真正的人的感情的。

"那时候，我曾亲眼看见李云甫的妹妹因为在交际场中说错了一句话，连累丈夫丢官，被丈夫逼得吞金而死。我也看见李云甫的妈妈不但不以亲生女儿的死为意，反倒利用女儿的死向女婿大敲竹杠，女儿的死倒成了她发财的资本。我又看见李云甫为了升官的方便，骗上了人家的姨奶奶，亲手在澡房内把两人的私生子用水灌死，同时威逼着我把那小尸骸搬运出去。这一些，在最初，使我怕李云甫，怕李老太，怕黄明珠，怕自己一旦遭了他们的毒手。后来，怕是不怕了，变成一种无可奈何，抱着敬而远之的态度，只想躲开他们，平平安安地把我最心爱的也是唯一的亲人小霞养大。

"解放后，洋牧师在我们人民的巨掌下，狼狈地从中国滚出去了，我心里的感激与痛快是没法形容的。家里的恶势力也低头了，老太太也不敢跟我横眉竖眼了，我的那种不再担惊受怕而是坦然生活的愉快心情，也是无法形容的。"

伟霞这样说着，她的脸因为兴奋而发红了，脸上带着激动的快乐的神色，她稍稍停了停又说："有一件事我估计错了，就是我认为安定的生活可以使小霞更能热心学习，所以我一直不能下定决心离开李云甫，我觉得，我可以失掉丈夫，但是孩子绝不能失掉爸爸。只要我愿意找，还可以找到志同道合的爱人，但是小霞的爸爸只能是这个，而不能是别人。所以，我一直在小霞面前尽量把她的爸爸装饰得好些，不让小霞看见爸爸是这样残酷、丑恶与卑鄙。通过了'三反''五反'的学习，我清楚地认识到了，即使我能把小霞骗过，让她对爸爸保留着尊敬之情，李云甫的狐狸尾巴也会在别的地方露出来的，而且小霞也不可能不知道，今天不知道，小霞再大也会自己体认到的，那时候，小霞对一向信任的妈妈又该怎样看法呢！"

小霞在听伟霞说话的时候，就很激动，她想说什么，又极力压抑着，这时，姚祥接过来说了："伯母说得很对，狐狸就是再狡猾些，在人民雪亮的眼睛下，也是藏不住它的尾巴的。我们热爱祖国的好公民，都体会到了祖国给我们带来的无限幸福与温暖，我们也都有决心保卫这伟大的祖国。不法资产阶级分子要把我们带回到半殖民地去，让洋姑奶奶再吸青年的血，我们怎么能答应呢！我们绝对不能，对吧！伯母，绝对不能。"

小霞说："妈，爸爸固然只能是这个，而不能是别人，可是得看爸爸是好是坏，爸爸对我再好，他要是反革命分子，因为他，要使千千万万的女儿们受罪，我就绝不要这样的爸爸，因为他的爱已经成了我的负担。其实，妈就拿志愿军叔叔们的行为来说吧，哪一个对我们不是表现了最深厚的父亲之爱了呢！不是因为有了他们，我们才能这样安心、自由、愉快地在上着学吗！如果没有这样和平的环境，就是我的爸爸再富些，妈！那对我又有什么用呢？"

伟霞说："你们两人说的都对，我总是把问题看得很窄，原因就是我总是先从我个人想起，我的女儿，我的丈夫——我女儿的爸爸，当然看不到别人，问题也自然就看得不够全面，感情也就局限在小圈圈之内了。

"妇联同志针对我这样的思想，已经跟我谈过不止一次了，我总是想不开，特别是不敢跟小霞来谈这样的问题。我怕小霞看不起我，我怕小霞知道我在骗她。这几天，李云甫住到我这儿来，我的感情是非常复杂的，我明知道他绝不会一下子来个大转弯，彻底痛改前非，可是我又盼望他真的是认识清了过去的错误，在孩子面前，名副其实地作个好爸爸，实现我多年来渴望的、和平的、美满的家庭生活。

"不过，在今天一天内，事实又再一次地教育了我，李云甫匆匆忙忙地赶去天津，黄明珠来北京找我，以至于老太太不惜用彩缎来贿赂小霞，都证明了，那就是肯定李云甫在'五反'中是有重大问题的，所以一向临危不慌的他们都乱起来了。也说明了李云甫到我这儿来，是有意来找个防空洞，躲避群众压力的。我又一次被他骗了。"

小霞激动地说："妈！您是不是已经知道了爸爸违法的事实了。"

伟霞说："我不知道，不过我敢肯定张松年是知道的，黄明珠也是知道的。"

黄明珠在听伟霞说话之间，她就非常不安，一方面是因为知道伟霞绝不是李云甫一伙，李云甫并没在这儿隐藏着财产，她来的第一个目的已经失望；另一方面，针对着伟霞的话，她计算出李云甫已经有计划地把财产转移了而并没有交给自己。李云甫对黄明珠，正像对严伟霞一样，他也不过是把她当了个掩护。黄明珠觉得自己的机警完全白费，结果是一无所得，不由得就心忙意乱起来。她结结巴巴地说："我知道什么呢，我知道什么呢，我什么也不知道！"

伟霞说："明珠，我不愿意你再跟我说假话，早晨我已经跟你这样说过一次了，你想想我们的话，你愿意谈咱们就谈，你不愿意谈我们就不谈，你可以不谈，你用不着说假话，我从来就不听假话。"

小霞插嘴说："妈！您以后预备怎样做呢？"

伟霞说："这就是我要跟你们商量的问题，我们是不是去找张松年。"

伟霞正在这样说着的时候，外面有人在叫门了。小霞预备去开，伟霞叫她等在屋里，自己去开门去了。

跟随伟霞进来的是陈大妈和满堂，这使屋子里的三个人都松了一口气。首先是黄明珠安心地长吁了一口气之后，随着满堂的呼唤出去迎接满堂去了。

小霞说："我以为爸爸回来了呢！"

姚祥说："不见得你爸爸能从天津回得来，他们厂中的人早就对他留下心了，这几天他到什么地方去都有热心的职工自动陪伴着他。他活动的大本营既在天津，只要他在天津一露面，就需要停下来做一番'解释'工作吧。"

小霞说："姚祥，你说，我们进一步再怎样跟妈妈谈呢？目前，已经一切都闹清楚了，我原来对爸爸的问题置之不理，一方面是因为我思想中还存在着若干问题；另一方面是因为我对妈妈有无限的信任，我一向觉得，妈妈绝不会骗我。今天，妈妈的态度已经明确了，按妈妈的话来讲，不要说是爸爸在'五反'中有问题，就是没有，为了妈妈的前途，我也要考虑关于妈妈离开爸爸的问题的。何况，爸爸又对工人阶级领导的人民政权在明显地进攻，无论如何，这种行为都是不能得到宽恕的。在同学之间，我怎么能够把作为青年团员的我的名字跟盗窃犯的爸爸列在一起呢？同学们，先生们，我领导的那个中队中的队员们，不要说让他们看不起我，就是对我有一些疑惑，疑惑我的立场不坚定，都是我不能忍受的痛苦。我绝不能让这样的爸爸损害了我生存在党领导下的幸福的生活。生存在毛泽东时代的光明灿烂的未来。姚祥，妈妈可以找到工作，甚至我也可以停止学校中的学习出去工作，在我们母女俩的前面，任何困难都没有，我知道，党和政府给我们的关怀与帮助有多大。姚祥，有必要的时候，我们可以抛掉生活中的一切物质享受，我相信妈妈能够有这样的勇气，只要我和她在一起，而且我快乐，妈妈会听从我的。姚祥，你再谈得具体一些吧，究竟你——不，是组织上要求我在这样的斗争中完成什么任务呢？"

姚祥说："你们学校的支部书记没跟你谈起这些问题吗？"

小霞说："谈是谈到了，只是谈的很笼统，并且李同志很鼓励了我几句，她只是说，要我站稳立场，要我在什么时候也不要忘记自己是个光荣的青年团员。并且告诉我，有问题来找你商量。"

姚祥说："学委对我的指示也只是限于以上我跟你讲过的那一些，主要的希望是你和伯母在家中结成坚固的阵线，在坦白限期之前，能说服的话，让你的爸爸去彻底坦白，因为——学委讲得很清楚，我们要打退的只是资产阶级对我们的进攻，而不是消灭资产阶级，只要你爸爸能彻底认识自己的错误，知道今天资产阶级在人民民主统一阵线中的地位，而且以后保证完成这样的任务，人民政府是会给他自新机会的。"

小霞说："我想要知道爸爸更具体的违法事实。"

姚祥说："你又犯急性病了，你爸爸违法事实你知道不知道都是末节，主要的是我们应当怎样在思想上让你爸爸认清他所做的事是多么丑恶、卑鄙，怎样不能见容于人民。这个时候……"姚祥把声音更放低一点说："黄明珠就在外面，她目前还不是我们的朋友，伯母也还没完全抛掉思想顾虑，我就是知道你爸爸具体做了些什么，你想，在这样的处境中，我能一条条地告诉你吗？叫外人听去摸了底，跟你爸爸一通气，不要给我们的工作增加困难吗？小霞，掌握原则，站稳立场，提高警惕，这些话不是背得熟就能成为具体行动的，而是要在斗争中锻炼、锻炼，小霞，百炼才成钢呢！"

小霞在姚祥说话的时候，脸就羞急得红了，到姚祥说完，晶莹的泪已经储集在她的眼角了，她握着姚祥的手，说："姚祥，我懂你的话，姚祥，这不仅是我对我爸爸的斗争，而也是我对我自己错误思想的斗争。支部李同志那样殷殷地嘱咐我，要我找你商量。姚祥，我明白了，党用无限的纯情培养着我，要我变得懂事，姚祥，谢谢你，你给我上了一课，我不会辜负党和人民对我的爱护的。"

姚祥说："小霞，别激动，我们同是在学习，在接受考验。擦干你的眼睛，伯母来了。"

伟霞进来的时候，带着困惑的脸色，她说："黄明珠要趁夜车回天津去，陈大妈出去找车去了。我是想把她留下来劝劝她的，她还糊涂着呢，认为只要有钱就能解决问题。其实，也难怪，旧社会中给她认钱不认人的教训太多了。"

小霞说："妈妈，黄明珠这样回到天津去，对爸爸不会有好处的。妈，尽可能把她留下来，我们把道理仔细再讲给她听听。她也是苦孩子出身，不会一点都不动心的。我想，应该争取她，是不是，妈。"

伟霞说："我也是这样想，只是我跟她说不上话，她对我有些成见。她着急得很，一心牵挂着天津，不叫她回去，或者迟一些回去，现在看根本不可能。"

伟霞正说到这儿，陈大妈进来了，伟霞问："车雇好了吗？"陈大妈说："雇好了，就在门口等着。营造厂的张松年，还同着一位姓陈的找您来了，我出去雇车，刚好碰见他们来，他们等在门口，说叫我跟您讲一声。"

伟霞说："快请进来。"说着自己也赶紧往外走，回头又告诉小霞："小霞，张松年来了，请他们这屋坐吧。你们先跟他谈谈，他绝不会无故而来，我先把黄明珠送走，马上就来。"

伟霞走到门口，正跟迎面进来的张松年和陈健打了个照面。伟霞一见陈健，不由自主地咦了一声，她说："没想到你会来！"又跟张松年招呼了一声，说："你们先坐，我马上就来。"

伟霞说着，就走出去了。小霞和姚祥双双站起来迎接陈健和张松年。小霞和姚祥都认识陈健，都不认识张松年。过去，张松年虽然到李家来过，小霞却一直也没见过他。张松年一进来就自我介绍说："霞姑娘，我是张松年。"

小霞说："张先生，请坐。陈健同志请坐。欢迎你们来。"伟霞这时进来了。她接着小霞的话说："真的欢迎你们来呢。"

小霞悄悄地问伟霞："走了吗？"

伟霞说："没有，看见他们来，她又要等一等了。"

陈大妈端茶进来，小霞就替客人们倒好了茶，沉默了一会之后，张松年说："李太太，我两次来，都是黑夜里来的，您一定觉得我很奇怪。昨晚来是因为黑夜好，少惹人注意，是因为群众已经摸准了我们的底，我跟李云甫订'攻守同盟'来的。"

张松年这样说着的时候，环顾屋中的人，他看见姚祥、小霞，特别是伟霞，都很安静，一点也没有惊诧的表情的时候，他停了一会，稍稍考虑了一下，又说了："我跟李云甫原来完全是一家，他收买干部，支使干部高估工程标底，是由我出头的。他把国家交给他的工程修建费调到天津去囤积石棉，抢购沥青，也是我出头办的。他在天津组织建筑工程学会，准备联合起私营营造厂有计划地垄断国家建筑工程也是由我出头办的。他这样跟我讲，因为他过去人缘不好，有些事他出头办不合式，我是营造厂中的工会执委，对工人对上级都好说话，目的既是赚钱，当然越赚得巧越好，等到钱赚多了，就可以在'钱'的这个基础上，攫得权力，那时，我们就可以想怎样就怎样了。我中了他的毒，梦想着发大财，我完全相信李云甫提拔我是因为我精明干练，是他称'王'称霸的好帮手。我也完全相信他说的：'只要有钱，想怎样就能怎样。''三反'开始，他就教给我一套欺骗检验人员的办法。接着'五反'，他又教给我一套欺骗工人的办法，他让我学会怎样避风头，他说这阵风过去就好了。

　　"谁都知道，这风头可不是能避得过去的，李云甫教我的那套'避风计策'，起先似乎有点效用，到后来，群众算细账，摸清了我们的底之后，不使那套倒好，越使越拖出尾巴，大家看我是狗屎，是猪粪，是鬼，是畜生，总之，虽然没骂出来，那种神情真是叫人忍受不了。我们的事，没有一件群众不知道的，到我经手引诱、贿赂的干部一坦白，我们是什么东西群众越发看的清楚。我听了李云甫的话，四处用钱，'钱'这回真是不好使了。李云甫和我累积的'经验'全不好使了，这时我可真是心慌意乱，不知如何是好。昨晚上，我跟李云甫订了'攻守同盟'回去，工会的陈健同志跟我谈了一晚上话，我才认清了自己的糊涂思想，我正顾虑到底跟了李云甫这么些年了，不能扯破脸去检举他，谁知李云甫在天津先把我卖了！"

　　张松年接下去说："李云甫今早一到天津，就送一篇材料到天津节约检查委员会去，说明以长清营造厂为首的'五毒'集团，主持人就是我。这篇东西立刻转到北京来了。陈健同志跟我说明的时候，我真是冷水浇头，我跟了李云甫这么多年，辛辛苦苦，到头来，结果是什么呢？我对李云甫，是他叫我上东，我就上东，他叫我上西，我就上西，他们该死，他可把我抓去作替死鬼了。我还顾虑他，大家看看我，是不是血朦心了。陈健同志说的对：工人跟着资本家走，就是走死路，只有回到工人队伍里来，才是活路。我早就知道这句话，总不相信这是真的，这回，事实把我教育过来了，我算醒悟了。

"今天下午两点钟，在厂里的干部学习会上，我就把我跟李云甫的关系，我经手做的事情完全交代了，我一谈出来，工会主席就热情地抱起了我，他说：'老张，我知道你早晚要归队的，我代表工会欢迎你。希望你以后站稳立场，别再给资本家利用。'其他同志也都跑上来安慰我，知道我昨晚没睡觉，有人硬劝我去休息，知道我这些天心里苦恼没好好吃饭，就立刻买来我爱吃的点心劝我吃。我从前欺骗大家，跟大家作对头，我一明白过来，大家不但不计前仇，反倒这样鼓励我，照顾我，我三十年来没掉过眼泪，这回可哭了个痛快，把心里这些年来的肮脏全给倒出来了！"

张松年越说越激动，眼泪又在眼圈中转着，他不得不停下来喘喘气了。

一直在一面听着张松年说话，一面注意着窗外的伟霞，这时向窗外叫着："明珠！你进来好了，你也来听听嗽！"

伟霞的预料一点也不差，黄明珠一直在窗前听着屋里的谈话，她的激动并不减于张松年。张松年把李云甫的问题全谈出来了，自己的问题怎么办呢？伟霞叫她，她又不能装像不进去，只好开开门进到屋子里来。

黄明珠向大家点了点头，悄悄地在伟霞身边坐下了。

黄明珠进来之后，张松年仔仔细细地看了她一眼，他立刻说："黄小姐，您什么时候从天津来的，我听李云甫说，他叫您上天津躲风头去了。"

黄明珠说："不是李云甫叫我到天津去躲风头，是我跟他离婚了。"

张松年说："当着真人用不着说假话，我和李云甫的关系，你也不是不知道，你还用得着骗我吗。我知道，你和我的顾虑一样，希望李云甫没事最好，万一他的问题实在没法开脱，也是希望别连累了自己。这想法是错误的。只有跟李云甫斩断关系，才是上上策。不过，斩断关系不是你说跟他离婚就算完了，你唯一跟他斩断关系的办法，就是动员李云甫坦白，他不坦白，就彻底检举他，你一个人有那么多的孩子，只要你不包庇李云甫，政府会照顾你的。"

黄明珠听了张松年的话，脸上红一阵，白一阵，额上渗出来细小的汗珠。她期期艾艾地说："我，我也不知道他都做了些什么事。"

张松年说："在陆长清的地下室里，你们布置了奢侈的小舞厅，给干部们找舞女，放映下流的黄色电影，留干部过夜。用美人计迷惑从东北来的木材商人，有个姓王的叫你们坑骗的人财两空，着急得去卧电车轨。沈阳有个姓李的，因为看中了你们介绍的舞女，回家把老婆打得头破血出，这不都是事实吗？你还不肯讲，李云甫不拿你当人待，让你去给他陪客人，你还不以为耻，还要包庇他，你做他的奴才想做一辈子吗？你还拿他当好丈夫吗？"

黄明珠说："我，我知道他不好，所以我跟他离婚了。"说着，她猛然大声地哭起来了。

她哭得这样伤心，不晓得她是真的认识了李云甫的错误，还是因为叫张松年指摘得无话可说才哭起来的。到她哭声稍微小了一点的时候，小霞说："张叔叔，您今晚上来，什么目的呢？是不是来动员我妈妈和我来了？"

张松年说："我知道霞姑娘是青年团员，政治觉悟高，当然不会包庇这样的爸爸，至于李太太，我也很相信，我知道李太太一向就不肯和李云甫同流合污，这样的紧要关头，自然更不会和李云甫一块。我们来此的目的，是来找李云甫组织天津建筑工程学会的计划密底，和他跟干部们、营造商经济来往的底册，这是李云甫活动的蓝图，都记在一个黄皮的小本子里，这个本子，李云甫一向随身带着，昨晚上我通知他，怕工人们让他留厂反省，让他把本子藏起来，省得带在身上不方便，所以我想他也许把本子留在李太太这儿，因为他知道外面人都知道李太太长久跟他分居，什么东西放在这儿也比交给别人保险。"

张松年这样说着的时候，陈健看了他一眼，张松年也觉得自己说得太冒昧了。严伟霞跟李云甫究竟是夫妻，别管怎么不和，终究是一家人，在严伟霞没表示态度之前，这样把事情和盘托出，委实是太冒失了。可是话已经说出来了，收也收不回来，张松年只是用眼睛瞧着严伟霞，又瞧着陈健，不知如何是好。

伟霞说："张先生说得很对，我一向跟李云甫不合，就是我平日跟他很好，这时候，我也不会帮助他与人民为敌到底的，我虽然没有搞工作，我和你们做工作的同志一样热爱祖国，有着作为新中国人民的骄傲与自尊。所以，只要有助于你们的'五反'工作，有助于李云甫的改造，我会尽我的力量帮助你们的。不过，张先生说的那个小本子，我并没有看见。"

陈健说："李云甫不会把这样要紧的东西交给您的，可是我们估计他也不会带在身上，他可能把东西藏在您家中隐蔽的地方，因为根据一般人情来推测，从那方面想，只要李云甫不想坦白，都是藏在您这儿比较合适的。"

伟霞说："李云甫做事向来不留痕迹，也许他弄毁了。"

张松年说："不会，这些事情比较复杂，牵涉关联的人不少，其中像老程、张凯，又都是狡猾透顶的人，凭脑子记忆，谁也记不了这些事。李云甫想继续干，打烂这些关系以后，很难掌握整理，同时，他的本子上又都是些符号，外人看了，也看不出其中奥妙，所以，我想他不会弄毁的。"

哭泣着的黄明珠突然插嘴说："姓张的，李云甫待你不错，你为什么这样赶尽杀绝。"

张松年说："我也知道李云甫待我不错，那是在我能够给他卖命的时候，一旦他觉得我没有用，马上就把我推到海里，他好踩着我逃命，这就是他待我的好处。我现在还是回报他这些年照顾我的情谊，我检举他，才正是救他。你别认为我不说，别人就不知道，裹在这个网中的不只是我和他，别人说出来之后，事实俱在，李云甫就是咬定牙关死不承认，也并不解决问题。"

伟霞这时向黄明珠说："明珠，我知道你现在心里乱得很，你去北屋里休息一下，张先生说的话很对，你也想想，回头我们再谈好不好。"

黄明珠说："好吧！张松年你别走，等下我们再谈。"

说着，就到北屋去了。她出去之后，伟霞向小霞说："小霞，你去伴着她，跟她详细谈谈。"

小霞答应着去了。

三 十 五

小霞出去之后，屋子里暂时没人说话。正因为这屋里刚才充满了黄明珠的哭声，这时显得分外安静，只有壁上的钟在"答答答"不停地走着。

伟霞看着陈健，看着这一块同上了四年大学的老同学，想起两人一块在北海、在万寿山共游时的情景，陈健看去很老很瘦，只有眉梢眼角还留着青春时代的清秀。在陈健的眼睛里，有一种沉着机警有魄力的神色，这种神色，在年轻的陈健身上，已经在无意中出现，只是现在这种神色固定下来了，这样的眼色配上了陈健时时微笑的面庞，使人有一种说不出的亲切的感觉。伟霞突然觉得自己是这样华而不实，这样满身带着资产阶级的腐朽气息，在曾经感情很好，因为自己下嫁李云甫而疏远以至完全隔阂的陈健面前，伟霞觉得狼狈起来了。她甚至觉得陈健正在讥笑她落后。

还是陈健打破了静默，他说："伟霞同志，还是那句话，李云甫虽然不会把他的小本子交给您，可能他把它藏在这屋子里的什么地方。你愿意帮我们找找吗？有了它，对我们的工作是有很大帮助的。"

张松年也说："对，可能藏在什么地方。"

伟霞说："他来的这几天里，我没看见他藏过什么东西。"姚祥说："伯母，他不会当着您面藏的，在您不在，或者睡觉的时候，他有什么东西藏不了呢？"

伟霞说："我不在，陈大妈也在，在李云甫到这儿来的时候，我只出去了一次，那次他也到工会去了。所以要藏东西，白天根本就不可能，晚上吗……噢！昨晚上李云甫还说闹老鼠来着，他在套间里打了半天，可能他借着这个机会捣鬼。"

姚祥说："伯母，到套间里去看看吧！"伟霞说："好！大家都来吧！"

姚祥、陈健、张松年随着伟霞进了套间，套间里堆满了箱子、柜子，在这样杂乱的家具之间，寻找一个小本子，那真是跟大海捞针一样。

张松年说："这么些东西，可从那儿找起呢？"

伟霞不言语，她也同样觉得很困难。这么些东西，若真的一件件搬开来找，搬到天亮也未必找得见什么。李云甫藏东西的时候，若是昨天晚上的话，工夫不大，同时他一个人也不可能把箱子搬起，把东西藏在箱子底下。并且箱子又都上着锁，李云甫没钥匙，他也开不开。这样想着，她就仔细地端详着屋中的东西，看看究竟那个有开过或是移动的样子，好从那儿开始找起。看来看去，她看见屋角的那只壁橱的门像是开过了一样，壁橱的把手上单单没有土。那只老壁橱因为年代太久了，关橱门的时候要费很大的劲才能关好，关时又呀呀响。她恍恍惚惚地记得，昨晚临睡时听见了响声，这只橱又没有锁。她看见陈健、姚祥、张松年正都又相看屋中的东西又看着她的时候，她说："我看这只橱好像最近打开过，我们先从这儿找找看。"

她就过去开橱门，姚祥在一边帮助她。橱中满堆着装鞋的纸盒子，伟霞说："这都是我年轻时穿的鞋，现在不穿了，就都堆在这里了。"

四个人一起动手把鞋盒子打开来检查，黑皮的、红皮的、金皮的、银皮的式样玲珑的女鞋，有的崭新，有的半新，整整齐齐地装在盒子里。这时，姚祥在一双银色的高跟鞋盒的底层，掀起了一张白纸，从白纸下拿出一个小本子来，他说："伯母，这里真的有个小本子。"

伟霞接过来一看，说："这不是我的东西，准定是李云甫藏的了。他真会想地方，他知道我老早就不穿这些鞋了，这个地方真妙。"她说着就拿着本子问张松年："张先生，是这个本子吗？"

张松年说："是的，这就是李云甫常带在身上的那个本子。"

伟霞说："咱们回东屋去谈吧！"

回到东屋坐定了之后，伟霞又从本子中翻出来一张香港银行的存款单据。她冷笑着说："黄明珠估计对了，李云甫果然有一部分财产保存在这里。"

伟霞把单据重新夹在本子里，把本子摆在张松年面前，说："我也算尽到我的责任了，你拿去，交给厂里的工会吧！"

张松年说："您是不把存款单据留下。"

伟霞说："不！如果这些钱应该给小霞或是给我，将来，政府会给我们的。不应该给我们，我拿着它也是心病，你一总拿回去好了。"

张松年接过去本子，大张着嘴，不知说什么才好。

陈健这时走过来，握着伟霞的手，他说："伟霞！你还保留着你的英雄气概，没见你之先，我还担心你叫奢侈的生活腐蚀完了呢。你真好，谢谢你的帮助。工会的节约检查委员会还等着我们带好消息回去，所以今晚上我们不再打扰你了。不过，大中华厂的工人还要求你一件事……"

伟霞问："什么事？"

陈健说:"他们要求你到天津去, 动员李云甫把问题全部交代清楚, 你肯答应吗? 要去, 连小霞也一块去。"

伟霞说:"我当然可以去, 不过我觉得, 有张松年在, 什么问题都解决了, 我去不去没关系。"

陈健说:"不, 你去有你去的作用。明天早车, 我跟张松年, 还有厂中的会计杨振清一同去, 你愿意跟我们一道去吧?"

姚祥说:"伯母去吧, 小霞也会很高兴去天津的。"伟霞说:"既这样, 我就同小霞去一次好了。"

陈健说:"咱们一言为定, 我替你们买好车票, 明早我到这儿来接你们, 带黄明珠一道走。"

伟霞说:"好吧, 明天我等你们。"

陈健和张松年告辞走了, 姚祥也和他们一道回家去。伟霞送他们到了门口, 陈健说:"伟霞, 明天在火车上, 我们要谈谈分别后的情况了, 我们是不是有二十年不见了。"

伟霞说:"真的有二十年了。"

陈健他们走了之后, 伟霞刚关好了街门, 小霞急匆匆地从屋中跑出来, 她问伟霞:"妈, 他们都走了?"

伟霞说:"是的。"

小霞说:"我听见你们在套间找东西, 我也想跟你们一块找, 可是黄明珠哭得非常伤心, 我也不敢离开她, 好容易陈大妈把满堂哄睡了, 陪着她, 我才抓空跑了出来。妈, 你们找到什么没有?"

伟霞说："找到了你爸爸违法的证据。"小霞说："以后预备怎样办呢？"

伟霞说："陈健说厂里的工人要求咱们到天津去一趟。"小霞说："那您的意思呢？"

伟霞说："我答应了。政府既然这样仁至义尽，我们要能劝你爸爸及时坦白，对'五反'的工作有所贡献，也可以多少减轻一些他的罪恶。"

小霞说："工会派陈健住在工厂中来做工作，这事是非常严重的，爸爸违犯了共同纲领，这不是件简单的事。妈，我觉得您应该考虑一下您自己的问题。"

伟霞冷笑说："小霞，你还疑惑我对你爸爸抱着希望吧？"

小霞说："不是那样，我觉得，对您，对我，这件事都是生活中的一个转折点，所以……"

伟霞截断了小霞的话，把小霞搂在怀里，用自己因为兴奋而炽热的脸贴着小霞的脸，她："小霞，你说得对，这是我们母女俩生活中的转折点，我不会轻率地对待他的。我要仔细地再考虑这些问题。有一点请你放心，那就是我已经彻底认识到了，夫妻的爱，父子的爱只能建筑在没有剥削、倾轧的工人阶级领导的社会经济基础之上，只能建筑在共同为真理奋斗的意识之上，不然，夫妻、父子也会成为仇人，成为敌人。你爸爸现在不止是使我厌恶，而是使我恨，我恨得想打他，揪他，他多么丑恶，小霞，我今天才有勇气正视他这样的嘴脸。"

小霞说："妈，你说得真好，你说的就是我心里的话。"

伟霞说："妈妈现在最爱的就是你，你是我全部的安慰和希望，如果我永远停留在现在的阶段中，不前进，不抛掉思想中这些旧意识，你会逐渐离开我，甚至我有一天成为你前进的障碍，像你爸爸的情形一样。小霞，要是叫你像搬开一块绊脚石一样地搬开了我，小霞，那该多么痛苦，小霞，没有你，我的生活还有什么意义呢！"

伟霞说着，炽热的泪落下来，滴在小霞的手背上。小霞只把自己的脸紧紧地贴着妈妈的脸，她觉得，自己跟妈妈的心融接在一起了，母女俩是这样接近。

伟霞说："我也很爱姚祥，我也很爱你的朋友小倩，你们这些年轻的孩子们，我看见你们欢欣愉快的情景，我心中就觉得说不出的快乐，而且想，怎样能在你们的快乐中更给你们增加快乐。小霞，你不要惦记我，而是要帮助我，帮助我前进。"

小霞说："妈。你真好，无论是我，是姚祥，是小倩都愿意帮助您的。"

伟霞推开了小霞，说："那么，去睡吧！明天要早起，要休息得好，才有饱满的精神。"

小霞说："妈！您也早睡，我们都准备好，去迎接明天的战斗。"小霞热情地吻着妈妈的脸，离开伟霞跑进自己的屋子去了。

伟霞也轻轻地走进了自己的屋子，她喃喃地说着："小霞，我要跟你一块前进！"

春天

署名：孙翔

原刊上海《亦报》
1952 年 8 月 27 日 -11 月 7 日

　　北京的天气已经热得使人流汗了，在北满，下起冷雨的时候，还得穿棉袄。就在这农民们忙着春耕的季节，绮雯为了工作，到北满一个有名的农业生产合作社搞工作来了。组织上给她的任务是：深入生活，一方面搜集小农的自私自利思想在集体化道路上的成长情况，一方面接近群众，参加生产实践，锻炼与改造自己。

　　这是一个表面上轻松，实际上意义深重的任务。绮雯一方面为能够有这样一个机会，到先进的农民之间去生活一个阶段高兴；一方面又觉得责任重大，怕自己闹不好。搞思想问题，原不简单，尤其是搞农民的思想问题，对一个出身资产阶级、在都市中长大，又过了一段相当奢侈的腐化生活的大学生来讲，实在是一个相当沉重的任务。坐在由北京直开长春的火车上，绮雯的心里翻来覆去只是这些问题在打转，一会儿觉得没什么，一会儿又觉得无从下手。平日从书本上领会的马列主义与毛泽东思想，这时都觉得距离自己很远，不晓得怎样才能变成行动，才能具体在实际工作之中运用。绮雯在工作岗位中，是常受到群众称赞的工作者，虽说是出身的阶级有问题，受的又是殖民地教育，但在解放的这三年来，因为她肯虚心学习，人又比较聪明，在批评与自我批评中肯大胆暴露，又勇于改正，一般说起来，是进步得比较快的。组织上这次派她下乡，也是根据她工作中的优点决定的。同时，也热切地盼望她在农民们伟大的生产斗争中进一步受到考验并接受锻炼。

组织上对绮雯的照顾与培养，绮雯觉得安慰，也增添了搞工作的勇气。她想：毛主席嘱咐工作要深入群众，与群众血肉相连，呼吸相通，就没有解决不了的问题。她紧紧掌握这个原则的话，工作绝不会出大偏差。这样想通了之后，绮雯觉得很轻松愉快。她原来是性格明朗的人，在学校的时候，因为她书读的又快又多，理解力也很强，同学们都叫她"鱼儿"，说她能在书海中自由浮泳。也有的同学跟她叫"鸟儿"，说她这样好学，基础打得好，将来可以在天空中任意飞翔。其实，不论是鱼儿、鸟儿，都是活泼有趣的生物，绮雯也正如鱼和鸟一样，非常活泼可亲。

绮雯的资产阶级家庭，留给她的是一种所谓生活要过得"美"、过得"艺术"的享乐人生观。这样的人生观，解放前，在绮雯身上曾经发展到了相当的高度，追求物质享受，恣意地装饰自己，把人打扮得跟花朵一样。但同时，对于书籍的嗜好，也随着日月增长，书中指给绮雯一个完全与她出身、环境迥然不同的世界，那个世界中的人们，在被无辜的杀害，在前仆后继地为了大家的幸福进行斗争。绮雯懂事的年代，正是日寇对中国人民进行极端残忍的统治时代。绮雯的父亲是一个抱着"工业救国"希望的民族资产阶级，日本鬼子进行搜刮，压榨东北老百姓的年代，也就是这位老先生对国家前途希望黯淡、而至意气消沉、抑郁而死的年代。家中为了遗产的纷争，亲友们为了金钱的明争暗斗，使绮雯很小就明白了"钱"的可耻作用，使绮雯很小就明白了在有钱有地位的人家中所谓的父子手足之情。这样，就形成了她性格不平衡的发展：一方面，她像家中的其他人一样，贪恋于奢侈生活的享受；一方面又时时不安于那样的生活，为那样生活的空虚无聊以及残忍所苦。

在她离开大学的那一年，带着旧社会一般大学生的幼稚梦想，跟一个原籍北京学音乐的人结了婚。婚后，就住在北京。两人同病相怜，都不满意现实，又都没有勇气突破现实，就在所谓的"艺术"氛围里，找到了一个"王国"，每天弹琴作画，追求着表面清高的"唯美"生活。

一九四六年，蒋匪帮向东北解放区进攻，绮雯正和丈夫住在娘家。在炮火中，丈夫和从小一块长大的妹妹都死了，绮雯带着母亲和女儿小雯回到北京。丈夫的姨母早把北京的家产变卖得一干二净，跑到不知什么地方去了。绮雯的奢侈的艺术生活，失去了可靠的物质基础之后，露出来原来掩饰在所谓"美"后面的剥削本质。那种饱食终日，把艺术当作排遣个人狭隘感情的生活，是这样浅薄无聊。

绮雯的母亲是懦弱而善良的人，受的是三从四德的贞节烈女教育。丈夫死了之后，因为只有两个女儿，在家庭中饱受欺凌。蒋匪军的炮火又夺去了她心爱的小女儿，破坏了她静得跟止水一样的生活。因此，在新环境中，显得手足无措，不知如何是好。上边是衰老的母亲，下面是三岁的小女儿。在从来没为生活问题担过心的绮雯来讲，是个不轻的担子。但是她勇敢地挑起来了。丈夫死的初期，北京快临近解放的时候，她家中的亲戚劝她到南方去，到台湾去，绮雯都拒绝了。到南方，到台湾去做什么呢？不错，从前她家是贵友满堂的。那些贵友都是跟她家那所大的制油工厂一并存在的。失去了油厂，自然也就失去了这些大富之家的朋友。那么，一个廿六岁的大学毕业生，上有老母，下有稚女，而脸庞又生得满招人喜欢，在那个险诈的社会里，除了做机关中的"花瓶"，作阔老头子的外家，另外，还能找得出什么生存之路呢！

炮声越临近北京，绮雯留在北京的心也越加坚定，她贪婪地倾听着一切从封锁线外传进来的消息。为当时北京统治者的反宣传搅乱，绮雯对人民的革命事业，有着一定程度的歪曲看法。但有一点她是肯定了的，那就是："那是一个同情并援助穷人的社会，只要肯劳动，你就可以自由自在地生长。"

北京解放前两日，绮雯在一个表面秘密的地下妇女工作团体中，遇到了在初中时最要好的同学高芝。高芝知道了绮雯的情况后，就介绍绮雯到解放区石家庄的短期政治训练班中去学习。在那样火热的革命熔炉中，学习了半年，再回到北京来，北京已经遍地插着红旗，蒋介石和他的爪牙们早已跑得不知去向。那时虽然还有一部分人用疑惧的眼光看着这些到北京来的、穿着朴素服装的人，但到处都呈现了蓬蓬勃勃的气象。特别是在劳动人民聚集的地区，每天都有显著的变化。顶脏的臭水沟翻修了，自来水管子接通了，没有工作的人有工作了，从前吃不饱的人，现在脸开始转成圆形并添上红色了。

这一切都使绮雯兴奋、激动，特别是当她随着高芝一块进了她所在的工作部门，工作部门的首长不但绝没有歧视侮辱女同志的情形，还特别表现了对女同志们兄弟一样的关怀，帮助女同志在各方面锻炼成长。绮雯由于感激、佩服，要求在工作中的改造也更加迫切。高芝从十六岁参加了革命，十几年来，锻炼得像钢铁一样，在她的帮助下，绮雯逐渐鄙弃了自己出身的阶级，认识了过去腐朽生活的可耻，在工作中一点点地成长起来了。

到北满去工作，在绮雯是头一次，对北满的情况了解得不多，同时，因为任务的限期急迫，事先准备工作做的也不多。因此，在火车上，绮雯出现了那样忐忑的心情。

火车到长春，天已经近黄昏了，在不知不觉间又飘起来冷雨，这个曾经作为日寇统治东北的心脏地区的城市，各处装饰着红星。绮雯是在这个都市中念过一阵子小学的，她小时候住过的房子，就在车站附近。她很想去看一看。她还记得她曾经在那幢绿色的小楼前，种植了两棵蔷薇。如今，该正是蔷薇花开的时候吧！

经过和车站工作人员的联系，绮雯知道夜里十二点，还有一趟北上的列车。今夜，按理说是应该在长春休息一夜的，连续坐了两夜一天的火车，人实在疲倦了。但一想到明早就可以到达目的地，就可以投身在农民们炽烈的春耕生产实践之中，绮雯还是买好了北上的票，决定今夜北上。把简单的行李安置在候车室的一角，倚在那行李上面，买了一份长春新报看着，满心愉快地等待开车，连出车站外面走走的意图也打消了。

第二天清早下了火车，在车站旁的小饭铺中吃了早饭，根据饭铺伙计的指点，背起小行李，绮雯一直向韩明农业生产合作社走下来了。

昨天这里刚下过雨，大路上、庄稼地里，积存着雨水。草上的露珠晶莹地闪烁着。野玫瑰刚刚绽蕾，但已经放散出可人的香气了。远处是紫色的山，山上停留着白云的阴影，太阳从山头缓缓地升上来，温煦的光辉照耀着大地。

庄稼地刚刚犁过，黑色的肥沃的土壤像海浪一样此伏彼起。每个土疙瘩都吸饱了水分，胀得像要裂开来一样。

麻雀吱喳着，时常有可爱的燕子从身边掠过，柳梢头上布谷鸟在叫，远处的青草地里，一群群牛在吃草。

这么安静，这么清新，又这么令人心清气爽。绮雯饱吸着新鲜的空气，不知不觉地唱着："我们的祖国多么辽阔广大……"在火车上连续两天两夜的疲劳，完全消失了。

一个上年纪的农民，背着小粪筐，从大路右边的小茅道走过来了，绮雯愉快地招呼着他：

"老大爷！下地去呀？"

老大爷仔细地打量了绮雯一眼，也微笑着说："不行！地太湿，得晒一天两天才能下地呢。"

没等老大爷说完，绮雯已经觉得自己的话问得多么"不在行"了。一路上，没看见一个人下地，眼前这位老大爷背的又是拾粪用的筐头。农民们一向早起，在这样春耕正忙的时候，若不是刚刚下过雨，怕把田地踏烂了，能在天亮了这么久，田地里还没有人去工作吗？下乡的头一点钟，已经暴露了自己对农事是怎样无知了。绮雯想着，为自己的少见识笑了。

老大爷没理会绮雯在笑，睁大了布满了皱纹的眼，注视着眼前的大地，眼睛里洋溢着那样幸福满意的光辉，他喃喃地说："好雨！好雨！"

这情景，立刻使绮雯把嘲笑自己的那种虚浮的感情赶跑了。

"好雨！"这句朴素的语言中，孕育着多么丰富的情感啊！"好雨"，是希望的具体实现，仿佛在这句话里，绮雯已经看到长得又粗又肥的庄稼了。

绮雯说："老大爷，这场雨下透了吧？"

那个老农民蹲下身子去，撮起一块土疙瘩来，喜洋洋地举给绮雯看，一边说：

"这土疙瘩，一碰就碎了，湿透了，全湿透了。毛主席号召咱们多打粮，提高产量，有这场雨，保证落不了空。"

老农民把毛主席，把提高产量这些话，说得这样自然，这样出自肺腑，绮雯觉得一路上担心的，自己和农民之间的距离，一下子就缩短了。她觉得她并不是在跟她毫不相识的人在说话，像是跟自己家里的老爷爷在说着家常一样。

绮雯不由得也蹲下去撮起来一块泥土，饱含着水分的土壤给她凉丝丝的感觉。多么可爱的土地，她第一次这样亲切地觉到了土地的魅力。她也快乐地说：

"是呀！老大爷，这场雨下得真好，庄稼种下去，准是长的又快又好。"

老大爷抛掉了手中的土块。站了起来，他说："再一个月不下雨也不要紧了。渴不着。"

谁渴不着呢，自然老大爷说的是土地。老大爷把土地"人"化了，土地也知道渴。

绮雯说："对，渴不着。"

老大爷背好了粪筐子，再看了绮雯一眼，刚才赞美好雨时那样幸福的神色，依然留在他的眼睛里。只是眼睛眯成了一条线，这样眯细着眼睛的老大爷，更是增加了可亲的气氛。

老大爷说："同志！打那儿来呀？"

绮雯说："打北京来。"

老大爷猛然把身子转向绮雯，说："打毛主席那儿的吗？"绮雯点着头。

老大爷说："谁都想上北京去看看毛主席，把心里的话跟毛主席讲讲。咱们的日子一天比一天过得好，都是毛主席给的，就像昨天这场好雨，也想告诉给毛主席。……"

绮雯说："毛主席会知道咱们这儿下好雨的！毛主席一定会知道的。"

老大爷说："人家模范上北京去，还跟毛主席握手。毛主席问他，庄稼好不好，缺雨不缺雨？毛主席又拿庄稼人的事当大事啦！"

绮雯立刻明白老大爷说的模范是谁了，那一定是韩明。绮雯说："模范村离这儿不远了吧！我就是上韩明农业生产合作社去的。"

老大爷说："前边那个村子就是，常有工作同志上他那儿去，过了小河，就是模范村，还有五里地远！"

绮雯跟老大爷告别后，往前走了，老大爷知道绮雯要在模范村住些日子，就嘱咐绮雯，闲时到他们村子走走，给老乡们讲讲北京的事。

绮雯答应着，心里真的想着一定要来这个村子看看，她问了村名，又问了老大爷的名姓。紧了紧背包的带子，顺着大路大踏步走了起来。

正如老大爷说的一样，顺大路往西，又走了约半个钟头的时间，路的右面横着一条河，河后面就是个小村庄，河并不大，可是水很清。

青青的河水反映着太阳的金色光彩。河里沤着麻，一群孩子在河东岸晒麻、剥麻，河里游着鸭子，岸上跑着鸡，在孩子们的欢笑声中，一只五彩的雄鸡，傲然地伸直了脖子，喔喔地啼了起来。

一个十四五岁的小姑娘，扎着两个又粗又短的小辫子，上身穿着花夹袄，下身穿着蓝裤子，颈上系着红领巾，看见绮雯正要从那根摇摇欲坠的独木桥上过河时，飞一样地跑过来了，像掠水而过的小燕子一样，她轻盈地过了桥。

小姑娘说："同志，你上那儿去呀？"绮雯说："我上模范村！"

岸那面的孩子"轰"地笑了起来，一个戴着白运动帽的男孩子笑着说："到了模范村，还说要上模范村。"

绮雯也笑了，她说："你们村口又没立字牌，我头一次来，当然不知道这儿就是模范村了。"

小姑娘说："同志！你别听他的，他是有名的滑稽人，专门说笑话。"

戴白帽的男孩子也跳过河来了，他说："小姑娘，你别替我宣传了，什么滑稽人不滑稽人的，带这位同志过河是正经。"说着，就来拿绮雯的行李。

绮雯说："我自己拿吧！你们领我到合作社去好了。"

小姑娘说："把行李交给李柱，桥不好走，桥原来有两根木头，前天下雨，一根木头没系好，顺水跑到下流去了。群众忙着开会，还没修呢。"

被叫着李柱的男孩子听了小姑娘的话，更加用力地从绮雯背上往下扯行李，一面说："到我们村里来，应该帮你拿。"

绮雯拗不过他，真的把行李从肩上拿下来交给他。李柱像壮年汉子那样，把行李往胁下一挟，两步三步就跑过了桥，转过了河边的房子，立刻不见了。

小姑娘扯着绮雯的手，慢慢地走过了河。

一个脸蛋圆圆的小胖子，正从河里拖上来一捆比他身子长两倍的麻捆，吃力地把麻摔在岸上，溅了旁边的人一身水，愉快的孩子，又因为这件事笑起来了。

小胖子瞧了绮雯一眼，说："从那儿来呀？同志！"绮雯说："北京。"

小姑娘紧接着说："从北京来，从毛主席那儿来的吗？"绮雯说："是。"

小胖子放下手里的麻，拍起手来了，嚷着："欢迎从毛主席那儿来的同志。"

孩子们都停止了工作，劈劈拍拍地鼓着掌，并且欢呼着。

绮雯的眼睛湿润了，来到模范村的头一分钟，模范村的孩子们用这样热烈的感情来欢迎她。她笑着，紧紧捏着小姑娘的手，笑着说："小朋友们！我到模范村来学习，要住一个月呢，咱们一块玩。"

孩子们停止了拍手，一个小姑娘说："你教我们唱歌。"另一个说："你教我们跳舞。"

绮雯笑着说："好！我一定教你们。"

领绮雯来的小姑娘拉着绮雯向前走，说："咱们见主任去。"

绮雯这时好好地端详着这个小女伴，圆脸、长眼睛，奇怪，怎么好像见过面一样，看着这样眼熟。绮雯猛然想起了韩明，韩明的照片正是这样，圆脸，长眼睛，她问小姑娘："你是不是姓韩？"

小姑娘说："我叫韩桂芝，你怎么知道我姓韩？"

绮雯说："我还知道韩明是你爸爸。"

韩桂芝把长眼睛眨了眨，自己笑了，她说："你一准认识我爸爸。"

绮雯说："我不认识，我看见过他的相片。"

韩桂芝又笑了，说："我爸爸的相片可多啦！报纸上，杂志上都有，他是劳动模范，他光荣。"

绮雯说："你呢？你长大了，能不能当模范？"

韩桂芝说："我当模范，不能像我爸爸这样，我爸爸还使马拉农具种地，我要用拖拉机种地，我当模范拖拉机手。"

说着话，她们走过了扫得干干净净的街道，走到一连四间的一幢大房子前面来了。大房子的门口挂着一块木牌，上面写着："韩明农校。"

韩桂芝说："群众都在这里开会，你进去吧！"说完，摇晃着小辫子就跑了。

绮雯进到农校屋里来了。

四

韩明农业生产合作社的全体社员在开社员大会，农校里挤满了人，壮年和青年的男女社员们，都像在城市里工作的干部一样，穿着灰斜纹布的干部服，只有上了年纪的老头老太太，才穿着黑的或蓝的布衫。大部分人吸着纸烟，一小部分人拿着过去农民常用的短烟袋。屋子里顺序摆了四条长的黑油桌子，桌子两旁摆着能坐六七个人的长板凳，靠东墙，挂着一面大黑板。

绮雯进屋的时候，很多人都回过头来看她，一个身量不高的、黑黝黝脸膛的年轻人离开座位来招呼绮雯，他把绮雯带到大房子的里间里，很爽直地问了。

"你是北京来的李绮雯同志吧！我们已经接到县里的来信了，欢迎你来，好在工作上多给我们一些帮助。"

绮雯把自己的介绍信掏出来，那是写给当地县政府的罗一民同志的。绮雯在北京的时候，就知道县委会秘书罗一民常在韩明农业生产社里住。因为韩明到苏联参观去了，生产合作社里的领导力量弱一些，为了贯彻中央政府农业部"只许办好，不许办坏"的指示，罗一民同志经常到韩明生产合作社里来，帮助老乡们解决一些问题。绮雯为了免去路上再绕到县城里去的麻烦，除了请组织上直接寄信给县上说明情况外，自己就径直带了介绍信到村上来了。

绮雯说："你就是罗一民同志吧？"

罗一民点点头笑了。很白的牙齿，在黑黝黝的皮肤衬托下，更显得白了。

罗一民常有关于农民们生产活动的文稿寄给绮雯机关编辑的农民杂志。不但文字朴素有力，问题也常提得尖锐、中肯。

绮雯说："你们在开什么会？"

罗一民说："春耕总结和讨论夏锄计划。"

绮雯说："春耕已经结束了吗？我一路上，看见许多地都刚刚犁好，还没下籽呢。"

罗一民说："合作社跟一般农民不同，当然有它优越的地方，韩明的社，虽然今年春天才成立，春耕比一般农民早完成五天，成立年份多的一定更好吧，你到过别的社去过吗？"

绮雯说："河北省的农业生产合作社我曾经去过，但住的日子少，理解的并不多。"

罗一民说："在这里准备住些日子吧？"

绮雯说："最少准备住一个月。"

罗一民说："那好极了，咱们可以多在一起研究些问题了。你来得正巧，我们县长和县委书记今早来的，来听听韩明社春耕阶段的报告。现在正在开会，你也参加吧，情况可以了解得全面些。"

绮雯说："好极了！你先去开会吧！我马上就来。"

罗一民推开门出去了，外间屋的会正开得很热烈，隔墙就能听见农民们特有的响亮的声音。

绮雯迅速解开背包，拿出来笔记本。这间屋子，显然是为了招待客人准备的。墙壁和顶棚都糊得很白净。靠南窗那一面，叠起来一铺暖炕，炕很大，约占了全屋五分之二的面积。炕上面，铺着高粱秆皮编的新席子，几床颜色不同的被分别折叠着炕里面，绮雯裹在红毯子里的小小行李，也被送到这里来了。

地下摆了张方桌，桌旁有四把椅子，桌上，一只破了嘴的瓷茶壶里，养了满满一壶黄花，茶壶的破嘴向墙，纷披的花枝掩盖了破的壶嘴，没仔细看之前，绮雯只当那是个圆肚子的花瓶。

绮雯不由得说："真是好主意。"

那黄花很香，颀长的花瓣伸展着，露出来细长的花蕊，墙上贴着画，有讲改良种棉技术的，有讲环境卫生的。绮雯草草看了一眼，把背包放在自己的行李上面，去参加他们的大会去了。

五

显然，会已经开了一些时候了，正进行得很炽烈。绮雯在长桌子的一角，挨着一个穿着黑干部服的女同志，悄悄地坐下来。会场的人都点头招呼她。

这时候，恰巧一个五十岁左右的农民讲完了话，别人还没发言的时候，罗一民站起来了。

罗一民说："同志们！我来介绍一下，刚来的这位女同志，是从北京来的，姓李，叫李绮雯。咱们常看的那本书——《新农民》——就是李绮雯同志她们大家伙给咱们写的。这回李绮雯同志到咱合作社里来，对咱们的帮助就更具体了。咱们欢迎她。"

罗一民说着，自己首先拍起手来，其他人也都跟着拍起来了。并且有人嘴里还说："欢迎，欢迎。"

绮雯本来想悄悄地坐在桌旁，听大家开会，先对这个有名的互助组转成的合作社，实际上了解了解再谈其他，罗一民这样一欢迎，她无法不说两句话来表明来意了。

绮雯说："我叫李绮雯，是《新农民》的负责人叫我到这儿来的。《新农民》我们做的不好，给同志们的帮助不大。组织上叫我到这儿来向大家学习，请同志们指出《新农民》的缺点，好帮助我们改进工作。使《新农民》真正地成为大家的好帮手。"

这时罗一民已经从长桌子里拿出一本《新农民》来，而且是最近出刊的一期。他拿着杂志向大家说："就是这本，李绮雯同志就是编这本书的。"

几个农民都齐声说："知道《新农民》，那本书可有意思了，区上的贾同志常读给我们听，咱们社里的崔林也能读，还有相声跟顺口溜呢。"

罗一民说："李同志要在咱们这儿住些日子，有话慢慢说，现在咱们接着开会吧！"

会又接着开下去了，人人都向绮雯送过来家人一样的注视，绮雯觉得很安慰。而且，立刻，她就为会议的内容吸引去了。

社员大会正在进行批评与自我批评。

在绮雯进来时发言的是社内计划委员张成光，这是个五十多岁的老大爷，身体还健康得很，两鬓的头发乌鸦一样的黑，脸色也很红润光泽，能表示他年纪的，只是眼角额前有些皱纹而已。

罗一民说："张大爷，请把你的话再简单地说说，我刚才没听见，这位李同志也没听见。"

罗一民的用意自然是为了绮雯，从这点小事上，绮雯找到了罗一民文稿中所表现的细致性了。

张成光又站起来了，他说："老鸦落在猪身上，瞧见人家黑，瞧不见自己黑。这就像自己有缺点有错误一样，人家有缺点，自己看得出，轮到自己，就看不见毛病在什么地方了。再说，谁也不是诚心把事情往坏做，往错里做的。就怨咱们心里头旧思想装的太多，不知不觉就走错道了。我有错处，大家多给我提提，就像我脸上沾了块黑烟子吧，没人告诉我，我不照镜子，再也不知道变成了小花脸，人家看着自己好笑，自己还当没事人呢！"张成光说完，自己笑了，听的人也都哈哈地笑起来了。

这一番话，说得这样朴素生动而又形象化。过去在文稿中常使绮雯倾心的农民语言，重又响在绮雯耳边。绮雯咀嚼着话中的意味，特别张成光的东北口音，使她觉得异常亲切，绮雯从张成光的话里，感觉到了故乡的可爱。而且，这位给地主作牛作马，苦干了四十年的老农民，解放后才开始吃了饱饭。他把批评与自我批评解释得多么中肯啊！

批评展开了，有好几个人给张成光提意见，张成光无论谁说什么，都吸着他的短旱烟管，嘿！嘿！嘿地诚朴地笑着。绝不声辩，也绝不解释。

这时候，一个二十来岁的小伙子站起来了，他头上戴着一个运动员戴的红白相间的小帽子，黑色的干部服钉着晶亮的白铜扣子，袖子卷得高高的，露着两只又粗又黑的手臂，他把一只手支在腰间，一只手在空中指点着，大声讲开了。

他说："张大爷对合作社关心，处处领导咱们生产，干的好，我承认。他有不好的地方也得给他提提，不能因为他是计划委员，又是社里的理事，社里的'当家人'，有错处就不给他说了。"

"你说好了，谁也没拦挡你提。"当绮雯正觉得这个小伙子怎么有些二流子气派，话又说得这样不中听的时候，一个十七八岁的姑娘，穿着件花布夹袄，抢着这样说了。

坐在黑板底下的主席，说了："王福臣，你有意见尽管说，越是干部，越得给他提意见。干部好，咱们合作社才能办好。你说吧！"

王福臣说："我提两样。第一，张大爷分配生产任务，调动的不周密。

那天，叫张吉生五个人套车去装粪，张吉生他们，天还没大亮，就套上车去了，等到了粪场子，粪场子同志却说：粪都装火车走了。张吉生他们空着车又回来了。五个人，三个车，九匹牲口，白搭了半天工。这是一样。"

王福臣说到这里，那个穿花夹袄的姑娘又要插嘴，叫主席拦着了。

王福臣瞧了大家一眼，看见没人说话，又接着说开了："第二样，张大爷工账写的不清楚，人家明明做的是整天工，他给记成半天了；人家明明做的是十分工，他给记成八分了。"

这也许是事实，张成光可能有些计划不够，叫人白跑路，浪费了工的事。至于记工账，绮雯了解张成光的文化低，当然更可能记错。但她总觉得王福臣的态度不对，她觉得王福臣的意见里，掩藏着打击的成分。

张成光仍旧没说什么，只是把短烟管中的残烟敲出了，又装了一袋新烟。

这是多么宽宏的气魄，绮雯暗暗地佩服着张成光。从听见张成光说话的头一分钟起，她就对这位诚朴的农民发生了好感。王福臣说完，有几个人同时要求发言。经主席指定了张吉生说了。张吉生也有四十岁的样子了，穿着黑布的短夹袄，头上戴着一顶去了沿的呢礼帽，这种礼帽，在旧社会里绮雯曾看见农民们戴过，那都是农民们用很小的代价买的城市里人不屑戴的帽子，剪去了边沿，自己做成的。张吉生的帽子，显然也是属于这一类型的，帽子经过风吹雨淋，已经失去了原有的颜色。但看得出是经过精心的保存与洗刷，而且在剪去了边的地方，用黑色的丝线绣着小小的月牙边。

张吉生说："王福臣说的第一样事，是他不了解情况。那件事不是张大爷的错。粪场子本来答应卖给咱们五车粪，告诉咱们去拉，巧就巧在这一点，咱们去的那天，粪场子头一天把粪刚装火车走了。下午分场就给他们送粪。咱们早一天去能装上，晚一天去也能装上。粪场场长直跟咱们道歉，他说：装火车的粪是上级临时通知的，他们自己也不知道，以致耽误咱们用。所以我说这件事不能怨张大爷。"

那几个要求发言的人也都说开了，说："是那么回事，张吉生说的情况对。"

记工账的事，也有人替张成光做了辩白，张成光记错的时候是有，但是，只要你去找他，找出当时同时工作的人作证明，张成光都很虚心地接受意见并且及时改正。

就这样，张成光的事都闹清楚了，张成光自己没说一句话。这就是群众的力量，也是群众对干部们的评价。在王福臣说完话的时候，连绮雯都想替张成光辩白来着。若真的一如绮雯所想的那样，张成光起来辩白，王福臣的态度又将如何呢？说不定两人会吵起来的。问题绝不会解决得这样圆满，群众对事实的认识也不会这样清楚，王福臣打击人的意图也不会便这样使大家看得明明白白。

韩明社给绮雯上了第一次政治课。

批评会一直继续到吃晚饭才散，休息的时间里，罗一民给绮雯介绍了县长刘强和县委书记赵元纲。晚饭他们在一条桌子上吃的，吃的是白米加小米的干饭，小菠菜熬汤，另外，还有东北农民最爱吃的黄豆酱和碧绿的小葱。

饭是合作社社员集体食堂做的，下地劳动的社员都有在集体食堂吃饭的权利。由社内的福利委员发给饭票，到秋天分劳动果实的时候，由每人应得的粮食内扣除。饭比在自己家里吃起来还便宜，目的是为了社员们到田里工作去的时候，可以同时出动。一方面也是为了照顾单身汉，省得一个人在大地里劳动一天，回家还得自己赶着烧饭。

这种吃法更便利了一般工作人员。工作人员下乡，向例都是分派到老乡家里去吃。有的老乡，为了工作人员，常常额外做些好吃的小菜，在老乡来讲，是出于爱护工作人员的一片诚心。但工作人员却为此不安，觉得过分使老乡破费不好。尤其到付饭费的时候，多也不是，少也不好。

一屋子里聚了三四十人一块吃饭，大家说说笑笑，吃得非常热闹痛快。

吃饭的时候，绮雯才有机会端详县里来的两位首长。县委书记赵元纲，瘦瘦的，脸白白的。说话带着浓重的江南口音，但吃饭的豪爽气魄，却和农民一模一样。江南人吃北方老乡的饭，吃得这样津津有味。从这里可以看出这位书记同志的锻炼程度。

县长刘强很高，身体非常壮，红扑扑的脸，有一双非常好看的眼睛，略带点山东口音。但也只偶尔有一两个字还留有山东风格，说着满够味的东北土话。

在批评会上，他们两位都没怎么说话。只由刘强做了个简短的报告，报告是勉励加表扬，勉励和表扬都那样切合实际情况，他的话又非常纯朴生动。每当刘强提到一个社员的名字，并且指出他某一件工作是怎样在合作社中起了好作用的时候，其他的人都用赞佩的眼光瞧着那个被表扬的人。被表扬的人则表现了兴奋安慰感激的情感。刘强提的人不多，话也没说几句，但充分显露了他和合作社每个社员之间的有机联系，表现了他和社员间互相理解的、同志一样淳厚的感情。

赵元纲对合作社即将到来的夏锄生产阶段，指示了进一步的工作组织方法。对已经完成了的春耕，总结合作社的优越之点。他的话条理分明，而且具有无可非议的明确性。老乡都用着非常严肃的神情在听，赵元纲的江南口音使人听了很吃力，但绮雯看得出，老乡们不但完全听懂了他的话，而且听得明白满意。

这两位同志的谈话都在绮雯心中留下了强烈的印象，也可以说，这两段谈话都带着无限的魅力。从火车上下来，从接触到的第一个农民开始，北满的宽阔肥沃的平原，清新潮湿的空气，活泼大胆的孩子，甚至那个傲然地伸展着头颈啼叫的公鸡，都叫绮雯感到亲切，感到吸引绮雯去亲近他们的力量。

罗一民就很爱说话，而且话说得很引人笑，在开会当中，他的话每次都引起满堂欢笑，他跟老乡们已经完全搅熟了，像一家人一样地不分彼此。他一边开会，一边给一位上了年纪的老大爷用写残的稿纸卷纸烟，卷的又好又快，旁边坐着的老大娘也要求他卷两只，他就又替老大娘卷。

罗一民曾和绮雯通过信，绮雯一会儿就觉得跟罗一民很熟了。罗一民先还称呼绮雯李同志，说了几次话之后，就跟绮雯叫"老李"！第一次喊"老李"的时候，罗一民露着整齐的白牙齿笑了，好像跟绮雯打招呼，说明彼此不要客气。绮雯对这个称呼很满意，却因为女性特有的矜持，她几次想叫老罗，却都叫不出口来。饭吃过之后，罗一民陪绮雯到福利委员梁金堂那儿去买了够吃半月的饭票，绮雯又折回到食堂里把一张饭票交给烧饭的女社员。

绮雯交饭票给那个女社员的时候，罗一民说："高大嫂，你多照顾老李一些，她从北京来，也许饭吃不习惯，你要负责任不要叫她饿瘦了。"

被叫做高大嫂的女社员穿了一件好看的蓝花布小衫，腰上系着一条长围裙，有二十七八岁的样子，听了罗一民的话，笑着说："你放心吧！我保证李同志在咱们社里吃的又白又胖，社里的饭不好，我家里的鸡鸭一大群，吃鸡蛋鸭蛋，多的是，我多给李同志吃点也不要紧，你大哥也不能疑惑我有外心。"说完，她自己爽朗地笑起来了。

罗一民说："怪不得前天我请你给炒鸡蛋你不肯，说什么鸡蛋没有啦！原来怕高大哥疑心哪！"

高大嫂说："该死的，你真屈人心，那天是没有鸡蛋了，一早上供销社来收购鸡蛋，你眼瞧着拿走的，你就是会气人。"

罗一民不回答她，只笑了笑，就向绮雯说："老李，咱们到你的宿舍去吧！"

绮雯一时猜不透罗一民说话的意思，没置可否，只微笑地看着罗一民。

罗一民正要说话，评比会上穿花布夹袄发言的小姑娘从街东头飞快地向合作社食堂跑过来了。

这时罗一民说："张小兰来了，来接你来了。"

说话之间，张小兰已经跑到三人眼前来了。张小兰亲热地拉起来绮雯的手，她说："大姐！你在我们家住，咱们两人住一起。"

罗一民已经从又做饭厅又做农校又做会议场的大屋子的里间把绮

雯的行李拿出来了，绮雯争着要自己拿，张小兰也要替绮雯拿，罗一民把行李往肩头上一扛，说："走吧！我来拿吧！"

三人就一块往东走下来了。张小兰的家在大街的东头，南面是山，北面是河，站在窗前，在逐渐黯淡下去的天色中，仍然可以看见在山脚下的原野中，开着星星一样的小白花。罗一民送她们到屋里后就走开了。

张小兰是张成光老大爷的女儿，她还有个哥哥，叫张智，现在在区完小读书，小兰的妈妈早在解放前就死去了，现在家里只有爷儿三个。社里没成立公共食堂的时候，小兰还在家里烧饭，如今，爷三个都在社里吃饭，一切活动也都是在社里，家真的只是个睡觉的宿舍了。

张家的屋子是明暗两间，靠南窗的那一面，一如本地老乡的习惯，叠了两铺暖炕。外间屋子的地中间，摆着一只铁梨木的长条案，两边摆着两把太师椅。条案旁边的墙上，靠着常用的小农具。里间除了暖炕之外，摆了一个漆得五颜六色的大木柜，柜上有用花玻璃嵌着的小镜子。

张小兰一直把绮雯领到了里间屋里，并且在暖炕的一边，替绮雯把行李铺好。张小兰说："我爹和我哥住在外间，这屋里只有我自己，你来了，我就有伴了。"

绮雯微笑着把自己的背包收拾好，从里面拿出来梳洗用具，小兰一样样地都给她摆在木柜上，拿到洗脸肥皂的时候，小兰不由得说："真香！"立刻她又接下去，她说："大姐！到社会主义社会的时候，每个人都能用这么香的肥皂，是吧？"

绮雯说："到社会主义社会，我们用的肥皂比这个还会好。"绮雯非常满意她这个宿舍，罗一民真细心，给她安排了这样一个可爱的宿舍，尤其是，有这样一个天真的好同伴。

小兰说："大姐，上炕吧！我们躺下说会儿话，你一定累了。"

绮雯说："等张大爷回来再睡吧！"

小兰说："爷跟刘县长、赵书记谈话，不知道什么时候回来，哥哥因为要考试，也住在学校里了，家里就我自己。你别客气，没关系。"

绮雯听从了小兰的话，解开鞋子，坐到暖炕上面，坐下去，就觉得了暖暖的热气，这热气钻到因走路而疲乏的腿上，有一种说不出的舒服的感觉。

小兰告诉绮雯她一家人过去怎样受罪，妈妈怎样在大雪天冻死，地主侯清魁怎样要霸占她，叫她去作使女。解放后，斗倒了侯清魁，分了地，又分了家具，又跟随着韩明，组织互助组，成立生产合作社，日子过得一天比一天好起来了。

述说着过去的苦难，小兰仍然很激动，特别当她说到妈妈叫侯清魁的腿子推到雪地里冻死的时候，她的声音哽咽着。但一说到今天的富裕快乐的生活，她又由衷地笑了。最后小兰郑重地告诉绮雯，她已经被批准入团了。

天已经完全黑了，外面的上弦月，从窗玻璃中射进来淡淡的光，小兰说："大姐！要点灯吗？"

绮雯说："不要，我们又不做工作，要灯做什么。"

这时，绮雯才意识到已经是夜了，意识到这是没有电灯的地方。但她并没有觉到不便。这样，在黑夜中，在温暖的炕上，倾听着这个翻身姑娘叙述衷肠，绮雯觉到一种在城市的朋友身上感觉不到的朴素的互相信任的友情。

七

天刚闪亮，绮雯就被外面喧嚣的鸟鸣吵醒了。这么多的鸟在叫，在久住城市的绮雯听来，觉得多得出奇。她很快就从被子里爬起来，迅速地穿起衣服，想马上到外面去看看那些愉快的小东西们。

昨夜睡得非常香，真正是神安梦稳，张大爷究竟什么时候回来的，绮雯一点都不知道。这时候，张大爷又已经起来了，绮雯听见他在轻轻咳嗽。

小兰也醒了，眼睛还惺忪着，但立刻看着绮雯笑了，小兰说："大姐，天亮了吗？"

绮雯说："亮了，刚刚才亮。"

小兰立刻翻身爬起来，扯起花夹袄披在身上就往外走。绮雯一把扯着小兰的手臂，问小兰："为什么这样急？"

小兰说："天才闪亮的时候，野鸭子成群地飞来吃稻籽，我去打鸭子去。"

绮雯说："咱俩一块去。"

小兰说："稻池梗子还湿着，泥泞得不能走，你的鞋都踩坏了。"

绮雯说："不要紧。"

两人立刻走出了屋子，张成光老大爷在地中间蹲着磨锄板，看见两人一阵风似地往外跑，就问小兰："干什么去？"

小兰说："昨天草甸子飞来了一群野鸭子，怕吃稻籽，我们看看去。"

张大爷说："要去！也带根鞭子去。"说着，从墙上摘下来一根竹鞭，交给小兰。小兰扛在肩头上，拉起了绮雯的手就跑。

两人一气跑了五分钟，才跑到了合作社的稻田前，很大的一片稻地，按着便利蓄水的形式，修着一行行的池埂，池中的土，刚刚犁过翻好，还没进行耙地。但在育苗的秧田里，却已经放满清清的水了，水从小小的渠道流过来，发着淙淙的响声。

真的有野鸭子在秧田里吃稻籽，有的在秧田的水面上浮着，有的把上半身插在水里，尾巴竖在水面上。

小兰一边吆喝，一边挥起了鞭子。鞭子的竹竿很长，足有一人高，又拴着根长绳子，鞭梢上，不知系着什么小物件，鞭子甩动起来的时候，发着清脆的"叭儿""叭儿"的声音。

野鸭子全惊起来了，噗啦噗啦地展翅飞过了稻田，不到两分钟，却又在小兰鞭子打不到的地方落下来了。

小兰跑到那面去。野鸭子飞到这面来，小兰喘吁吁地又跑到那面去。这样跑来跑去，脚上的一双黑布鞋，沾满了稻地边的胶泥，鞋底下像挂着高鞋跟一样，跑起来非常不便当。小兰索性把鞋脱掉，赤脚在这片秧田前跑着。

绮雯后悔没带根鞭子来，她只好用手，用声音威吓着那些肥硕的野鸭子们。野鸭子一点都不怕她的威吓，就在离她两三尺远的地方把嘴插到稻田里去，悠然自得地吃着就要出芽的稻籽。绮雯用手掰着池埂边的泥，团成小球打鸭子，被打着的野鸭子飞起来，在空中打了一个回旋，却又落下来了。绮雯气得跺脚、叫嚷，都无济于事。

这时候，绮雯看见刘强在远处的大路上出现了，而且越走越近，看得出他肩上也扛着一根鞭子。

小兰说："县长，你来干什么？"

刘强说："给你送鞭子来了。"

小兰说："你怎么知道我们在这儿？"

刘强说："我在小河旁边闲走，看见张大爷扛着根鞭子往东走，他说你在打野鸭子，杨成仁找他有事，我就把鞭子给你送来了。"

小兰说："我带鞭子来了，爹为什么还给我送鞭子呢？"但她立刻又说："对，我爹一定是带给大姐的。"

绮雯说："张大爷一定是带给我的，我正后悔没带一根鞭子来呢。"

刘强真的把鞭子交给绮雯。绮雯也学小兰挥鞭子的姿势，挥动着那根长鞭子，但她没有小兰甩的好，鞭子只是迎风呼呼地响，那个好听的"叭儿""叭儿"的响声没有。

太阳冒头了，天空里布满了灿烂的早霞，野鸭子"呱呱"地叫了一阵之后，结队飞起，很快地没入草甸中，不见了。

小兰用袖口擦着汗，叫着绮雯："走吧！野鸭子都飞走了，咱们回去吃早饭吧！"

绮雯说："我替你扛着鞭子，你提着你的泥鞋。"

小兰问刘强："你不走吗？"

刘强说："一块走吧！"

三人一块往回走，小兰走在中间。绮雯想起小兰甩鞭子时候那个好听的响声，就拉过鞭绳来细看。

鞭绳的梢头上，巧妙地结着一个细长光润的皮条，并没系着绮雯想象的发响的小物件。能够使这样平滑光润的皮条发响，完全是挥鞭子人的手劲，使那平滑的皮条在空气中不平衡的转动，震动空气形成的。

绮雯再拉过自己用的那根鞭子来看，这根也是一样，鞭绳梢上结着一根皮条，比那根结的还细致，而且在绳梢皮条相结的地方，装饰着三个小的深红的绒线球。线球已经有些褪色了，但依旧毛茸茸的，非常好看。

绮雯说："小兰！你怎样把鞭子甩响的？"

小兰听了绮雯的话，把脸转过来瞧着绮雯，说："什么？"

当然不是小兰没听清绮雯的话，小兰一定是没想到挥挥鞭子这样的小事，还值得绮雯这样从北京来的，她认为博学的人特意下问的。绮雯立刻就意识到自己是暴露了对农村生活的完全无知了，她觉得脸一下子就羞红起来了。

小兰看见绮雯一下子就绯红了的脸，天真地笑起来了。她说："大姐！你问的是甩鞭子吗？很简单，就这样一甩就行。"

她真的把鞭子从绮雯身上拿过去，轻轻巧巧地一甩，那个清脆的"叭儿"的响声，也立刻跟着出现了。

绮雯说："我是知道很简单嘛，可是我就甩不响。"她颇窘地说，但为小兰的天真感染，自己也笑起来了。

刘强微笑地看着她们，他向小兰说："小兰！我甩一个给你听。"

小兰把鞭子交给刘强。

刘强迎风挥动起来鞭子，斜射的太阳的金光在他脸上留下了柔和的光彩，他侧立着，身后衬着肥沃的大地，脚下路边的野玫瑰盛开着。

刘强挥动着鞭子，他健壮的手臂，在空中画着灵巧的弧线，鞭子连续发出高低不同的清脆的响声，仿佛一只歌子一样，悦耳的声音长久地在空气中激撞着。

小兰拍着手说："甩得真好！我爹也能甩成这样，他做了四十年的老板子（即赶马车的人），鞭子都使熟了，你做过老板子吗？"

刘强住了手，微笑着说："我吗！我一天老板子也没做过。"

小兰说："那为什么鞭子使得这样熟？"

刘强说："学的嘛！什么事，只要学，就会学熟的，不对吗？"

小兰说："对！"

这时候，村里的钟声响起来了，小兰说："快走吧！大姐，吃早饭了，吃完饭还要下地去呢，咱们还没洗脸。"

绮雯这才记起她还没洗脸。这样连脸也不洗就跑到外面来，在她是第一次。她拉起了小兰的手，两人不管刘强落在后面，飞快地跑进村子里去了。

八

吃早饭的时候，绮雯知道县委书记清早四点钟就回到县里去了。她怕刘强也马上就走。当然，这种怕毫无来由。跟刘强一块，绮雯觉到了一种难言的愉快，刘强那样精神饱满，而又谈论生风，跟他在一起，不由得就生出一种愉快的、视工作为快乐的心情。

绮雯的脑子里还保留着早上试鞭子时的羞涩感情，脸上时时露出淡淡的红晕，刘强甩鞭子的姿势，清晰地留在她的记忆中，她觉得自己暴露了对农村的无知，是愚蠢的行为。但又立刻觉得，正应该这样，实事求是，才是最正确的。她怕刘强瞧不起她，但是刘强要以她的掩饰为满足，刘强又不成其为刘强了。何况刘强曾那样清楚地说过："要学嘛！只要是学，就没有学不会的事。"

我会学会的，绮雯想，不但甩鞭子要学会，其他农村的一切都要学会。不会甩鞭子还是小事，连农民的真正需要，农民们感情趋向再不知道的时候，那才是大事哩！在暴露了对甩鞭子无知的基础上，顽强地学会农村的一切，学会能预见到农村的灿烂的明天，那样才行，一定得逐渐达到那样的程度。

这样想了之后，绮雯的心开朗起来了，她很快地吃着饭。她想，怕刘强走，不解决问题，而应该是在他没走的时候，从他那里多学会一些知识，多学会一些理解农民，为农民们解决问题的知识。

罗一民很快地吃完饭就走了，吃饭的时候，他只跟绮雯微笑着点了点头，绮雯本来想在吃完饭的时候，跟他简单地谈一谈自己的工作计划，请他参加一些意见。看罗一民的样子，一定很忙，那就只好再说了。

吃完饭，合作社的社员们一批一批到山上去了，地种完了，夏锄还没开始，合作社利用这个短短的间隙，在山脚下挖蓄水库。去年，他们这一带，曾因山洪下降，冲毁了庄稼。临近韩明合作社的几座山，并不大，但因为国民党时代把山上的树大大小小地都砍干净了，山上的积雪化成水的春季，雨期过后的秋季，这两年总是发生大小不同的水灾。翻身的农民在跟水灾的斗争上，表现了伟大的力量，他们曾因地制宜地想出种种抗水的方法，蓄水库也是他们创造的办法之一。

吃完饭，绮雯跑回张家去洗手，从张家出来的时候，遇见刘强一个人正兴冲冲地往前走。刘强看见了绮雯，就说："到山脚去看看吧！看看咱们的农民，怎样由膜拜泥塑的龙王爷，到想办法控制所谓'龙王爷'发下来的大水。"

绮雯本来也想赶到山脚去，正愁路不熟，听了刘强的话，立刻说："好极了，我正愁不认识路呢！"

两人并肩向山上走去。韩明社的土地集中在一起，成个狭长的弓形，挨着村子的一边，有个原始的草甸子，甸子里面，生满了茂密的草。韩明社的土地在草甸子的东北方围过草甸子，南面的一部分地紧挨村庄，山在村子的西北方，到山上去，绕大路可以过去，走的是三角形的两个边，若是穿草甸子，走的是三角形的弦，可以省五分之二的路。

刘强走到草甸子边上，瞧了瞧绮雯，说："我们穿草甸子过去吧！"

草甸子里的草，不同于一般的草，一簇一簇地丛生着，草叶像针一样，又细又长，颜色又青又绿，每簇面积有一尺五寸见方，这一丛与那一丛之间，有半尺左右的距离，每丛的根部，都是枯了的针形草。那些棕黄而略带红色的枯草，像毯子一样铺满了整个草甸子，在太阳的照耀下，闪着光，一点都没有一般枯草那种粗糙、一折就断的样子，而是像被油浸润过一样，又光滑又坚韧。

绮雯看着这草，越看越觉得与普通的草不同。她本来想问刘强，可是这样跨越草甸子的路，走起来非常吃力。那些枯草，踏上去是滑的，枯草下面，是泥浆，有的地方又有水，而且时时要跨大步，必要的时候，还得踏在那青青的草丛上。青草比枯草还滑，不是看准了，正踏在草丛中心的话，那就半条腿都会陷在泥里。

刘强走在前面，时时关照绮雯踏着他的脚踪前进，他走得很轻松，好像城里人跑柏油路一样，每到需要踏着青草丛前进的时候，他就用手里拿着的一根三尺多长的树枝，在草丛中转动一圈，然后再踏上去。

草丛里还开着非常香的黄花，有一种属于野生的菊花那样的小紫花，也在草甸里到处开着，远看像繁星一样美丽。踏过青草丛的时候，时时惊起了黑灰色的布谷鸟，还有肥硕的野鸭子。

这一切，绮雯都无暇欣赏，她只能亦步亦趋地随着刘强前进，刘强故意放慢了速度等候她，可是，有时仍旧把绮雯落下来二尺远。草甸子这样长，绮雯觉得比在北京的东单到西单还远。好容易走到草甸子的边缘了，跨到土地上的时候，绮雯不由得长吁了一口气，并且掏出手帕来擦着汗。刘强说："累了吧！我们常走的人，知道那条路能走得通，不熟悉情况的人，十回有八回会走到泥沼里去。草丛中还有蛇在栖息呢！怕蛇吧？"

绮雯不但是怕蛇，对蛇更有一种特殊憎恶的感情，一看见蛇，就会满身都痉挛起来。听了刘强的话，她才明白他刚才过草丛时所以用树枝搅动草丛的道理。绮雯笑了，她没有说她怕蛇。她觉得刘强对人很细心，又非常体贴。如果刘强预先告诉她草甸子里有蛇，她就是硬着头皮走过来，路上也一定常常因为心慌而陷在泥泞里。

她突然想起来那柔韧的草，刚走进草甸子的时候，她曾拔了两根，为了走路方便，她把两根草插在自己的辫子上，免得拿在手中掉了。她扯过身后的辫子一看，两根草还牢牢地嵌在辫子中间，她把草拿在手里，就问刘强："刘同志！甸子里的草是什么草？"

草一根是针形，由根到梢，光滑细润，差不多有三尺长，绿色；一根是三棱形，也有三尺长，比针形草的颜色深一些。

刘强指着那根针形的草说："这就是东北有名的三宝之一——乌拉草。非常坚韧，而且非常柔软，性发暖，能够驱寒。从前，在日本和国民党时代，这草，不知救了多少老乡的命。老乡们的鞋里装乌拉草，炕上铺的是乌拉草，三九天，大雪封山，上山伐木，捉狐狸，住山洞子，全靠乌拉草。"

绮雯想，怪不得这草这样与众不同，真是老百姓的宝物。

另一根三棱草，跟乌拉草并生在草丛之中，也非常坚韧，只是不发暖，东北的特产之一的大豆，在制作豆油的时候，就是用这种三棱草包着豆子，到榨油机上去榨油的，东北老乡跟这种草叫油包草。

刘强说："东北老百姓能够在日寇那样残酷的压榨下生活下来，就靠着这些天然的富源。像韩明，有好几次地里的收获全叫鬼子给硬抢走了，韩明就靠着割乌拉草，割油包草维护了一家子的性命。没有这些草，韩明也许早就被小鬼子给折磨死了。"

绮雯只是瞧着刘强，刘强的语气中很自然地表露了对敌人的无限憎恨，绮雯很想问问刘强自己是怎样在日寇的统治下活过来的，又觉得问这些话不合适。她有种想完全知道刘强的一切的欲望，这欲望很单纯，只是想知道，绮雯觉得只有那样，才跟刘强像老朋友。

这时，一只布谷鸟从他们的头顶上飞掠而过，响亮地叫着："布谷，布谷"。刘强注视着鸟儿从眼前飞过，待了一会，就说："韩明社中有几个年过四十的单身汉都结了婚，这是咱们新社会中的大事，翻身农民结婚，真的是甜上加甜。社里的刘作义，是打枪神手，给地主护了二十年院，没力量娶老婆。那时候，他一看见布谷鸟就打，而且要把弹子从布谷鸟的头上打进去，省得鸟儿喊'光棍好苦'。你闲下来可以跟刘作义谈谈，他的喜悦，也就是合作社的优越！"

绮雯说："好！我一定找刘作义谈谈。不过，我未必能完全理解他，要是个女光棍的话，我倒可以分享她的愉快呢。"

说完，绮雯突然觉得失言了。因为这原是她心里的话。真的，这几年，她常常觉得，少一个知情知意的伴侣。她一直没和任何人讲过这样的话，今天却无意间在这样仅仅相识一天的朋友前面，说出了心里的感情。

她的脸又红上来了，好像少女时代一样，她无缘由地爱羞涩起来了。

刘强当然不能明白绮雯这样复杂的感情，他认为绮雯只是即景生情的一种想法。他说："女光棍结婚的也有，社内骨干分子梁金堂的老婆就是一个。她受了一辈子苦，二十四岁上守寡，十六年风来雨去，带着两个儿子，苦的不行。跟了梁金堂，梁金堂待她的两个孩子比亲生的还好，去年，他们又抱了个末生女儿，一家过得可和美哩！"

这样说着话，已经来到山脚下了，奇怪的是这里并没有挖沟的人，山前的通路上，已经划好了蓄水库的线路，挖沟的工具也丢在这里，人却一个不见了。

刘强请绮雯在路上等一下，他很快地爬到山半腰，站直了身子，用手遮在前额上，四下打量。

风吹着刘强的头发，吹着他的灰色制服，他好看的眼睛眯成一条细线，那样带着愉快的微笑眺望着辽阔的大地。

绮雯觉得站在山半腰的刘强，有那样一种难言的魅力，他跟身后的青山、头上的白云几乎融成一体了，像杰出的画家画的一幅画一样。绮雯想，若在这幅画上题字的话，应该题"爱"。刘强的眼里，放射对着祖国大地的无限的爱。

在身后，有人喊"县长"，绮雯回头看，是一个十八九岁的解放军，腰上带着手枪，看神情，一定是刘强的警卫员。那位战士很快地就走到绮雯身边了，手中还拿着一顶灰布帽子，刘强也从山上跑下来了。

警卫员说："我找了你半天，不知你上那儿去了。"

刘强说："我出来的时候，看见你正在练习注音字母，就没叫你。你从村里来，知道修沟的人都上那儿去了吗？"

警卫员说："草甸子西面河里的桥，昨晚叫水冲跑了，罗秘书一清早就带了两个人顺着河往下走，找冲走的桥木去了。这里的人也怕是搭桥去了。"

刘强向绮雯说："我们白跑了一趟，要不要跟我们一块再去看他们修桥呢？"

绮雯说："去是好，可是不走草甸子。"

刘强笑了，说："不走草甸子了。"

三人一道，奔模范村西的小桥去了。

九

模范村西的木桥，横跨在一条宽有一丈左右的河面上，河就是从西北方的山上流下来的，河底摆满了鹅卵石。深的地方有三四尺以上，浅的地方，河中的石头历历可数。由山上下来通车站的大路，被河腰截为两段，胶皮车可以涉水而过，不过要绕到一里路远的上游去才行。衔接公路的木桥是一座简单的桥，桥座是有四对脚的两座木架子，四根长木，两根相并，并成宽有三尺的桥身。现在东岸的两根还在，西岸的两根，因为首当流水要冲，被水冲跑了。这条路，是模范村周围一百里内的村庄到区上去的必经之路。桥不过是昨天才被冲跑，今天桥的两旁，已经有些过客要过桥而不能了。

韩明合作社的社员有五个人在河边，他们正在锯着木头，木头是准备用了做"丌"形桥架的支柱的。原有桥座的两对脚，在河中心的那两只，与横木相接榫的地方，都腐朽了，另外的两只下脚，也被水冲激得断了一截，只有架上的横木还好用。绮雯他们到河边来的时候，那条腐朽的桥架已经拖到了岸上，在开始修理了。

张成光也在这五个人中间，他熟稔地操着斧子、凿子，正开掘桥脚嵌到横木中的方洞。

社福利委员梁金堂也跟张成光做着同样的工作。这两个五十开外的老农，一边工作，一边互相打趣。他两人背对着背，坐在一个直径有八寸宽的木头上，一个人凿一头。梁金堂的技术不太好，常常是斧子锤下去，不是正打在凿柄上，而是打着了自己扶着凿子的手。

每打着手，梁金堂自然地"哎哟"了一声，张成光就说："哼哼什么，嚷得再响，老婆子不在这儿，也没人心痛你。"

梁金堂就说："老婆没在这儿，有这么大的委员儿子（指张成光），不是一样吗？"

张成光说："你一捡捡了两个儿子还不够，常守英那小子多好（指老常婆带到梁家的两个儿子），还要在我身上塌便宜。你忘了，你小时候，我抱着你，你跟我叫爷爷的时候了。"

梁金堂说："我跟你祖爷爷下象棋，你还吵着叫我给买烧饼吃呢！"

两人的戏谑，把四周的人全引笑了。一个正在锯木头的社员李国兴说："你们两人到底谁是谁的爷爷呀？"

　　梁金堂说："我们俩，两头大，我比他高三辈，他就比我高五辈，我又比他高七辈。"说得大家又全笑起来了。

　　说着话，张成光已经把他负责凿的四个方洞，完全凿好了。他站起来的时候，才看见刘强和绮雯正站在他的身后。他招呼了一声，又微笑了。

　　梁金堂说："县长！"底下当然是要招呼绮雯了，却忘了绮雯的姓名，张了半天嘴，没说出什么来。张成光从后面打了梁金堂一拳，说："真是叫老婆缠昏了，啥事也记不住。她姓李，从北京来的李同志，给咱们老乡写书看的李同志。"

　　梁金堂的棕色的脸红了，绮雯细看他，又想到刚才和刘强的谈话，她对这个棕脸、头发和胡子都乌鸦般黑亮的老农民，立刻升起来无限的好感。

　　梁金堂搭讪地说："就你记性好。"

　　这时，远远的河上已经有人划着木头往这边来了。两根长木头上都站了三个人，有的穿着背心和短裤，有的光着脊背。他们用细短的树干做桨，正飞速地向前航行。

　　绮雯看见刘强悄悄跟警卫员说了一句话，警卫员很快地逆流跑到河上游去了。

　　两根木头像船一样，一前一后划到了桥身所在地。绮雯看见罗一民穿着背心和短裤在前一根木头上站着。看见绮雯的时候，他笑了。

　　岸上的人把准备好的大梢绳扔给他们，罗一民和站在后一根木头前边的王福臣，各骑在木头上把绳子系好，岸上的人把这两根大木拉到岸边来了。

这几个湿淋淋的人上岸来了。春天的太阳虽然在照着，河水的温度还很低，再被风一吹，那些人的背上、手上，都凸出鸡皮疙瘩来了。

刘强把自己的毛巾给了王福臣，叫他赶快擦干身子。其他人也都从岸上同伴的手里，拿到了毛巾，开始擦干身上的水。

张成光他们已经把新的桥脚做好了，他立刻就开始脱衣服，准备下水去竖立桥基。

一个刚从水里上来的十八九岁的小伙子，拦着了张成光，他说："张大爷，你不能下去，水凉得很，你老又该犯腿痛的老病了。我去吧！"

张成光说："你刚上来，太冷，不能再下去了。这桥脚的架子我立过好几回了，下去好找部位。"

那个小伙子不听，一定不让张成光下去。说着，抢起已经嵌好的丌字形的木架子，又跳下水去了。

梁金堂说："真是好样的！守英，我去帮你。"他把上身脱掉，挽了挽裤子也跟下去了。

刚刚把身上水擦干的人，又跟着都跳到水中去了。

刘强在岸上，蹲在一堆绳子旁边，用眼不时看着上游，过了一会，他说："同志们！我们这样不怕水冷，耽误了自己的工作来抢修木桥，表现了我们热爱祖国、热爱人民的崇高品质，是值得敬佩的。不过，我们这样都挤到水里去，是不是解决问题呢？咱们经常喊，工作要有计划，不窝工。你们看看，咱们水里有八个人抗着一只木脚，岸上却只有四个人在扯着绳子，你们说：这样分配法适当不适当呢？"

正预备下水去的张成光说了："我也搅胡涂了，是呀，桥腿扛到水里去，在水里的人只要找清了部位，把腿竖起来就行了。要紧的还是在岸上要用绳子把刚竖起来的桥腿拢住，再有人爬到横木上，从上面把桥腿砸牢固了才行。对，县长什么事也想的周密，来，咱们就分工合作，把桥梁搭好。"

刘强说："对，咱们就听张大爷的，张大爷给咱们计划的工作，没一次不是做得挺好，是不是？"

大家都嚷"是"，连在水里的人也站直了身子，等候分配。被梁金堂喊做守英，要替张成光下水去的那个小伙子，把"丌"形的木架子横在自己的身边，说："对！张大爷，县长说的对，你老快分配吧！"

张成光不慌不忙地看了大家一眼，又瞧瞧刘强，清清楚楚地说："王福臣、常守英、李国兴、侯林，你们一边两个下水去竖架子，罗秘书和老陈用绳子把桥木系好，我跟老梁头掌握栓桥架的绳子，等他们把桥架立好，咱们就带木榔头爬到桥架上去把桥架钉牢，桥身就可以架上了。"

架桥的工作，立刻分头进行了，常守英他们抬着桥架游到中流，他们站直了身子的时候，水齐着胸。个子矮的人，水漫到肩上，水流得很急，想在那样齐胸的急水里竖起木架子来，真是非常吃力。

木架上竖起来了，张成光和梁金堂一人掌握一队人，扯紧那有酒杯粗细的大梢绳，两队人都在这岸，木架总是站不稳，被水冲得往西倒，罗一民带着几个人，游水过去，又在对岸扯起两根绳子，这次才力量均匀，木架开始在水中站起来了。

张成光把夹袄脱掉，游水爬到木架子前面，缘着桥腿爬到了横木上，常守英、王福臣四人已经开始抡起斗大的木榔头，钉牢木架。经过了张成光的指示，上面、左上侧、右上侧地这样一砸，桥架子一寸一寸地向下沉，终于跟原有的另一个"丌"形架拉平了。

在岸上，刘强代替了张成光的工作，他指挥着整队人牵牢梢绳。这是举足轻重的工作。尚浮在水上的桥架，桥架上的五个人的安全完全系在这四根梢绳上，岸上的土地，生满了青青的草。这些草，平常看起来很好看，这时却成了工作的障碍。扯着绳子的人，脚蹬下去，遇见青草，就滑开了，一点劲也使不上。

两岸要过桥的人越聚越多了，很多人自动过来帮助牵牢绳子，有一个系着红领巾的队员，用铁锹在牵绳人蹬脚的地方，挖了恰好放脚的小坑，这样一来，牵绳人可就得力多了。

那个小警卫员跑回来了，在河的对岸停下来，把手中抱着的瓶子向刘强一照，把武装带解下来，交给了个老大娘，就那样穿着衣裳扑到水里去了。他把瓶子高举着，一面嚷："酒！酒！"

王福臣立刻接过来喝了一大口。他说："救命的酒，我冻得都打寒颤了。"

张成光命令每个人都喝口酒暖暖身子，等他们喝完，警卫员又去把酒送给罗一民他们。罗一民这一队的工作，也是异常吃力，想在那样光滑、又被水浸得湿透了的木头上拴牢绳套，本来就不容易，而且要借着绳套的拖力，把这重有几百斤，在急流中漂动的桥木升到桥架上去，更非常艰巨，总是绳套拴上了，用力一拉，就又滑下去了，他们就用斧子把桥木的底面凿一道沟，把绳套嵌在沟沟里。

绮雯夹在这些工作者之中，什么忙也帮不上，这些都是费力气的活，她一样也来不了，她为自己的无用生着气。

现在要开始往桥架上抬桥木了，罗一民把拴好的梢绳扔到岸上来。刘强立刻从队伍中指派了力气大的人去扯那根绳子，这时岸上，韩明社里的妇女们聚集了七八个，张小兰也在内。

刘强说："女社员们，你们来帮忙，拉牢了拴着桥架的绳子好分人去抬桥木。"

张小兰立刻带着女社员们跑过来了，她们叽叽喳喳地笑着，八个人分了两队，立刻加在扯绳队中间了。扯绳队虽然分出去了四个壮小伙子，加入了这八位生力军，绳子还是拉得很把稳。绮雯立刻觉到了自己与张小兰这些人的不同，绮雯是旁观者，所以在工作之前，先把自己考虑一番，张小兰她们是主人，所以能一点都不考虑地立刻投入工作。这也就是立场问题，不管理论谈得多么高，绮雯仍旧是旁观者。

绮雯的脸热辣辣地红起来了，比那些个扯着绳子流了满脸汗的人的脸还红。

在河里面，张成光他们五个人正站在桥架上向上拉桥木，河里面，罗一民和梁金堂正一左一右，带着其他人用肩扛起了桥木。水汹涌着，河里的人很难站得稳，不时有人被水打躺下，桥架上的人稍一用力，也就会从桥架上滑落到水里去。

这真是一场万分紧张的搏斗，人们用自己的双肩，用自己的双手，在跟汹涌的水流搏斗，一个人被水打躺下，第二个人立刻趋前一步，代替了前者的位置。在桥架上面的人，失足落下水去，也立刻从水里钻出来，再爬到上面去。上面拉，下面抬，那根直径一尺多宽、长有丈五的桥木，终于被人们一点点地拉得靠近桥架，就要架上去了。

就在这紧张的一瞬间，负荷最重的梁金堂突然顺水躺下去了。被抬着的桥木向右一歪，险些连上面扯着绳子的张成光也被带到水里去。刘强看见，一个箭步跳下水去，立刻用自己的双肩代替了梁金堂，百忙中他并且命令他的警卫员把梁金堂扶到岸上去。

牵绳的人前进了一步，代替了刘强，绮雯毫不犹疑地立刻补上了缺位，坐在潮湿的地上，像其他人一样，用双手挽起了绳子拉着。

一拉到绳子，绮雯立刻觉到了这件工作的重要，桥上桥下的那么些个人的安全都拴在这四条绳子上。

拉木头的人吆喝着，抬木头的人也吆喝着，岸上的人嚷着"用力"！这一切自然形成了雄壮的劳动节奏，桥木的一头，终于在人们的轰雷一样的喝彩声中，安稳地架在桥架上了。所有工作的人都出了一口长气，桥木搭在岸的那头，也在众人群策群力的努力下，安放在西岸边了。

在水里的人都爬到桥木上坐下来了，缓缓气，并且传递着那只酒瓶。没有一个不说："真冷，彻骨的冰冷，若不是这瓶高粱酒，谁也支持不了。"

另一根桥木也被大家扛上来摆好了，这一次因为可以站在那根架好了的桥木上，所以省劲太多了。

大家都跑到岸上来了，只有张成光和常守英留在后面，张成光很快就把两根桥木用绳子系牢桥架上了，常守英把分扯在四面的绳子解下来，团成圆圈扔到了岸上。

大家立刻擦干了身子，刘强叫大家尽快地回村子去换下湿衣裳。张小兰他们留下来收拾人们扔在这儿的工具和绳子。两岸的人立刻过桥了，许多行人都向张成光他们道辛苦。有一个人说："模范村真模范，修桥补路，造福不浅。"

在桥边等了半天的绿衣邮递员，把一卷苏联画报递给张小兰。画报的封面是正在一条河上用机器架桥。张小兰说："他们用机器在架桥。"

已经走出去好远的刘强回过头来说："那就是咱们的明天！"

十

早上，本来是晴得很好的，吃过午饭，却突然下起雨来了。先下大雨，后下小雨，而且淅淅沥沥地下个不停。绮雯一个人躲在张家的屋子里记笔记。她心里很不痛快，依旧为早上没参加架桥工作而生闷气。

为什么在小兰她们没去之前，自己竟能安然地作为一个旁观者呢？为架桥人的安全担心，觉得他们在那样冷冰冰的水里不容易，佩服他们那种为公众方便而努力奋斗的精神。这一切就表现跟他们之间有了距离。在参加架桥工作的那些新型农民之间，他们所想的——只是桥被水冲了，那就有义务把它架好——的这一点吧！其他，什么自己的安全，什么水太冷，什么架桥要耽误半天工，甚至桥架后也许受到奖励等等，他们绝不会考虑在内。所以，从刘强开始，一直到爱说怪话的王福臣为止，都是那样积极地、奋不顾身地参加了这件工作。桥架好了，也很自然地回到村里来了，连有人过分夸大水的凉度，来表现自己的勇敢也没有，绮雯只牵了半点钟的绳子，手掌上就磨出泡来了。她还曾想把这个泡给小兰看看，目的是为什么呢？为了表现自己也曾在这份工作中出了力，邀小兰，甚至是刘强的青睐！

这样越想越难过，嘴说要到群众的火热的斗争中去，可是在斗争之前，却视而不见；说是要深入生活，却只是这样地作了生活的旁观者。

跟小兰去撵鸭子，绮雯曾经感觉到愉快。那时候，因为绮雯的情感完全跟小兰一样——只是怕野鸭子吃了稻籽——所以把鸭子赶跑了的时候，有快乐的情绪。其实，所谓深入生活，就是要明白老乡们的爱憎，明白他们希望的是什么而已，生活无时无刻不是斗争。

张家的一家人大概都在社里，屋外的雨和屋内的老钟，一样滴滴答答地响着，鸡和鸭不晓得怎样跑到屋子里来了，在外边屋里吵着，绮雯怕张大爷的东西叫鸡鸭给打翻了，跑到外边去，才发现自己进来的时候，门忘记带好，所以，这些淘气的小家伙们就都跑进来了。

把鸡和鸭赶出去，把门关好，绮雯再也不想记什么笔记了，突然觉得非常闷，就是小兰也不回来。大家把她丢在这儿不管。只这样一想，绮雯立刻觉得自己可笑了。是呀，应该他们都来陪着自己，小兰来，张大爷来，罗一民来，甚至刘强也来。绮雯想下田，大家就一块下田，想开会，大家就一块开会，这样，就该得意愉快了吧！大家都以绮雯为中心，像捧女皇帝一样地捧着绮雯。这叫什么思想呢？这是特权思想。这是自高自大的充分表现。当然，绮雯的思想还没严重到这样程度，可是，觉得闷，怨恨小兰不来，怨恨大家生活在一起，单独是自己被抛在外面，这样思想的根源也还是特权思想的一种。

在这样丰富的、复杂的、多种多样的、朝气蓬勃的生活之中，感觉到烦闷，感觉到自己无事可做，就是自己的立场还没站稳，思想中还存在毛病的体现。

应该是去找罗一民，去找小兰，看他们在做什么，贡献出自己的力量，帮他们做一切自己能做的工作，再学习自己所不能做的。这样，才是绮雯的真正生活之道。

绮雯决定去找小兰，她对镜梳理着头发。她总愿意在人前出现的时候，自己收拾得很整齐。

这时候，小兰披着个麻袋跑进来了，而且喊着绮雯。

小兰说："大姐！我们正在开妈妈会，没人记录，你愿意替我们记一记吗？"

绮雯说："好极了！我正烦没事做，闲得难受。"

小兰说："那咱们就去吧！"小兰说着，走到柜子前面，从柜中拿出一条洗得雪白的拆开了的面口袋，递给绮雯。

绮雯说："你给我这个做什么？"

小兰说："给你罩在头上，免得把头发濯湿了。家里的伞，叫我哥哥拿到学校里去了。"

绮雯说："用不着，你把麻袋横过来，咱们两人披着就行，好在雨不大，就是濯湿了也不要紧。"

小兰说："我怕你嫌麻袋脏，那咱们就一块披着吧！"

妈妈会是在后街的老迟家开，社中的妈妈们已经都到迟家去了。但小兰还不放心，每经过一家门前，她就喊着张嫂子、李大婶去开会。

小兰告诉绮雯，今天开妈妈会的意图，是要解决社中农忙托儿小组的问题。

社中的女社员，身体好，有下田工作条件的一共有十四人，其中十人有小孩。从八岁到一岁，一共是二十四个孩子，其中五岁以上的占三分之二，下余的三岁的四个，一岁的三个。

去年冬天，为了给妇女参加生产准备条件，省妇联的人曾到社里来了解过，并且计划要帮助他们成立托儿所。那时候，正是冬闲，大人们根本坐在家里，孩子在家里原本不妨碍什么，所以就没成立。

春耕播种开始的时候，县妇联工作的同志到模范村来，帮助他们把托儿小组搞成功了，县供销合作社送了一些小腰鼓、小铙钹等玩具，生产合作社本身也为孩子们做了新单褂，买了一式一样的小手帕。各家的妇女们也为孩子拿出来面粉，为孩子们蒸馒头、烤馒头片吃，一切都办得挺好。

　　孩子们在县妇联同志的教导下，很快就学会了唱歌和舞蹈，而且，每天放学的时候，会向家里的大人们鞠躬。

　　县妇联的同志住了有半个月的光景，就回去了，由张小兰接替她。可是，小兰是生产战线上的能手，把她派成脱离直接生产的保育员，是否恰当？同时，保育员的工分和托儿所中的用费，究竟都由那儿出，这些也都需要讨论明确。

　　绮雯问小兰："怎么从我来，没看见孩子们进托儿组？"

　　小兰说："过端午节，家家有好饭食，孩子们都愿意在自己家里。这几天，县长和县委又帮我们搞思想建设，就放了几天假。"

　　两人正这样说着话向前走，罗一民从对面走来。他说："小兰，你们的会开了没有？我来给你们记录。"

　　小兰说："你不是在写春耕总结的稿子吗？我怕你太忙，就找大姐来了。"

　　罗一民说："你倒会捉人，真有一套办法。"

　　小兰说："我这一套不管用，我自己能记录，那才算真有一套呢！"

　　罗一民说："要想能记录，就看你下不下苦功夫，这回你有了好先生了，赶紧学吧！"

　　小兰说："我早就想请大姐教我了，只是忙得还没跟大姐说。"

　　罗一民促狭地说："早是多早，是今年刚过年吗？那时候，李同志还没来呢！"

　　小兰说："你专会话里找缝子，我不理你。"

罗一民笑起来了，他说："李同志去，我就不去了。一切以兰姑娘的话为主。"

说完他就走了，小兰向着他的背影说："快去写你的稿子是正经。"

罗一民也回过头来大声说："快好好学文化是正经。"

他说完，又突然反转身来跑到绮雯身边，他说："老李！我忘记告诉你，听他们开会，请注意迟桂兰、杨玉兰、王桂香、李宝芬这四个人的发言，必要的时候，请你参加些意见。原则是成立托儿组应以环绕'下田工作'为主，就是，一切要为了发展生产，如果会中把话谈得离开这个主题太远了的话，请你给引回去。"

绮雯说："我跟她们不熟，怕闹不好。"

罗一民说："别客气了，这点工作在你，还不是用牛刀杀鸡。主席是小兰，你多帮助她吧！"

绮雯答应了罗一民，并且把要注意的四个人名字，因为没有带纸，听罗一民的提醒，就写在手掌上了。

这时，一个三十多岁，却在两条辫子上拴了个红绸带的女人从一家门内探身出来，大声地喊张小兰。

张小兰答应着，一面急步向前走，和绮雯一块进了老迟家的屋门。那个女人说："开会的人都来齐了，你这个主席可不知跑那儿去了，村前村后找了个遍，也没见你的影，又是趁下雨，去会陈亭林那小子去了吧？"

小兰说："王家大婶，你快别跟我开玩笑了，我刚刚跑出去找李同志。"

那女人讲："我不信，我来的时候，你就没在屋里。"

小兰说："大概我刚走，你就来了，所以你没看见我。"

大家看小兰和绮雯一块进来了，就都说："王大婶！小兰刚才是在这儿来着，叫她们上炕上坐，咱们开会吧！"

绮雯和小兰坐在炕中心，大家围在四周，开始开会了，小兰趁着大家让座位的时候，悄悄地告诉绮雯："她就是王桂香。"

十　一

妈妈会开得挺热闹，每个到会的母亲们都发了言。小兰把会场掌握得很好，时时能把谈开了的话题引回去，而且不亢不卑，话说得很公正得体。绮雯不由得十分佩服她，在心里暗暗地称赞着她，同时绮雯又联想到张成光在春耕评比大会上持重慎重的态度，她想真是"虎门虎子"。

罗一民嘱咐绮雯注意的四个人：王桂香，第一个绮雯就认清了。杨玉兰原来就是高大嫂，这位女同志，因为在厨房中管伙食，绮雯也早跟她搅熟了。另外是李宝芬和迟桂兰。李宝芬生得很漂亮，有二十七八岁的样子，穿了件非常好看的花夹袄，也很容易记住。迟桂兰有四十岁了，是一个平常的、被生活折磨得非常憔悴的女人。

因为罗一民有话在先，绮雯就特别注意这四个人。听了一会，大致的情形就都闹清楚了。

王桂香是王福臣的母亲，已经三十九岁了，大儿子王福生参军六年了，是个立过功的英雄。老头早死了，家中现在只有王福臣兄妹两个，她的小姑娘叫王小美，已经八岁了。王桂香的发言，话里话外总是社里对她照顾的少，她的小姑娘小美，是功臣的妹妹，就应该由社内代付一切托儿组的费用，要叫她出工资，来送小美进托儿小组，她非但不赞成，而且说像张小兰这样的保育员根本不应要工资。可是，当别人提到张小兰在田间工作，能拿男子一样的工分时，她就不说什么了。她反复地强调一点，那就是，群众出钱，小美就进托儿组，群众不出钱，小美就不进。

杨玉兰有两个小孩，一男一女，女的七岁，男的四岁。平常，杨玉兰在厨房中烧饭，那个七岁的小姑娘已经完全能照顾自己的小弟弟了。她的意见是，自己出工资也可以，但是，要请一位像县妇联同志那样的女先生，又能教小孩识字，又能教小孩唱歌。为小孩的将来着想，她出工资一点也不心痛。只是她认为张小兰应该换下来，因为妇女下地，都有孩子拖累着，谁也没有张小兰作组长那样对大家关心，能帮助大家解决问题。张小兰不作保育员，组中其他的女同志都不能唱歌，更谈不到舞蹈了，所以，她主张小兰仍旧作妇女生产组长，托罗秘书到县里去，请一位保育员来。

李宝芬有一个小男孩，三周岁不满，因为是头生子，娇惯得很，在托儿小组里，老是打骂别的小孩。同时，李宝芬也不放心自己的孩子交给别人管。当初，因为大家都送，她也就把儿子小狗儿送去了，可是，一天要跑去看两次，她的孩子又惯会作假，一看她来，就哭着，不是说张家哥哥打了他，就是说阿姨给他的馒头片少了。李宝芬听了儿子的话，也不分辨究竟是不是事实，就是心痛儿子受委屈。所以她说："那么多孩子关在一个屋子里，根本不行。"意思是说托儿组有没有都没关系。

迟桂兰一共四个孩子，七岁、五岁、三岁和一岁，这样四个。她是今年才由外村搬来，就加入合作社的。在外村，因为自己孩子多，又只有男人一个人生产，虽说是土改好几年了，家里多少有些余粮，吃的用的还是一点都不宽裕。她的母亲跟她住在一起，一岁的孩子根本就是姥姥负责照管，其他三个也进了小组，可是一提到要由自己拿钱请保育员，她就高低不肯让孩子们进托儿小组了。她说："我跟大家比不了，自己家的底子太空，就是这样劳动也还不敷余。"她又诉苦，说今冬的棉衣还没着落等等。

会场上的意见，也就是这样两种，一种是以王桂香、迟桂兰为代表的，要社内完全照顾的意见，就是社内出公款办托儿小组，自己的孩子就进小组。自己出工资，孩子就可以不进小组。第二种是以杨玉兰为代表的完全为孩子着想的意见，那就是给孩子们请好先生，让孩子受到幼稚教育，社内出工资，自己出工资都没问题。

这样意见分明之后，绮雯想，小兰一定要为会议做总结了。可是小兰却说："还有两个问题，需要大家深入讨论一下。一、社内不是不愿意出工资，请保育员，办托儿小组。只是社内的公益金不多，保育员的工资就以咱们的'劳动日'作为标准，一天也要分二斗玉米。托儿组是长期的，那么一年就有三百六十五个劳动日，比咱们社内的全年农业劳动日高出一倍半。要是农忙托，农闲散，从外边请保育员来是不是可以，人家会不会在社内正需要人的时候，就有人来，社内不需要的时候就走。同时，保育员的工资也请大家规定，这是一个问题。第二个问题，是如果母亲自出工资来请保育员的话，母亲究竟肯出多少。社理事会的意见是：托一个小孩，妈妈们在自己的工资内出百分之十，托两个，就出百分之十五，托三个，出百分之十八。这样，孩子多的可以少负担。其余不足的再由社内添补，大家看这个问题是不是还可以这样做，也请妈妈们多发表意见。"

关于第一个问题，妈妈们一致认为，如果从外面请保育员来，那就应该是长期的，咱们忙了人家来，咱们不忙人家走，这当然没这样的道理。关于第二个问题，肯出钱来办托儿小组的都认为不多，不肯出钱的一律认为多。肯出钱的在十四个人里只占三分之一强。

保育员的工资，若是按长期算，也按社内的劳动日算，一年需要七十石玉米。比社内的劳动日低，一年也需要五十石左右。以农忙时间来计算，一年共有一百四十个农业劳动日，就是农忙成立，保育员的工资也相当于三十石玉米。就算母亲出一半，下余的一半由社内负担，这十五石玉米比农业总收入的千分之五的公益金只多不少。

听了小兰这样一项一项地算清账目之后，很多妈妈都为保育员工资的庞大数字惊慑着了，有人说："嗨！看看小孩一年就拿这么多粮食。"有人说："咱们全社才二十户，社内一年拿十五石，一家就要往出拿七斗五粮食，要是都由社内出，一家要拿两三石粮食了。"也有的人说："自己出跟群众出，其实都一样，社内的粮食也还不都是群众的。"

讨论结果，妈妈们一致通过，保育员不能由外面请。其他的意见都没得到一致，妈妈们请主席把这些意见提给社管理委员会，请他们再研究研究。就这样散会了。

十 三

晚上，刘强罗一民商谈关于托儿小组的问题，本来约绮雯去参加。绮雯被王福臣的妈妈王桂香硬拖去给大儿子写信，她只好把记录交给小兰去给罗一民。绮雯本来觉得自己的笔记记得太潦草，羞于拿给他们看。可是，又一想，只要这个记录能对他们有所帮助，那就应该给他们看。潦草与否，这是绮雯个人的问题。只要罗一民他们能看得明白，潦草不潦草又有什么关系呢？绮雯本来愿意跟刘强一块去开会，不过既然王桂香要她写信，同时，对托儿小组，因为自己还不十分了解情况，去了也没什么意见好提，给王桂香写写信，明白一下这母子两人的思想情形，也正是应该做的工作。绮雯就拿了纸和笔，欣然跟王桂香去了。

王家的屋子很凌乱，盆罐到处乱丢，触眼是王福生的立功喜报，高高地挂在墙上，装饰着大红花。王福臣赤着一双泥脚，横躺在北面的暖炕上，手里拿着一张画报在瞧。小美一个人在南面的暖炕上，把几只刚孵出来的小鸡仔，赶来赶去。炕上到处都是小鸡仔痾的稀粪。

王桂香一面骂着小美，说把鸡仔放在炕上，痾了满炕屎。一面把小鸡关到一只箩头里，摆在炕的南角上。她把炕上的鸡屎擦了擦，就请绮雯坐，到绮雯要坐的时候，却又不让绮雯坐，跑到炕北面的花玻璃橱子里，拿出来一条大红哔叽的褥子，要替绮雯铺好再坐。

绮雯赶快阻止了王桂香。绮雯说："王家大婶，你老别拿我当外人。炕上面一样坐。"

这样说着，绮雯就在炕边上坐下来，一面把小美拉过来跟小美说话。

王桂香把一张紫檀木的小炕桌摆在炕上，又到墙上挂着的布夹夹里去翻，翻来翻去，连信带纸头丢了半面炕，一面又吆喝王福臣去洗脚。

王福臣在妈妈嚷了三次之后，才懒懒地提了脚盆出去了。王桂香瞧着王福臣的背影，无限爱怜地说："李同志！说出来不怕你笑话，该娶媳妇了，十八九岁的大小伙子，要在前几年，孩子都能有五六岁了。"

绮雯说："现在娶媳妇还不容易嚓，只要男女两人愿意，又不要财礼，做老家的又不拦阻，还有什么难处呢？"

王桂香说："就是这个'象'难对嚛！咱们瞧得上人家的，人家未必肯给咱们。等人家来迁就咱们的，咱家福臣眼又高，还瞧不上眼。这么三耽误两耽误，到了没有媳妇。"

绮雯说："这是大事，郑重些倒好。"

王桂香说："猫儿到春天还要'叫叫春'呢，野鸭子都是成对的，人到年纪了，就该有个伴儿。说起来，咱们福臣样样都好，现在闹得这么无精打采的，都是为了这一桩事。"

绮雯说："那就托人介绍介绍，多方面想办法吧！"

王桂香说："人家都不帮咱们忙，说咱福臣不积极。要让我这个作娘的说，咱福臣也算是不错了。这么凉的天气，一样跟别人钻到冷水里去搭桥。别人都好，咱福臣可就闹不出好来。"

绮雯说："该好总是好，大家的眼睛雪亮，谁都看得见。"

王桂香说："群众看得见也不行，得人家主任、县委看得见才算。咱们福臣嘴笨，不会甜言蜜语，做了多少昧心活，别人都看不见。打头张家那小丫头子，就不说咱福臣一句好话。"

绮雯说："那个张家小丫头子？"

王桂香说："就是那个张小兰吗！一天，东是她，西也是她，不够她忙的了，好像咱们的合作社，没有张小兰就要垮台一样。"

绮雯听她这样毁谤小兰，不由得十分厌恶。王桂香那两只叽哩咕噜直转的大眼睛，给人一种妖里妖气的感觉。特别是她拴着红绸条的两条辫子，那样宕过来、荡过去，叫人更讨厌。绮雯甚至想说：你把那对红绸条给小美子系上吧！

绮雯不愿意再跟王桂香闲扯，就说："王家大婶，你不是要写信嚜？"

王桂香说："信不忙着写，反正你还住些日子呢，你把我这些纸头替我理理吧。我又不认识字，是什么单据也分不清。"

绮雯就替她理纸头。这纸头差不多就是她的生活记录。有得地主劳动果实的清单，有领地主家具的分配条，有交公粮的收据，有王福生从前线寄来的信，也有百货公司的买货收据，有入社土地的清单，有车马作价的底单，还有合作社的股本账。绮雯分门别类替她理清，一卷一卷地用纸条束在一起，并在上面写上：百货公司买货收据，斗争果实，合作社账单等字样。卷好了，并且一样一样地替她摆在墙上的布夹夹里，一样一样地告诉王桂香。

绮雯的工作很使王桂香满意。她说："李同志，你这么一整理，连我自己这回也能要啥找到啥了。"

绮雯说："还写信不写呢？"

王桂香说："你不知咱们那福生子，从小就跟我不对头，这会，在军队里立了功，入了党，更不把咱们娘儿们放在眼里了。一来信就是劝福臣依靠合作社，听从组织分配，好好生产。劝我把家里家外闹干净，不要老是东家走、西家串地一天不在家。李同志！你说，我两个儿子都能生产挣钱了，我寡妇家的，带三个孩子也不容易，跟邻居的老姊老妹说说话，解解心烦，还算什么大不了的过错吗？这年头，作兴娘要受儿子管了。"

绮雯想，少不得这位老太太在合作社里，也不是个省事的社员，她连跟自己的党员儿子都合不在一块，其他人当然是更难相处了。

绮雯说："你老要不写信，我就走了，你老也该歇息了。"

王桂香送绮雯到门口，鬼鬼祟祟地跟绮雯说："李同志！我托你一件事，你跟县长说说，叫小兰嫁给咱福臣。张家那一家子，就听县长的话。"

绮雯说："你老不是不很喜欢小兰么！"

王桂香说："那叫我家那傻小子中了迷呀！总是说那小丫头子好。李同志！你只管跟县长提一提，成不成都没关系，你只管提提就是了。凭咱这人民功臣的兄弟，也没啥配不上张家那个翻身户的。"

绮雯答应了她，再三答应了她，王桂香才放她走了。临走，还捏了一下绮雯的手。绮雯想，不是儿子需要媳妇，倒是妈妈需要丈夫。王桂香这种捏手的方式，倒像在跟情人告别一样。她立刻大踏步向前走着，离开了王桂香的家，绮雯觉得像释去重负一样地感到轻快。

十三

张家的屋子还黑着，证明张家父女还没回来。绮雯又很想知道知道刘强他们开会的情况，就到合作社的办公室来找罗一民。

食堂的灯点得很亮，罗一民在灯下振笔疾书。屋中像刚散了会的样子，桌上摆着茶碗，还有葵花子的硬壳。板凳也拖得横七竖八的。

绮雯悄悄推开门进去，罗一民看见她，微笑着说："到里间去吧！小兰有事求你呢。"

绮雯走到里间屋里，里间只有刘强和小兰两人在闲谈。那盏大煤油灯，灯芯捻得小小的，屋里黑蒙蒙的，只能看清人在那儿坐着。

刘强坐在暖炕的里面，半身倚着后面的窗台。小兰坐在东墙旁的炕边上，脚伸得长长的，身子也靠在墙上。

小兰看见绮雯进来，立刻跳下地来，让绮雯和她并肩坐好，一面把手里拿着的绮雯的笔记交还给绮雯，一面说："大姐，有几句话，你再替我记记。"

绮雯说："好！你说吧！"

小兰过去把灯捻亮了，一面拖了张小炕桌摆好，和绮雯一面一个人，面对面坐在炕桌的两边。

小兰说："大姐！我说，你写吧！"

绮雯说；"好！"

小兰就开始说了。小兰说："这是资产阶级脱离现实，追求形式的作风。"

这句话突如其来，在小兰的嘴里说出来，尤其使绮雯惊异。她晓得小兰文化程度低，就是政治觉悟再高，这样很流利地把这些名词贯串在一起，表现这样完整的意识，也是不可能的。

绮雯把这句话写在纸上，一面惊诧地看着小兰。小兰理解绮雯的意思。她就说："大姐！你觉得奇怪吧！我哪能说这么一串串的新名词呢。这是我刚才学会的，怕忘了，所以请你记在本子上。"

绮雯说："你把字写下来，话可以读得蛮好，要紧的是，你得明白这句话的意思才行。"

刘强说："对！小兰！你得明白这句话的意思才行。"

小兰说："我明白了，不信我就讲给你们听。"

刘强说："你讲来我们听听看，李同志是学文学的，专会解释词和句。你不明白，好请她给你讲。"

小兰说："资产阶级就是有钱的人，这种有钱的人，跟咱们的地主不一样，没有土地，他在城里有房子、有工厂、有大买卖什么的。好多好多人给他做工，他就靠着这些工人给他生产。

"脱离现实就是跟真事合不到一块，打个比方说吧：明明是冬天，我偏穿单褂，这就叫脱离现实。

"形式主义就是专顾表面，专讲究样子。就像我脚上这双鞋吧，本来不做花也可以穿，可是为了好看，偏要费许多工夫，在鞋上绣了许多花。这就叫形式主义。

"作风就是做事情怎么做？做的方法？"

刘强说："就算你名词都解释对了，这句话连在一起，又是代表什么意思呢？"

小兰说："这个我也知道。资产阶级是靠工人发财的，自己吃好的，穿阔的，小汽车一坐，呜哇呜哇地真神气。可是若叫工人都知道资本家不应该剥削工人，也应该劳动，就像咱们斗争地主，叫土地回家一样，资本家可就受不了啦！所以，明明白白是工人养活着资本家，资本家一口咬定是工厂养活工人。为的是把工人闹胡涂了，省得工人斗争他。资产阶级事事都是造谣言，一句真话也没有。所以，做起事来，事事不求真，就求表面好看，这就叫着资产阶级脱离现实的形式主义作风。"

小兰说完了，瞪着大眼睛看着刘强和绮雯，仿佛在问：我说的对嚜？

绮雯首先拍起手来，她再没想到小兰会解释得这样清楚透彻。绮雯说："小兰，你说的真好，就是我，也不能说这么清楚。"

小兰笑了，她说："得了吧！大姐，你还跟我开玩笑呢。"

这时，张成光进屋来了，他说："小兰又吵什么？"

刘强让张成光坐，他说："李同志在夸你的女儿呢。"

张成光说："我这个小丫头，从小没娘，一点家教也没有，跟谁都是自来熟。李同志才来两天，她又跟李同志'逗起疯'（因为对方喜欢自己，自己就无忌惮了的意思）来了。"

绮雯说："张大爷，你家的小兰是真好。"

张成光说："好是好，就是毛脾气，你看，这么大的雨，天凉得厉害，连棉袄也不披一件。"

刘强说："你给你女儿送棉袄来了？"

张成光说："是呀！也该睡觉了，下雨，路难走，怕她走路不小心，来接她来了。"

刘强说："有这么个好爸爸，没娘也不要紧了，小兰，你瞧，爸爸疼你。"

小兰说："我爹不疼我。哥哥回家来一趟不容易，我想着叫哥哥多给讲点道理，多教我两个字，晚上晚睡一会，爹都不答应，怕他儿子累，就不管我要学习。"

张成光说："你两人一说说半夜，他累你也累，我怎么就是偏疼他了。"

小兰说："不偏疼他，叫他上学，不叫我上学！"

张成光说："你这小丫头子，就会跟我刁，你哥上学的时候，家里不敷余，两人都上学，穷爹爹供给不起。又贪着你在家跟我这老头子作个伴。这情形你不是不明白，现在你哥又许下你了，他一考上工农中学，就叫你去上村小。你早就答应你哥哥了，可偏来气我。"

　　小兰说："我都十七八岁了，还上小学，跟小毛孩子们一块念书，羞也羞死了。我不去。"

　　张成光说："你不上小学，上中学你又没资格。"

　　小兰说："反正我有学校上，就怕你不让我去。"

　　张成光说："你去吧！爱上那儿上那儿，我不拦你。省得你总埋怨我，封建脑筋，老顽固，偏疼儿子。"

　　小兰说："爹说话要是算数，这屋里有证人，我要走的时候，你可别拦我。"

　　张成光说："自然说了算数。"

　　小兰说："我去学开拖拉机。"

　　张成光听了，说："我就知道你这个小家伙闹鬼。"

　　小兰想上拖拉机学校，这心愿已经好几年了。张成光不赞成小兰去，也是为小兰着想，他怕小兰太小，个儿又不高，开动那样大的机器，力气顶不上。他又顾虑小兰文化低，闹不明白机器的道理。他还有个顾虑，这个顾虑跟谁也讲不出口。就是张成光的弟弟张成喜，曾叫日本鬼子给抓到工厂里去，没出两个月，就叫机器给绞死了。所以，他总是对机器有个格外恐惧的心理。张成光说："这丫头做梦也要上拖拉机学校，我也并不是不让她去，只是想，机器那东西，不简单，咱们这些老粗闹不了。"

　　小兰说："你老就是想不开这一点，又不是现在就把机器叫我开，不是去学嘛！"

　　张成光说："对！就怕我叫你去了，人家学校也不要你。"

小兰说："县长答应我了，只要我学习的好，会念、会用三千字，算术加减乘除全学会，他就送我进机耕学校。"

张成光说："学会三千字，可不是吹一口气（即容易的意思）的事！"

小兰说："有妙法，叫什么法来着？说是两个月就能学会三千字，人家解放军同志发明的。"

绮雯瞧小兰说的好玩，忍不住插嘴说："小兰，你刚才把新名词一说一大串，这么个简单的话你反而记不住了，我告诉你，叫'速成识字法'。"

小兰拍手笑着说："对！爹，那个方法，叫速成识字法，就是在两个月内学会三千字的法子。"

张成光说："真是越来新鲜事越多。早先都说十年寒窗苦，现在两个月就能顶十年。这么说，我这个老头子也能掌握文化了。"

刘强说："张大爷，你老卖卖老力气，跟小兰一块学学，看看爷俩个谁学得快！"

张成光说："说好，没人教也不行。"

刘强说："怎么没人教，不是从北京给你们送先生来了？"刘强说着，拿眼睛看着小兰，小兰立刻扯起绮雯的手来，她说："大姐！你教我！教我用速成识字法认字。"

绮雯说："我会注音字母，可是没有用速成法教人的经验，只怕教不会你。"

小兰说："罗秘书本要教我来着，还说等把我教好了，我再教全社社员。这回你来了，罗秘书说你是北京人，口音好，你又是什么写文章的专家。所以他说你教好。你教吧！大姐！我信任你，准保没错，就怕我笨，学不会。"

刘强说："李同志，你就作先生吧！将来模范村的人，都会成为你的好学生的。小兰聪得很，教她，也可以取得些在农民方面教速成识字的经验。同时，你要把小兰训练好，再教别人就更容易了，她的创造能力很强。如果你本身的工作不忙，你就教吧！"

当然，这件工作不由得绮雯不答应下来。这时，外面雨已经小多了，夜也深了。张成光说："小兰，咱们家去睡觉吧！县长明天早上还要起早回县呢，也该睡了。"

刘强跟大家握手道别，他跟绮雯说："李同志！再见了，如果你在工作上需要我们帮忙，你告诉罗一民，或者写信给我都行。"

绮雯说："当然少不了要麻烦你，也许问题解决不了的时候，我会跑县里去找你。"

刘强说："那更好了，欢迎你去。"

绮雯说："你什么时候再来呀？"

刘强说："说不定，不过，总会来的，工作需要的时候，也许这个星期内就要再跑来呢。"

绮雯和小兰正要往外走，刘强说："李同志，你等一下，我有个问题要请教你。"

他从自己的背包里拿出一本书来，那是中译本的小说《收获》。其中有两个句子画着红线，那两个句子很长，堆砌了许多莫名其妙的名词。

绮雯看了，勉强把意义闹明白了，问刘强问题在什么地方，绮雯就把自己的意见说了。刘强说："我自己也这样解释，因为自己文化低，怕闹错了。好了，现在完全闹清楚了，谢谢你。"

小兰早已把自己的大棉袄张开来等着绮雯，绮雯就跟小兰并肩往外走。张成光跟在她们后面，刘强送她们到门口，并且在她背后，用手电筒替她们照亮了道路，一直到她们拐过弯去，手电的光亮才熄灭了。

十　四

刘强走的这一天早上，一直下着大雨，也就四点钟的光景，绮雯被雨吵醒了。雨下得既大，天又阴得很厉害。看表，四点过十分。绮雯担心刘强没办法走，担心他在路上淋病了，她很想要求刘强晚走一天。她也只是这样想就是了。

她在枕上翻来转去，惯于早起的小兰也醒了，她一听见外面落着这样的大雨，就说："刘县长这次下来，连件雨衣也没带，这么大的雨，他可怎么走呢？"

小兰这样说，张成光在外间屋里接着说："我已经去看过县长了，他骑马走。老韩家有油布，借一块披上就行了。"

小兰说："有人送他去吗？警卫员是不是一块走呢？"

张成光说："常守英要去送，县长不答应，说他两人走没问题，到车站后，他们就把马寄在车站旁的区联社里，明天咱们到区里去拉豆饼，再把马牵回来。"

说着话，已经听见了马蹄子踏着泥泞的响声，小兰站起来打开了窗子，绮雯就同她一起向外看。

白蒙蒙的雨里，刘强骑着白马，从草帽檐的四边往下流水，他牵着缰绳的手，像浸在水盆里一样，满都是水。就在这灰黑的天空中，他纵马向大路跑去了。他的年轻的警卫员紧紧地跟在他后面。

小兰招呼着他，因为雨声大，光又暗，他没答应，大概没听见。小兰放下了窗户，坐在暖炕上，把披着的夹袄穿好，就要下地。

张成光听见小兰要起来，就说："这么早起来干啥！今天又不能下地。"

小兰说："我昨天学的名词没记着，趁今天不能下地，我好好跟大姐学学。"

张成光说："你别吵大姐，她们在城里，都不习惯起得太早。你叫她多睡会。"

绮雯说："张大爷！我早醒了。"

小兰说："不是我把大姐吵醒的，是大姐把我吵醒的。"

张成光说："你就会贫嘴！"

说着话，绮雯已经把衣服穿好了，她真的掠了掠头发，就要替小兰写名词。可是屋里太黑，写不了字。

小兰悄悄把糊着油纸的窗子卸下来一扇，一股清冷的气流立刻迎面扑进来，绮雯由不得打了个寒战。小兰说："我们这里就是这样，到伏天，下急雨，也能穿棉袄。今天早上多凉，来！咱们围着被子坐着。"

绮雯和小兰像两只小鸡儿一样，把整个身子蜷在被里。绮雯一只手拿着笔，纸铺在窗台上。是东风，屋里虽然刮不进来雨，风却不时把细小的雨珠带进来，那些小雨珠落在脸上和手上，就像被针尖轻轻地戳了下一样。雨中混合着泥土和草的气息。

小兰说："大姐！昨晚上你不是替我写了一条吗？我还学会了两句，你也替我写写。"

绮雯说："你说吧！"

小兰说："生产是中心环节，一切阻碍生产，与生产无利的事都不能做。"

绮雯照样写在纸上，又问小兰："还有吗？"

小兰说："还有，不过这句我可记不清了，我还重复地说了好几遍，到底没记着。我想想看。"

小兰说："也不是什么规律来着，还说每个人也有？"

绮雯说："可是发展规律？"

小兰说："对！就是发展规律，另外还有一句，是实事求是，这句话我早听哥哥讲过了，只是当什么讲，到底没闹清楚。"

绮雯说："你先告诉我，这些话是同谁学的。"

小兰说："昨天我们不是和县长讨论托儿小组的问题吗，这些话是罗秘书说的，也有县长说的。我当时听不明白，我就问他们，罗秘书蹩了我半天，才告诉我了。他还说我学会了也记不着，我就非把他记着不可，大姐，你再给我讲讲。"

绮雯把这几句话又给小兰解释了一遍。小兰说："这回我明白了。大姐，我告诉你，昨天我不是把你写的记录拿给罗秘书看吗？他看了之后，就向县长说：'县长的估计真正确，王桂香和杨玉兰的意见，正像你说的一模一样。'县长就说：'这原很简单，不过是经过调查分析，掌握了她们的发展规律就是了。'你这一讲，我更明白了，这就是咱们老乡说的，'离不了大格'，什么事，该怎么样，定规是怎么样，也就像种地一样，多上粪，多研究技术，就能多打粮。人也是这样，坏毛病多的，就进步的慢；毛病少，肯学习的，就进步得快。人家明白人一研究，看你举动行为，就能明白你行不行，思想有没有问题。"

绮雯说："咱们古书里说，有人的心肝是水晶做的，当然人心都是肉长的，这么说，为的是形容一个人聪明，什么事一看就明白，一点就透。你的心真说得上是水晶做的了。"

小兰说："大姐还跟我闹玩笑，我是大老粗，啥也不懂。"

绮雯说："你看，你又把我当外人了。我说你好，是因为你真好。大老粗是旧社会侮辱劳动人民的话，亏你这么进步，还用这样的话来谦虚呢。"

小兰听了，忙说："大姐，你别生气，我绝不把你当外人，我好，我客气得不对，还不行吗？"

绮雯也笑了，说："我不生气，我问你，托儿小组的问题，你们研究的怎么样了呢？"

小兰说："托儿小组成立的时候，是省妇联通知咱县里，县妇联同志下来帮咱们搞成的。当时什么经费问题啦！保育的问题啦！都没考虑，大家伙就想，咱社是全国有名的农业生产合作社，连个托儿小组也没有，好像说不下去。人家县里省里都这样关心咱，不成立也不好，各家一说，有孩子的人家也都愿意，就这样成立了。等县妇联的同志一走，我管孩子没经验，同时田里工作又需要我下去，问题就来了。这时候，一算细账，保育员的工资要完全由公家出，公家的负担太重，要由私人出，事先没讲好，又怕大家不愿意，所以，昨天才召开妈妈会来研究这个问题。"

绮雯说："你的意见呢？"

小兰说："我和我爹早就谈过这件事了，我爹和我都说咱社里根本不需要托儿组，是有孩子的人家，家里都有老人，孩子不送托儿小组，妈妈也照样下地。只有老杨家一家没老人。可是老杨家的小莉八岁，小亭六岁，两人不用人照看也行了，吃饭可以到社里去吃。再就是李宝芬家没有老人。李宝芬又根本不赞成把孩子送托儿组，每年一到农忙，她娘家妈就来替她带孩子。她的孩子又惯会打人骂人，在托儿小组里，不是有点办法的老师，还真管不了他。后来，我把这意见向我哥提了，我哥说：'我眼光短，不往前看，这是第二代的教育问题。'不过，依我想，大姐，照顾到第二代的教育是对是好，可是力量顾不上来，也不行。就像我爹吧，满想把我同哥哥一块送去上学，可是，力量办不到，不也得慢慢来吗？"

绮雯说："罗秘书他们怎样讲呢？"

小兰说："罗秘书同刘县长他们算了细账，一算，没成立托儿组的时候，有十四个妇女下地，成立托儿组以后，抽出来我，反倒只有十三个人了。这个托儿组并不是为了解决妇女生产上的困难而成立的。第二，既然不是从解决困难出发，要社内负担那么大的开支，到秋算账，社员们一定有意见。合作社今年刚成立，一切福利都没办，先为孩子们把公益金花光了，谁也不会满意。县长说：'为要成立个托儿小组来办托儿小组，不是从解决妇女生产困难出发，根本不必要。'底下罗秘书就说了那句，说自己是资产阶级脱离实际追求形式的作风。他还说，县妇联来的时候，他没详加考虑。他还说自己要好好检讨哩！"

绮雯说："对妈妈自己出工资的问题，他们也谈到了吗？"

小兰说："八岁的孩子就有七个，眼瞧着下半年就要进村小学了。

这就先去了七个，再加上不愿意入的，总共能上托儿组的，也不过十一二个，这十一二个孩子，妈妈就都是出一分（即二升粮）工，才能有多少粮食呢？下余的负担还是很重，罗秘书就说什么生产是中心环节的那句话。他们已经把这些意见跟副主任，跟社管委会的人都说了，究竟办不办，还要社员大会决定，不过，他们把好处坏处全给指明了。"

绮雯说："小兰，你不是不懂实事求是怎么讲吗，刘县长他们这种工作方法就是实事求是。实事求是就是这件事怎么对，怎么办，眼前有多大能力，就办多大的事。办事的时候，拣重要的先办，不重要的后办。"

小兰说："对！他们也这样讲，县长还说，等社内公益金多了，社员生活又提高一步的时候，他就赞成咱们办一个托儿所。那时候，他还要从县里给请一位顶好的保育员来呢。"

两人只顾谈得高兴，张大爷已经在外间烧起早粥来了，湿柴枝毕毕剥剥地响着。

小兰从被子里一翻身爬起来，很快就下地去了，她说："大姐，你把被头折好吧！我帮爹去烧粥。今天下雨，不做工，也就不到社里去吃饭了。"

十　五

刘强走了之后，绮雯真的开始教小兰学注音字母。社里的人都笑他们，说他们写的洋文，特别是村小学的孩子们，你也跑来问，我也跑来看，再不就是跟着他们念，念会了之后，就到处嚷，并且用许多生动的语言来称呼注音字母。他们把"＜"字叫牛镶子（即套牛车用的，架在牛脖子上的人字形木架），把"凵"字叫小木盆，把"屮"字叫树枝，把"屮"字叫三股钢叉。孩子们这样一启发，绮雯就把字母中音节相近，又能连在一起的，编成一个短句的字母串联在一起教小兰。像"一尸ㄅㄈ凵"这五个字，绮雯就说是一十五摸鱼。老乡的习惯都愿意在月中和月初吃些好菜，打打牙祭。十五这天，恰是月中，正好去摸鱼烧来吃。这几个字，只教了一遍，小兰就会了，而且逗得小兰直笑，她说："十五摸鱼，初一该杀猪了。"

那个在绮雯来时替她扛行李进村的李柱，已经和绮雯搅熟了。他总是把注音字母的字拿来跟绮雯开玩笑，绮雯往村口一走，他就说："大姐！摸鱼去吧！"绮雯就说："还没到十五呢！"李柱说："没到十五，不摸鱼，就吃饽饽。"绮雯说："李柱，你不要和我贫嘴，你也把字母学会了才是真本事。"李柱说："我早就会念了！"说着，一边念着"ㄅㄆㄈㄈ"，大家吃馍，一边跑进树林里去了。

孩子们天真的戏谑，更提高了绮雯教小兰的兴趣。她想尽了方法，用最生动、最切合实际的办法来教，小兰本来很聪明，又下心学，白天忙着下地劳动，晚上只能念一个钟头的书，就这样也只有三天，就把字母完全学会，而且能搬家了。

接着学拼音，小兰下地举锄头的时候也拼，到苗圃薅草时也拼，嘴里总是叽哩咕噜地嘟念着。这时，除了孩子们外，大人们也注意到这件事了。他们都来问绮雯这是干什么，是不是教小兰学洋文；等绮雯给他们解释清楚，是要用这个办法来学文化，大家都觉得怪有意思，年轻的小伙子们简直跃跃欲试了。

王福臣也来找绮雯，说他也要学。绮雯一看见他，就想起他妈托绮雯给他说媒的事来了，真的，她还没有把这件事跟刘强讲过呢。

拼音学了四天，拼三音的时候，有些困难，但也渡过去了。学会了拼音，在小兰，已经是过了最后的难关了，因为她原有认识一千多字的基础。绮雯把她在农校读的四册农民课本，完全替她注好了音，就算做小兰的生字表。这些字，本就是农民日常生活中常说的语言，在小兰，已经有了念过两册半的基础，后一册半很快就会认会讲了。

这时，小兰在十天内念完四册农民课本的事，在模范村里像奇迹一样地传开了。小兰走到那里，都有人好奇地把书举出来，一个字一个字地考问她，看她真的能念出，又能讲出，老年人就说："真是毛主席的时代跟早年不同了啊！连念书也不费劲了。"

年轻人更急于要学了，原来社中的一些中坚分子，像文化比较高(能认两千字)的崔林，常带大家出去跑运销搞副业的王光璧，老成持重的张吉生，甚至梁金堂和张成光也动心了，只是他们和小兰不同，虽然有学习的心，又怕绮雯没时间教。说闲话的时候，有人把这件事跟罗一民提了；在厨房里吃饭的时候，高大嫂杨玉兰也把这情形跟绮雯讲了。

要依着绮雯刚来时的性情，那早就高兴得一口答应下来教大家了。跟农民们的相处，特别是刘强搞工作时那种实事求是的作风的启发，绮雯变得慎重起来了，她认识到这件工作不简单，这是文化上的革命，是文化上的硬冲锋，不是样样条件具备，绝打不了胜仗。而且，这工作更要求只许好不许坏。她因为忙着教小兰，总还没得功夫跟罗一民彻底谈谈，一天，在小兰下地去了之后，她就去找罗一民。

罗一民第一句就说："你不要以小兰作为标准来衡量大家，小兰是杰出的，她能十天学会注音，又认识了字，别人学的话，要达到她这样程度，最少要三倍时间，或者是三倍以上。"

绮雯说："是呀！总是要听你这个合作社灵魂的指示呀！"

罗一民在业余读果戈里的《钦差大臣》，他和绮雯谈到这本书的时候，就谈到了所谓"人的灵魂"的问题。过了一天，他又读莱蒙托夫的《当代英雄》，又谈到了"皮却阿"（《当代英雄》中的主角）的灵魂问题。绮雯就把罗一民称作合作社的灵魂，因为在合作社中，罗一民虽然不是事事指示，事事过问，但没有一件事的成功不是和他的热心解说、以及多方面使社员们了解这件工作的中心意义的努力连结在一起的。罗一民不是在领导工作，而是把工作的中心意识变成社员们自己的意识，由社员自觉自发地进行一切。

十 六

这一天傍晚，小兰去开村妇女会。绮雯跟一群孩子在河边洗衣裳，韩桂芝也在洗。河中的小鱼，将将有二寸长，一群群地游来游去，非常活泼有趣。韩桂芝看见绮雯已经洗完了衣裳，就一定要拖绮雯去捉水蝼蛄。那是一种和蟹性质相近的硬壳生物，也是横行的，烧来吃，滋味介在虾蟹之间。全身有二寸长，也有两只大螯。烧熟的时候，也由原来的黑绿变为红色。

绮雯就同韩桂芝去了，两人逆着水流，踏水向上行。在模范村西北方，水从二尺高的石崖上流下来，像一条小瀑布一样，那里的河边又丛生着野樱桃。因为石块多，就成了水蝼蛄的家，水蝼蛄都栖息在水中石块的缝隙里。

落日的余晖照在那潺潺的水流上，水流像虹一样的幻出灿烂七彩，石块还保持日间的温度。绮雯替韩桂芝捧着盆子，韩桂芝去捉。韩桂芝教给绮雯，把马莲的宽叶编成盆盖，既免得蝼蛄爬出来，又省得把蝼蛄窒息得死去。

　　绮雯坐在石块上，踏着温暖的水，她有种难言的感情，她本来一直在想念着刘强，只要是她一人独在，刘强的形象就非常清晰地浮现在她眼前。这种思念，总是很自然地来临，只要绮雯脑中一有空闲，就马上想到刘强，甚至在工作中，有人提到刘强，或者谈到与刘强有关联的事，绮雯的脸上，总是很自然地现出幸福的微笑；听见别人称赞刘强的时候，她就觉得安慰，好像她也分享了他所受到的拥戴一样。她思念着他，一点杂念都没有，只是单纯地想见到他，想听他说话，想看他吃饭，甚至想，在人群中，丝毫也不引起刘强的注意，悄悄地守候着他。

　　这样纯洁的相思，烈火一样地煎炙着绮雯的心。怀恋的柔情，缠绕着绮雯的整个意识。她常常因为想到刘强，自己微笑着，特别是刘强临去跃马疾行的姿态，环绕着光环保存在绮雯的记忆里。

　　绮雯从没想到要永远和刘强在一起，她肯定这件事是没希望的。她猜想，他一定有一个很愉快的家。她已经由罗一民的谈话里，知道刘强在东北解放前，一直在铁路上作养路工人，一九四五年参加革命，在党的培养下，因为他的出色的工作成绩，很快就由村长到区长，又到县长。在来到东北之前，他是随着山东人跑关东的大帮一块来到东北的，家现在还留在青州。

　　绮雯对刘强的思念，经常是伴随着对工作的思考一块来临。她每在考虑进行一件工作之前，甚至老乡们找她写一张借据，写一个买货的清单，她都想，如果刘强做这样工作的时候，他将怎样做法。她喜欢照着他那种谈笑风生，却又不慌不忙的样子工作。在这样深厚的思念之中，她变得比来时沉默，比来时小心，也比来时更容易跟老乡们欢处在一起了。

　　天上满是晚霞，玫瑰色的、金色的，把浅蓝的天空装扮得这样美丽。韩桂芝热中于捉水蝼蛄，绮雯沉在自己快乐的怀念里。偶然韩桂芝因为捉到一只特大的母蝼蛄，就晴朗地大笑着，并且叫绮雯看。韩桂芝的成绩很好，一会儿，水蝼蛄便满满的一盆底了，因为多了，绮雯也就不得不按紧了那个绿叶子的盆盖，防那些横行的东西爬出来。

　　天色暗下来了，玫瑰色的金色的晚霞都不见了，绮雯捧着盆子，韩桂芝在她身边跳跃着，两人往回走。绮雯想起自己的小女儿来了。她幻想着家里的情景，她想她们一定在吃晚饭，也许还没吃。吃什么呢？在北京，应该是西红柿上市的时候了，小女儿爱把肉塞在柿子里蒸来吃，一吃到这样的菜的时候，她就雀跃着，用她的小调匙一点点地掘着吃，她说她在掘宝贝。

　　无论是韩桂芝的水蝼蛄，是小女儿的蒸柿子，她们都有权利向自己的父兄，要求一切自己喜爱的东西。因为这是热爱儿童的时代，这是以无限关怀围绕着儿童的时代。想到这儿，绮雯就问韩桂芝："桂芝！你说现在好不好？"

　　韩桂芝说："不好，要黑天了，一黑天，也没有电灯，那儿都是黑的，不好玩。李柱又尽藏在黑地方吓我。"

　　绮雯说："我说的'这个时候'，是指的咱们现在的年月。"

　　韩桂芝说："好！好的不能说。你知道，日本鬼子在这儿的时候，我爹常常叫鬼子捉去，打得头破血流，妈妈和我在家，夜里连觉也不睡。妈妈总是说：'这回你爹也许叫鬼子打死了。'她哭都不敢大声哭，就那样抽噎着，滚烫的眼泪落在我的脸上。现在，你说吧，我爹身上挂着奖章，叮叮当当真神气，小弟弟们都吃烤馒头片，我上学，用什么好看的花本子，我爹都给买。妈尽说：'给我们小桂芝做件花夹袄吧！'一会儿又说：'做条苏联小孩穿的裙子吧！'你看，还能有比现在好的日子没有？"

绮雯说："我说有。"

韩桂芝说："你当我不知道呢？我也知道有，那就是社会主义。到那时候，我们这儿就是集体农庄了。我爹是农庄主席，我也成大姑娘了。我要给自己的农庄服务。"

绮雯说："你要做什么工作呢？"

韩桂芝说："我爹要我学拖拉机，我妈盼我学大夫，我自己想当女空军，带着花绸伞，在天空里慢慢往下跳，你说，多有意思。"

绮雯笑起来了，她说："你到底要做什么呢？"

韩桂芝也笑了，她说："不拘做什么，我都要好好做，像我爹一样的当模范。"

绮雯说："韩桂芝！我教你唱一个歌，我从北京往这儿来的时候，刚刚学会。你愿意学吗？"

韩桂芝说："你先唱一遍我听，好听我就学。"

绮雯唱着：

明亮的清晨到了，我们歌唱它。

青青碧绿的花园里，有我们的夏令营。

人民的热爱，关怀围绕着我们。

夏令营已为儿童们准备好。

夏天！夏天你可好！金色傍晚你可好！

人民的热爱，关怀围绕着我们，

夏令营已为儿童们准备好了。

也许因为有愉快的心绪，也许那纯情的相思使得绮雯的声音更加甜美。也许因为歌子丰富的内容，这支使绮雯喜爱的歌，她唱得这样好听。韩桂芝走也不走了，站定了听她唱。

韩桂芝说："大姐！是儿童们过夏令营吧？"

绮雯说："是的，你知道什么是夏令营吗？"

韩桂芝说："知道！知道！先生们讲过了，今天暑假我们就有第一个夏令营了。"

这时她们已经走进村里了。女社员们正忙着捉鸡、捉鸭上窝。杨玉兰在食堂的门口喊着："老李呀！那儿也找不到你，人家把饭都吃完了哟！"

绮雯把盆子交给韩桂芝，三步两步跑到食堂里来，韩桂芝说："大姐！吃完饭教我唱！"

绮雯说："好的！"一面又跟杨玉兰说："大嫂！就等我了吧！"

罗一民从里间走出来，说："老李！你不回来吃饭，高大嫂村前村后找你，腿都跑直了。你们女同志真有办法，到那儿，也有人特别关心。"

绮雯再三跟杨玉兰道谢。杨玉兰说："别贫嘴了，快吃饭去是正经。"

十 七

绮雯已经完全变成这个农业生产合作社内的成员了。她非常爱这个临时的家，她已经学会了夏锄期间的田间劳做，只是气力顶不住，做半天工，下午就没力气了。这个社，因为有了六年的互助基础，有好社长，又有罗一民那样一个细心的辅导员，所以工作总是直线地向上发展。在互助组时代，他们也发生过右倾的资产阶级经营思想，在生产条件恢复到一定程度的时候，也曾经有人要单干。这些摇摆的痛苦基本上已经过去了，现在，主要的矛盾是保守与先进的斗争了。在领导方法上，因为农民几千年就是惯于一揽子的操作方法，因此，也就出现了一揽子的领导作风。新的民主管理，分工负责的领导方法，正在突破一切困难，在为自己打基础。在农业技术上，先进的农业栽培方法与墨守成规的耕作方法，也构成了主要矛盾的副线。农民们虽然不迷信了，不相信有什么龙王爷，以及雷公、雷母等等的神怪了，但仍旧存在着对自然的敬畏，使他相信自己的力量，进而控制自然，由于工具的限制，这也是不能一时完全说通的事。

在架桥之后，根据政委在这儿提出来的三年计划，他们除开挖水库之外，还要打一眼井。按社里的经济条件来讲，别说是打一眼井，就是打两眼井也并不是不可能。先进的社员们认为这样做，是好。可是有些人就想不通。他们说：再旱，河也干不了，打井就是白费，社计划在夏季挂锄期间打井，这话题就有意识地在社员中谈论起来了。

夏锄，生产社实行先进的定质定量包工制，超过质量的有奖。社内热火朝天地掀起了竞赛运动。社员们都在找窍门，看怎样能把自己的工作做好。同时跟县供销社定了供应油包草的合同。只要庄稼活一住手，就可以割了油包草送到县社去。这对打井工作来讲，更增加了阻碍。割油包草，马上就可以获得利润，而打井的利益，却不是一时就可以看得清清楚楚的。

但这里需要不需要井呢，完全需要。这儿的老住户可以说出不止一次的旱灾威胁的经验，一旱起来，河水真的几几乎乎是干的。那么，要社里这七八百亩的土地旱涝保收，完全有必要打一眼井，甚至还多。

"领导社员们向前看！教育他们把眼光放得更远！"在罗一民的笔记上写着这样的话，绮雯知道，罗一民又在进行他的打井教育了。

小兰已经能写便条与简单的信件了。张家父女俩像待自己的亲人一样地待承绮雯。她常常教小兰写字到夜深，张成光大爷就把珍藏着要作为种子的马铃薯，在灶间煨好给她们做为夜宵吃。

村小的两位教员到生产社来了三晚上，就把注音字母学会了。罗一民根据张吉生等人的要求，要绮雯再教五个人，请小兰作辅导员。这五个人都是迫切要求学习，而一定能努力坚持到底的。

绮雯答应了教他们，并且把教小兰用过的字表，又重新根据双音词，以及农业生产技术等语言重新排列了一遍。这件工作整整费了她两个整天的工夫。这天，团员王桂琴到区上去开会，本来她预定帮助妈妈在自留地里栽葱，葱苗准备好，不栽就要干了，临走，因为别人都忙，她请绮雯去帮助她的妈妈。这天，天气清朗得很，绮雯正因为在屋子里闷了两个整天，怪气闷，就扛了锄头到地里帮王老太太种葱去了。

绮雯刨垅，王老太栽葱，两人这样分工合作。初夏的清晨，虽然并不热，但因为举着大板锄刨地，绮雯很快就出汗了。她把外褂脱下来丢在地上，把衬衫的袖子卷起，挥着锄头。

栽了两垅之后，王老太一定要绮雯坐下来休息一会。两人就坐在地头的干土上，一边说着家常，一边歇息。王家的自留菜地，紧挨着村子，菜地旁就是通往车站去的大路。

王家只有三个人，老太太一儿一女，儿子出建勤去了，只有女儿王桂琴在家。因为家里人口少，儿子又是为国家的建设去服务，社里对王家很关照。小兰跟王桂琴又是好朋友，除了社中的劳动以外，她们自家留了一小块菜地，张家父女常常到他们这块菜地上来帮忙。王老太也很喜欢绮雯，她要求绮雯也教她的女儿学字，她说女儿自己不好意思和绮雯讲。

绮雯让王桂琴也加入张吉生他们这一班，老太太听了绮雯答应教，就满意地笑了。

正说着话，远远地有一大队人向模范村走来，老太太指给绮雯看。人真多，足有二三百，前头已经在过桥，立刻就要到村里来了。

绮雯想起罗一民说过，这两天，县里正开全县重点的互助组长会议。会后，要到模范村来参观，大概是互助组长的参观队来了。

绮雯说："王大婶！是来生产社参观的，是全县里的互助组长。"

王老太眯起眼睛瞧着那一字长蛇似的大队，说："不少人哪！"

绮雯说："大婶，咱们快栽吧！栽完了，好去帮帮他们的忙。来了这么多人，社里的人又都下地去了，高大嫂一人，连烧开水也来不及。"

王老太说："对，咱娘俩快栽吧！"

绮雯重新刨着垅，老太太在后边跟着下葱栽。这时，参观的人已经从他们身边陆续走过，到村里去了。

突然，绮雯觉得有人在她身边站下来了，而且在看着她，她停了锄头，赶快回过头来看。

那是刘强，穿着白衬衣，上衣搭在肩膀上，也许因为路走得太急，正用手擦着头上的汗。

"辛苦！辛苦！"刘强说。

绮雯的心像擂鼓一样地跳起来了，她日夜企盼着他，见了他，却连话也讲不出了，她满手都是泥，脸上流着汗，衬衫卷着，完全像一个种地人的样子。她觉得这样给刘强看见不好，也只是这样一想，她逐渐坦然下来了。

绮雯说："罗秘书讲，您到省里开会去来着，没想到您会来。"

刘强说："我是去开会来着，昨晚上刚刚回县，今天大清早就来了。"

绮雯笑着说："辛苦的是您，不是我。"

刘强从衣袋里拿出一封信来交给绮雯。信是绮雯的机关中来的，是快信。

刘强说："我们从村联社过，联社的小鬼正要给你送信来，免得他再跑一趟，我顺便带来了。"

绮雯说："谢谢你！"把信装在口袋里，重新拿起了锄头。

王老太一边过来招呼刘强，一边跟绮雯说："她大姐！你要忙，你就去吧，我自己来栽。"

绮雯说："不！我帮你老人家栽完，我没有事。"

刘强说："一会儿见吧。"就随了大队往村里去了。

绮雯照旧刨着垅，王老太在后边栽葱。两人很快就把三十斤葱苗栽种完了。

王老太说："有两天就扎下根了，有五天，就能吃新葱叶了。大姐！你一定来摘点新葱叶吃吃。"

绮雯说："你老放心吧！少吃不了。"

绮雯把了锄头，一只手提了装葱苗的筐子，王老太替她拿着上衣，两人回村里来了。

参观团在村东口满地坐了半条街，生产社正准备了大批的木材要盖仓房和马棚。就用这些木材搭成了临时坐位，大家团团坐在一起，社副主任向大家报告建设经过，和建设中所遭遇的困惑。

绮雯和王老太从这群人的身后走过去，绮雯把工具放在王老太家，自己跑到张家洗手去了。

十 八

张家没人在家，生产社跟县林业科定了合同，为国家栽植了四十亩黄玻璃树籽。小兰带领的一个妇女工作小组，和社里定了包锄苗圃的合同，规定是苗圃中用人工薅两遍草，再用新式耘锄锄草一次。现在正是第一次除草期间。这一组在组内，提出了"人人够标准，个个得十分"的个人竞赛条件。组外，又和妇女水田薅草组挑战，保证苗圃内没一根杂草，做到保苗百分之九十七的标准。所以，小兰连一分钟的工也不愿意误，早早和她的工作小组下田去了。

张大爷正带人继续在挖水库，水库就要完工了，也工作得非常紧张。

绮雯推开了虚掩的门，把手用毛巾擦了擦，就拿出机关的信来看。

信上，第一，就是要绮雯立刻回去。高芝要调到华东去，在本月的十号以前就要起程，因为高芝的走，也因为工作的需要，组织上本来早就酝酿改组与扩大，所以准备在高芝没离开北京之前，把这个问题谈出些头绪来。

绮雯赶紧抛下信去翻日历，今天是四号，连夜赶到北京，也要到七号才能到达。那么立刻就要做起程的准备了。从模范村到县里去的火车，一天两次，清晨五时半和下午五时半各一次。绮雯就决心趁下午五时半的车赶到县里，明早好搭车到长春去。她去舀水洗手，连脸也洗了，洗完脸，对镜梳头，绮雯才突然发现自己晒黑了，黑得跟棕色的土墙一样。也因为注意到了脸上颜色的变化，她又发现皮肤也粗糙了，从前在她脸上的那种白皙细致的光泽一点都没有了。她已经基本脱离了旧社会的"贵妇人"的模样，虽然不完全像，但已经有大部分像劳动人民了。

她把短头发梳了又梳，梳得非常满意才放手。又换了干净的衬衫和长裤，收拾得整整齐齐地跑出去了。

参观的人们仍旧在听报告，时时可以听见他们的笑声。高大嫂正在厨房里烧开水，一看见绮雯来，就说："好老李，快替我抱些柴禾来，我一个人，两个灶间都是火，走也走不脱，家里只剩下些老太太们，又都有小孩子缠着，想找个帮忙的人都没有。"绮雯替她抱进柴禾来，又帮她到机器井那儿去押水，她心里反来覆去地只是想着就要离开的问题，不但她自己舍不得走，张吉生他们更会失望。绮雯怎样也讲不出口来，而且，特别是她这样渴望见到刘强，他来了她却又要去了。

绮雯问高大嫂："老罗到那儿去了？"

高大嫂说："同县长到水库去了。"

绮雯想：还是和罗一民讲吧！无论怎样，今晚五点半的车，一定要走。

把两大锅开水烧开了，又用水桶提到了参观的人那儿去。细心的高大嫂在每一个水桶中都加了茶叶。高大嫂捧着碗，绮雯提了水桶，两个人往返了四次才完全送去了。

她们刚刚回到食堂来，罗一民就和刘强进来了。

罗一民说："高大嫂！不是我不在家帮你忙，我有事情。我准知道老李会来帮你。"

高大嫂说："你不帮助我，反倒说风凉话，老李再不来，我一人顾东顾不了西，灶门口尽是柴禾，说不定会连房子烧着了呢。"

罗一民说："好大嫂！你别生气，我现在帮你多做些。"

高大嫂说："你替我押水吧！"

罗一民去押水，刘强就邀绮雯到里间去休息一下。

到只有两人相对的时候，绮雯有些手足无措了，好像没见过男人的旧家庭中的小姑娘一样。她摸摸头发，拉拉衣角，一句话也说不出来。可是，她全身都充满了奇异的快乐。这快乐，在她的心里有着初恋的涩味，又像春日的雨，在润泽着盼雨的土地一样。

刘强说："省里已经立刻要调各县的文化干事和区村的文化工作者去受速成识字的训练，准备马上展开大规模的扫盲运动。你在模范村，已经为推行速成识字打下了个良好的基础。谢谢你。"

绮雯没注意刘强的称赞，她着重了刘强所说的"马上展开扫盲运动"的话。

绮雯说："是不是很快就可以在村里开始呢？"

刘强说："一个月左右吧。"

　　绮雯说："不能再近一点吗？"

　　刘强说："一个月已经是快的了，受训的人要学习两星期，回来再组织分配，再做思想动员，一个月的时间并不多。"这样说了，刘强马上理会到了绮雯的意思，他说："模范村当然不同，我听说村小的两位教员已经跟你学会了。同时，社中的群众也都有了一定的认识，也可以个别开展得早一些。"

　　听了刘强的说话，绮雯想：张吉生他们的学习问题就可以解决了，那么，自己突然地离去，也不会太使他们失望了。她就说："这样，我也可以安心了。"

　　刘强用眼睛瞧着绮雯，好像在问：为什么。

　　绮雯说："我答应教张吉生他们六个人，既然村上有人来，我就可以不教了。"

　　刘强说："那为什么？你可以先教他们嚜！"

　　绮雯说："我要回去了。"

　　刘强说："什么时候走呢？"

　　绮雯说："今天。"

　　很明显的，绮雯在刘强的眼睛里看到了吃惊的神色，她从来也没看到他为任何事情惊震过。如果绮雯的走，能够使刘强一惊，就只这一瞬间，已经足以报偿绮雯全部的相思了。

　　刘强说："不太突然了吗！"

　　绮雯说："家里有任务。"

　　刘强说："我和老罗在研究逻辑，有很多闹不通的地方，上次老罗说咱们三人一块研究研究。互助组长今天回去，我也一块回去，可是，过两三天，我还要到模范村来。这次因为邻村还有事情，我能住一个星期，我想，正是好机会，可以好好向你请教请教了，谁知你又要走了。"

绮雯说："我已经和老罗闹了一些了，我也理解的不多，不会对你有什么帮助的。"

刘强说："盼你再来吧！"

罗一民进来了，把小兰的优异成绩和群众对绮雯的热爱告诉刘强。刘强听着，总是微笑着，绮雯觉得，这样在工作中跟刘强强固地连系着，比任何的连系都更牢靠有力，她深深地沉在幸福之中了。

参观的人已经到田间去参观社员们的实际劳动去了，罗一民来叫刘强去参加。在实地参观之后，有小组讨论，刘强还要做总结，所以除了副主任的报告，刘强没必要听以外，其他，他都要和参观团一块行动。

刘强邀绮雯一块到田间去，并且说："晚上，咱们一块走吧！"

绮雯说："好！"

三人就一块到田间去了。

十 九

吃午饭的时候，小兰回家来，绮雯想把自己就要离开的事告诉她，话到唇边，几次又咽了回去。这一个多月，绮雯跟小兰的感情，正像外边的气温一样，逐渐上升。小兰对绮雯，是敬佩与亲爱相间；绮雯对小兰，时时为小兰出色的行为感动，恨不能把自己所知道的一些，也正是小兰目前还缺乏的东西，完全告诉给她，让她发展得更快，更好，更多方面。

绮雯走，对小兰是损失；对绮雯，甚至比小兰的损失还大。因为通过了跟小兰的相处，绮雯逐渐熟习了新型的农民，领会了他们作为国家主人翁的心境，更在与他们相共的生产实践中，自己得到了改造。这一月来，连绮雯自己都觉得，旧知识分子的虚夸，在她身上是逐渐消失了。

真是舍不得走。小兰回家来就忙着洗脸，因为她要去给互助组的组长们介绍一些发动妇女参加生产的经验，同时，还要跟大家介绍一下她学习速成识字的心得。

小兰是这样紧张、兴奋又愉快。她觉得，在这么些个互助组长的面前，讲出她的一小点经验，真是无上的光荣。她把准备的内容，简单地写了个小提纲，能够把自己要说的话，用笔记在纸上的这件事本身，也给予了小兰很大的愉快。她看见绮雯正坐在暖炕边瞧着她，就说："大姐！我好好练习，赶明年听报告的时候，我就能记笔记了。"

她写完，本想把那张写着提纲的纸头给绮雯瞧，自己却又说："我写得太乱了，大姐！你去听听吧！听完了，你就好告诉我那儿讲错了。"

绮雯答应了她。互助组长参观的程序：午后是小兰报告，接着小组座谈，最后由刘强做总结。四时半结束，搭五时半的车回县。

趁小兰出去，绮雯把自己简单的行李收拾好。她把昨天悄悄替小兰和张大爷洗好的衣裳，摆在柜子的一边；把小兰送给自己的针夹，和用绒线扎成的小老虎，都装在背包里。两只在雨里踏湿了的布鞋，昨天晒在窗台上，也敲掉了泥巴包好了。要收拾的都收拾了，绮雯却总还觉得有什么事没做完一样。想了半天，实在没什么可做了，就把自己笔记本里的一张画，画着男女两个人骑着大马，戴着大红花，题着"劳动光荣"四个字的那张七色插图，细致地用小刀裁下来，用浆糊贴在和小兰一块睡觉的暖炕边。这张画，小兰很喜欢，绮雯本来要送给她，小兰坚决不要，说怕把绮雯的本子扯坏了。

就要走了，绮雯觉得这一个多月过得太快了，有好些要做的事还没做。譬如像：因为社员对大豆上追肥的事总不太重视，绮雯找了许多本农业技术小书，根据本地的土质性能，把能在本地使用的技术集合在一起，预备闲时和社的技术委员会来谈。又像：这儿的女社员，因为长期的封建意识的束缚，把月经这个平常的生理现象，看得非常神秘，就是里面穿的小衬裤，也不肯晒在明亮的地方，怕给男人们瞧见。月经时所用的布片，更怕给人瞧见了，总是洗过后晒都不能好好地晒一下。很多女社员都有程度不同的妇女病。绮雯也找了些带画的小书，要把女社员的思想打通，使她们把月经期的卫生重视起来。还有……

越想，要做的事越多，可是绮雯却不能不回北京去。她把已经画好了的技术书束成一束，准备交给罗一民。把那些卫生图画，也束成一束，准备交给小兰。她在图画的上面，附上一张白纸，写着："毛主席领导咱们组织起来，过好日子。咱们要人旺财旺，没有人，啥事也谈不上。要人旺，就得讲求卫生，把身体闹好。"同时在纸条上说给她们，画用过之后，要还给区文化馆。

环顾了一下屋内，把昨天小兰从山上给她带来的栽在瓶内的野玫瑰，换了水。又把小兰每晚用来练习写字的铅笔修尖，把自己捆好的行李提到外间门旁。绮雯这才离开了张家。她把门虚掩好，听小兰报告去了。

小兰的报告已经完了，组长们已经分开小组开始座谈。绮雯走了一圈，看见社副主任、梁金堂、张成光和小兰这几个人，都分别在一个小组里，参加他们的座谈会。罗一民也在，刘强也在。

　　绮雯不想参加，她觉得还有一件事应该在走前做好，就是替王桂香写信的事。绮雯上次在王桂香家停留过的第二天，王桂香就病了，一直没完全好。她病的时候，社里给她请大夫，韩桂芝的妈妈百忙中给她调汤煎药，王桂琴、小兰替她看小美，给小美做鞋，使得王桂香很感动，见了绮雯的时候，她已经不大说怪话了。

　　小兰也把王桂香的事约略地告诉了绮雯。她的丈夫王生财本是地主侯国兴的长工，不幸得急病死了。王桂香原生得很标志，受不了侯国兴的利诱，就作了侯国兴的外家。大儿子和妈妈赌气，当兵走了。她就带着小儿子、小女儿靠着侯国兴。侯国兴不要她了，她已经沾染了地主家庭那些腐朽的生活习气，原来又不惯劳动，就和些汉奸、狗腿子们瞎混，一直到解放。

　　解放后她是军属，又是雇农成分，和大家一样分了地。王福臣虽说是也有些他妈的坏脾气，干起庄稼活来还可以，张成光这些年纪大的人，又想到了王生财，就说服王福臣加入了互助组，为的是对他有个照应。刚一加入的时候，王桂香还闹得厉害，因为事实的教育，才逐渐认识到了互助的好处，但总还不能与大家和睦相处。

　　绮雯想，不写这封信事小，给王桂香添了口实的事大，王桂香又该说：绮雯是北京下来的大干部，没把她看在眼里了。

　　绮雯进了王家的门，屋内静悄悄的，王桂香在里间说："谁？小美子！"

　　绮雯掀开门帘进了屋，一边说："是我！大婶！"

　　王桂香半倚在枕上，瘦多了，脸色苍白。一见是绮雯，就立刻让绮雯坐。

　　绮雯说："大婶！我一来，来看你老好了没有，二来想把你老叫我写的信写了。"

王桂香说："那天写都行，不忙！"

绮雯说："我要走了，你老要不忙写就算了，要忙我就给你老写好。"

王桂香说："那就麻烦你写写吧！你什么时候走？"

绮雯说："今天四点半就走！"

王桂香说："李同志！你真不错，要走还没忘了我的事。"

绮雯说："你老说吧！都写些什么话。"说着，就从口袋里把纸和信封都拿出来了。

王桂香说："你连信纸信封也带来了，真是谢谢你。我也没啥写的，就是平安信，你酌量着写吧。他哥哥惦记福臣不努力学习，这下他也要学什么'识字法'了。小美子过了夏天，就送到村小去。我呢，我也知道合作社的好处了；要不，你说病了，谁管你，这呢，又给请先生，又给煎药，家人也不过是这样子。"

绮雯就照着她的意思写了。写完给她念了一遍，王桂香很满意。

绮雯说："大婶，我给你带走吧！省得你老往街上送，还费事。"

王桂香说："那敢情更好了，我给你邮票钱！"

绮雯说："也不用了，我存着有，给你老贴上一张就行了。"

王桂香说："那就谢谢你吧！"

绮雯向王桂香告别。王桂香拉着她的手，说务必请她再来。

绮雯来到街上，远远看见刘强正在作报告，他的话虽然听不清，看样子大家都很满意，时时听见众人在说："对！""对！""向模范村学习。"

　　看表，已经四点过十五分了，马上就要走了。绮雯想找找罗一民，也来不及了。绮雯就想，还是自己单走吧，省得跟大队挤在一块，模范村的人又要送客人，又要送自己。

　　她回张家提行李的时候，张成光进来了。他看见绮雯把行李都捆好了，自然非常惊诧，他说："你大姐！你要走哇！"

　　绮雯说："是，北京来了快信，要我马上回去。"

　　张成光说："太急了，那不晚一天呢！明天再走吧！"

　　绮雯说："我是想多住些日子，家里工作要紧，我再来吧！"

　　张成光眼巴巴地瞧着绮雯，眼里湿润起来了，他说："我去叫小兰去！"

　　绮雯说："别！张大爷，叫她，分了她生产的心来送我，我倒不好受了。"

　　张成光说："我不告诉她，她要埋怨我的。"

　　绮雯说："不能！我已经给她写好了条子，她看了就会知道我为啥走的。你老放心吧！"

　　正说着，刘强和罗一民进来了，刘强的小警卫员跟在后面。

　　罗一民说："老李！要走哇！"绮雯听着点了点头。

　　罗一民过来捉住了绮雯的手，热情地把绮雯的手合在自己的两只手之间，说："老李！别忘了模范村的这一段，谢谢你对我们的帮助！不过，我的逻辑学又完了。"

　　绮雯说："信里讨论吧！"

刘强告诉警卫员替绮雯背好了行李。绮雯到张成光面前，用两只手捉牢了张成光满是骨节的大手，又把那只大手贴在自己的脸上，绮雯说："张大爷！再见吧！"

绮雯抑制着涌上来的眼泪，她觉得像要离开自己的慈祥的父亲一样。

张成光站定了看着绮雯，停了一会，说："我送你去！"绮雯说："不！张大爷！我一定再来！"

罗一民说："不要去了！张大爷！工作在等着你，咱们今天已经误了半天工了。"

这样，几个人就一同出了张家。

来到了街上，互助组长的队伍已经开始走了，绮雯把自己的背包交给了刘强。刘强要说什么，立刻领会了绮雯的意思，真的把背包背在身上了。

模范村的人都在村口送着客，看见绮雯的时候，张吉生就说："李同志！你干啥去？"

绮雯说："我往前送送他们，有个问题和县长讨论讨论。"有的人看见警卫员背着行李，就说："来时没看见他带行李嘛！"

警卫员说："人家的。"

离开村口，过了菜田，踏上桥了，绮雯回头来看，张成光和罗一民，在村前的土坡上，还在目送着她们。

绮雯说："县长！我们往前赶两步，赶上大队去。"

赶上了大队，杂在队伍之间，绮雯就说："你把背包给我吧！"

刘强说："我替你拿着好了。"

绮雯说："太重了！"

刘强说："你背不也是一样重吗？你要背，连警卫员背的行李也拿过来好了。"

绮雯只好笑了，她想说："我自己背，是应该的。"但她没有说。刘强这样亲密的语调，使她非常高兴。

赶到车站，绮雯也算在他们的团体票之间，坐火车到了县城，绮雯马上买了南下的票，接着又往南走了。

三　十

回到北京，绮雯沉在纷忙的工作之中了。高芝要走，有许多文件需要整理，这些，大部分都是绮雯经手的，绮雯就自动加了夜班，为的是都弄清楚。

高芝临行的时候，绮雯去车站送她。她把头贴在高芝的胸前，像她们小时候在学校里分别时的情形一样，只是喊着姐，什么话也说不出来了。

车要开了，高芝送绮雯到车下，轻轻地说："小雯！好好工作，有问题写信给我。你，找一个伴侣吧！"

车开了，高芝把头从车窗中探出来，摇动着手帕，绮雯觉得像失掉了依靠一样，那样孤独而且无力，她直到车开得完全没影了，才离开了车站。

新工作，绮雯的任务加重了，绮雯做得很小心，很称职。一块工作的同志都说绮雯下乡的收获不小。

小兰写信来，罗一民也写信来。罗一民还像过去一样，经常供给绮雯稿件。有次，罗一民出乎寻常的惯例，寄来了一个短篇。短篇的内容是在一个山凹凹安了电话，因电话而引起老乡们对新社会的更高的憧憬、向往、和对新社会的热爱。短篇写得非常质朴，也非常动人，只有两处接榫的地方太突然，有一个重要的人物，没作交代。绮雯看了之后，就大胆地把两个地方加以修改，写信去征求罗一民的意见。

罗一民说同意绮雯的修改，并且说绮雯的修改恰如画龙点睛，又告诉她，要发表的时候，请写其祥的笔名。

短篇得到了编委会的同意，在杂志上，用大号标题发表了。稿费寄出去之后，有一半又回寄给绮雯，罗一民在信里说：

"写稿人只收一半稿费，另一半理应送给修改者。因为文章是因了修改才达到完整的。"最后，罗一民写了一行小注，说："稿子并非是他写的。"

绮雯想是刘强写的，其祥，要是按拼音来讲，应是强字，不过，她不敢肯定，但也不愿写信去问。

工作紧张的一个时期，绮雯还好，到工作正规化了，而且为了照顾大家的健康，规定不占用下班后的自由时间以后，绮雯觉得闲得难受起来了。

回北京后，她一直矜持着，不写信给刘强，就是在给罗一民的信上，也不提到他，好像她并没想到他一样。其实，在心里，刘强占着她心中最大的位置。

高芝写信来，再次提到绮雯的伴侣的事，说是如果绮雯同意，和她一块工作的一位同志，很好，她愿介绍他和绮雯通通信，互相了解一下。

绮雯回信说请容她考虑一下，她说她不同于一般的独身者，又有母亲又有孩子，恐怕在将来的共同生活中，引起些不必要的小纠纷。她明知这并不是理由，但这样回了高芝的信；十八年来，她第一次在她的好朋友面前，隐藏了真正的感情。

北京的天，热得喘不出气来了，已经完全进入了盛夏。今年的夏，因为爱国卫生运动做的好，苍蝇绝迹，蚊子也几乎没有，北京的居民，没有一个不谈论着这神话一样的现实。有人的地方没苍蝇，这在过去，那是完全不能想象的事。家家大敞着门窗，盼都盼不进一个苍蝇来。

这事实，使得绮雯的母亲不由得也完全敬佩起人民政府来了。同时，绮雯的收入提高了，有时还可以得到些稿费，日子过的也宽裕起来了。老太太加入了居民爱国卫生小组，被选为本街的小组长，也习惯于提着小板凳出去开会，小女儿跟在姥姥背后，提着蝇拍子，到处寻蚊子打。

晚上，在家里，听着小女儿谈着如何拍蚊子，听着老太太讲谁家扫街扫的净，谁家不卫生受了批评；又是什么"状元府"扫土，"进士第"堵树洞的事，也自有一番乐趣。但，这乐趣却不能使绮雯完全满足。

绮雯买了一只手风琴，琴是百货公司贷给的，绮雯本来渴望这样的乐器很久了，但因为价钱的关系，一直没力量买。她把罗一民寄回来的稿费寄给罗一民，罗一民又寄回，她就决定拿这四十万块钱买琴，不足的一百万，就卖掉了一只珍藏很久的老祖母遗下来的翡翠别针，交了五十万，另外的五十万再由她的工薪里扣除。这样就勉强可以负担了。

别针是她手里遗下来的唯一的珍宝。几次，在饥馑中，她都没舍得卖掉它，她觉得别针代表了它过去生活的欢乐，虽然那些欢乐的情绪，早已失去了彩色与光泽，而且在新生活中，逐渐变成了渣滓。绮雯却想，就是留下这只别针也算不了什么，生活又不需要，就随它去吧。从东北回来之后，绮雯翻抽屉，无心中又触到了这个包得严密的小包，本来想，留给小女儿也好，别针雕刻得非常玲珑精巧，当作民族工艺来欣赏，也还有它一定的价值。不过，图案不能使人满意，别针是一只所谓十指尖尖的玉手，手形纤弱修长，一看，就有弱不禁风的感觉。底托又是金的，颜色也不算悦目。绮雯想，要是一只手的话，也该是小兰那样的，肥长的、茁壮的手。这时候，逢上百货公司贷琴，她就把别针卖掉了。

琴给予绮雯无限的欢乐。她喜欢坐在院中的槐树下面，弹着琴。她愿意看小女儿和邻居的孩子们，围在她身旁用着生疏的步法跟着琴声跳舞。她试弹着许多集体舞的调子，也试练习着歌唱祖国这一类的歌谱。到孩子们都睡了的时候，她就把琴声放得小小的，任手指在琴键上滑翔，这不是什么歌，是绮雯自己要唱的歌，她把对刘强的柔情灌注在这些歌里，一面幻想着刘强的形象，一面轻轻地弹着。一想到刘强跃马飞驰的样子，她就用短促的有力的复音，刘强的这个形象，在她的记忆中总是伴随着欢愉出现。

一个星期六的下午，绮雯到印刷所去看杂志校样，回到机关里，收发室的老吴交给她一个便条，说是一个人来找过她，因为不晓得她什么时候回来，就没有等她。

条子是这样的："如有功夫，请在今晚七时到 X 街 X 号找我。"署名是其祥。

其祥是刘强，绮雯一下子就这样肯定下来了，她向老吴详详细细地打听这个人是什么样，穿着什么衣裳，什么地方口音？问的老吴好笑起来了，老吴说："您怎么了，您不认识他吧！要不是找错人了。"

绮雯立刻说："不，我认识他，没有找错。"

老吴说："那就是好朋友来了！"

绮雯不再回答老吴，捧着条子，跑回工作室去了。但到工作室门口，她把条子折好，小心地放在衬衫口袋里，这才进了屋子。也就快下班了，绮雯把自己办公用的工具，过早的都收拾好了，不止一次地看着手表。坐在她对面的王玉珍，看见她的样子不同寻常，像有了什么大喜事似的微笑着，就说："老李！你有事吧？"

绮雯点了点头。

王玉珍说："你走好了！马上就到点。"

绮雯说："不！响铃再走。"

绮雯下班的时间，是六点半，刘强住的地方又远在西城，下班就走，七点也许能刚刚赶到。

绮雯搭上电车，才想起自己连脸也没洗一下，衬衫也穿过一天了，一点也不熨帖，脚上单穿着黑布鞋，连短袜也没穿，又因为跑印刷所，脚上落了好些尘土。但这些已经无法补救了，要紧的是争取时间，绮雯觉得，就是晚一分钟到那儿，刘强也会不见的。绮雯很快就找到 X 胡同了，X 号原来就在胡同的东口。绮雯刚刚走到门口，刘强也从里面走出来了。

刘强比绮雯在乡下的时候略瘦了一些，但更显得神采焕发，他一看见绮雯就说："你来得正好，一分钟都不差。"说完，又接着说："里边坐吧！"

绮雯看了看门口的牌子，知道这是 X 部的招待所，就说："你一个人住吗？"

刘强说："不！两个人住一起，要不，咱们出去走走好吗？"

绮雯点点头说："那么，到什么地方去呢？"

刘强说："我是外乡人，要听你的。"

绮雯说："到北海去吧，这里离北海最近。"

刘强说："好！"

两个人并肩走在大街上，谁也没讲话，只一刻钟，便到北海了。

因为是星期六，北海的游人很多，但多一半是往回走的，这时还往里来的，大部分都是像绮雯和刘强这样的，一对对的青年男女。

进了北海后门，迎面就是一池清水，夕阳的金光照在池对面的白塔上，真是庄严悦目，再加上漪澜堂的红柱碧瓦，更加好看。刘强过去倚在池边的栏杆上，望着池里的游艇。绮雯站在他右边，也望着那一池碧水。

沉默了一会，刘强转过脸来，直看着绮雯的脸像要看穿她的心一样，刘强说："想到我会来北京吗？"

绮雯摇摇头。

刘强又说："你知道我和你一样，也是一个人吗？"

绮雯又摇摇头。

刘强突然把自己的手盖在绮雯扶着栏杆的手上，急促地说："你说，我应该来找你吗？"

绮雯要说什么，但什么也说不出来。这幸福，来得太突然了，突然得几乎使她不敢相信。她抬头看刘强，分明是他，他的好看的眼睛正说着他心里的话，绮雯把脸俯在刘强的手上，眼泪像潮水一样地涌出来，把刘强的手都沾湿了。

刘强说："告诉我！我是不是应该来找你。"

绮雯把自己灼热的唇印在刘强的手上，用刘强的手背擦去了眼泪。她说："你说呢？"

刘强俯在绮雯的耳边，轻声地说："我说，应该。而且早就应该。对吗？"

绮雯说："对！"

她抬起头来，正视着刘强，她的嘴唇轻轻地颤抖着，睫毛上还留着泪，眼里燃烧着火一样的爱情。

刘强拿出自己的手帕，要替绮雯擦眼睛，看了看身旁的游人，却又止住了。他把手帕交给绮雯，要绮雯自己擦。

绮雯说："我有手帕！"

刘强说："不！我要你用我的！"

绮雯接过了刘强的手帕，把眼睛擦干净。刘强的手帕是普通的白手帕，绮雯说："你的手帕不好，没有我的香！"

刘强说："以后就会香的！"

绮雯玩弄着刘强的手帕，把那条白帕子缠在手上，又拿下来，拿下来又缠上去。她问刘强："告诉我！你多少岁。"

刘强说："三十二岁，我还知道你二十七岁。"

绮雯说："谁告诉你的？"

刘强说："小兰。"

绮雯说："你为什么要问小兰这些。"

刘强说："有一次，在我走的那一天，大家开会，你坐在小兰后面，用那样一种眼光瞧着我。"

绮雯打断了刘强的话，她说："什么样的眼光？"

刘强说："我说不出！我只觉得你待我与旁人不同，你虽然一句话都不讲，而且总是离得我远远的，但是我觉到了这一点。"

绮雯说："后来呢？"

刘强说："你知道，开始我并不重视你，我想你也会有旧知识分子的坏习气，看不起咱们这个工人，虽然罗一民说你够得上新知识分子的标准，我还不相信，你在模范村的工作，才把我对你的怀疑打消了。"

说着，刘强把绮雯的手，又捉到自己的手里来了。绮雯说："往前走吧！我饿了。"

刘强说："我算计着你没有吃饭的时间，我想约你七点半，或者再晚，我又想，你只要看见我写的条子，就会什么也顾不得，等到七点半，我也会急死了，想了半天，终于还写了七点。"

这时两人顺着甬路向前走。今晚，不同于每天的晚上，有风，天上有一块块的黑云，天阴起来了。

绮雯紧紧靠着刘强，刘强用一只手拥着绮雯，园中的路灯已经开始亮了，把两个人的影子双双地印在甬路上。

绮雯说："你看，我比你矮那么多。"

刘强说："不，正好，我们的身量正好相配。"

绮雯说："你哪，也没有吃饭吗？"

刘强说："你想呢，明知你在眼前，在没看见你之前，我会吃得下饭吗！"

绮雯说："你什么时候来的？"

刘强说："昨天夜里到的，今天去部里报到，我本来想上午去找你，怕你上不好班，挨到下午才去，连午饭也都是胡乱地吃了些，吃的什么饭，我都不记得了。"

绮雯说："前面是仿膳，我们去吃点简单的东西。"

两人坐在仿膳的饭桌上，要了肉末烧饼和汤面，正吃的时候，又是雷，又是闪，眼看着暴雨就要来了。

刘强说："下雨了，怎么办。你住的地方是不是离这儿很远？"

绮雯说："不要紧！吃完了再说吧。"

到他们吃完，雨已经下起来了，下得很大，风卷着太液池中的水，哗哗地响，时时可以听见小游艇在大雨中靠岸的声音。

绮雯说："你是开合作互助会议来的吗？"

刘强说："你怎么知道？"

绮雯说："我知道这个会议，我们机关里有人被邀旁听。我看见你住的又是 X 部，所以我这样想。"

仿膳只有疏疏落落的几个食客，天已经八点多了，因为雨，天黑得更快，除了仿膳的灯和路灯以外，四周都漆黑漆黑的了。

雨小了一点的时候，绮雯说："我们走吧！"

两人折回来，沿太液池往东，又折向南，直奔漪澜堂那个方向走去。绮雯说："前边房子多，避雨的地方多，再来雨也淋不着，而且我可以出北海前门，回家去近。"

走在白杨树下，树影遮着了灯光，刘强突然抱紧了绮雯，吻着绮雯的嘴，一次，又一次。后来，绮雯不得不推开他了，绮雯说："你听，白杨在笑你。"

白杨的叶子，被风吹得响着。

刘强说："不！他在替我喜欢。你看，叶子在笑。"

绮雯一抬头，刘强又吻着她的颈。

绮雯说："我从来没看见你这样高兴。"

刘强说："跟你在一起噷！"说着，他又把绮雯拉到身边，再次紧紧地抱着了她。

绮雯也紧紧地抱着刘强，两人快为巨大的幸福浸润得窒息了。

刘强说："我也没看见你这样高兴过，那时候，你总是躲着我，可却又用那样令人心跳的注视望着我。"

绮雯说："我怕你有爱人，有很好的家，我当然没有权利扰乱你的生活。"

刘强说："你为什么不向罗一民问一下。"

绮雯说："我不敢，我怕由罗一民的嘴证实了我的想象。你知道，只是我一个人幻想着，我就有希望，你是那样好，我连想都不敢想，能和你在一起。把你的样子保存在我的记忆里，我就已经满足了。"

刘强说："你这个小傻子！"

两人向前走着，走过了儿童游戏场，到了白塔脚下的牌坊前，牌坊旁边的灯照着白塔扶梯的石级。在石级前，绮雯突然停下来，她站在高一级的石阶上，双手搭在刘强的肩上，热情地向着刘强说："你真的是来找我的吗！"

刘强说："真的！"

绮雯说："真的你是一个人吗？"

刘强说："不相信我吗？"

绮雯说："她呢？"

刘强说："死在鬼子手里了，那时我在上中学，我和几个同学跑到东北来，本来是打算找抗日游击队，跟日本鬼子干，来着游击队没找到，就在铁路上做工人。"刘强停了一下，又说："你怎么知道我结过婚呢？"

绮雯说："小兰说你有个儿子在完小上学，功课特别好。"

刘强说："他原来跟奶奶在青州，去年才找我来的。"

绮雯说："那么，真的是找我来了。"

她用自己所有的力量，抱紧了刘强，并且把柔软的唇贴在刘强的脸上，轻轻地叫着："哥哥！"

刘强也叫她："妹！"

就在这样的呼唤中，两颗心，交融在一起了。

绮雯要刘强上白塔上去看北京的夜景，刘强说绮雯只穿着绸衬衣，怕她凉，两人就沿着甬道绕到白塔的山前来了。

绮雯突然想起了刘强的那篇稿子，她说："你写稿子为什么不直接寄给我？"

刘强说："你为什么不给我写信？"

绮雯说："不是向你说过了吗，怕扰乱了你。"

刘强说："我也可以有同样的想法呀！怕扰乱了你。"

绮雯说："我这样想，是因为自己不如你，怕遭你看不起。"

刘强说："你说错了，只有我们两人在一起，两人才能发展得更健全，我的稿子，不是经过你的修改才更完整了吗？"

绮雯说："老罗知道我们的事吗？"

刘强说："他早就看穿我们的心了。这次开会，省里本来指定别人来的，不晓得他跟省委讲了些什么，要来开会的老王，恰好闹痢疾，赵省委就叫我来了。"说完，刘强从口袋里拿出一封信交给绮雯，说："老罗带给你的信。"

绮雯找到了一个亮的地方，把信拆开来看，信上只是这样几句话：

"速成识字是桥梁，小兰权作红娘，罗一民有幸，喝你们一碗冬瓜汤。"

绮雯看后，笑了，她说："老罗就是这样促狭！"

园里的灯，一明一灭，这是通知游人，公园要关门了。绮雯就和刘强走出了公园。

绮雯说刘强一路疲乏，要他回招待所去休息，刘强不肯，他一定要送绮雯回家去。

两人连电车都没有搭，一路走到了在东城的绮雯的家。

到了绮雯住处，绮雯说刘强路不熟，要再送刘强回去。刘强坚决不同意。后来，还是绮雯替刘强雇好了三轮车，看他坐好走了，绮雯才回家去。

明天，X部招待与会代表游颐和园，刘强说好了到绮雯家来吃晚饭。

绮雯进屋的时候，老太太还在等她。老太太问绮雯："又开会了吗？"

绮雯说:"没有。我到北海去了。"

几年来,绮雯除了跟妈妈、女儿一块,自己一个人就没到北海去过,老太太听了绮雯的话,又看了看女儿不同寻常的快乐的神色,禁不住又问:"集体去的吗?"

绮雯说:"不是。"

老太太想再问一句,没说出来,只说:"睡觉吧!天也不早了,今晚上凉快。"

绮雯说:"您先睡吧!"过一会,绮雯又说:"妈!明天有个朋友来吃晚饭,我们做点菜吧!"

老太太说:"有什么菜好做呢?虾没有了,买点母鸡吧。"

绮雯说:"不要什么特别的菜,像小东西爱吃的蒸柿子就好。"

老太太说:"都是些家常菜。"

绮雯说:"家常菜才好。"说着,她就去拿摆在橱上的手风琴。

老太太说:"不要弹了,看把孩子吵醒!"

小女儿每天本来跟着姥姥睡,今天却睡到绮雯床上来了。老太太说:"等你不来,就睡在你这儿了。"说着就来抱孩子。

绮雯阻止了老太太说:"叫她睡这儿好了。"

她就坐在床头上,轻轻调开了琴弦,望着女儿红润的双颊,无限柔情地唱着——

"你要有一个好爸爸了!

"亲爱的小女儿!"

为了明天

署名：高翎

原刊《上海新民报晚刊》

1952 年 12 月 13 日 -1953 年 2 月 24 日

编者注：原刊稿中缺少（五）。收入本卷时，各节的标号顺序做了调整。

一九五二年的国庆，北京市第四十二中学教务会，决定由少年队总辅导员徐凌云和大队辅导员何丽娟带领全校的少年儿童队队员，合在全市两万五千名的少年队员大队中，去接受毛主席的检阅。受过检阅之后，少年儿童队员大队，预定是紧接在军队的后面，在五十万各界人民的队伍前面先导，举行庆贺国庆节的全市人民大游行。

队员们准备好了绘有火把与五星的少年队队旗，并且根据团中央少年部的指示，准备了这一队携带的和平鸽。

全校一共有五百四十名队员，队伍是按着大队的编号排列的，徐凌云和何丽娟简单地分了分工。由何丽娟带领队员们练习步法，徐凌云负责带一部分队员做和平鸽，他们在美术老师的帮助下，做了一只高有七尺的立体的大和平鸽，和平鸽站在银色的树枝上面，由十六名队员抬着前进。除了和平鸽之外，队员们每人都准备了鲜花。

十月一日的早上，在红色的朝霞下面，队员们在何丽娟响亮的哨声中，排着整齐的大队，从学校中出发了。走在路上，队员们紧紧抿着嘴唇，连咳嗽的声音都听不见，只听见风卷着旗子的响声。

徐凌云走在队伍的最后面，孩子们庄重快乐的脸色使她觉得非常愉快。何丽娟的哨子也吹得很好，和孩子们的步伐完全一致，五一节游行的时候，何丽娟还没吹这么好，有时吹错了拍子。那时，孩子们还曾在队伍中说话，可是，这都是过去的事了，孩子们在团的教育下，是越来越知道遵守纪律的重大意义了。

在天安门的东面，在指定的休息地段内，队员们整整齐齐，一队挨着一队坐好，吃点心的时候，都把包点心的纸和剥下来的鸡蛋壳小心地收在口袋内。第廿三小队的小金声把包烧饼的纸团成纸团丢在地下，坐在他身边的小队长李再琪捡起来，就装在自己的口袋里。小金声看着李再琪，小脸羞得红红的，一声也没言语，再剥鸡蛋皮的时候，就一片一片地都收在口袋里了。

凌云和丽娟一块吃点心，两人就坐在金声身边，看着金声受窘的小脸，两人相视着微笑了。丽娟轻声说："队员们是越来越懂事了。"

吃过点心，距离正式开会的时间还早，邻队第十六中学的队员们要求四十二中学队员们唱歌，大队长李则翔就站在队伍的前面，指挥大家唱"全世界人民心一条"。

李则翔十五周岁半，已经上高中一年级了。凌云是他们那一班的班主任。李则翔非常机灵聪明，样样功课都好，对大家的事尤其肯负责任，作全校的总大队长已经二年了。他的爸爸在吉林省敦化县的森林中伐木，妈妈很早就死了，李则翔一个人在北京，住在学校里。

这是凌云心爱的好学生。李则翔站在队伍的前面，后面，远远地衬着美丽的华表，衬着颜色绚丽的天安门楼檐，凌云替他缝的新白绒衬衫，柔和地反映着旭日的光彩，他的脸，因为兴奋泛着红光，全身浸透在和谐的歌声里，两只手，随着歌声的悠扬，上下左右地挥舞着。凌云想起昨天夜里，在最后检查游行准备工作的时候，李则翔告诉她的一句话。李则翔说："徐先生，这次见毛主席，我的心比较安慰，因为我的功课都考了五分。去年，我的几何是四分，俄文也是四分。见到了毛主席，毛主席一喊少先队员同志们万岁，我就羞愧得哭了。今年我进步了，我没辜负领袖对我们的期望。"

李则翔没有辜负毛主席对他的期望，凌云如何呢？凌云也觉得很安慰。她的工作比去年提高了一大步，李则翔那一班，在初三毕业的那一年，是全校最坏的一个毕业班，但是，在高中这一年，在凌云的细心辅导之下，全班学生的功课都已及格了，绝大部分学生都得了四分。在队的工作里，队员们也是越来越懂得依靠集体了。为了祖国的明天，凌云是竭尽自己的力量在培养着第二代的。

各个观礼台上都陆续站满了人，一队外国人向贵宾观礼台走去的时候，从队员们的面前经过，其中一个穿着花格子衣服的女同志，老远就向站在队伍前面的李则翔招手，他们之中并且有人说："孩子们！你们好！"

向李则翔招手的女同志是智利的代表，她是参加亚洲及太平洋区域的和平会议来的。在她到达北京的时候，李则翔曾经和二十名队员去给她们代表队献花，所以她记得李则翔。

队员们用热烈的掌声回答了代表们的慰问，立刻从天安门的四面八方响起来欢呼的声音。队员们喊着："和平代表，欢迎你们！"

礼炮响了。大会开始了。毛主席已经和他的战友们比肩站在天安门的门楼上面了。阅兵典礼开始了。朱总司令坐在吉普车上，从队员们面前跑过去了。队员们银铃一样的喊声，长久在空气中荡漾着，他们把手中的花束投在朱总司令坐着的车子上，喊着："朱总司令万岁！"

强大的各种兵种的队伍配备着最新式的武器一队队地过来了，队员们屏着呼吸，目不转睛地看着兵士们，队伍里不时发出抑制不住的赞美的短句："看！坦克！""炮！炮！""榴弹炮！""看！多么精锐的武器！""这是保卫和平的无敌力量！"飞机也飞过来了，银燕子一样的喷气式飞机划破了翠蓝的天空，两翼闪烁着光彩，从天安门的上空飞过去了。

军队过去，少年儿童队员们的大队排成六十列纵队通过检阅台，队员们高举着队旗，高抬着和平鸽，摇动着手中的花束，千万只年轻的眼睛，一齐注视着天安门，嘴里喊着"毛主席万岁！"

在红旗上面，在雪白的和平鸽上面，在美丽的花海上面，凌云又一次看见了伟大的领袖。毛主席微笑着，向着少年儿童队员们招手。毛主席的眼睛里，闪着慈爱的光辉，一瞬间，凌云记起了李则翔的话，她心里说："敬爱的毛主席，我们都进步了，同学们进步了，我们也进步了，明年，我们拿更好的成绩再来见您。"这样想着，她的眼睛湿润了，看着站在毛主席身边的献花的队员，凌云说："幸福的孩子！替全体队员和队辅导员向毛主席致敬吧！替我们大家，紧紧地握着毛主席的手吧！"

过了天安门，队伍走得非常整齐，和在天安门前通过时一样整齐，今年，队员们没有像去年那样，在通过天安门之后，兴奋得只顾互相诉说看见了毛主席，忘记了自己的大队。队员们把兴奋快乐的感情放在歌唱中表达出来了，他们反复地唱着："向毛主席，敬礼，敬礼，再敬礼呀！我们的幸福是您给的。"

回到学校里，凌云称赞了队员们高度的纪律性，鼓励他们进一步努力，明年带更好的成绩去见毛主席，丽娟就下令解散大队了。

可是队员们并没有离开队伍，李则翔跑到队前面来，喊了一声："敬礼！"队员们都把手高高地举过了头，向凌云和丽娟敬着队礼。同时，第一中队的队长齐立强用着清楚的口齿，说了下面的敬词：

"四十二中学的全体队员，谨向队总辅导员徐凌云、大队辅导员何丽娟两位先生敬礼。为了两位先生对队员们耐心教育与亲切的关怀，全体队员把见过毛主席的鲜花献给两位先生，表示全体队员对两位先生的最大敬意。并且向两位先生保证，全体队员一定遵从两位先生的指导，努力学习，锻炼身体，明年今天带更好的成绩去见毛主席。"

齐立强说完，孩子们立刻把凌云和丽娟围在中间了，两人的头上、衣上都插满了鲜花，手里抱着鲜花，孩子们围着她俩，跳起舞来了。凌云在天安门前没掉下来的眼泪，这次，不知不觉地顺着两颊流下来了，她看见丽娟的长睫毛上面，也闪动着泪光，她说："队员同志们，谢谢你们，你们真是毛主席的好队员。"

傍晚，凌云从学校回家，她的一对小女儿正在门口等候她。两个人仅相差一岁，姊姊青青九岁，妹妹茵茵八岁。两人都是今天被批准入队的，第一次系上了光荣的红领巾，正在急欲把这件大喜事告诉给亲爱的妈妈，所以，连屋里都不愿意等了。

看见凌云一进胡同口，两个人立刻小鸟一样地飞过来了，离凌云三步远，两个人同时站着，向凌云敬了队礼。两人的小脸红红的，红得跟红领巾一样好看。

凌云把手中的花分给两个小姑娘，并且告诉她们这是学校里的队员送给她的，青青和茵茵抱了花束，一边一个，伴着妈妈走进了自己的家门。

这是个简单的家，陈设着必要的家具，在白色的衣橱上面，有一个朱红的花瓶，小青青把花插在花瓶里，迫不及待地把她在学校中入队受巾的经过讲给妈妈听。

青青讲着，茵茵在旁边补充，两个小姑娘从来没有这样兴奋过，平日最会讲话的小青青也兴奋得结结巴巴的了。这件大喜事，将会毕生在她们的记忆中，占着光辉的位置吧！

保姆李妈妈预备好了晚饭，为了庆贺孩子们的入队，凌云曾在繁忙的国庆筹备工作中，抓时间做了孩子们爱吃的菜，她并且悄悄买了一瓶俄罗斯的白菊甜酒，她是想，尽一切可能，要叫两个小姑娘把自己入队的这一天，看作是一生幸福的起点，看作是生活中的重大节日，在将来的回忆中，这个节日将是力量的源泉，从这个节日中，将不断地得到鼓励。

吃饭的时候，凌云把昨天午夜十二点才赶忙熨出来的白纱桌布铺好，用珍藏着的绘有彩凤的碗装了菜和饭，用青青最喜爱的蓝玻璃杯子装了酒。作为妈妈和主人，她珍重地请青青、茵茵和李妈妈入座。

两位小姑娘都为这隆重的晚饭闹得矜持起来了，她们拉平了衣裳，把领巾拉拉正，彬彬有礼地入了座。

凌云说："姑娘们，为了国庆，为了你们入队，我请你们喝一点酒，希望你们永远不忘记这一天。"

凌云说着，端起酒来喝了一点，两个小姑娘你看我，我看你，也像凌云一样地喝了一点酒。立刻，茵茵就嚷起来了，茵茵说："妈！这酒真甜。"

凌云说："是的！茵茵，这是世界上最好吃的甜酒，这甜酒是从苏联捎来的。喝这样的甜酒，不要忘了苏联伯伯们对我们的帮助，要向苏联学习，要把我们的祖国建得更繁荣和更美丽。"

晚饭吃得非常高兴，花瓶中的鲜花，杯中的甜酒，可口的家常菜，再加上春风满面的妈妈，两个小姑娘不但快乐非常，并且充分觉得了做一个少年儿童队员的光荣，觉到了自己的可贵。也正因为自己的入队日被妈妈这样隆重地庆祝，入队的不同寻常意义就更加深远了。小青青抱着凌云，庄重地向凌云说："妈妈！我决不辜负毛主席和您的期望，一定做一个好队员，准备将来为建设祖国，贡献出最大的力量。"小茵茵也抢着说："妈妈！我也是这样，我也跟姊姊一样。"

晚饭后，每天都是这家里最快乐的时间，在这个时间里，凌云编结毛线，或者是做针线，听两个小姑娘讲述着学校中发生的一切事情，或者是两个小姑娘玩洋娃娃，用木块搭房子，用五色的木板片摆图案。或者是请李妈妈讲老虎外婆的故事。孩子们总是一从学校回来，就把教师留给的作业做好，在晚饭后，玩到八点半钟，就去睡觉。早晨，无论妈妈和女儿都要抓紧时间上学，有时候忙得互相连话都来不及说，孩子们把累积了一天的事情都在晚上这点时间里讲给妈妈听，凌云像她们的一个同学一样，倾听着小姑娘们的话，绝不参加自己的意见，只是，时常提出问题，要两个小姑娘去想，要第二天或者是第三天把这个问题答复出来。

比如，有这样一件事：凌云替青青和茵茵用苏联花布做了两条花裙子，裙子的下缘是圆形的，背带上镶着好看的绉边，一跑，裙子就像翅膀一样地张开来，穿起了这样的裙子，小姑娘就更加显得活泼，更加显得好看。有的同学就说："嘿！穿得这样阔，徐青家是大地主。"小青青讲述这件事的时候，非常生气，她说："穿一条裙子就是大地主，没听说过。"

凌云叫小青青仔细想想这个问题，从这样几点来想：第一，妈妈买布的钱是从那儿来的；第二，裙子是谁做的；第三，现在还有没有地主，什么人才是地主。

过了两天，青青讲，她把问题在学习小组会上提出来了，讨论的结果是：妈妈的钱是做人民教师所得的报酬，地主是靠剥削农民生活的，咱们国家实行了土地改革，早就没有地主了。妈妈把做人民教师所得的报酬，给女儿做条裙子，这是应该的。

像这类的问题多得很，青青和茵茵已经惯于对问题加以分析和思考了，每当她们自己把问题解决了的时候，两个小姑娘都异常高兴。她们非常喜爱跟妈妈相处的晚上，总是这样征求妈妈的意见："妈！这件事应该从这一点来想，是不是。"

这一天，两个小姑娘显然又有新的问题了，两个人你推我，我推你，谁也不肯先讲出来。凌云因为白天走的太累了，这时候，只斜靠在床上，望着橱上的鲜花出神。

终于小青青讲了，她说："妈妈！我们想给毛主席的画像做一个花框，我们学校里，每个教室里的毛主席的像都用彩纸链子圈起来了，真好看！"

茵茵说："妈妈！我们会做，不会把墙壁弄脏的！"

当然，青青和茵茵不会做出什么出色的装饰来，因为她们只不过一个是九岁，一个是八岁的两个小姑娘而已。可是，在全国欢腾的国庆节晚上，在两个人入队的大喜日子里，两颗小心，热烈得想把毛主席的画像装饰得更加好看，只是这一片纯情，就是最出色的，能装饰得好与不好，又有什么关系呢？

凌云答应了她们，两个孩子立刻就把彩纸和浆糊拿出来了，显然，她们已经早有准备了，青青剪花，剪纸条，茵茵做纸链子，李妈妈也在旁边凑趣，李妈妈说："让我这个老婆子也给毛主席做个花绣球。"

昨天，在学校里，在悬挂了国旗和门饰之后，在院子里到处贴起来庆贺国庆的五颜六色的标语之后，李则翔一定要凌云帮他们的班小队把教室中的毛主席画像用彩纸装饰好。彩纸是班上的同学们集钱买好的，同学们拿出来的钱，是在他们每天的点心费里节约出来的。把钱用来买彩纸，装饰他们的教室，装饰最敬爱的毛主席的画像，同学们的欣喜是无法形容的。

看着青青和茵茵，想到李则翔他们，站在红旗和花海上面的毛主席的形象重在凌云眼前显现出来。凌云不由自主地说："毛主席，是您，叫伐木者的儿子上了学校，叫贫农的儿子上了学校，叫我们这样在旧社会中被看作花瓶的女人，作了受人尊敬的教师。作了新中国各种各样的建设工人。是您，叫我们变得更加年轻，叫孩子们变得更加聪明可爱！"

小青青把一枚用金纸剪的星星贴在毛主席画像的上面，把李妈妈做的红绿相间的彩球挂在像的下面，在画像的两旁，用茵茵做的彩纸链子环成了心形，一边唱着：

"毛主席！我们的心中只有您！您的光辉照耀着我们。"

这个装饰做得很不坏，给白墙平添了光彩，当青青眯细着眼睛端详着她的工作成绩，又征求凌云的意见的时候，茵茵突然说："姊姊！你把顶要紧的东西忘了。"

青青立刻从书包中翻来一条纸，原来是一条标语，上面写着："我一定做毛主席的好队员。"青青把这条标语，端端正正地贴在毛主席的画像下面。

八点半了，孩子们每天这时候要睡觉，凌云也从这时候开始自学，今天，凌云拉着两个小女儿的手，她说：

"姑娘们！到天安门前面跳舞去，去不去？"

"去！去！去！妈妈去！"两个人立刻嚷起来了。

凌云拉着两个孩子走到街上来了，街上挤满了人，到处是彩灯，到处是欢笑。天上，五色探照灯织成了灿烂的光网，绚烂的焰火在光网内闪烁着，飞舞着。瑰丽得正如新中国的前途一样。

四十二中学的校长王以祥，在十五年前，曾经是这个中学的学生。他的家，原是小康之家，父亲摆个布摊子，维持着一家老小的生活，父亲因为自己不识字，受尽了苦处，所以拼着各方面省吃俭用，把儿子送到学校里来念书。不幸父亲死去了，剩下娘和妹妹，王以祥只好弃学就商，在一家皮鞋铺里当学徒。以后，又到一家印刷厂中去学业，因为跟印刷厂的日本鬼子冲突，鬼子用了汉奸翻译的毒计，把王以祥家仅有的一点财产霸占干净，娘气得一病死了。妹妹进了孤儿院。王以祥跟随着印刷厂中的大师兄，徒步跑到敌后游击区去，一心想打垮鬼子，给娘报仇。

在战争的艰苦环境中，年轻的王以祥成长起来了。他原来就不爱说话，战争使得他更加谨慎沉着，同时，长时期的农村生活，使他感染了农民的朴实。在党的教育下，他提高进步的很快，从只想给娘报仇的小伙子，变成抗日大军中的好战士。他做过行政工作，做过文化工作，组织派他到什么地方去，就到什么地方去，一点都不考虑到自己。

抗日战争胜利，解放战争胜利，在红旗插遍北京的时候，王以祥从解放区回到故乡来了。

回到北京之后，他被任命为第四十二中学的校长。王以祥是深知四十二中学内部的腐朽情形的，这学校，原是属于基督教美以美会系统的一家教会中学。王以祥就曾在这里受过洋牧师的凌侮。现在，洋牧师虽然走了，过去，因为这个学校里待遇高、条件好，是很聚集了一批自命为清高的教育家们的，这些教育家们，嘴里虽不过分给洋牧师捧场，实际上，崇美意识是非常浓厚的。

王以祥在接管学校的初期，曾以在战争中锻炼出来的谨慎作风，分析了当时学校的具体情况。依靠教师中的进步分子，依靠同学，把隐藏着的帝国主义的间谍分子肃清，从基本上扭转了学校中的不稳情况，把学校中的工作纳入正轨。又在北京市文教局的领导和党的帮助下，全校的先生都学习了"忠诚老实"，一次又一次地进行了思想改造学习。

另一方面，同学们在团和队的直接教育下，思想觉悟得很快，在对待各种问题上，优秀的学生已能基本上明辨是非、站稳立场。他们在学校中，形成了雄厚的推动力量，带动着教师和学校沿着新民主主义教育的道路前进。

在这样的客观条件下，学校从混乱到稳定，又从稳定到发展，显现了飞跃的进步。学生们的成绩一天比一天好，教师们也都以马克思主义者的范例来要求自己，表现出作好人民教师的愿望。

嘴里虽然不说，王以祥心里是满足于这已有的成绩了，学校里欣欣向荣的气象，使得他心满意足。王以祥原是很忠厚的人，从来说一不二，绝不打一句谎语，所以他也根本不理会有人耍花枪。他总觉得，因为有了党，有了这样的好政府，才人人得到了今天的好日子，他相信只要参加了工作，受到了党的教育，每个人都会自动要求上进。他因为从父亲一代就饱尝了没有文化的苦处，自己读的书也不多，因此对知识分子特别看重。他的谨慎，在动荡的年代里，给他的工作带来了显著的成绩。可是，在和平建设的日子里，他的谨慎，使他失去了对新鲜事物的敏锐感觉。四十二中学的一部分教员，世故很深的教员，就抓着了王以祥这个弱点，在王以祥面前，把话说得又得体又动听，藉以掩盖他们在工作中的缺陷。

日子一长，同学们没有不好的反映，甚至因为这一部分世故很深的教员，利用了他们多年的教学经验，使得同学们比较满意的时候，王以祥也不由得信服起这些人来了，认为他们业务能力强，又肯于学习，正是学校中的中流砥柱。

事实上却并不是这样，正因为教师和学生们，连王以祥也在内，都是从旧社会中来的，或多或少地残余着旧思想。这种旧思想的烙印顽固地存在着，在马列主义光辉的照耀下，虽然失去了色彩，但并不是完全消失，一旦放松了对这样思想的斗争与警惕，它便从各种不同的角落里显现出来，成为在工作中的障碍。

王以祥是逐渐麻痹了，又因为，一般讲起来，教师们待遇都不高，又都有沉重的家庭负担，王以祥觉得大家都不容易，无形中更滋生了姑息式的照顾。

四十二中学里还没有正式的教导主任，学校中本来要求由文教局派下来，可是局里没有合适的人选。局方的意见是由学校里的教员中提升。王以祥长久为这个问题踌躇着。在教员之中，有三个比较适于担任这个工作繁重的任务，这三个人又各有缺点。

第一个是政治教员郭文。郭文是团员，是师范大学刚毕业的学生，对工作热情，政治觉悟高，但缺乏业务经验，常常被学生提的意外问题闹得面红耳赤。什么事直言不讳，对别人要求过高，因此，在教师中的威信不够。旧教员们看他是毛孩子。

第二个是历史教员吴诚。吴诚曾在国民党的大学里做过教授，在国民党的报社里做过编辑，人非常机警，对谁都是彬彬有礼，积累了很丰富的旧知识。业务能力强，大部分同学都对他非常佩服。但是，年轻的教师们，认为他是滑头。

第三个是徐凌云。业务能力强，在同学中有很高的威信，学习得很好，但是教龄太短，完全没有行政的领导经验，她本人又自谦太甚，无论如何不肯来做这个工作。

在这样情况下，以教导主任的问题为鹄的，教员们无形中分成了两个小组：

一组是以郭文为中心的青年急进组，里面包括了何丽娟等刚从师范大学里毕业出来的年轻的教师们。这一组的基本特点是：业务是理论上的业务，在跟实践的结合上还有些距离，但是肯于学习，能够互相帮助，心中不存芥蒂，有时闹闹小情绪，但是闹小情绪并不影响工作，是一些经验比较少，但在发展上不可限量的教师们。

另一组是以历史教员吴诚为中心的稳健组，这一组里包括几何教员孙嘉祥，地理教员梁芮以及化学教员刘明等人。这一组有的是教龄十几年的老教员，有的是国民党统治时代的大学教授，他们业务能力强，教学经验丰富，很能理解学生心理，在同学之间打下了很好的群众基础。一般都是自恃很高，以为在十年前或二十年前就已经接触到马列主义了，自认为思想根本用不着什么改造，背着相当沉重的进步包袱的人。

既不在青年急进组，也不在稳健组中的是徐凌云。她是教语文的，丰富的文学知识，使得她的业务内容异常精彩，她的进取心非常强，自己对自己的要求很严格，是全校教员中学习最努力的一个。她的爱人早在解放战争之前就死去了，她独自扶养着两个小女儿，生活过得非常安静。她的娱乐、她的消遣、她的嗜好就是书和孩子，除了书之外，她总是跟孩子们在一起，在学校里，是学生，在家里是她的小女儿。她以无比的关怀爱着她的学生，同学们对她，不仅看她是老师，而且把她看作是亲爱的妈妈。急进组的青年教师们，佩服她的业务，她活泼的风度，也保留着年轻人最喜爱的气质，在生活上，他们也爱和她相处；同时，在语文知识方面，她不仅是同学们的老师，也是这些青年人的好导师。

稳健组觉得她也是旧社会的过来人，有些事情按旧习惯也可以互相帮衬，要紧的是，他们不愿意得罪她，因为只有她，能在业务上和他们相比，能在他们做得冠冕堂皇的教学计划内，找出旧教学方法、旧教育观点的具体体现，能够在他们把同学们骗得心满意足的授课过程中，找出来他们自己觉察不到的错误。

以郭文为首的青年教师们，热切地盼望徐凌云来做学校的教导主任，他们觉得她是校长的好助手。但是吴诚却是完全想把这个重要的职位据为己有，他从各方面为自己创造有利条件，在王以祥面前，巧妙地进一步表现自己，明知王以祥和学生都不十分满意郭文来做教导主任，但他提出他的意见，无条件地拥护郭文，并且保证要用自己积累的十年教学经验，来帮助郭文担负起这有关于学校发展的重任来。

徐凌云早已看穿了吴诚的这一套，她觉得他卑鄙，觉得他讨厌。徐凌云就是这样的一个人，她看不惯的人，甚至连话都不爱跟那个人讲。她知道吴诚，吴诚的业务，在学生们讲，因为他把历史故事化了，学生们都为故事曲折的内容所吸引，所以觉得他讲得好。实际上，他每每是轻重倒置，该详细讲的，他略过去了，该略的，他反倒讲了一大篇。他把历史上人民的敌人和朋友相提并论，无憎无爱。就只这一点，他已经完全失去了讲授历史的原则。

徐凌云也愿意郭文来做教导主任，她觉得郭文肯学习，能下苦工，只要是钻进去，没有学不会的东西。她拥护郭文，一方面是觉得，在发展上来看，郭文有条件；一方面是为了对抗吴诚，如果把教导主任这样重大的任务交给吴诚，学校不但不能由现有的水平继续提高，而且，一定会倒退。就是王以祥校长，也会更叫吴诚蒙蔽得看不清是非，从而给学校带来损失。徐凌云想，要紧的是怎样在校长面前揭开吴诚的假面具，怎样领导同学认识吴诚在教学中的原则性的缺点。

从暑假后开学，刚刚把开学时的一些必要问题忙完，紧接着就忙着庆贺国庆。国庆过去，关于四十二中学发展的教导主任问题，就将揭晓了。这不仅是"教导主任"这个职务谁来做的问题，而是由于这个问题的解决，使得这有着一千学生的中学校，获得合适负责的舵手，更顺利地向前行进的问题。

四

四十二中学一共有十七个班，其中初中就占去了十一班，是初一四班，初二四班，初三三班。高中是一年级两班，一共六班。初中一、二两年级的课程表，在星期四的下午，一律是两个小时的活动。当初排这两小时活动的用意，主要是为给小同学们讲讲时事，解答一些全校性的问题，初一初二两年没有政治课，是准备把这两小时作为政治课的钟点来用的。刚一实行，无论是先生和同学，都对这两堂课寄予很大注意，日子一长，由于活动课没有周密的计划，没有适当的讲授人，每到活动课的时候，常常是临时找那位先生去讲一段，主要的目的既是为了讲述时事和政治，讲的人自然也就把讲题都集中到这方面。事先没有很好地搜集同学们的意见，不知同学们究竟都对哪些个政治问题不清楚，只是凭着主讲人的主观猜想，而且主讲人又不尽是初中一二两个年级的授课教师，对同学的情况了解得不够，多半把题目定的过高，小同学们听起来毫无兴趣，上活动课反倒成了负担。

这情形，已经有很多队员反映了，大队辅导员何丽娟也不止一次跟徐凌云商量过这个问题，他们也曾把这种情形跟王以祥校长谈过。王以祥从表面来看这个问题，他认为"活动"讲课的内容很好，每次都是结合了一周的大事，这对同学们来讲，是很好的政治思想教育，有些小同学可能是听不惯，但是可以训练他们，叫他们注意政治，注意时事。王以祥更认为常讲课的这几个人没问题，像政治教员郭文讲时事，一定讲得好，外国史教员李诚义，音乐教员何丽娟，都是教师学习小组中的积极分子，讲讲时事与政治还是很有余裕的，讲的人能讲，对听的人有好处，还有什么不好呢。因此，王以祥认为这只是同学间的问题，尤其只是一些个别同学的问题。好学生一定爱听。王以祥还嘱咐徐凌云和何丽娟，要注意那些不爱上活动课的同学，要帮助他们进步。

在徐凌云和何丽娟跟校长谈过活动课的事情之后，王以祥又去征求吴诚几个人关于这件事的意见，吴诚是一二年级的历史教员，是二年甲级的班辅导，对一二年级的情况了解得很清楚，他对活动课的意见跟校长一样，认为很好，应该这样继续下去。一年甲班的班辅导梁芮，二年乙班的班辅导刘明，一年丙班的班辅导雷风云几个人虽然说法不同，大体上都和吴诚的意见一样。

在这周星期四上活动课的时候，王以祥特意分开了繁忙的工作去听课。那一天，临时决定由郭文讲美国总统的大选问题。郭文由美国的两党议会制度谈到了美国的垄断财团，又谈到了史蒂文森和艾森豪威尔，他谈的津津有味。同学们鸦雀无声，每个人都拿着小本子，在低头记笔记。那一天，不但是校长，一二两年级的班辅导教师全都出席了。徐凌云和何丽娟也去听了。下活动课的时候，王以祥把坐在一年级最前面的李再琪的笔记要过来看。李再琪的笔记虽然记得不完全，但是民主党、共和党、财团、大总统是财团的管事人等这些要紧的事都记下来了。初中一年级的小学生能记下这样的笔记，真是非常不容易。王以祥看完了李再琪的笔记，春风满面地向何丽娟和徐凌云说："吴老师是真有一套，甲班的学生真不错。看起来，活动课的效果并不坏。"

徐凌云和何丽娟都明白，绝不能拿李再琪的水平来看一甲班，李再琪不但是一甲班最好的学生，在队里，他因为是校队报的编辑，凌云又时常为校队报的队员编辑做听写训练，因此，李再琪的听写能力甚至比初三的一般同学还高。

何丽娟就说："李再琪是一甲班的好学生，不能拿他的水平来看一年级。"

　　这时候，吴诚也走到王以祥身边来，看见王以祥手里拿着李再琪的笔记，瞧了瞧何丽娟和王以祥的脸色，就说："何老师不愧为大队辅导员，对队员们了解的真清楚，李再琪的确是一甲班的好学生。不过，其他同学也不比李再琪的水平低太多。"吴诚说着，十分满意地微笑着。

　　何丽娟要说什么，但凌云暗暗地扯着她的衣角，阻止她不要多说。这时候，初一甲的同学正从四面八方向他们站着的地方跑过来，凌云怕的是何丽娟说到初一甲某些个同学不好，无意中影响了同学的情绪。

　　王以祥看见跑过来的是一甲同学，他就举起手中的笔记本向大家说："李再琪是你们班上的好学生，是不是？"同学们说："是！"王以祥说："咱们大家都不如李再琪，对不对？"同学们说："对！"王以祥说："那咱们应该怎样办呢？"比较调皮的王金声恰巧站在王以祥的身边，他瞧一下王以祥，又向同学们眨了一下眼睛，把胳臂高高地举起来，说："学习李再琪，向李再琪看齐。"其他学生们立刻欢呼起来了："对！对！向李再琪看齐。"

　　李再琪一直站在王以祥身边，校长一开始称赞他的时候，他的圆圆的小脸就红上来了，这时更加红得厉害。他接过校长递给他的笔记本，一下子就塞进口袋里了，他的眼睛里，流露着亲爱的感谢的神色，他没有瞧他们的班辅导吴诚，一直是瞧着站在何丽娟后面的徐凌云。在他把笔记本塞在口袋里之后，随着同学就跑开了，但立刻又跑回来，规规矩矩地在王以祥面前站好，说："校长，我去了！"王以祥说："李再琪！不要满足现在的成绩，要追求比这还好的成绩。"李再琪笑着敬了队礼，转身跑开了。

　　王以祥望着李再琪的背影，望着王金声，穿过了有朱红栏杆的过厅，一边走一边说："多么可爱的孩子们！"一边又用手抚摩着左右厢房廊下的柱子。

快要走进教员休息室的时候，王以祥回身看了这华丽的院子一眼。照例，不由自主地说："咱们的院子多好！"

这是个完全中国式的庭园，地用灰色的方砖铺着，甬路用小圆石子砌着梅花鹿与蝙蝠交叉的图案，后面也就是北面，是刚才他们走过来的五间大过厅，左右是对称的东西两厢房，南面又是一排五间正厅，也就是他们用来做教员休息室的屋子。所有的屋子都挑着玲珑的檐头，挂着轻盈的铁马，房脊上蹲着用黄色琉璃瓦烧制的麒麟。各屋子的窗，都是用中国民族最喜爱的万字花纹组成的窗棂，再嵌上玻璃，这样的院子是四十二中学校产的十几个院子之一。王以祥对这些院子有说不尽的喜爱，尤其在他觉得工作还做得不错，对得起人民交给他负责的这些财产，他总要称赞这些房子一次。今天，李再琪的好成绩真使他高兴，他对吴诚说："帝国主义分子给咱们预备了这么好的教室，这么好的院子，咱们要不把同学们培养好，真对不起人民对咱们的信任。"

吴诚说："一切问题都应从发展上来看，把今天的学校跟您刚来的时候相比，真是天壤之别。当然，我们没有理由完全满足于现在的成绩，但是，好总归是好，努力不会是白费的。"

吴诚就是这样会说话，他会把明明是捧场的话说得一点也不肉麻，叫人听了异常舒服。

徐凌云和何丽娟听了吴诚的话以后，互相对看了一眼，徐凌云小声说："小何！你听，这是说话的技巧。"

何丽娟说："人家都说，好话人人爱听，也人人会说，我就不同意，我永远也说不出讨人欢心的话来。我觉得，好成绩谁都看得见，说出来和不说出来，'好'都存在，莫如从'好'里再找一找，把'好'发扬光大岂不更强。"

徐凌云说："从理论上讲起来，你说的完全正确，我们正是如此，不但不愿意人家老把好成绩挂在嘴上，还特别希望别人多找点毛病。毛病找的越对，听起来越舒服。可是，你不能把任何人都一概而论，正如不能拿李再琪来衡量一甲全班一样。"

何丽娟说："新社会要求的道德标准不就是如此吗？有些人爱奉承，怕揭短，那是他们本身有问题，难道说还叫我们去迁就吗！正像一甲班一样，你能说叫李再琪别进步，降低自己的水平，去跟全班一致吗？"

徐凌云说："毛主席这样教导过我们：任务是过河，无论搭桥或坐船，目的都是要到河的那岸去。至于究竟乘船或是造桥，要根据当时当地的具体情况来定。咱们现在也还在过河，譬如说，咱们现在虽然有船可坐，可是水中暗礁太多，危险太大，要搭桥的话，是比乘船困难，可是很保险，很安全，那你说，究竟是应该坐船呢，还是搭桥呢？"

何丽娟微笑了，她说："我的徐大姐，你把我当你的小学生了，为什么用这样的比喻跟我谈问题呢。"

徐凌云说："小何！我觉得，我们最缺少的，就是对自己每日厮守的客观环境理解的不够，也可以说对我们这个小天下所知不多。表面上，没有一点不熟悉的地方，甚至闭上眼睛也能想起什么地方是教室，什么地方是操场，什么地方是教员休息室，甚至教员休息室前面的两棵芙蓉花都能闭眼画出来。可是再一细问，教学休息室的窗棂是卐字图案，图书馆的窗棂是什么样呢？不知道。其实图书馆也是一年三百六十五天，天天看得见它，可就没有注意。"

何丽娟说："就是不知道图书馆的窗棂是什么样子，也'无伤大雅'吧！"

徐凌云说："你说的对！窗子的图案知道不知道还没有大妨碍，对人，不深知，不掌握他的思想发展规律，可怎么帮助他呢！可怎么跟他合作呢！可怎么把他的长处诱导出来，使那些优点在我们的教学工作中起作用呢！你说，不知道行吗？譬如说对吴诚，不正是我们对他知道的不深，对他帮助的不够，才演变到今天的情势吗？"

何丽娟不回答，只是看着眼前的彩色栏杆。她们俩早已走到教员休息室的门口了，走在她们前面的王以祥和吴诚，早就进到屋里去了。她俩因为说话，还留在外边，何丽娟索性坐在廊下的栏杆上面，考虑着徐凌云的话。

降旗的哨声响了，可以听见同学们从各个院落向操场跑去的声音。教员休息室所在的院子，东西两厢是医疗室和理化仪器室，所以不常有同学来，因此比哪个院子都显得安静。

徐凌云拉了何丽娟一下，说："走，降旗去！回头再谈吧！"

五

关于一二两年级的"活动课"，郭文、徐凌云、何丽娟这些人觉得做的实在不好，正在想办法突破眼前的组成形式，想办法来满足同学们，想怎样才能使同学们对这两堂课有兴趣，爱这两堂课，从这里而受到活生生的教育。活动课，既没有课本的约束，又没有进度的限制，应该是伸缩性最大的课，应该是被利用像突击队一样有效而解决问题的课，有可能利用种种形式来讲授。可是，活动课已经添了半年了，为什么没能做好，没能使它发挥应有的作用呢？

郭文和何丽娟，他们总是不知不觉地把初中一二年级的水平估计过高，这就使他们在活动课中的讲题大部分脱离了群众。因为这两堂课没有人负专责；从开始起，缺乏全盘计划。王以祥的领导意图，又是要用活动课来补足初中一二年级的政治课，结果变成干巴巴的教条填充了。

再说徐凌云，她在初中部没有课，对初中一二年级的了解不够，又因为那两个年级的班主任差不多全是吴明那一类型的人，徐凌云对他们抱着"敬鬼神而远之"的态度，根本不想过问这一件事。郭文他们这些工作热心、努力想搞好一切教学工作的教师对活动课的态度，就必然给活动带来失败。

至于吴诚他们对活动课的态度就是另一回事了。他们这些教师，教课首先是打着"不求有功，但求无过"的主意，旧知识的浓厚残余，决定了他们教学工作不负责任的必然性，教学既然是为了维持生活，所想的也只是怎样把这个工作地位保持得更加巩固而已。党不止一次领导了思想改造学习，他们是进步了的，但是因为对旧的不是深恶痛绝，把自己的那点赖以求生的旧知识看得过分宝贵，新的也就自然难以发展成长了。

活动课刚一开始，八班学生聚在一块听大课，吴明他们以班辅导员的身份，还曾经在场旁听，帮助维持秩序，借以表现对自己所领导的班的关心，表现工作积极。日子一长，王以祥又因事不再去听活动课之后，他们就慢慢地松懈下来了。在上活动课的那两小时，高中的一部分教师们要去上课，郭文那些积极分子不是去讲课，就是忙于教务，余下的这几个人，正是平日最"谈得来"的人，大家打打康乐球，扯扯往日旧事，发发牢骚，慨叹大材小用，互相奉承，再互相安慰，真的是越说越满意，乐得有那些积极分子替自己看两堂"孩子"。

一九五二年秋季开学后，教导主任的问题迟迟不得解决，吴诚他们认为文教局一定会派下人来，所以对这个问题兴趣不大。到局里明确指出要他们从教员之中选拔教导主任的时候，这个问题立刻成为焦点了。

吴诚以为，从教员之中选升教导主任，真是舍自己之外，再无合适人选。论教龄，论成绩，论经验，论人望，自己条条具备。在梁芮、刘明等人，也认为吴诚领导教务，对自己的各方面都比较方便，一律拥护吴诚，他们有意识地形成了对王以祥的包围网，而且竭尽心智要把徐凌云也拉到这个阵线里来。

要想抬高自己，最便当的方法就是把对手踩下去，根据旧社会中的多年经验，吴明是深知此中三昧的。那么，现在就要来找找究竟谁是吴诚的敌手了。

吴诚首先想到的，就是徐凌云，也只是一想，他就释然了。因为，一来，徐凌云是女的，女的天好，跟男人比起来总还是不行。吴诚早在二十年前就提倡男女平等，并且在形式上是非常尊敬女性的，走路能够跟在女同志后面，恋爱的时候也曾替爱人拿过大衣。谁要说吴诚不尊敬女同志，他绝对不承认。可是，要叫他在工作中承认女同志也可以领导男同志，只要是女同志在工作方面担得住，他就会列举无数个例子来证明女同志不行，绝不能付之以重任。二来，徐凌云教龄短，经验不够，反正是教导主任的工作她绝对负担不起来。

在吴诚心目中，只有郭文是他的敌手。一来，郭文在教导处搞教务，近水楼台先得月。二来，郭文是团员。三来，王以祥信任郭文，教导处的教导员和文书，也都拥护郭文。

郭文在"活动课"中的讲课，正给予吴诚打击郭文的空隙。小同学们因为郭文把问题扯的太深，不懂，有意见，并且上课秩序开始紊乱起来；尤其是，常常是在活动课的前一天才决定由郭文去讲课，郭文所根据的材料，就是报纸上的材料，在讲到微妙复杂的社会现象时，难免有些错误。这些错误，都被吴诚有意地聚拢在一起，作为攻击郭文的资料。

在校长王以祥面前，他装着非常热心于政治，热心于时事，他把郭文漏掉或说错了的地方，当作一个问题提出来，假作诚恳地征求王以祥的意见，重复郭文说错了的话，并且巧妙地把郭文话中的好的部分丢掉。

在同学方面，他带头批评活动课的内容，并且有意识地在同学间散布轻视郭文的思想。因此，在王以祥面前，他尽量地赞美活动课的成就，好把活动课继续下去，一方面尽量在活动课中促使郭文失去群众的威望，失去王以祥的信任。

这情形，敏感的徐凌云很快就觉察到了，开始，对吴诚的卑鄙行为她非常生气；逐渐的，她就觉到了自己在这件事上所犯的严重错误。徐凌云一向以进步教员自认，别的同志也这样看待她，她处处用马列主义者的尺度来衡量自己，结果，事情却并不是这样。

首先，知道吴诚的旧作风知道的那样清楚，只是为了怕麻烦，为了避免惹闲气，就对吴诚抱着敬而远之的态度，这正是毛主席指出的"事不关己，高高挂起"的自由主义者的态度；其次，同学们不满意活动课，郭文正逐渐失掉同学们的爱戴，仅因为这不是自己班上的事，也不是少年儿童队的事，就不考虑怎样把这个问题解决，抱着把自己的一部分工作，做好就行了的本位主义态度。这还算得是马列主义者吗！

更要不得的，是徐凌云怕同王以祥过分接近，她怕吴诚和梁芮等人用奇异的眼光瞧她，她怕吴诚用带着鼻音的语调说："徐凌云追求校长！"要说吴诚的半封建半殖民地的思想残余表面化了，徐凌云的半封建半殖民地的思想也正体现在她的各种行动之中。就是追求校长，又有什么要紧呢，这样在工作中基于互相信任、互相理解，又都准备为人民教师事业献身的感情，有什么不可以结合的原因呢！徐凌云尊敬王以祥，尊敬他对工作的热诚，尊敬他过去在革命事业中的贡献，爱他的谨慎诚恳，这样的爱情基础，不正是又巩固又光明的吗！

爱情还只是两个人的事，因为回避爱情而躲避了工作，这样的损失就是无原则性的损失了。也是令人不能容忍的错误。徐凌云一想到这些，就难受得几乎哭出来，她不由自己地回想到了国庆日的情景，她曾经向着毛主席保证，明年要带更好的成绩去见毛主席。更好的成绩不就是要在日常工作里一点一点积累吗？不就是从每一件琐屑的小事里解决问题吗？好成绩绝不会凭空下降，好成绩是要用无限的工作热诚、不懈的努力、坚持立场、不调和地进行斗争才能出现的。对吴诚他们敬而远之，不只是在同志间的友爱帮助上是不能弥补的损失，因为吴诚他们而给予同学们的不良影响，更是难以计算的损失。没有一个真正的马列主义者，能无视于这样旧思想对革命工作的腐蚀而无动于衷。

在凌云的办公桌前的墙上，订着团市委给她的证书，也可以说是请她作少年儿童队总辅导员的信任状。那一天，在隆重地授给队辅导员证书仪式之后，区委书记曾经说过这样意味深长的话："各位辅导员同志！党信任你们，孩子的家长尊敬你们，人民把培养我们国家小主人的重大任务光荣地交付给你们了。党相信你们绝不会辜负人民对你们的期望。"

证书上的金字仍旧灿烂地放着亮光，每天，在收拾办公桌的时候，凌云总要用干净的布巾把它轻轻地擦过，不让证书上面留着一点灰尘。这种爱护证书的态度，应该真正地运用到工作之中去。

有时，凌云也原谅自己。她想，一个人的能力总归有限，首先是要把自己负责的这一部分工作做好，其次，要估计自己的能力，能做多少再做多少。在发展过程中，像吴诚这样的人，绝不会存在太长，他会得到教育与改造的。问题就在这里，无论谁的教育与改造，都不可能是自流的，都是要经过斗争，锋利的、对错误毫不容情的斗争才能够得到。应该说，对错误的容忍，就是对革命工作的腐蚀。

凌云对着金字的辅导员证书，长久地坐着，感情像海潮一样地此伏彼起，唯一的就是怎样把"活动课"做好，怎样帮助同学们进步，在同学们自觉的基础上，揭穿吴诚的伪装，把教学工作推进一步。

李再琪小队的队员王金声来找徐凌云，说他们正在开小队会，希望凌云去参加他们的会，因为有些问题，队员们愿意凌云去给他们解释。如果凌云有时间，队员们欢迎她去。

凌云随着金声到初一甲的小队会去了。她想，她要尽快地征求队员们对活动课的意见，把这些意见总结，做改正活动课的基本方向。

六

在初一甲的队会里，初一甲班辅导员吴诚也参加了，队员们讨论的问题是怎样组织一次"运煤运动"。小队长李再琪说："校大队长李则翔给初一甲的队员提出一项建议，他建议请初一甲的全体队员同志利用明天上午第四节的自习时间，把政府拨给学校的煤，从运来就堆在大门两旁的煤，运到仓库里去。校里的工友同志，正忙着结束速成识字的课程，每人都在联系自己写学习总结，为了帮助工友同志们学习得更好，队员们应该在自己能做到的范围内，分担一些工友们的工作。"李则翔的建议得到了初一甲二十三个队员的全体支持，李再琪把大家的意见归纳在一起之后，他说："对，李则翔大队长的意见是正确的，我们初一甲班的队员，在帮助工友学习的这件工作上，愿意尽所有的力量。"李再琪领导队员们并且讨论了如何准备工具，如何分配任务等具体问题。

在讨论运煤工作之后，吴诚说："队员同志们！首先，我对你们帮助工友同志们的热情，致以敬意。不过，这里面有一个问题，不知你们想到没有？大门两旁的煤，工友们也正在运，不过因为他们人少，煤多，他们怎样努力，也不是一天半天能运得完的。既然你们愿意帮助他们，就该想办法把这件工作做得彻底，是不是由队员为首，号召咱们全班同学都参加，这样工作的效果就更大。明天我们有一节自习课，后天初一乙也有自习课，由我们一甲班发起个'运煤运动'，是不是更好呢？"

队员们立刻欢呼着说："对！您说得对！我们还可以利用其他时间来做。"

　　吴诚说："利用其他时间倒不必，其他各各时间都有各各时间的用场，李则翔说的很好，应该利用'自习'，因为自习的时间是你们用做来温习功课的时间，现在天黑的太早，晚上放学后，天就黑了，正好在灯下补齐自习时间应做的功课。午间刚吃过午饭，做这样运煤的重活是不相宜的。李则翔只能号召队员同志们，我以班辅导员的身份，号召你们全班。"吴诚的话，再一次获得队员们的欢呼，他也满意地笑起来了。

　　徐凌云坐在小金声的旁边，以极大的兴趣注意着会议的进行。只要是跟队员们相处，她就有说不出的欢愉，队员们清脆的童音，像琴弦一样扣着她的心，在心里演奏着青春的乐曲，也正因为跟队员这样的和谐相处，凌云越加觉得在"活动课"的措施上，对不起这些好孩子们。

　　吴诚跟队员们的态度，凌云觉得很满意，特别是他说要号召一甲全班来搞"运煤"，也正跟凌云想的一样。凌云心里想：吴诚也有他好的一面，不正是应该在好的方面帮助他，才会带动他进步吗！为了祖国的明天，把学生培养成为才德兼备的人是顶顶要紧的工作。但是，在教师之间，建立真诚无私的互相帮助，也正是搞好教学工作重要的一环啊！

　　运煤工作完全讨论好了，每个队员都保证要借到合用的工具，每个人带一件工具来，全班同学就都够用了，在自习课的上一节，是吴诚的历史课，吴诚说，他可以在历史课中借五分钟，动员全班同学参加运煤。

　　这样，就开始谈到第二个问题了，那就是队员们在听了郭文关于美国大选的报告后，有些不明白的地方，请两位老师给队员们解答一下。

　　队会的主席李再琪，代表全体队员们提出了他们的疑问，问题一共有三个。其中一个是关于美国民主党的，他们希望把民主党的性质讲清楚，既然民主党是反动的，为什么还有像罗斯福那样的人？罗斯福的伟大在于什么地方？

　　李再琪提出这些问题之后，立刻就在他的座位上坐好了，并且把头垂得很低，似乎是全神贯注在等候记笔记。这样的情形是李再琪从来没有过的，至少在跟徐凌云讨论问题的时候，李再琪一次都没有这样过；他总是注视着徐凌云，只有在必须写字的时候，才把头低下去，字一写完，就马上抬起头来，他那样专心一意的神色，似乎是注视着讲课老师的脸，更能有助于他理解问题一样。

　　不但李再琪的情形不同于寻常，就是其他队员，也表现了一种促狭的神色，他们都装作一本正经，但又偷偷地彼此相视。徐凌云觉到了敌视的气氛。

　　吴诚很坦然地坐在那里，凌云想从他的表情中寻到一点什么，吴诚的脸上，跟往常一样，表现着一种高高在上的冷漠的神色。

　　李再琪提过问之后，屋子里暂时沉寂着，虽然沉寂的时间非常短，但是叫人感到了一种难言的压迫。

　　这时，王以祥推开门进来了。他和他爽朗的笑声，把屋子里的僵化的空气融解了，王以祥说："全体队员同志！我来的稍晚了一些，请原谅我没有准时而来。"

　　李再琪把会议的经过又简单地报告了一次，王以祥称赞了他们的"运煤"，并且说，他要跟队员们一块去工作。

　　孩子们原是不能沉默相聚的，王以祥的赞美，使队员们活泼起来了，他们研究着在运煤活动中究竟谁做什么好；小金声要去抬筐子的要求也提出来了。

但是吴诚阻止了队员们关于运煤的争辩，他请队员们抓紧时间把那几个问题讨论好，他说："难得校长和徐老师都来了，这些问题不止是初一甲队的问题，其他听过报告的几班也都跟一甲队的情况一样。"

凌云要求李再琪把那问题又说了一遍，她把这些问题一字不差地写在笔记本子上。据凌云估计，这绝不是队员们自己提出来的，这里边另有文章。对初一甲班凌云不敢这样判定，可是对以李再琪为首的这一个小队，凌云是比较了解得更清楚的。这一小队的小队辅导员是凌云班中的高武同学，高武不止一次跟凌云谈过这个小队的各种情况，并曾经根据凌云想出的办法，帮助过小队中的一部分队员。

那么，为什么队员们会提出这样的问题来呢？在那天活动课后，郭文曾经在教员休息室中说过这样的话，他说他的讲课彻底失败了，他不应该提出罗斯福的问题来，因为他自己还没把罗斯福的一切闹得一清二楚，恐怕不但不会帮助同学们，反倒把同学们闹得更糊涂了。郭文这样说是因为他对工作的高度责任感，觉到了无限的歉疚才说的。其实郭文所讲的这几个问题，在原则上并没有什么错误，只是把时间、地点，及当时的环境没加以更详细的述说就是了。在凌云以为，问题还不是郭文讲课的方法，而是郭文不应该对初中一二年级的小同学来讲述这个问题，尤其不应该用像跟一般有相当文化、政治水平的人讲述问题时的那种讨论方式。凌云认为，要紧的是要想办法把这个问题帮助初一二年级的同学闹清楚。

郭文的讲课，算作一个前奏，使同学们在这个问题上先有印象，再经过思索，解决起来可以更清楚，也更深入。郭文表示歉疚，表示不安，应该是在能够理解他的同志们的面前，对于那些正在想法打击郭文的人，也许郭文的表白恰好给予了空隙。在这里面，对郭文的打击还是小事，因为对郭文的打击，而有意识地在同学之间煽起某种对郭文的蔑视的时候，才是郭文的损失，也是整个教学工作的最大损失。

如果凌云那一天的估计是正确的，今天初一甲的小队会就是那个估计的体现，凌云这样想了之后，突然觉得仿佛全身都起了鸡皮疙瘩。凌云竭力压下去心中的愤恨，她想，要冷静，不要错疑惑人，抓着问题的关键，帮助郭文保持他应得的威信。

李再琪把问题说过之后，又有两个队员发言，他们的话基本上跟李再琪说的完全一样，只是语气不同而已。

这样的巧合是不可能的，不要说关于时事问题，就是课本中的问题，也很难在所发现的问题中提的完全一样。凌云越觉得她的估计是接近正确的了。她想，现在最要紧的是把这件事的真相想法子弄清楚。

初一甲的小队中，有一个非常不用功的孩子，名叫高举，但因为有些小聪明，大致总还跟得上班。凌云曾经跟高武想办法帮助过他，但是他进步很慢，原因是，无论什么功课，他都能即景生情，临时对付过去，一般教师对他几乎是无可如何。凌云说："高举！李再琪队长提出的问题，是不是连你也不清楚呢？"

高举瞟了吴诚，瞟了王以祥，最后才瞟着徐凌云，理直气壮地说："当然！这是我们整个小队的问题，所以，我，我也有同样的疑问。"

凌云的脸上浮着亲切的微笑，她注视着高举，像要看穿他的心一样，她说："高举！我这样想，你和李再琪的程度多少有些差别，他比你好一些，所以你们两人不明白的问题也不会完全相同。李再琪知道的一定比你多，是不是？"

高举说："是。"

凌云说："那么，你告诉我，在你们讨论有关美国大选的问题的时候，李再琪都在那些问题帮助你来着呢？"

高举说："所有的问题，我们都讨论过了。"

凌云说："我知道你们都讨论过了，我问你，在你们没有讨论的时候，你对那些地方有疑问来着？"

高举说："我没有问题。"

凌云说："你说没问题，是除了咱们刚说过的那几个问题，其他，郭老师的报告你全懂了。"

高举犹疑了一下，但马上答应了，他说："是！我全懂了。"

凌云说："你进步的真快，好极了，为了叫我完全相信你的进步，我有个小问题，你愿意回答我吗？"

高举说："您问吧！"

凌云说："美国的罗斯福是什么时候当选为总统的，在他作总统的时候，在咱们住的世界上正发生了一件关于全世界人类的大事，那件大事是什么呢？"

高举要说什么，但终于没有说出来，他把头渐渐低下来了。吴诚这时开口了，他半开玩笑地说："徐辅导员，你也太热心了，这样热心地帮助队员们。不过，高举是不能算作典型的，他是功课比较差的，你不能从他身上发现问题。"

凌云说："对！您说得很好，高举是比较差一些。不过，高举的进步也是不可否认的。我并不是想发现什么问题，只是想尽可能把情况了解得清楚一些，这样，帮助他们解决问题也可以更实际些。"

吴诚说："抓紧时间，您还是先解决他们所提出来的问题，主要的问题一解决了，其他问题也就不成为问题了。"

凌云说："我的想法跟您稍稍有些不同，我认为，在他们所提的问题之中，有些事实须先闹清楚，只有知道具体情况，问题才能讲明白。"

王以祥说："徐老师的意见是对的，应该先把一些附带问题讲明白。"

凌云说："岳峰！你来回答我的问题吧！你说罗斯福在总统任上的时候，世界上发生了一件大事，那是一件什么大事？"

岳峰是个非常诚实的孩子，向来是有一句说一句，从来不说假话。他一时回答不出来，脸开始红起来了，一直红到耳根。

凌云说："岳峰！不知道吗？"

岳峰摇摇头。

凌云说："郭老师那天的报告，据我所听见的，关于这件大事，他说了两遍，你们既然能够从报告中找出来这样尖锐的问题来，这件大事一定应该知道，是不是呢？"

岳峰说："我们本来听的不很明白，吴老师帮助我们复习了，问题也是吴老师帮助我们找出来的。"

岳峰的话，完全证实了凌云的预想，凌云的心因为激怒而颤抖着，她竭力想法使自己冷静，现在，最好的办法，是把这个队会结束，不要给吴诚在同学面前攻击郭文的机会。教师和教师之间的龃龉，是会给同学们难以想象的坏影响的，整天号召同学们团结，教师们反倒表现无原则的不团结，这样会使同学们失去了对教师的尊敬与信任。

吴诚看了王以祥一眼，用非常平淡的语气说："郭老师的讲演，同学们听了之后不大明白，要求我给解释，我……"

凌云说："对！那一天郭老师是讲的不算清楚。不过，他讲的基本上都是正确的，因为讲题牵涉的太广，有些地方解释的不好，初一二年级的同学，因为年纪小，是不容易闹清楚。我看，这件事这样好不好？刚才吴老师也说过了，其他几班也有和初一甲队同样的问题，下星期的'活动课'请郭老师再讲这个问题，附带着就把初一甲的问题解决了，如果同学们认为解决的不满意，请郭老师再多讲一次。郭老师会把这个问题给大家讲明白，让大家都满意。另外，关于你们这样抓紧讨论，勇于提出问题的精神，我以总辅导员的身份来表扬你们，并且号召其他的同学学习你们。"

李再琪、岳峰、汤铭文这几个好学生，听了凌云的话，立刻说了："对！徐老师的意见真好，我们赞成。"

王以祥说："是的，这是个大问题，假使我没有准备，你们要我解答，我也讲不圆满的。吴老师是教历史的，他能讲的比我好。咱们这个问题就照着徐老师说的办法，请郭老师再给大家讲一次，或者请吴老师给大家讲一次，你们明天要运煤，今天还有队员们要去借工具，要是没事，咱们就散会吧！"

李再琪说："队员同志们！还有其他意见没有？"

队员们说："没有！"

李再琪说："散会！"

七

从初一甲的教室出来，吴诚的脸色更加冷漠，甚至从他身边跑过去的同学，向他敬礼，他也未加注意。三人之中，徐凌云是最后离开初一甲教室的，在她回身带门的一瞬间，李再琪突然说："总辅导员！我要跟你谈点事。"

凌云说："好！你到队部找我去吧！"

凌云立刻往队部走去了。队部在初一甲教室前面的院子里，和图书馆、团办公室、友协办公室分别占据了四合房的东西南北房，队部一共占了五间相连的一个大屋子，有两间被队员们隔断了做队的贮藏室，里面储存着队的宝物：苏联队员的来信啦，志愿军叔叔的来信啦，参观工厂、农村所得的赠品啦，队员们做的各种模型，队得的奖状和奖励品等等。其余的三间屋子，中间摆着必要的桌椅，还有一只不能用的乒乓球台，队员们用它做工作案，队员们在这儿开会、演讲，准备上演的剧目等等。

凌云刚刚进了队部的屋门，李再琪就从后面追上来了。他和徐凌云几乎同时走进队部的门。在队部屋子里，李则翔和高武还有初一乙班小队的辅导员林榕同学，正在讨论什么问题。他们看见徐凌云和李再琪同时迈进屋来，立刻中止了谈话。

徐凌云说："林榕！我们打搅了你们吧？"

林榕说："我们正商量着运煤的事，计划在一甲队的运煤行动后，请一乙的队员们接上去。"

凌云说："吴老师已经预备动员初一甲全班同学来做了。"

高武说："吴老师是不会放掉这样表现初一甲班的机会的！"直爽的高武，这样说了之后，又觉得有些失言，笑着伸了下舌头。林榕瞧着徐凌云和李再琪，笑嘻嘻地在高武的背上拍了一下。

林榕说："亲爱的青年团员同志！表现积极，是应该的，这没什么不好。"

高武说："我也没说坏么！"

凌云瞧着这三个优秀的学生，心里立刻像在阴云之后看见晴天一样愉快。高武的话，已经说明了他们对吴诚的看法；林榕的话，又证明了他们已经学会了怎样辩证地来看问题。

凌云说："李再琪！既然不妨碍他们，咱们在这儿谈呢，还是换一个地方？"

李再琪想了一下，说："就在这儿吧！"

李再琪却不马上谈起，只是低着头，他靠着乒乓台站着，显得很不安，凌云只是望着李再琪，不说什么。林榕他们三个，看了李再琪的情形，一个一个地慢慢走向门口，预备走出去。

就在李则翔旋转门钮的时候，李再琪突然抬起头来，坚决地说："大队长！你们不要走，我并不是怕你们听，我是想不出打那儿说起好。"

凌云说："李再琪！说吧，想说什么就说什么，我明白你，他们三个人也能明白你。"

李再琪说："总辅导员！请您惩罚我，我今天跟您说了谎，替我们整个小队说了谎。关于美国的大选，我们所提出的问题，不是我们小队的问题，我们有些队员连罗斯福是谁还没闹清楚。吴老师今天占用历史课的时间，领导我们讨论了郭老师的讲演，他说郭老师把原则问题都闹错了。为了把错误闹清，应该好好地研究研究。他给我们讲了半天，就是讲的郭老师说错了的地方。把所有的错误归结在一起，就产生了那样的三个问题。他说，因为郭老师是政治教员，把这样的问题讲错，是很——很遗憾的。我们都不懂什么叫'遗憾'，后来，他又讲，为了帮助郭老师，我们应该先把这三个问题讲明白，他说，我们班的队会应该首先来讨论这个问题。他号召队员们要好好帮助教师，又说，郭老师讲的是政治课，影响太大，我们不能让错误问题存在。"

李再琪顿了一顿，又说："总辅导员！我跟您说了谎，这不是我们队员们自己找出来的问题。我就没有岳峰好，他一开头，就说出是吴老师帮助我们复习的。我原来是这样想，活动课，同学们都不满意，这回可找着原因了，吴老师提醒了我们，原来郭老师讲的课里面尽是错误，就因为郭老师讲的内容不解决问题，同学们才不爱听，所以我在提问题的时候，我没提吴老师，吴老师也嘱咐我们，用不着提他。他这样说：'只要大家认为这些是问题，就提出来，这不是说郭老师不好，为的是叫大家提高。我以为，为大家提高是应该做的，可是我刚提过问题，看您拿眼睛瞧着我，又听见您问高举，又听见您问岳峰，我越听越觉得自己不对头。那几个问题我们是不清楚，不清楚的还多得很，我就应该老老实实地把自己的意见全说出来。我原来想，吴老师说的问题又全面，又尖锐，凭我们队员想也想不出来，吴老师又说其他几班也有这样的意见。我就把吴老师说过的问题提出来了，我以为把吴老师提出的问题，当作我们自己的问题，是可以把我们的小队表现得更好，别的班看不出的问题，我们都提出来了。我不但说了谎，我还脱离实际，我虚伪，我是想叫别人说我领导的小队好。总辅导员，您告诉过我们，能经得起日常生活的琐碎小事考验，才能在惊天动地的大事中掌握原则，一切伟大的成就，都是由小事做起的。总辅导员，我在小事中失败了。"

李再琪一口气说了这么多的话，眼泪早就在眼圈中直转了，说完话，眼睛一闭，两颗大眼泪双双地落在乒乓台铺着的白纸上了。

凌云没说什么，只用力握着了李再琪的手，她很知道李再琪的性格，这时候，表扬他勇于承认错误，只能更使他惶惑，说他不应该说谎，会损伤他强烈的自尊心；最好的是让李再琪觉得你完全明白他，跟他所感受的痛苦与快乐完全一致，李再琪就是这样的孩子，首先需要的，就是对他的信任，只有他觉得你信任他，他就能很快地听从劝告，改正错误。

在李再琪说这段话的中间，林榕、高武与李则翔不停地互相交换眼色，在李再琪说到吴老师的时候，高武就把脸绷得紧紧的。

李则翔一直是看着李再琪，看着李再琪要哭，他就把自己的手帕悄悄地放在李再琪的手里，后来，索性站在李再琪身后，紧贴着李再琪，像从身体的贴近中，给予李再琪支持一样。

李再琪瞧了李则翔，又瞧林榕和高武，他说："总辅导员！您一开始瞧我，我就心跳，脸上热辣辣地发烧，我只怕您把问高举和岳峰的问题再拿来问我。您问我，我就答不上来。校长一向以为我是好学生，上次在升旗典礼中，在一千个同学的面前，还表扬我诚实，表扬我学习得好；辅导员在大队会上也表扬过我。可是，我就这样不诚实，不是自己的问题硬说成是自己的问题，自己不明白的硬装明白；开会中间，我的心老是七上八下地跳，我怕您看不起我，总辅导员，我现在明白了，我欺骗校长，欺骗您，就是欺骗我自己。"

李再琪把头垂到胸前，泪一滴滴地，珍珠一样地迸落下来。就在这样悔恨交加的感情中，他看见有一滴泪落在红领巾上了，立刻用手帕把领巾上的泪水擦干。

李再琪说着，凌云的心也在翻腾着，关于对活动课的完全放任，对吴诚的煽惑不加阻止，不但是纵容吴诚坏的方面滋长，同时是在同学之间造成混乱。什么能比给予同学们不良影响的事件更加严重呢？以作为一个人民教师的责任来讲，使同学们困惑，使同学们把问题混淆，就是不能饶恕的过失。

凌云说："李再琪！我明白你。在这个问题上，你实际的错误，还不是你说的那两点。问题是，郭老师讲的一切并无错误，只是讲的不够详细。因为你把郭老师讲的课看成是错误的，所以，就听信了吴老师的话。事情的基础既是错误的，因此，对的也是错的，错的也就好像是对的了。"

李再琪说："那么，您说我该怎么办呢？"

徐凌云说："在你的年龄，你的水平，不可能把每一个问题都弄得清清楚楚，明明白白，尤其是国际形势那样复杂微妙的大问题。你把这个问题中的错误加在你的身上是不应该的，你只是不够仔细，如果你根本就完全明白郭老师讲的是什么，就不会有这样的事了。首先是郭老师讲的不够详细，其次是吴老师的误解，最后，才是你没弄清楚事实。我觉得你应该把这件事再好好想一想，不但是你，林榕、李则翔、高武都应该把这件事好好想一想。我犯的错误比你还严重，我一定好好检讨。最紧要的是，我们要从这样的一点出发：学校的工作是整体的，绝不能分割开，一件错误的形成，是有很多原因的。我们要这样：明辨是非，站稳立场，一切从学校全体出发。"

凌云说过后，突然意识到这些话对李再琪说是不合适的。这是她心里正反复思考着的问题，但是，对着这样和她毫无隔阂的优秀的学生，她不由得把自己心里的话说出来了。

就在李再琪说话之间，几次有队员要到队部里来，都被站在门口的林榕挡回去了。有些队员把脸贴在窗玻璃上，向屋里探视着。

凌云说："林榕！让队员们进来吧！"

林榕拉开了门，三个初一甲班的队员首先跳了进来，其中一个说："徐老师！校长请您。"一个立刻阻止了他的同伴，抢着说："不！校长这样说的，说您要在学校里吃晚饭，就请您去他的屋子里谈点事，如果您不在学校里吃晚饭，就明天再谈。"

凌云看了看表，差十五分六点，太阳已经落了，夕辉正从敞开的西窗照进来。屋子里的一切都镶着金色的边缘，绣着火把与五星的队旗，因为夕辉的映照，火把上的光芒似乎在跳动一样。

西窗外，是两棵高大的枣树，枝桠间，结满了青色的果实，有些枣，尖端已经红了，又甜又脆的北京枣的成熟期已经来临了。

不但是凌云，李则翔、高武和林榕也都注意到了窗外的景色。晚霞正在晴空中互相追逐着，由金黄到深紫，五光十色地游动在白云之间，枣树的深绿的叶子，反映着夕阳的余光。在后面的操场上，赛球的哨声，隐约地传了过来。

西窗那面的院子，是教师和学生们的饭厅，烹调菜肴的香味已经传过来了。

刚说过话的队员，见凌云不言语，又催了一句，他说："徐老师！您到底是不是回家呀？"

凌云微笑着说："我在学校里吃晚饭，吃过饭去找校长。"

早就等在门口的初三的两个同学蒋华和孙琮说："徐老师！昨天，您跟我们约好了乒乓球决赛，您还打不打呀？"

凌云说："打！可是只有十分钟的时间了。"

"十分钟也打，十分钟也打。"两个同学同时拍着手嚷着。

凌云说："李再琪，回家去吧，该走了，把问题想一想，明天我们再谈吧！"李再琪正转身要走，凌云又说："高武，带李再琪到宿舍去把脸洗干净再走。"李再琪的脸上，因为流泪，因为手脏，留着墨水的蓝圈。

凌云和蒋华、孙琮到康乐部去打乒乓球。刚走出队部的屋门，蒋华和孙琮就先跑走了，凌云回头望了望屋子里，她看见林榕和李则翔正替李再琪拿书包，拿帽子，像大哥哥招呼小弟弟一样。凌云觉得，把李再琪交给他们三个，在今天的情形下是最合适的。

八

下午六点钟，在四十二中学里，每天都是敲钟的。这次的钟声，告诉教师们到饭厅里去吃饭；告诉正在操场上打球的，在做各种体育活动的、在做各种文娱活动的同学停止活动。通校的同学，在这次钟声打了之后，要回家去，不能再耽搁在学校里；住校的同学也要负责清扫操场，整理体育用具。图书馆，康乐部也都依据这次的钟声休息。这是一天之中的最后一次钟声了，这钟声似乎在说：快乐的一天过去了，好好地休息吧！

徐凌云从康乐部出来，虽然只打了十分钟的球，她的额上已经渗出了汗珠。球打的非常高兴，她的两个小对手——蒋华和孙琮，也热得流着汗。三人一样，眼睛中闪动着愉快的光彩，蒋华说："徐老师！今天您又输给孙琮了，明天再来一次。"孙琮说："你忘了，明天是星期日。"蒋华说："星期日也可以玩嘛！"蒋华和孙琮是刚刚学会打乒乓球的，原来两人都不喜欢玩，经过学生会的劝导帮助，才选择地参加了乒乓球队，学生会把参加乒乓球队的同学和教师们，按熟练的程度分成了不同的小队。凌云和孙琮、蒋华，还有周世诚，四个人一队，周世诚病了，所以只有三个人，每天，在下课后，找时间练习一次，蒋华很快就从乒乓球的爱好者变为乒乓球迷了。在他们的班上，大家称蒋华是土拨鼠，他总是孤独地坐在屋子里，除了上早操、上体育课之外，他永远不到操场上来。初三的班主任曾到蒋华家里去访问过，看见过蒋华的继母—— 一个在街坊中出名的泼女人。他的父亲是一家小五金店里的伙计；在解放前，因为收入太少，继母总是不明不白地跟些男人来往，蒋华是在继母的棍子下长大的。解放后，父亲的收入增多了，街道的妇女会成立了，继母跟父亲和好了，也逐渐变得对蒋华和善了。可是，像土拨鼠一样隐藏在泥土里，尽量避免和人接触的生活习惯，却顽固地遗留在十六岁的小蒋华身上。在学校里，在同学齐立强的细心帮助下，蒋华已经比初来的时候好了，可是总不能像别的同学那样，像小鸟一样的活泼愉快。

凌云听了蒋华的话，说："对！星期日也可以玩，你们两个人商量一下，如果没事情，明天再来打。我在家里没事，我也来。你们还可以找齐立强一块儿玩。"

蒋华的快乐的神色，使得你不忍去拒绝他，每次从康乐部出来，凌云总是有这样的感情，那就是要帮助蒋华，要他不但从打球中获得愉快，而是进一步在集体活动中获得愉快。蒋华又黑又瘦的小脸，一到乒乓球台前，就兴奋地泛着红光，到球在台上跳跃起来，或者他接回去一个很难接的球的时候，最初几天，他只是无限快乐地哼一哼，或者把嘴唇抿得更紧，最近，他也欢呼了，声音已经在他青春的心中复活了。常常是喊着"棒！""真棒！"声音已经恢复了代表他的欢愉的机能了。

明天是星期日，也就是要蒋华和他的继母整天同在一起的日子。这对蒋华来讲，自然是非常不愉快。继母现在对他是和善了，蒋华对继母的惧怕，厌烦的感情，依然像蛇一样地缠蜷在他的神经上，谁要一提到他的继母，他立刻就脸色灰败，有时就执拗地说："你别提，我家的事，你别管。"

凌云说："孙琮！明天来打球吧，来吧！"

孙琮说："我明天要做几何题。"

蒋华说："我的几何题也没做好，咱们到学校里一块做，做累的时候，就打一会儿球。"

孙琮说："准定这样吧。"两人向凌云道了再见，高高兴兴地回家了。

凌云到休息室中去洗手，休息室中只有美术教员高隽民还在他的大画架子后面做什么。凌云本来没看见他，她匆忙地洗着手，准备很快就去吃晚饭，高隽民叫她的时候，吓了她一跳。

凌云说："高老师！你为什么还不去吃饭？"

高隽民说："给高一甲画一张天安门的蓝图，只差几笔了，画完了就去。"

凌云说："咱们一块去吧，再迟，厨房里以为咱们不吃，该把家具收拾了。"

高隽民说："好，走吧，今天是星期六啊！"

高隽民是很受同学爱戴的教员，解放前，画了二十年画，一直穷得吃上顿愁下顿，虽然学的是资产阶级表现形式的西洋画，形而上的表现方法也是他表现作品的唯一形式。可是，旧社会中生活的倾轧，已经使得他明白了艺术和人生的真正关系了。正在他探索、寻觅什么是真正艺术的时候，党的艺术理论拯救、启示了他，使他逐渐明确了作为一个画家的真正使命。

在教学工作中，高隽民是严肃的，他想尽方法使同学们对绘画有正确的认识，并且要求每个同学努力练习绘画的基础——素描。在五一节、国庆节、毛主席生日、斯大林生日和新年的时候，他用最大的热情来做门饰、装饰礼堂、做游行需要的模型、标语、旗子等等，每一个盛大的节日的美术设计与装修，都显示了他在艺术工作上的提高。

郭文、何丽娟，和其他年轻的教师，连凌云也在内，每次一个盛大节日来临的时候，总是探询着高隽民的设计意图，愿意在他的指挥下完成节日的盛装；这工作，给予他们的鼓舞与愉快是无限量的。后来，青年团员、少年队员、一部分同学都卷在这个工作之中了。高隽民的要求是严谨的，他的设计，一经大家同意确定，他就要求你一丝不苟地做好，那时候，他满是皱纹的脸上，就充满了庄重、快乐的神色，一到那样时候，凌云就称他为"快乐的源泉"，又称他为"人民的画家"。

高隽民的爱人也是学画的，在电工厂工会里作美术辅导，她从工人群众间得到的启示与帮助，也在高隽民的生活里引起巨大的变化，因此，他的绘画风格是越来越纯朴了。

　　这样一个人，是为吴诚所厌烦的。吴诚说他是超现实派，不通人情；而高隽民则总是看不惯吴诚那样冷漠的绅士风度。他尤其不爱听吴诚模棱两可的议论，特别是吴诚把两个相反的意见加以中和。他的话，听起来非常漂亮，实际上是一团糊涂。有时候，高隽民就跟他抬杠，甚至辩论得面红耳赤。

　　徐凌云和高隽民向饭厅走着，他们穿越精巧的回廊，回廊跟随着每个院落而展开，像人身上的脉络一样，把这些大小不同的院落连结在一起，显示了建筑中特有的民族风格，在层层外翘的翠蓝的屋檐下，在朱红柱子的间隔之间，回廊蜿蜒着，涂着绿叶子一样的绿色油漆。

　　高隽民察看着柱子与回廊的栏杆，有些被风雨侵蚀，剥落了漆皮的地方，他就仔细估量，眯细着一只眼睛，像鉴赏一张名画一样。

　　徐凌云说："画家同志！又有所发现，是不是？"

　　高隽民说："咱们的校团支书和学生会主席，计划在就要来临的'中苏友好月'内，发起一次大规模的爱校运动，想用自己的劳动把学校修整得更加清洁美丽，有些人计划粉墙，有些人计划修补桌椅，有些人预备轧操场上的草，有些人预备垫院子；把剥落了漆皮的地方补好，也是要做的工作之一。"

　　徐凌云说："又是您的主导起的作用吧？"

　　四十二中学成立了一个爱校委员会，高隽民是主任委员，他经常总是非常仔细地检查修整着每一个角落。

　　高隽民说："她们（指他的爱人）的工厂里，预备以全厂大检修来迎接'中苏友好月'，我想，咱们有何不可以拿爱校来迎接'中苏友好月'呢？"

徐凌云说："好极了，我首先响应号召。"

高隽民说："吴诚说我是想露一手，好叫校长提拔我当教导主任。其实，我不过刚刚这样计划起，刚刚跟团、跟学生会在商量，恐怕到不了'中苏友好月'，教导主任就要揭晓了。我要特殊地露一手，也来不及了。"

徐凌云说："吴老师总是爱说这样的话，你若真让他做，他会推辞得一干二净，你不让他做，他又说任何人都不行。"

高隽民说："推辞只是掩护，他已经为教导主任废寝忘餐了。不但他，连梁芮、刘明都跃跃欲试呢！"

徐凌云说："管他呢！谁爱试，谁就试，反正总要找出一个最合适的人来。"

这时候，他们已经走到饭厅前面了，吴诚、梁芮、王以祥正从饭厅里走出来。

王以祥看见他们两人，就说："怎么才来，我们只当你们不吃了呢。"

高隽民没有理会王以祥的话，正经地跟徐凌云说："徐老师，你就是这一点不好，有些事，就抱着一推六二五的态度，你常说工作是整体的，不知在这件事情上你对'整体'做何解释？"

徐凌云被他问窘了，对着梁芮、吴诚，她怎样来谈这件事呢？不但梁芮、吴诚在这儿，对面的学生食堂前，炊事员王舜正摇着铃，很多住校的同学正往饭厅走着，其中有李则翔，有高武。李则翔和高武看见徐凌云跟高隽民站在饭厅门前，双双跑过来了。就在两点钟前，徐凌云还为自己的"事不关己，高高挂起"的自由主义感到惶惑与不应该，可是，在吴诚面前，在她心爱的学生面前，被高隽民这样尖锐地指摘着，她的旧知识分子残余的自尊心，顽强地抵抗这一指摘，脸都羞得红了。

李则翔和高武，一左一右地分站在高隽民身边，高武问："高老师，您说什么？"

高隽民说："我在批评徐老师的自由主义！"

高武说："您批评徐老师，我们也加入，徐老师嘴会说，您难免叫她驳倒，有我们加入，咱们的力量就足够了。"

高武和李则翔是以为他们正在开玩笑，所以高武这样说。

王以祥和吴诚、梁芮已经往前走了，王以祥叫他们两人快去吃饭，说怕饭要凉了。

凌云看着吴诚，她看见他嘴角挂着蔑视的微笑，虽然他的态度一贯是高高在上，可是，凌云觉得他的表情不同于寻常，他也许认为自己也和高隽民吵起来了，他曾经肯定地这样说过："高隽民就会吵嘴。"

徐凌云就对高武说："高武！高老师批评我的话，完全正确，我知道他最肯帮助我，我不会讲歪理来跟他争辩的，你们放心，快去吃饭吧！"

李则翔说："七点半开始，区委为队员们演电影，您去看吗？"

徐凌云说："我还有事，你们去吧！"

高隽民已经进饭厅里去了，他在屋里说："徐凌云！炊事员说饭冷了，咱们吃蛋炒饭好不好！"徐凌云说："好极了！我赞成。"

九

吃过晚饭，徐凌云到校长办公室去找王以祥。校长办公室在教员休息室的东院，那是这个建筑群体中最东面的一个院落，是当初洋牧师用来修身养性的地方。房子的门口，写着"涵真堂"三个大字，院子三面是山字石拼成的院景，在多孔的太湖石搭成的荷花池内，用汉白玉塑成的观世音立像，亭亭地站在莲叶之中。遮蔽涵真堂的是一架北京有名的玫瑰香葡萄，在葡萄茂密的绿叶之中，紫色的葡萄，一球一球地垂下来，透明的葡萄珠上面，挂着绒毛一样的果霜。在葡萄架的阴影中，灯光穿过了湘竹帘，把竹帘上用丝绳结成的梅花鹿，隐约地照在铺着方砖的院落之中。青色的暮霭，还没有消逝干净，青青的天空里，眉月已经上升了。

借着灯光，徐凌云看到，屋子里不仅有王以祥，还有吴诚，还有吴诚的所谓好朋友刘明和梁芮。他们正在谈论什么，吴诚右顾左盼，议论生风，脸上露出了不得的神色。

吴诚正在谈论郭文的讲课，重述他在初一甲发表过的题目，而且比在初一甲时谈得更加有眉有眼，正在为自己的高论而沾沾自喜。

徐凌云想退回去，她知道不会有机会跟王以祥谈了。就在她悄悄后退的时候，她听见了吴诚纵情的笑声，她听见梁芮对吴诚的附和，听见了刘明一贯的愤世的口吻。

梁芮是地理教员，教了二十年地理，闭着眼都能画出地图来；刘明是化学教员，曾在北京大学的化学系做过助教，在业务上，都是刮刮叫的能手。因为教的是自然科学，很难看出思想教育不够的破绽，所以在教学上，是被认为数一数二的能手的。

　　刚刚退到甬路的尽头，徐凌云突然想到了高隽民的指摘。高隽民的指摘是正确的，不敢走进王以祥的屋子里面去，就是推诿，就是对工作不负责任。毫无疑问，看样子吴诚正是在攻击郭文，正是在谈论"活动课"，正是在发泄他未能在初一甲完全发泄出来的攻讦。这是不能容忍的。

　　徐凌云很快地走进了王以祥的屋子，吴诚他们都客气地让位给她坐，刘明更特地从里间为徐凌云搬出一张椅子来。

　　徐凌云说："校长找我有事吗？"

　　王以祥说："在初一甲开完队会，吴老师又对我说了他的意见，我认为，吴老师讲的有些道理，我就想找你，再找郭老师，咱们先谈谈这几个问题。咱们大家的意见一致了，好去回答同学。郭老师跟何老师去听音乐会，没找到，梁刘两位没有走，我们就大致地谈了谈，你来得正好，咱们就扯扯初一甲队员提出的那个问题吧！"

　　徐凌云说："好极了，我愿意先听吴老师的高见。"

　　吴诚说："我的意见刚才已经谈过了，校长基本上是同意的，梁、刘两位也认为还差不多。"

　　刘明说："徐老师一向分析问题又中肯，又尖锐，一定有高见，我们洗耳恭听。"

　　梁芮呵呵地笑着说："对！对！我们洗耳恭听！"

　　从吴诚、梁芮、刘明的姿态和谈话腔调中，徐凌云觉到了蔑视、压抑、嘲笑的混合意味。徐凌云想，要想帮助这样的人，首先要击破他们的自认为高明的堡垒，要在领导面前彻底揭穿他们伪装渊博的假面具，叫他们无可狡辩，才能谈到其次。

徐凌云说："我很盼望吴老师先谈谈，谈了之后，我一定谈。不然，我也无从谈起，梁老师和刘老师虽然愿意听我的谬论，也就无从听起了。"

王以祥说："对！吴老师就先谈谈吧！"

吴诚干咳了一声，又呷了一口茶，说："我就先来谈谈。郭老师说：美国的民主党和共和党都是华尔街的走狗，两党一样根本反动。这一点我完全同意。可是，底下郭老师又说美国的罗斯福总统伟大。据我了解，罗斯福是民主党的党魁，无庸说，也是华尔街的走狗，既是华尔街的走狗，民主党又根本反动，不知郭老师根据什么说罗斯福伟大。"

梁芮附和着说："正是这么个问题，民主党反动，民主党的领袖又是肯定的人物，这两点是根本矛盾的。"

徐凌云说："马克思主义者看待问题，总离不开特定时间和特定环境。郭老师讲的这两点，我以为不但不矛盾，而且是一致的。首先，郭老师讲的民主党和共和党是反动的，这当然是千真万确的事实；他指的时间是现在。至于罗斯福是伟人，这也是事实，在第二次世界大战中，他用各种方式援助了被侵略的国家，跟苏联合作，发起组织国际联盟，主张大国一致的原则，主张建立平等互利的贸易关系，这和我们今天所倡导的'和平共存'是一致的。特别在今天，在全世界人民迫切需要和平的今天，我们盼望美国人民走罗斯福总统的政治路线，是有他一定意义的。"

刘明说："罗斯福是民主党，要依着徐老师的话来理解，民主党也不反动了。"

徐凌云说："话不是这样讲。民主党在罗斯福时代是代表资产阶级的，现在也还是代表资产阶级，他的党性依然如旧，现在的民主党，跟那时候，稍稍有些不同，当然不是本质上的不同，在罗斯福时代，民主党是以罗斯福那样开明的资产阶级为领导人的，现在则完全变成了垄断资本家的工具。我们所以说民主党反动，是以无产阶级、是以人民大众的立场来说的，但这并不妨碍罗斯福是开明的资产阶级政治家。"

吴诚说："按照徐老师的说法，一切问题只要安上个特定时间，特定环境，反动的也就不反动了。"

徐凌云说："也许我的话太不客气了，您这种说法，才是反动的。所谓特定时间，特定地点，不等于无原则。无论在那个特定时间，那个特定环境内，符合人民大众利益，能够促进生产力发展的，就是先进的，就是革命的。奴隶时代的末期，封建统治者就是先进的；封建时代的末期，资产阶级也是先进的。又比如同是资产阶级，在俄国十月革命时代，就是被消灭的阶级，可是在我们中国，就允许它存在，并且在一定限度内还允许资产阶级发展。"

徐凌云说到这里，吴诚哈哈地笑起来了，他说："我早就料到徐老师会这样辩证地解答问题的，只要辩证，就一切都可以通过了。"

徐凌云心平气和地说："吴老师！我不愿意您把问题扯到旁边去，您不同意我的论证，您可以提出相反的意见来嘛！您一向非常之尊敬咱们的校长先生，在校长先生面前，我们展开争辩，请校长做分析鉴定，让错误的得到纠正，不是很好吗？"

吴诚说："我还需要考虑一下，我暂时保留我的意见。咱们找个日子再谈吧！"

吴诚说完，就站起来寻觅帽子，表示他要走了。

刘明和梁芮也站起来预备走，梁芮说："对！咱们改天再向徐老师领教吧！"

王以祥说："好！这些问题一时谈不清，留待明天继续吧！"在吴诚、梁芮、刘明相继走出去之后，王以祥说："徐老师！如果你不忙着走，我们再谈一会儿好吗？"

徐凌云说："好的！"

根据王以祥的提议，徐凌云和王以祥两个人从学校里走出来了。他们沿着宽阔的柏油路慢慢地走着，两人暂时都没说话。大街上，到处都是辉煌的灯光，街上的人，愉快地往来着，一群群的青年人，哼着歌子从他们身边走过去，也许因为是星期六，两夫妻带着小孩，或者挽臂并行的情侣，看去是更多了。将在"中苏友好月"上演的苏联名片"金星英雄"的大广告画，在街头矗立着，画面上，画着金星英雄谢拉杰，正倚在依丽娜的身后，依丽娜的脸上显露着可爱的倔强。

早在夏天，电影局试映刚刚翻译好的"金星英雄"影片的时候，王以祥得到了两张招待券，那一天，恰好徐凌云没有课，他们两人一块去看了这部电影。

王以祥看着梳着辫子的依丽娜，问着徐凌云："你看依丽娜是不是像何丽娟？"

从王以祥嘴里说出来何丽娟，徐凌云不由自己地感到了忌妒。她记得，她曾经在"明朗的夏天"的电影故事里看到这样一句话，"忌妒是资产阶级思想"，可是她不能制止这样的感情，而且这样的感情不止一次的在她的心坎中泛滥过。从她跟王以祥相处的时候开始，先是由于钦佩王以祥对工作的细致与沉着，逐渐又体会到了王以祥对人民事业的无限忠诚，特别是在徐凌云知道王以祥勇于承认错误，又艰苦地用一切方法改正自己的时候，她觉到了王以祥在平凡中的伟大，这一点，在她自己来讲，是天天在想而始终没能很好做到的一点。这样，在她平静得跟止水一样的心中，涌现了对王以祥的炽烈的爱情。这样的爱情一经滋生，立刻像火一样煎炙了她的心。可是，徐凌云尽把这些埋藏在心里，只在工作中与王以祥接近，在工作中促进了两人之间的互相理解。

何丽娟是在她之后来到四十二中学的。何丽娟人生得很好看，带着新社会青年人特有的活泼与愉快，做起工作来是忘我的，何丽娟很快就赢到了同学与同志之间的好感。

徐凌云常常想，何丽娟像燃烧着的火把一样，她一定能点燃起王以祥的爱情。王以祥一直是孤孤单单的一个人，进城以后，他仍然保持着在乡下一样质朴的生活。何丽娟那样年轻的，未被旧社会的恶习所沾染的人，一定更能在王以祥心中唤起喜爱。至于自己，她无缘由地觉到自己老了，从前曾经给洋买办作过挂名夫人的一段被残踏玩弄的历史，在她心中留下了擦不掉的烙印；她的两个小女儿，她也觉得是她再次恋爱与结婚的小障碍。她觉得自己处处不如何丽娟，她处处躲开跟王以祥单独接近的机会，把忌妒的感情像吞药一样地咽在肚里，压抑着自己；并且用大姐的慈爱与何丽娟相处，她把对何丽娟的帮助，看做是自己的考验。

徐凌云说："何丽娟比依丽娜好看。"王以祥问："何丽娟二十几了？"

徐凌云反问："您不知道吗？"王以祥说："我没注意过。"

徐凌云说："二十四岁。"

王以祥说："何丽娟她们这一些人比我们幸福，我像她那样年纪的时候，正在东奔西跑，连顿饱饭都吃不上。我们的学生们又比何丽娟她们幸福了，等同学们到何丽娟的年纪的时候，我们的祖国一定会像现在的苏联一样，北京，更不知要美丽到多少倍呢！"

徐凌云说："何丽娟是在幸福中长大的人，所以比我们这样年纪的人活泼，比我们更加无忧无虑。"

王以祥说："年轻人跟年轻人容易相处，就是因为他们所感受的喜悦相同；我是宁愿喜欢更懂事、更沉着的人的。"

这样说着话，他们已经转进了一条小巷。北京的小巷，很多都是给树荫遮满了的，路灯在树荫的上面，灯光从叶隙穿出，在地上，画下了多姿的树影。

眉月高高地挂在碧蓝的天上，星在闪烁。

王以祥的话，像琴弓一样地，从徐凌云的心上滑过去，立刻，她觉得心中充满了奇妙的欢乐。虽然，这并不是一句表白爱情的话，可是，徐凌云觉到了这句话的魅力。

王以祥从来没有在徐凌云面前说过这样的话，也不只是对徐凌云，他对任何人都没谈过这样的话。并不是矫情，而实在是因为过去的紧张的环境，使他没有得到述说这样感情的机会。现在是在和平建设的环境中工作了，可是由于过去的习惯，由于对工作的过分贯注，他几乎忘掉了应该用怎样的话来表白这样的心情了。

但是，这样欢腾恬美的秋夜，这样气象万千的北京的秋夜，从对生着的槐树的双双叶影，到电影广告画上的金星英雄和依丽娜，从街上双双缓步的情侣，到母亲带着的小女儿脸上的欢笑，没一件不使人感到爱情和家庭的魅力，感到急需把生活丰富起来，不仅是在工作中，而且是在日常生活中。这也就是王以祥说出来久藏在心中的话的客观条件吧。

也因为王以祥这样说开了头，两人的谈话，就很自然地引到婚姻与家庭的问题上来了。

他们从吴诚的花枝招展的爱人谈到李诚义的保持浓厚的农民气质的爱人，从高隽民的互相尊敬的家庭谈到了刘明的夫权至上的家庭，虽然没有一句涉及到他们自己，但这样的谈话使得两人从没有像今天这样接近过。在工作中，他们曾不止一次地争辩，不止一次互相一致，也不止一次地为一件事情两不相让，在那样的争辩、一致，以及各自的坚持中，他们曾经感到获致理解，获致工作力量，获致提高的喜悦。但是那种喜悦，与今晚上的感受是不相同的。今晚上的喜悦，不是像在完成一件工作后所感到那种轻松的喜悦，也不是像在争辩一个问题后那种兴奋的喜悦，而是一种恬静的、渗透到整个躯体之内去的那种喜悦。这喜悦，正像挂在青空中的眉月的光一样。它并不亮，可是，你能觉到那清光照澈心肺，全身都沐浴着它。

两人信步前行，不知不觉地又绕到回学校的路上来了。当徐凌云看见路旁的街牌名，意识到这正是学校墙后的一条街的时候，她意味深长地说：“我们又回到学校里来了！”

王以祥也笑了，他说：“这可以解释成念念不忘学校吧。”

王以祥回到学校里去了。他们在离开学校时预定谈的关于活动课的问题，一句都没有接触到。王以祥本来要请徐凌云再进去谈一会儿，可是徐凌云不愿意跟王以祥一块双双回到学校里去，她说："天晚了，我需要回家了，活动课的问题，容我好好地考虑考虑，再来谈吧。"

在回家的路上，徐凌云一个人步行着，她不想搭电车，沿着人行道、她神采焕发地走着。她反复地捉摸着王以祥说过的每一句话。

王以祥这样说："不仅要对眼前的爱情负责，而且要对老年时期的爱情负责，不仅是要男女双方互相尊重，而且要对儿女负责。年龄相差悬殊，一个人正当壮年，那一个人已经衰老了，这也应该看做是不相称的婚姻的一种。"

如果这话是有意地来说明王以祥本人跟何丽娟之间的不能结合，也就是对徐凌云的一种爱情表白吧。

可是，徐凌云不敢这样想。她很明白王以祥，在王以祥来讲，最要紧的是对方的政治面目如何。王以祥本身是一个光荣的共产党员，他的爱人最好也是党员。王以祥对党的忠诚，越加使凌云觉到了自己的欠缺。在工作中，王以祥对新鲜事物的感觉不敏锐，常常满足于已得的成绩，这些，只要是一经群众指出，一经上级党的指正，王以祥总是勇于承认自己的错误，并且坚持改正。只要是党的指示，王以祥总是热诚地执行着。也正因为如此，对忠于党的王以祥来讲，这一件一生中的大事，他不会不征求组织上的意见。

想到这里，徐凌云觉得王以祥刚才的话，不仅不是对她在表白爱情，而正是在说明两人之间的距离。她突然觉得索然无味，也正因为觉到了索然，也更意识到了王以祥在处理活动课，以及对待吴诚的态度的片面性。她想，从对工作的贡献来讲，过去她不如王以祥，但在目前学校的工作上，她觉得她并不逊于王以祥，根据同学们、同志们的评价，她有时并且超过王以祥。在要求自己上，她总是严格地来衡量自己。

虽然限于自己的理论水平，她不能把自己提炼得更加完美，但，她是尽了最大限度的努力的，无论是工作，无论是学习。

要求参加党，徐凌云已经不止一次地这样想过了，但总是觉得自己的工作实践还不够标准，自己的思想还不够纯洁，一直不敢提出。今夜，对着清新的眉月，心里沸腾着一切，徐凌云越加迫切地渴望着参加崇高的党的组织。渴望在党的教育下，使工作提高，使在自己培育下的同学们，由于自己的提高而得到更好的精神营养。为了祖国的明天，为了将如莫斯科一样的北京的明天，贡献出自己的一切。

在和王以祥分手的时候，他还说过这样的一句话，他说："徐老师！你今天谈的问题，对我也是启发，吴老师老早就跟我谈到了郭老师这次的讲课，他反复说明的只是郭老师的错误，我已经觉到了他态度不对头，只是还没能很清晰地分析出他论断上的错误来，关于对罗斯福的评价，我认为你的看法是接近正确的。我明天去找区委，跟他讨论一下关于这些问题。"

王以祥的这一段话，证明了他对徐凌云的看法，那就是，他是看重徐凌云的。如果王以祥看重徐凌云，徐凌云在文学修养上，在对新鲜事物的敏锐感觉上，在分析问题合于逻辑方面，正好补足王以祥在这些方面的欠缺，同时，王以祥的坚定、沉着，对党对人民的无限忠诚，也正好补足徐凌云的欠缺。在年龄上，他们也相差不多，这不恰是一对很合适的伴侣吗。

一路上直到进了家门，徐凌云的心中还是反来覆去地回旋着这些问题。她刚刚旋开门钮，两个小姑娘就嚷起来了，茵茵嚷着："亲爱的妈妈，是您吗？"青青说："妈！为什么回来得这样晚？"

看着这双双迎上来的小女儿，徐凌云的心，立刻填满了妈妈的温存，她说："姑娘们！晚上好！对不起，因为谈论了一个问题，妈妈回来晚了。"

星期日的早上，青青和茵茵一定要求妈妈带她们到北海去。团市委在北海五龙亭的对面，为队员们布置了"少年之家"，青青的同学们已经去过了，说是里边有音乐室，有图书室，有绘画室，有制造各种器械的模型室等等，队员们可以在里边学习、游戏，总之愿意做什么就做什么。里边有队的辅导员指导，有意思极了，好玩极了，比上劳动人民文化宫，比上中山公园，比上任何地方都有趣味。

徐凌云和两个小姑娘去了。小姑娘们穿着白绒衣、蓝裙子，系着红领巾，只是青青比茵茵略高一点，两个人的神情、面庞就像一个人一样。

徐凌云的心里，却没有每个星期日那样轻松愉快的感觉。脑子里反来覆去，只是"活动课"的问题，只是教导主任的问题。关于初一甲队员们提出的问题，凌云觉得自己所做的答案也不够十分圆满。她想应该去找郭文，找何丽娟，找高隽民，把这些问题好好商量一下，想办法把这些问题解决，拖下去，只能给同学们带来更大的损失。

娘三个一出家门口，郭文和何丽娟骑着车正往胡同里拐进来。徐凌云一看见是郭文和何丽娟，眼睛立刻闪着光，不由自己地微笑着，像跟旁人又像跟自己说："就是好！就是好！准知道他们忘不下工作。"

郭文和何丽娟的车子，一转眼就来到身前了，青青和茵茵迎着何丽娟，亲热地喊着"阿姨"。他俩从车上跳下来，何丽娟一边回答着两个小姑娘，一边向着徐凌云微笑着。

徐凌云说："小何！是来找我的吗？"

郭文说："是不是你们要出去？"

小茵茵在旁边说："丽娟阿姨，我们要到'少年之家'去，你和我们一块去，叫他，他也一块去。"

青青和茵茵还没见过郭文，她们不认识他。

徐凌云说："茵茵！不能叫他，要叫郭叔叔。"

茵茵说："丽娟阿姨，你为什么跟郭叔叔一块上我们家来，你俩相好，是吗？"

茵茵刚刚学会了使用"相好"这个形容词，只要是两个人，两个东西，甚至两件事碰在一块，她都说那是"相好"。她把木头制的鸡和布片做的鸭子摆在一起，说小鸡和小鸭子相好；教科书上柳树和杨树画在一起，她说柳树和杨树相好。她又把这个形容词，送给亲爱的丽娟阿姨了。

茵茵说这句话，是天真的，是表现小女儿对丽娟阿姨的亲密，可是听在三个大人的耳朵里，却有三种不同的感觉。这是个语意双关的词，何丽娟疑惑到徐凌云跟茵茵谈过她和郭文的事，所以茵茵这样讲。她和郭文比较来往得更亲密，还是最近的事，虽然这样的来往正是基于彼此了解和兴趣相投的进一步发展，但是，被别人这样指出来的时候，她总免不了有姑娘的羞涩。何丽娟的脸绯红了，因为骑车而红润起来的脸，看去更加鲜艳，两颊像饱含着汁液的苹果一样。

徐凌云在何丽娟光彩焕发的脸上，看到幸福的青年一代，看到这青年女教师的纯朴的心，看到姑娘们花一样的未来。徐凌云想："多么幸福的姑娘，多么美满的爱情。"自己虽然仅仅比她大了八岁，可是，自己的二十四岁时的青春，却招来怎样的欺骗与践踏呀！在自己二十四岁的时候，在地狱一样罪恶的都市中，美丽的姑娘们，是金钱魔王的掌上玩物，越是生得美丽，招来的痛苦与凌辱也就越加难以抵抗。

徐凌云说："小何！你真好看！你真幸福！"这句话，徐凌云真的是出自肺腑，在这样清明的蓝天之下，在这样温和宜人的秋天里，在这枝头上缀满了甜柿子、脆枣、香葡萄的北京城里，人民的关注环绕着美丽的姑娘，美丽的姑娘正为教养第二代的崇高工作贡献着自己的一切智慧。姑娘们的美丽，不但不是招灾惹祸的源泉，而是生活中快乐的有机组成。几千年来为多情诗人所慨叹的"红颜薄命"的时代，是一去不复返了。伟大的时代，真正地帮助女人们上升到地上的天堂里来了。

听了小茵茵的话，郭文不言语，他只是把他的柔和的目光，投在何丽娟的身上。

徐凌云说："两个孩子要求我带她们到北海去，你们来了，我们就不去了。你们来的正好，我心里装了好些话，早就想找你们说说了。"

青青和茵茵，听说妈妈不去北海，自然都不高兴，青青总是比较懂事一些，晓得妈妈不去，一定有妈妈不去的理由，虽然不高兴，还没有过分不高兴的表示；小茵茵可早把小嘴撅起来了。

郭文说："你看！小茵茵的嘴撅得多高。星期日，妈妈应该陪小茵茵玩一天，我们没权利剥夺小茵茵的这种享受，宁愿我们的话不谈，也不能叫小茵茵不高兴。"

聪明的小青青，听了郭文的话，看看妈妈，看看何丽娟，又看看郭文，就去拖着何丽娟的手臂，青青说："丽娟阿姨，咱们一块去北海，你们跟妈妈坐在五龙亭里谈事情，我跟茵茵到'少年之家'去玩。我们不打扰你们，像你们在家谈话一样。"

郭文说："你看，青青把话说得多好，真的没有法子拒绝她的邀请，咱们就一起去吧！"郭文这样说，却用眼色征求着何丽娟的同意，这样的眼色里边，包含了说不尽的柔情蜜意。郭文这样公开地表明对何丽娟的眷恋，在徐凌云的眼前，还是第一次。徐凌云的心里，也为这样的相视而兴奋，他们两个人，无论是在工作上，在年龄上，在性格上，都是很相称的一对。他们的相爱，会在他们两个人将来的发展上，彼此给予督励与安慰的。在作为何丽娟的好朋友这一立场上，徐凌云几乎像何丽娟一样地觉到了郭文的温存的注视。

何丽娟躲开郭文的注视，俯身向茵茵说："茵茵，阿姨陪你去北海，陪你到'少年之家'去玩。"

青青说："妈妈！阿姨说去，郭叔叔也说去，咱们就走吧！"

徐凌云说："这样吧，你们骑车走，我们搭电车去，咱们北海后门见，好不好？"

何丽娟说："准定这样，咱们走吧！"

郭文和何丽娟推着车，陪徐凌云母女走到了电车站，两个人才骑上车走了。

电车里，乘客挤得满满的，徐凌云带着两个孩子靠着车窗站着。她们的身边是两位人民海军，车子刚一开动，两个小姑娘就跟海军同志攀谈起来了。

　　徐凌云望着车窗外的马路，望着从电车两侧滑过去的绿色的街树，望着草圃中五色缤纷的秋花。十月的和风吹拂着她剪得短短的头发，早上曾经使她不愉快的感情已经消散得干干净净了。星期六那天，她本来想约郭文和何丽娟交换一下关于活动课、和关于对吴诚的态度问题的，郭文和何丽娟今天自动来了，这就说明了关心工作中问题的不是徐凌云一个。

　　除了工作，使徐凌云衷心欣悦的，是何丽娟公开表示了跟郭文的相恋。在这个礼拜日以前，何丽娟严密地封锁了她对郭文的感情，别人一点也瞧不出她对郭文有什么特殊；相反的，她经常跟校长王以祥坐在一起，像小学生一样，安静地倾听着王以祥的议论，执行着王以祥的命令。在大家闲谈的时候，她经常为王以祥的行为辩护，这些，当然也只是限于同志之间的过往。但是，有时不能不使人敏感地觉得，何丽娟对校长的态度是比较亲密，特别是吴诚谈到何丽娟的时候，他那种用鼻子一哼，轻轻地把头那么一摇，又似笑不笑地咂下嘴唇的时候，不由得不使你感觉到：在何丽娟与王以祥之间，是有某种秘密存在。其实，就是有什么真正的秘密，一个是独身的男人，一个是未婚的女人，也是应该的。但是，大家被吴诚的态度所感染，无形中给何丽娟的行为添上了神秘的外衣。这种"神秘"，是包含了残余的侮辱女性的封建意识的。

　　徐凌云虽然没觉得在何丽娟的行为里有什么神秘，吴诚对何丽娟的看法也使得她愤慨，但她对这件事，却有另一种看法。她觉得，何丽娟不仅相貌生得很好看，她的坦白的心胸，她的落落大方、不拘小节的态度，和她对工作的热诚，使你不由自已地愿意和她亲近。何丽娟这些优点，有什么理由不能引起独身的男同志想到和她永作伴侣的问题呢，有什么理由禁止王以祥对何丽娟表示爱慕呢！

在王以祥刚刚来到四十二中学的时候，他在政治上、在工作方法上对徐凌云的帮助，曾在徐凌云为罪恶的两性问题所刺伤了的心中，引起了波动，像被春风吹皱的池水一样，荡起过可爱的涟漪。但是，在所谓封建残余式的恋爱观的包围中，在徐凌云自己考虑到不幸的以往，考虑到自己的孩子，考虑到像吴诚那样的议论时，她把自己这一点感情包藏在心里，任它在心中左骋右驰，表面上完全不动声色。在大家都议论到何丽娟对王以祥的亲密的时候，在她心里是时上时下，常常旋转着这个问题的。另一方面，她又真的盼望何丽娟和王以祥能够结合，这样，她也就不会让这样的问题来占去她的精神了。

解放后，当徐凌云在工作中觉到了党的伟大，觉到了党对一切人，特别是对像她这样过去受尽了欺凌的知识分子的女人，给予了无限的关怀与帮助的时候，她就确定了要把自己毫无保留地贡献给工作，有了工作，再把自己的两个小女儿好好地养育起来，就是她的最大的满足。

是不是工作和孩子就真的完全使她满足了呢？在她刚刚从旧社会中解放过来的时候是这样的，但是，当她在工作中获得了一定的成绩，在工作中体会到了蓬蓬勃勃的人生的时候，她就不能自禁地滋生了寂寞的感觉，这种感觉既不是工作，也不是孩子所能驱除的。对王以祥的眷恋也正是这样心情的必然体现。

昨夜，她曾和王以祥并肩在马路上散步，今天，何丽娟又这样表现了跟郭文之间的关系，有什么还能阻止徐凌云对王以祥表白自己的感情呢！

电车到北海了，徐凌云在沉思中，几乎把北海这站滑过去，两个孩子也跟海军同志谈得很高兴，若不是电车上的服务员同志喊着："北海到了，有下车的没有？"娘三个准定会搭过站的。

十 三

在北海的太液池边，在白杨的绿荫之下，何丽娟和郭文并肩坐在绿色的长椅子上。何丽娟浅紫色的绒衣，在平列的白杨的树干之间，看得特别清楚。一进北海后门，隔很远，徐凌云就看见他们了。青青和茵茵一认出坐在长椅子上的是郭文和何丽娟，立刻就要奔过去找他们。徐凌云阻止着两个小姑娘，徐凌云说："先别过去！你们听，丽娟阿姨在唱歌，唱得真好听。"

何丽娟的歌唱得非常好，学校里的教师和同学都称她云雀，她的歌声清越嘹亮，正像她的人一样，给人愉快的感觉。她教给同学们的歌，几乎全部是紧张、热情和充满了战斗情绪的。她不喜欢低沉的，在音调上，表现了更加深厚和耐人寻思的歌曲；唱她不喜欢的歌子的时候，她的清越的歌喉，像不负责任的画家，在画布上涂上了不相称的颜色一样，给人一种松懈的感觉。在"幸福的生活"中的几只插曲：收获和红莓花儿开了的两只歌，何丽娟唱起来的时候，使你仿佛看到了那金色的充满了谷物芳香的原野，和正在原野上热情劳动着的年轻人，以及年轻人怎样用他们天真的，纯朴的心来歌颂劳动，述叙着爱情中的小波折。唱这两只歌，何丽娟通过她的歌喉，恰如其分地表现了青年人火一样的热情。但是在唱到，有了一定生活经验，在爱情上要求得更加细致的毕百灵的歌——你，从前是这样——的时候，你却不能从歌中体会到毕百灵复杂的感情。徐凌云说，这都是因为何丽娟还太年轻，不明白毕百灵的真正的感情的缘故。

但是，今天坐在太液池边的何丽娟的歌声，却是这样不同于以往，歌声这样轻柔，仿佛蓝天中的一抹白云，这样温柔地缠绕着，这样轻灵地浮动在太空之中。

徐凌云倾听着何丽娟的歌声，在她的心中也觉到了甜蜜的感受，她想，爱情把小何教得更加温存了，能够逐渐认识到什么是真正的爱情，才会更细致地体会生活中的一切，才会更进一步地认识环境，认识工作中的各种不同的人们的类型，也才能使自己更好地相处在集体之中，更好地发挥自己的力量。

两个小姑娘看着妈妈若有所思的脸色，看了看坐在远处的何丽娟和郭文，正要说话，小茵茵被在脚边横跳过去的大蚱蜢吸去了注意力，她跟踪着那个绿色的小生物跳到草丛中去了，同时她叫着姊姊。茵茵说："青姊姊！一只蚱蜢，大极了，我们捉住它做标本，送给队部做标本。"两个小姑娘随着跳跃的蚱蜢跑开了。

徐凌云往前走着，轻轻地，仿佛怕踏破了周围甜蜜的气氛一样，一步一步地走着。上午的太阳，从高耸的白杨的叶隙间，洒下来光辉的金线，北京的可爱的秋天，在绮丽的山光水色之间，展示着她的魅力，小白塔的倒影，被游鱼一样的小船划开了，水的涟漪间，白塔在飘动着，在水面上，织成了白、黄、蓝、绿相间的彩锦。

园中的游人，带着星期日的闲暇，度着可爱的秋晨。可爱的歌声，随着风儿飞翔着。

走到何丽娟和郭文两个人坐着的椅子背后，沉湎在自己爱情中的两个年轻人，并没有察觉徐凌云的到来。徐凌云把身子隐藏在河岸的垂柳之间，从侧面看着郭文和何丽娟。徐凌云一向没仔细地端详过郭文，相处一年了，徐凌云从来没觉得郭文像今天这样的好看。往常，徐凌云觉得郭文的眼睛小，显不出新中国青年人昂然前进的神态。但今天，徐凌云觉得自己一向的看法是错误的。郭文眼睛虽然不大，可是并不妨碍他是这样富有朝气，这样给人以茁壮的感觉。特别是在他的脸上，显露着表述爱情的温存的时候，他是显得这样可爱。郭文的神情使你认识到，使人觉得可以信赖、愿意与之相处的，并不决定于相貌生得怎么样，而是决定于内在情感的体现。像吴诚，他相貌端正，行动潇洒，但是从他那里得到的印象，只能是彬彬有礼，冷冰冰的彬彬有礼。

青青和茵茵带着她们的捕获物飞奔过来了，青青高高地举着那只绿色的蚱蜢，茵茵纵情地喊着妈妈。两个人都欢笑着，这一瞬间，对这一对小姑娘们来讲，再也没有比捕到一只蚱蜢更愉快的事了。

何丽娟和郭文双双回过头来，在垂柳的荫影中，看见了徐凌云母女三个，两个人立刻跑过来了。

何丽娟说："徐姊姊！你们来了为什么不喊我们？"

徐凌云说："我们刚才到。"

郭文说："怎么样，我们送青青和茵茵到'少年之家'去吧！"

小青青手中的蚱蜢却使得三个大人为难起来了，就那样拿在手里，蚱蜢跳个不停，小姑娘们怕把它的腿折断了，不能做成完整的标本。何丽娟提议用手帕包上，小青青又怕把蚱蜢的长须子碰断；茵茵又说手帕里不透空气，怕把蚱蜢窒息死了。想来想去没有办法。

郭文说："我有办法了，仿膳后面的山上，有鸡爪草，咱们用鸡爪草给蚱蜢编一只笼子，鸡爪草很结实，保险可以一直提到家里去。"这个提议，又使得两个小姑娘欢呼起来了，她们拉了郭文就跑，一直向五龙亭那面跑去，通过用洋灰砸成方砖样式的甬路，转眼之间，三个人就没在树荫之中了。

何丽娟跟徐凌云慢慢走着。何丽娟轻声地哼着歌，眼睛望着跑远了的郭文的背影。

徐凌云："小何！你真能保守秘密，你跟郭文那样好，谁都没瞧出来，看不出你人小心大，会把这样的大事瞒得结结实实，连我这个傻大姊，你也不让知道。"

何丽娟说："好徐姊姊，你别冤枉我了，我绝不是诚心瞒着谁，本来，这根本不是应该瞒人的事。以前，我没有告诉您，实在是我们还没有开始好。"

徐凌云说："你说谎说的都不圆满，天天在一起工作，天天见面，会说还没有开始好，怎么样才算开始好呢？"

何丽娟急得分辨着说："真的，以前，我们是没有开始好，我说的开始好，是谁也没有表示出自己对那个人有超越普通同志的感情。上星期四，郭文讲过活动课之后，直后悔自己讲得不好，这以前两次，他讲活动课的时候，虽然也体会到了讲活动课的方法不好，都没有像这次这样发急。这次，晚上放学以后，别人都走了，他一个人在教导课的屋里来回转圈。就像困在笼子里的狮子一样，走得急了的时候，又抓头发又叹气。那时候，屋子里本来没有人，他不知道我正在后窗外面站着。我看着他的样子，又好笑，又叫人替他发急，忍不住笑了一声。他听是我的笑声，就说：'人家着急，你还要笑，幸灾乐祸。'其实，我绝不是真要笑他。后来我就跑进屋子里去，他跟我谈活动课，又谈吴诚怎样使他受窘，又谈校长，又谈他的妈妈，又谈他的志愿军哥哥，整整谈到了十一点。那天，我在学校里值夜，他也没有回家，他跟我谈完之后，又去找校长，可能是一夜没好好睡觉。

"第二天星期六，你们在初一甲开小队会，他在教导课里，像热锅上的蚂蚁一样，一刻都安静不下来，后来他和我一块去听音乐。从音乐会出来，他要找你，我说太晚了不好，我们在中央公园的水榭里坐了两个钟头，就是在这两个钟头之中，第一次，他拉着我的手。"

徐凌云说："胡说，你又说谎了，我们同志之间，谁都握过谁的手，郭文绝不是第一次拉你的手。"

何丽娟说："得啦，我的大姊！您说我瞒着您，我说，您又说我说谎。其实，这点，还瞒得过您去嘛，郭文是第一次拉着我的手，第一次不是用握手的样子拉着我的手。"

徐凌云促狭地说："好了，就算是第一次拉你的手吧，后来怎么样了呢？"

何丽娟说："后来么，后来他又拉着了我的手，再后来，我们就决定今天来找您。结果，我们就来找您了。"

两个人说着，已经来到了仿膳，在仿膳后面的土山上，郭文坐在山石上，怀里放着一把草，两个小姑娘一左一右站在他的旁边。小笼子已经编得差不多了，郭文的手艺很不错，笼子很好看，那纤细柔软的草，就像绿色的丝线一样，在郭文骨节很大的手指间跳动着。

徐凌云说："郭文，北京有一句俗语，称赞表面上粗枝大叶、内心细致的人叫'内秀'，我今天发现了，你就是属于内秀这一类型的。我再也没想到你心里头有这么些花样。"

徐凌云的话是双关的，郭文把脸抬起来，先看何丽娟，又看徐凌云，像孩子一样羞涩地笑了。但是立刻又恢复了他一向认真的神气，郭文说："徐姊姊！您别捧我了，我还算得上内秀吗？连两堂活动课都讲不好，不熟悉业务的官僚主义者，再也没有比我废物的人了。"

郭文从来没这样称呼过徐凌云，刚刚这样说完，他又立刻补充着说："徐姊姊，我知道您一定愿意我跟丽娟合作，为了说明我跟丽娟一样地敬爱您，请允许我像丽娟那样称呼您。"

徐凌云说："瞧嘛！刚跟丽娟把心揭开，就这样丽娟长丽娟短的了，你们这样好，不怕我忌妒吗？"

郭文已经把小笼子编好了，上边留了天窗样的一个小洞，青青早已准备好了，看郭文用手捧着笼子，立刻把蚱蜢的头顺着小洞推进去。蚱蜢也许以为那绿色的笼子是草地，小青青的手指刚一放开，蚱蜢猛力一跳，幸亏他已经大半身在笼子里，不然，这一跳，一定会跳跑了。因为大半身在笼子里，这样猛力一跳，撞在笼壁上，跌了个仰面朝天，就在这一瞬间，郭文把上面的小洞又用三根草拴牢。蚱蜢安安全全地被关在这只绿色的笼子里了。

青青说："谢谢你！郭叔叔！"

茵茵却把笼子举到徐凌云和何丽娟眼前去，要她们看，茵茵并且问："丽娟阿姨，您会编这样的笼子吗？"

何丽娟说："我不会，小茵茵，我笨极了。"

茵茵说："笨没关系，辅导员说：只要肯学，笨也是一样，什么事都能学会。"

郭文说："你看！辅导员在孩子们心中的地位多么重要，我们真得好好地检查检查自己的工作，不然，真对不起孩子们。"

何丽娟说："青青！前面就是'少年之家'了，怎么样，是要我们陪你俩去呢，还是你们自己去？"

茵茵说："咱们大家去。"

青青说："不，茵茵！咱们不能要求妈妈和丽娟阿姨和咱们一块去。从家里出来，咱们已经答应妈妈了，让他们去谈问题，咱们自己去玩。"

郭文说："小青青，你真懂事，郭叔叔一肚子的病，净等你妈妈给开药方治病呢。"

徐凌云看了看表，已经将近十点钟了，她说："青青！你和妹妹去吧。你们玩两个钟点，我们谈两个钟点，十二点钟的时候，我来这儿接你们。自己去吧，好吗？"

青青说："好！"拉起茵茵的手就走。茵茵说："妈妈！别忘了来接我们！"

徐凌云他们三人回转身来，沿着太液池向东南走着，何丽娟提议到濠濮涧淤南面的桃林里去，那里人清净，他们可以好好地谈谈。

在濠濮涧南面的桃林中，在蓁蓁的桃叶的覆盖之下，徐凌云他们选了一块地方。在那儿，脚下是油绿的草，头上是碧蓝的天，濠濮涧的楼亭，隐在桃树的后面，用太湖石堆砌成的假山，半遮着楼亭漆红的圆柱，楼亭的飞檐，轻俏地挂在半山之间。这地方，安静、舒适，又有北京独特的风味，真是谈心的最好所在。

徐凌云首先倚着一棵桃树，坐在绿草的毡毯上。桃树的棕红色的树干上，缀着琥珀一样的桃胶。何丽娟和郭文也在她的旁边坐下来了。

三人暂时沉默着，桃树的枝桠上，一只长尾巴的喜鹊喳喳喳地叫着。

何丽娟说："郭文，你不是有满肚子的话要讲吗？为什么又不开口了？"

郭文想了一想，随手拈起一个土块，把土块在两指之间捻碎，把碎土撒在地上，就说："徐姊姊！您说，像我上次讲的活动课，讲的那么糟，还能不能补救呢？"

徐凌云说："怎么能说是糟呢，依我看，只是你讲的太深了，对初中一、二年级不合适而已。"

郭文说："不管是深或者是糟，总之，不但没有给同学们解决问题，反使同学对这个问题更加糊涂。这就是我不能饶恕的错误。"

徐凌云说："也不要把这件事想得过分糟糕，我觉得，把你上次所讲的题目算作一个前奏，再仔细地、形象地讲解一次，要同学们彻底明白资本主义总危机的真面目，这次的混乱就可以纠正了。"

何丽娟说："什么叫形象的讲法？"

徐凌云望着碧蓝的天，微微地笑着，她说："这是我杜撰的名词，我这样想，下次的课，我们换一个讲法，找些善于演戏的队员，叫他们分别扮演成美国的资本家、工人和一般劳动大众。"

何丽娟说："那不等于演剧了吗？"

徐凌云说："不！不是演戏，我是想，郭文仍然讲他的课，要像演电影的说明人，只说明你要讲的内容。讲到美国垄断资本家怎样在侵略战争中发了大财，扮演垄断资本家的同学就算账，或者叫嚷着投资等等。讲到美国工人怎样在饥饿与死亡的边缘上斗争，扮演工人的同学，就表演怎样拿了薪水买不起面包，站起来和垄断资本家斗争的情景。讲到美国的一般劳动大众的时候，可以用几个人同时出场，代表小商人、职员等人，他们为越来越艰难的生活叹气。要用这些具体的形象来说明美国内部的矛盾，和我们争取和平相处的原则。不过，这样的讲课方式，是不是行得通，还需要我们很好地研究。"

何丽娟说："徐姊姊，我怕这样做行不通。"

郭文说："我理解徐姊姊的意图，这样，一方面可以时时促使同学们的注意力集中，一方面也可以把枯燥的问题变得生动有趣，只是，这个讲词的内容的组织是太难了。"

何丽娟说："扮演形象的队员要不要化妆，是不是也需要些简短的台词。"

徐凌云说："当然不要化妆，简单的台词是必要的，我还想到利用我们民族戏曲中出场自报姓名的形式。譬如装工人的一出来就说："我是通用汽车公司的工人，我叫约翰。老板叫我造坦克，坦克肚子里装的炮弹越多，我的肚子越瘪。老板把应该给我的工钱，都换成炮弹，卖给政府。政府把炮弹运到朝鲜战线上，'通'的一声，什么全完了。炸得朝鲜工人家破人亡，炸得我饿着瘪肚子工作。"

徐凌云说话之间，在草地上徘徊着，装成工人的愤怒神气。她装得蛮像：一方面是饿得软弱无力，一方面又表现了对老板的无比憎恨。

何丽娟拍着手说："真好！徐姊姊！这样讲同学们一定容易接受。"

徐凌云说："比方要有人扮演美国垄断资本家，甚至可以叫他带一只算盘，他可以一边拨算盘珠，一边说：坦克五百辆。赚五千万元；凝固汽油弹一百箱，赚三千万元。哈哈！一本万利，好买卖，好买卖！

战争，战争，有战争才能发财！"徐凌云神气活现地鼓着腮帮子大笑，真的像是个美国垄断资本家，在罪恶的战争里，获得了庞大的血腥利润一样。

何丽娟说："徐姊姊，你快别这样笑了，你再笑，我真的要把你当作战争贩子了。"

郭文索性躺在绿茸茸的草上，两眼望着天空，在考虑这个问题。过一会，他一翻身坐起来，望着徐凌云和何丽娟说："徐老师，你的意见我赞成，我想首先应该把这个问题在队部里讨论一下，征求李则翔、林榕他们的意见，他们如果也认为这样做好，我想，我们应该这样试试，这不仅是活动课的问题，而且是有关教学改革的问题。"

徐凌云说："关于整个活动课，我有这样一个意见，我想，我们可以把活动课按一定计划排列一下，如果两周算一个单元，我们可以规定出植物周、物理周、化学周、天文周、文艺周等，原则是要同学们都为活动课的丰富多样的内容吸引，从而在活动课中得到生动的知识，这种知识，不应该把它算作独立的东西，应该做为各种课程的从属。譬如说：我们举行文艺周，不妨叫同学们一个人或者一个小组熟悉一位作家的生平和历史，到上课的时候，由这个同学，或这一小组同学作为中心发言人，讲述作家的历史和朗诵他们的作品。这样，对同学，不但会巩固他们既得的知识，对独立钻研，也会得到进一步的培养。同时，活动课也会更加生动，效果更加好。"

何丽娟说："这样做是应该的，可是，这跟校长当初要求活动课的内容不符，校长是要求在活动课中讲政治和时事的。"

徐凌云说："真正的政治思想教育，就是贯穿在各种知识之中。

我们能把学生培养成为是非分明、有憎有爱、热爱学习的好孩子，就是达到了思想政治教育的目的。"

郭文说："徐老师，你想的真好。这需要我们好好计划一下，这是关乎全校每个教师的问题，我们一定会遇到各种保守思想的抵抗的。"

何丽娟说："只要这样做真好，我们应该坚持。"

徐凌云说："岂止坚持，我们还得努力想办法。譬如说对吴诚，我们就得好好准备准备。"

郭文说："我们就在下次的活动课中试试这个办法。事不宜迟，从明天我们就开始进行，明天我先找团支部的同学商量一下。"

何丽娟说："讲题的内容要很好地组织一下，什么地方上美国垄断资本家，什么地方上工人，得预先计划好。郭文！写这样的讲演稿，你有把握吗？"

郭文说"当然写不好，可是我要尽可能写得好，徐老师会帮助我的，团支部的同学也会帮助我的。"

在三人说话之间，何丽娟曾从树干上掀下一小块桃胶拿在手中玩。因为话说得兴奋，她忘记了手中的桃胶，她把手掌按在郭文的肩膀上，想拿起来的时候，桃胶融在她手掌和郭文的肩膀之间，想拿也拿不起来了。

何丽娟说："郭文，我的手黏着了。"

徐凌云看清楚是一块桃胶在作祟。笑着说："这是如胶如漆！"

徐凌云的话使得何丽娟的脸红起来了。三个人都为这句话的甜蜜会意感染，郭文微笑着，用自己的手帕替何丽娟擦着手。

天近正午了，桃树的影子变得又肥又短，徐凌云瞧了瞧表，差十五分钟十二点。她站起来，抚摩着带着绒毛的小桃子，她说："就这样吧，郭文今天回去写演讲稿，我和丽娟也好好思索一下，明天在队部的辅导员会上把我们的意见提出来。"

郭文说："我想，我们应该先把这件工作跟校长去研究一下，一定要得到他的同意才好。"

徐凌云说："好吧！先跟校长谈一下也好。"徐凌云嘴里虽然没有反对郭文的主张，心里却想：对于这样的新事物，校长是不会一下子就接受的，现在，要紧的是争取时间，同学们早一天把这个问题闹清，对吴诚那样的人，就是早一天给予教育。她很明白，对待吴诚他们，只能是彻底揭穿他们的伪装，叫他们老老实实。只有让他们知道自己的狡猾伎俩正是最愚蠢的行为的时候，他们才能接受别人给予的帮助。

显然，徐凌云的话，叫郭文看出来，她对和校长商量这一点上，是不以为然的。郭文说："校长是可以信任的，他对新事物的感觉，虽然并不算是敏锐，但是，只要你把一切跟他讲清楚，他明白完全是为了同学，对同学有很大好处的时候，他会赞成，并且会尽力支持你。我觉得依靠团支部的同学是对的，可是依靠校长，得到领导的支持，也是我们进行工作的要素，不然，我们之间的步调不一致，就会使得我们工作做不对。"

徐凌云的脸红起来了。郭文的话，像针一样，刺痛了她的心病。高隽民曾经批评过她，林榕、李则翔也都提过给她这样的意见，就是郭文话中隐藏着的那个本意：徐凌云是优秀的，在教学工作上是出色的，但是，旧知识分子的严重的自高自大的习性，在她身上依然残存着，她有时过于主观，帮助领导，帮助的不够，甚至有时候轻视领导。她和王以祥之间，一直没有得到协调，主要是由于徐凌云这样的缺点在作祟。

他们三人商量好了：明天把他们的计划去跟校长讲，一定要取得校长的支援。郭文和何丽娟双双走了，徐凌云一个人去接她的小女儿。何丽娟紧紧地靠着郭文，从两人的背影，都能推测他们之间的亲密。徐凌云一个人走着，心里禁不住升起了淡淡的惆怅。也正因为有这样轻柔的寂寞的感受，她觉察到了自己一贯的毛病。高隽民说："徐凌云是敏感的，但，又是脆弱的。"这句话一点也不错。就拿活动课的改进来说，徐凌云想过不止一次了，可是她甚至连谈出来的勇气都没有。这个，提高到原则上来讲，就是没有主人翁的感觉，就是推诿责任。

郭文怎样呢？他一认识到工作应该如何做，立刻就精神百倍地着手进行，并且准备在工作中接受考验。今天晚上，郭文一定会伏在他的小桌旁，聚精会神地写他的活动课提纲，那怕是写到下半夜，郭文也会坚持的。徐凌云知道，因为他一向就是这样。徐凌云心里想：郭文真行，远比自己能干，她一定推举他作教导主任。

青青和茵茵已经从"少年之家"出来，和来迎接她们的妈妈走了个碰头。小茵茵一见妈妈，立刻迫不及待地给妈妈讲述"少年之家"中的情形，什么有一架大钢琴，十六女中的大姊姊教她们唱新歌；有各种飞行机，十三中的哥哥们教她们怎样使飞机上升等等。每说一句话，她总要加一句"好极了。"

徐凌云带着两个孩子回家去，路上，茵茵一直喋喋不休地讲述着。青青提着郭文编好的小笼子，用眼睛溜着妈妈的脸色，青青知道妈妈正在考虑问题，她就没有把她对"少年之家"的感受讲出来。徐凌云是在考虑问题，她觉得她应该去找王以祥，首先是跟王以祥谈出她对自己认识，谈出她对王以祥某些过于主观的看法、她一直没有这样体会到。

她是这样地靠近王以祥，而且由王以祥处获得了支援与启示。她开始觉得心上的沉重减少了，小茵茵的话也引起了她的注意，她说："青青！'少年之家'好吗？"

小青青的大眼睛里闪烁着光彩，她说："好极了！妈妈。"

十 四

从北海回来，吃过午饭之后，徐凌云洗衣裳，两个小姑娘在屋子里玩跳棋。晚秋的风，轻轻地吹着，碧绿的天上，白鸽子在飞，鸽铃声清亮地、悠扬地回响在白云之间，太阳光软软地，像慈母的手一样抚摩着徐凌云的脸。

同院的街坊，大半都出去过星期日去了。院子里安静得很，青青养的绿蝈蝈，一声接着一声，像在呼唤同伴，又像在诉说笼中的苦闷，有时高、有时低地叫个不停。郭文为青青和茵茵编结的绿草笼子，和蝈蝈的笼子拴在一起，正在微风中摇曳着。

李妈妈也去找她的老伴去了。每两个星期一次，徐凌云总是在星期日这天，自己耽在家里，做着家里的琐碎事务，换出李妈妈，叫李妈妈有机会休息一天。

因为看到郭文编结的笼子，凌云的心里制止不住地一次又一次浮现出郭文与何丽娟并坐的倩影；何丽娟柔情似水的清歌，仿佛仍旧在微风中荡漾。也正因为这样，徐凌云觉到了淡淡的惆怅。

孩子们五颜六色的花衣裳在洗衣盆中漂浮着，盆中的清水映着蓝天，花衣裳像霞一样的好看。有一件白地上印着桃红蔷薇的花布，凌云非常喜爱，买来之后，她在自己的身上比了又比，终于觉得自己老了，没肯做件衬衫穿。实际上，当被这样温暖的太阳爱抚着、呼吸着充满了柿子的香气、脆枣与葡萄的香气，眼望逐渐变得更加美好的四周环境，又时时被工作中涌现的新人物新品质感动得落泪的时候，真的是想穿上盛开着花朵的衬衫，穿上彩霞一样的花衬衫，尽情地表现出心中的欢乐。解放前，好像有这样一条不成文的法律，只要是作了孩子的娘的人，就总要把自己打扮得跟枯萎的树木一样，把自己打扮得跟壁上的灰色砖一样，怎样显得人死气，显得人没感情，就算是好人，算是贤妻良母。挖根究底，这也正是把女人看成男人附属品的一种封建意识的体现，也正是把女人看成商品的半殖民地思想的一种体现。因为作了娘，就等于失去了这个女人的独立价值，她的一生只能够，也必须为她的丈夫与孩子，甚至婆婆、公公服务，她已经失去"个人"了。失去了"个人"的人，当然用不着再表现自己的喜怒哀乐了。

徐凌云想，就做件自己喜爱的花衬衫穿，有什么不可以呢。斯大林同志说过，要把苏联的女人打扮成世界上最美丽的女人。新中国的女人有什么理由不可以和苏联的女人一样地装饰起来呢！

具体环境怎么样呢？假如徐凌云真的是穿了件鲜艳的花衬衫到学校里去的话，首先，吴诚就一定说些叫你哭不得笑不得的话；其次，王以祥也许会说影响不好。如果是那样的话，王以祥认为影响不好的那个"影响"，究竟是从怎样的一个思想根源出发的呢？

想到了王以祥，徐凌云心里有一种特别的滋味，一失神，没有搓着衣服，手在搓衣板的木齿上擦了一下子，忍不住"哟"了一声。

小青青听见妈妈哎哟，赶紧从屋子里跑出来，问道："妈妈！您怎样啦？"茵茵也跟在姊姊的背后跑出来了。

徐凌云说："妈妈洗衣服的技术不高，把手指擦破了。"徐凌云左手小手指的外缘，擦去了一块表皮，血从薄薄的内皮里，正慢慢地渗出来。

青青说："妈妈，您别动，我去拿红药水。"

茵茵拍着手笑着，说："妈妈真没用，洗衣服反倒洗了手指头。"

青青把红药水拿出来，替妈妈涂好，一定不要妈妈再洗衣裳。青青说："卫生老师说过，皮肤破了，不能着水，着水就会滚脓的。"

徐凌云说："不要紧，你们的小皮肤娇嫩，应该那样仔仔细细地保护，妈妈的手都成了老茧皮了，没关系。"

茵茵说："昨天王文礼还跟她妈说，说您好看，今天您就老了呀！老的多快呀！"

青青说："不！妈妈，您不要洗，我会洗，我把这几件衣服洗出来。您别管，我准能洗。"青青说着，就坐在徐凌云坐的草垫子上，两只小手去捉水里的衣服。

衣服已经用肥皂擦洗过了，现在，只用清水摆一摆就行。青青的小手虽然还不会在搓衣板上熟练地擦洗，但也能顺着搓衣板来回地洗了。徐凌云索性看着青青洗衣。

茵茵也加入了洗衣的工作，她在青青用力扭干衣服的时候，帮助青青。

这时候，徐凌云的好朋友林榛来了。这是一个从小跟徐凌云一起长大，比母亲还亲的好朋友。两人一直住在相离不远的地方，中间虽然曾经一度分离，在分离的间隔期，彼此都结了婚，做了孩子的妈妈，也有着不同的遭遇，但两个人的友情并未因之减低。解放后，林榛从老根据地调回北京来，徐凌云不仅是在感情上，而是在思想上，像青青和茵茵依靠自己那样的依靠着林榛。

徐凌云看见只有林榛一个人，劈头就问："老张呢？"老张是林榛的爱人，经常和林榛一块到徐凌云家里来的。

林榛说："今早到乡下去了。"

徐凌云说："那么，小演员呢？"小演员是林榛的女儿小云的绰号。她的爸爸热望她将来成为人民的演员，又因为小云很会演戏，学校里有文娱会，爸爸机关里有晚会，她总是出台表演，大家就都叫她小演员了。小云在育才小学上学，平日就住在学校里，只有星期日才回家来。

林榛说："跟同学到万寿山去了。"

青青和茵茵喊着阿姨，茵茵用湿淋淋的手去拿林榛手里拿的纸包。

茵茵说："榛阿姨，您是不是给我们买的？"

徐凌云说："茵茵就是忘不了吃，你不是欢迎榛姨，倒是欢迎榛姨带来的东西了。"

林榛说："昨天，老张买了些路上要吃的东西，给小云留了一些，小云嘱咐我给青青带来。"

茵茵说："云姊姊给青青姊姊带来的，没有我的份呀？"

林榛说："当然有你的份。就是云姊姊忘记了小茵茵，不是还有榛阿姨吗？"林榛说着，看了看徐凌云，促狭地笑了。

小云和青青，好得不得了，有几个星期不见，就要互相写信。老张说她们是两代的交情。青青听着林榛的话，大眼睛一眨一眨地，小手仍旧不停地搓着衣服。

林榛说："青青越来越好了，连衣服也能洗了。"

茵茵说："妈妈手破了，她心痛妈妈，她替妈妈洗。"

林榛说："那更好了，不应该心痛妈妈吗？"

茵茵说："我知道，青青姊姊好，她心痛妈妈，我不知道心痛妈妈，我不好。"茵茵说完，小脸羞红了，刚才还在嘻嘻地笑着，忽然眼里闪烁着泪光。

林榛说："我知道茵茵也是心痛妈妈的，有一次，我看见茵茵替妈妈装热水袋。茵茵也心痛我，夏天我来的时候，茵茵就忙着给我找扇子，倒冷开水。"说的茵茵又笑了。

青青的衣服已经洗完了，凌云帮她晾在绳子上，林榛牵了茵茵，四个人到屋子里来了。

林榛带来了一块丝质的硬纱，要徐凌云为小云裁一件带绉边的裙子，小云下星期要去为志愿军伤员演出，要表演"可爱的小鸽子"那出小歌剧。

徐凌云很会设计衣裳，她的两个小女儿经常穿得整整齐齐，漂漂亮亮。其实，两个孩子穿的衣裳，很多都是由旧衣裳改做的，因为颜色调配得好，样子好看，两个小姑娘穿起来就特别漂亮。编结毛线衣也是一样，徐凌云能把很多旧线搭配在一起，编成复杂的花样，她编结的花朵，因为适当地用了复色，看去就像活的一样。所以林榛说：青青和茵茵，不仅仅是穿衣裳，而是穿了妈妈制造的艺术品。

林榛说："凌云！老张嘱咐又嘱咐，一定要我把小云的裙子拿来找你做。我说你忙，他说我做的不好，他说你做的衣服有生命。你知道，这块纱，是老张把上月的津贴省下来为小云买的。他还说，小云穿上了你做的裙子，就会像真的小鸽子一样，又轻灵，又敏捷。他还说，要给小云照张相片，给他的老上级寄去。"

老张的老上级，在朝鲜前线指挥一个师的战士，正为保卫世界和平、保卫祖国的安全在作战。

握着那洁白的、细致的丝纱，徐凌云真的像握着了鸽子有力的两翅一样。鸽子的翅，被蔽着丰盛的羽毛，在羽毛的下面，结实的肌肉，像弹簧一样，可以迎击各方面袭来的风沙。

徐凌云想象着，想象着鸽子怎样振开双翼，怎样在凌风飞翔，她说："榛姐姐！我想在上衣的双肩上，安上绉边，这两条绉边，从肩上滑下来，直到腰围，从腰围开始，裙子要一层一层地接下来。飞起来，牵着裙子，可以像翅膀；蹲下来，把裙子铺开来，又可以像盛开的百合花。"

林榛说："好极了！我完全赞成你的设计。下星期六晚上，小云过生日，你带青青和茵茵到我们那里去，老张希望你能及时把衣服带去。"

徐凌云说："我明白了，要给小云一个意外的高兴是不是？作爸爸的真够体贴的。"

徐凌云这样说，完全是出自衷心的赞美，细心的林榛却觉得这样过分强调老张对小云的父爱，是在刺激凌云。青青和茵茵和小云是一样可爱的小姑娘，旧社会的罪恶，却连累这两位可爱的小姑娘失去了爸爸。关于凌云的事，林榛也曾不止一次地为凌云着急，凌云却像惊弓的鸟一样，在爱情上，畏缩着、踌躇着，几次可能重新过两性生活的机会，她都有意识地放过去了。

关于徐凌云跟王以祥的事，徐凌云曾经顺便向林榛谈过。林榛很希望徐凌云在这次的恋爱中，勇敢一些，林榛认为，根据工作条件，徐凌云如果能够跟王以祥结合，对两人都很好。她说，徐凌云的一切短处，在与王以祥那样性格的人朝夕相处的期间里，一定会进步得更快。

林榛看着徐凌云，徐凌云完全沉湎在她的衣裳设计之中了。她在纸上画着简单的图样，又计算着肩宽与裙围的比例。青青和茵茵在她旁边问长问短。徐凌云答复着孩子们的询问，同时也征求着孩子们的意见。

徐凌云把剪成一头宽，一头窄的纱条，用线缀成绉边，按在茵茵的肩膀上，问青青："小青青！你看这样像小鸽子翘起来的翅膀吗？"

青青歪着头，左瞧瞧，右瞧瞧，说了："妈妈！像是像，我看还小些，鸽子翅膀跟它的身子一样长。"

徐凌云说："那么，我们就要做大一些。"

徐凌云又把重叠的裙子缀起来铺在床上，问小茵茵："茵茵！你看这像什么？"

茵茵说："像一朵大花，一层一层的，就跟花瓣一样。"

在徐凌云的脸上，显露着女性的温柔，显露着作为母亲的细致体贴的爱情，显露着甜美的家庭生活的快乐，显露着一种诱人的、使人希望与她相处的神色。就在徐凌云这样饱含着生活柔情的脸上，体现了她敏锐的、善于体贴的、很懂怎样去爱别人的性格。因为两个小女儿的称赞，徐凌云的脸上又浮起了可爱的微笑，那微笑，像七彩的虹一样，映在她的脸上，使得她的脸，看去更加好看了。林榛坐到徐凌云身边来，轻轻地抚摩着徐凌云的肩膀，林榛说："凌云！你的事有进展吗？"

徐凌云正用全副精神注意着手里的针线，没有理会林榛说的是什么，她抬起头来，眼睛在林榛的脸上一转，看了看林榛的神情，立刻就明白了。徐凌云自己笑了，她说："榛姐姐！我说什么好呢，我仍旧在犹疑，鼓不起勇气来。"

林榛说："跟我说实话，单纯是犹疑呢，还是有不满意的地方。"

徐凌云说："好姐姐，你还不明白我吗，我这样目空一切的旧知识分子，还能完全满意人家嘛？"

林榛说："也不应该给自己扣大帽子，说你目空一切是过分的。旧知识分子狂妄的残余，你还多少存在一些，你对王以祥的看法，阻碍你接近他的，正是这种残余。"

徐凌云的脸红起来了，她觉得林榛又委屈了她，她说："榛姐姐！你举出事实来，叫我明白什么地方是旧知识分子狂妄的残余？"

林榛说："举例子吗？一点都不难，就从你跟我谈过的情况里，我就能找出好几件来。譬如你说王以祥遇事过于稳重，其实，依照你的意思，是应该说王以祥感觉迟钝。你曾经这样想过没有？不仅是从你的立场上来看王以祥如何处理问题，而是从一个学校里比较落后的教员的立场上来看，从同学，从四周环境来看他如何掌握工作？那时候，你对王以祥的看法就会不同。你信吗？"

徐凌云倾听着林榛的话，脸上的愠怒逐渐消逝了。

林榛说："又譬如对吴诚，你是恨不得马上就离开学校才好的。你考虑过现在的条件下，既要吴诚来教同学，又要帮助吴诚进步的办法吗？你只是觉得吴诚卑鄙，觉得吴诚讨厌，就根本否定了吴诚，吴诚有些可取，你也看不见了，你想办法躲避他，不理他。王以祥如果也像你这样，一切负领导责任的人要都像你这样，你说，团结与改造旧知识分子的工作还做不做呢？"

徐凌云的脸这次是因为羞愧而发红了。只有林榛才肯这样批评她，虽然因为被批评而不痛快，但是在这样的批评里，有一种难言的快乐。越是在林榛一针见血地戳在徐凌云病处的时候，徐凌云越加觉到林榛友情的真挚。

徐凌云抛开手中的针线，一只手搂着林榛的脖子，把林榛拖倒在床上，说："榛姐姐，你说，你说我还有什么狂妄的地方，你快全告诉我，叫我别胡涂了。"

林榛说："就是要谈，也要心平气和才能谈得好，这样猴急，谈什么你也听不进去。"

徐凌云说："我不急！你谈嘛！"

林榛挣脱了徐凌云的手，坐起来，一边招呼着青青，她说："青青！把糖拿过来，给你妈妈吃一块，叫她甜甜心；茵茵再给妈妈倒杯茶，叫她顺顺气。"

青青正在拉起凌云碰到地上的纱，青青说："妈妈！您瞧，纱都弄脏了。"

徐凌云也坐起来，把纱好好折在一起，放在衣橱上，把林榛带来的糖打开，一边告诉青青和茵茵吃糖，一边替林榛和自己都倒了一杯茶。

徐凌云说："榛姐姐！我不急，你快跟我谈谈。"

林榛过去把她带来的纸包全都打开来，不仅有糖，有蛋糕，还有瓜子与果汁牛肉。林榛从橱里拿出碟子来，把那些食品用碟子盛好，摆在两个小姑娘的面前，殷殷地请她们尝尝这些好吃的东西。

林榛说："要说，就安安静静地坐下来谈。"

徐凌云像听话的小女孩一样，温顺地在桌旁坐好。像茵茵对着好吃的糕点一样，徐凌云望着林榛，眼睛里流露着希冀的光辉。

十　五

星期一早晨，徐凌云刚到学校，还没来得及把书包放好，就被郭文拉到教导室去了。郭文已经把星期四的活动课讲课内容写好了。正像徐凌云的建议一样，在讲词当中，适当地加进了工人、垄断资本家和美国的一般市民。对美国的经济危机，垄断资本家的好战，工人阶级的斗争，和被蒙蔽的一般美国市民的觉醒，都做了简单的形象的叙述。对美国临近死亡的资本主义制度的腐朽面貌，讲得又清晰又明白。

徐凌云说："郭文，你拟就的提纲很好，是不是赶了一夜？"

郭文没有回答，只微笑着。

徐凌云帮助郭文，又仔细地把讲词内容全面修正了一次。两人商量了半天，就决定以"今日的美国内部"为题。同时，由郭文去找王以祥，把这份讲词拿给他看。在放学的时候，召集团和队的负责人来共同研究，再征求同学们的意见。

星期一，在徐凌云一向都是工作最繁重的一天，这一天，她除了要上三节课之外，还要看同学们的一周工作汇报，要看队的一周汇报，在放学以后，又要辅导课余文艺小组的写作。

到响起一天最后的一遍钟声的时候，徐凌云从"文苑"的屋子出来，真的是觉得累了，肚子也饿得咕噜咕噜直响。她两步并一步地向着饭厅跑。

　　巧得很，饭厅里只有王以祥一个人在吃饭。王以祥看见是徐凌云，就招呼炊事员给徐凌云拿饭来。

　　因为累，也因为只有两个人，徐凌云不知为什么觉得很局促，就只默默地吃着饭。

　　待了一会，王以祥说："徐老师！吃完饭到我屋里去吧，有件事跟你商量。"

　　徐凌云点了点头。这时候，高隽民、何丽娟、郭文、刘明等陆续进来，饭厅里立刻充满了何丽娟清越的笑声。

　　徐凌云吃完了饭，回到休息室去，坐下来记工作日记。但心中却没有往常宁静。昨天，林榛的话，给了徐凌云很大的刺激，林榛要徐凌云好好分析一下王以祥，也好好分析一下自己。林榛说：徐凌云已经对王以祥发生了强烈的爱情，但是自己总是有意无意地回避着。徐凌云认为王以祥迟钝，认为王以祥对新鲜事物没有感觉。一方面是因为徐凌云多少有些脱离实际的工作作风在作祟；一方面，是徐凌云对王以祥有了成见。

　　徐凌云想，自己真的是对王以祥有成见吗？像林榛指责的那样。如果有，那该是自己以为王以祥爱上了何丽娟，因而故意与王以祥疏远所造成的吧。也许是，因为疑心王以祥是爱上了何丽娟才发生的成见吧。如果是这样，何丽娟已经不成为疑惑的对象了，成见产生的基础崩溃，不满意也将会随之消除了吧。

　　教师们都陆续回家去了，徐凌云对着自己的工作日记沉思着。直到暝色装满了休息室，才把工具收拾好，去找王以祥去了。

　　王以祥站在葡萄架前，把葡萄的须蔓缠在手指上，浅绿色的柔韧的葡萄蔓，像草蛇一样在他的手指间抖动着。徐凌云的心也像那条绿色的藤蔓一样，饱食着青春的汁液，充满了生命的活力，在王以祥的手指间跳动着。

王以祥看见是徐凌云，就说："徐老师！你看，今年咱们的葡萄结的多好。"

一挂挂的紫葡萄，从绿色的叶隙间垂下来，又丰硕又饱满，葡萄珠晶莹的，仿佛紫宝石一样。

徐凌云说："这也是您辛勤工作的收获之一呀。"

春天的时候，王以祥和校工一块把这架埋藏在土内过冬的葡萄掘起来。抗战期间，王以祥曾在宣化住过，宣化是有名的产葡萄区，王以祥学会了一些培育葡萄的技术，这架葡萄，就根据他的意见搭了伞形的架子；也根据他的意见分期施了肥料，葡萄长的比那一年都丰满，结的果实又大又多，多汁的葡萄珠，就像要把那透明的葡萄皮胀破一样。

王以祥微笑着说："徐老师！你估计一下，是不是每个同学都可以分到一串。"

徐凌云顺手拨开叶子，在叶子中间，也缀满了晶莹的葡萄。

徐凌云说："足够。您看，到处都是葡萄。"

王以祥在葡萄架下的石椅上坐下来，看着徐凌云，用充满了欣喜的声调，向着她说："徐老师！郭文的活动课讲词是根据你的意见写的吗？"

徐凌云点点头。

王以祥说："有这样好的意见，能叫同学们听了又清楚，又明白，你为什么不早跟我提出来呢？"

徐凌云不做声。是的，这样的意见她是想到好久了，但是怎样回答呢？能说出自己认为王以祥过于稳重，或者直截了当地说，觉得王以祥满足于现状，对新鲜事物没感觉，因而不愿意向他提出吗？

两人都静默着，只有风吹着葡萄叶子在响。

待了一会，王以祥说："你是不是对我有成见呢？譬如说，你觉得我纵容吴诚，觉得我满足于现状，觉得我不支持教学上的改革，觉得我在教导主任人选上优柔寡断。所以，有什么好意见也就不愿意向我提出了。"

徐凌云觉得窘起来了。这些，在昨天以前，她还是这样认为的，经过林榛的分析与批判，她才有些转变，开始从王以祥的立场上来考虑问题。是的，正像林榛讲的那样，如果王以祥也像徐凌云对待吴诚那样，来一个敬鬼神而远之的态度，恐怕不但不会使吴诚醒悟，反倒会引起吴诚的反感，在教学上，造成了不该有的损失。

徐凌云的脸热起来了，热得鬓边渗出了汗珠。穿在身上的灰绒衣，像火箍一样地钳着胸膛。心也像小鹿似的跳起来了。徐凌云从来也没觉得这样羞愧。

王以祥说："就以吴诚的事情来讲，表面上我是在纵容他，实际上，他每次有越轨的行动，我都单独给他指清楚。他的为人，我体会是这样：越是跟他谈道理，越不解决问题；那样，他就会表面上跟你一致，暗地里出坏主意。对他，只能用事实教育他，比如这次他煽动学生反对郭文，我要是一开头就给他戳破，他不但不会认识自己的错误，反倒会认为屈了他的人材，不论将来是郭文作教导主任，是你作教导主任，或者是其他人作教导主任，就都会如同在自己的内部包藏了一个火球一样，他时时会想法子阻碍我们前进的。对他，只能叫群众认识他的真面目，群众起来强迫他往进步的路上走，叫他认识到任何投机取巧、打击别人抬高自己的路都是行不通的时候，他才会真正认识到自己的错误。初一二年级的同学是相当相信吴诚的，只有叫信仰他的那一部分群众，分清什么是他应该加以发扬的，什么是应该帮助他摈弃的，才可以把工作作好。"

徐凌云知道，王以祥说的是真心话，就拿那一天在初一甲开小队会的事来说，不正是这样吗。

徐凌云很想过去靠紧王以祥，说出她一往的错误认识，请求王以祥的批评。只有这样，她才会觉得舒服。但是，她矜持着，只是把头藏在绿叶之中，把清冷的叶子贴在脸上，缓和脸上的灼热。

天黑下来了，王以祥过去拉开了房门口的电灯，院子里充满了电灯的光亮，多姿的葡萄叶影，俏丽地印在方砖铺就的甬路上。夜暗中，白衣的观世音塑像，越加显得玉立亭亭了。

王以祥向前走了一步，握着了徐凌云的放在葡萄架上的左手，徐凌云的心，猛然地，像擂鼓似的"咚咚"地跳起来了。心跳得这样响，徐凌云怕王以祥听见，只是握握手嘛，但是徐凌云是这样不能自持。

王以祥说："你什么都好，又聪明，又努力，看问题尖锐，对新鲜事物感觉敏锐，只是脆弱，遇见打击就灰心，坚持不下来。"

徐凌云把心跳捺下来，安静地说："您举个例子，说说我什么地方显示脆弱了。"

王以祥说："例子多得很，那一次，你跟吴诚争论有关李鸿章的问题，你的意见是正确的，可是吴诚一反驳，你就不言语了，以后，一争论问题，你总是避免与吴诚针锋相对。"

徐凌云说："吴诚谈问题尽往岔头上扯，他胡说八道，犯不上跟他争论。"

王以祥说："就是嘛，越是他胡说八道，越是要给他指清楚，只有指清楚他的错误，才能杜绝他钻空子。"

徐凌云说："您再举个例子！"

王以祥说："那一次，你讲课的时候，叫曹世林同学给气得几乎哭出来了。曹世林看不明白问题，只有给他往清楚里讲，一次不行，就再讲。"

徐凌云说："我讲他不听。"

王以祥说："不是这样，是你对自己过于自信了，你是想，凭我徐凌云，这么个简单的问题，当然讲得一清二明，你曹世林听不明白，是你故意捣乱。因为你抱着这样一个成见，自然就觉得是曹世林故意气你了。"

徐凌云的脸又热起来了，虽然灯的光已经被绿叶子遮住了，徐凌云总觉得王以祥看见了她的红脸，她恨不得把所有的葡萄叶子都抓过来，遮着王以祥，不叫他看见自己。

王以祥说："为什么把脸藏起来，是不是不爱听我的话？"

徐凌云说："爱听。"

王以祥把徐凌云从纷披的绿叶中拉出来，安静地说："真的爱听吗？爱听的话，我可以每天讲给你听。"

这是一句很平常的话，王以祥的声调，也跟往常一样，非常平静，可是听在徐凌云的耳朵里，却像从耳朵中送进来一个火炬一样，点燃了徐凌云的心，一瞬间，徐凌云整个身体像被这火炬点燃了，熊熊地燃烧起来。徐凌云的眼睛，就像架上的紫葡萄一样，闪动着饱满动人的光彩。

不知在什么时候，王以祥的身体挨近来了，徐凌云的心，几乎要从嘴里跳出来了。

王以祥附在徐凌云的耳边，轻轻地说："让我来帮助你抚养你的小女儿。"

徐凌云抬起脸来，恰好碰见了王以祥的脸。他们拥抱在一起了。徐凌云只觉得心的跳跃停止了，时间的流动也被忘记了，只有微风吹着葡萄叶，周围散逸着葡萄的浓郁的香气。

十 六

星期四那一天，所有为这次活动课的准备工作都做好了。高武、李则翔、林榕、齐立强、李再琪这些优秀的团员们，都参加了这次讲课的筹备工作。他们并且为扮演美国垄断资本家的同学糊了画着金圆符号的大帽子，把珠算教室中教学用的大算盘拿出来充做道具；又为扮演工人的同学准备了破破烂烂的衬衫。这一次讲课的筹备工作本身，就是一次最好的时事教育。

郭文很兴奋，但表面上却不动声色，一切该准备的工作，在讲课之前他又仔细地复查了一次。他关照林榕和高武，在讲台的左角预备了个小小的帷幕，准备扮演美国工人与垄断资本家的同学从那儿走出台来。

在活动课下课后，根据王以祥的意见，决定召开一个座谈会，全体教师、学生代表、团代表都出了席，就以这次活动课的内容与讲述方式为中心讨论题，分析总结这试验改革讲述方式的经验，同时计划出以后活动课究竟应该怎样讲法，以及怎样组织全体师生来把活动课讲好的问题。

市教育工会有通知来了，恰在星期四的下午三点开始，召开全市基层工会的福利委员会，徐凌云应该代表学校的基层去出席，她无法亲眼看到今天下午的活动课了。

吃过午饭，在休息室里，何丽娟看见徐凌云不说话，就问她："徐姐姐，你是不是有心事？"

徐凌云觉得她说的好玩，扑哧笑出来了，徐凌云说："我没有心事，我的心事上星期日就公开了。"

何丽娟先还没听清徐凌云的话，仔细一想，明白徐凌云是在跟自己打趣，脸就红了，何丽娟说："人家好心好意地问你，你一句正经话也没有。"

徐凌云说："我的话怎么不正经，我说的不是事实吗？"

何丽娟说："我问的是你，不是要你来说我。"

徐凌云说："原来你说的是我，要问我有没有心事么？我倒真是有点心事。"

何丽娟说："告诉我，好姐姐！相信我，我帮你想办法。"

徐凌云说："心事很简单，我要到工会去，听不见郭文讲活动课。"

何丽娟说："我替你开会去，你留在家里。"

徐凌云说："那为什么呢？你和我一样，都是热烈地盼望着这次活动课讲得好。"

何丽娟不说话，待了一会，她说："徐姐姐，我想了半天，就只有你自己去最好，因为这次活动课的改革，是你提出的，你对实践的效果，已经有了初步的估计，其他人有的虽然参加了筹备工作，有些信心，究竟不如你，还有……"说话之间，何丽娟蘸着茶汁在桌上写了吴、刘两字说："他们，更不能替代你去，他们是要在这次听课中受到启示与教育的。"

徐凌云说："好娟姑娘，你真是水晶心肝，什么事一瞧就透。我正是因为这样，请别人代替不好，自己去又有些舍不得。"

何丽娟说："我觉得是这样，主要的是要同学听得清楚，把事情闹明白，我们就达到目的了。只要同学们听得好，你不听，也会得到各种反映意见的。走！别坐在这儿发呆，去打会儿乒乓球，我刚看见周世诚在找你，手里拿着球拍子，听说你们这一小队进步得特别快，我跟你们做友谊比赛。"

何丽娟和徐凌云到乒乓球室去，路过操场，看见王以祥、郭文、高隽民等人正组织了教师队，跟以高武为首的学生队赛篮球。她们走到篮球场前面的时候，恰好是赛球中的休息时间，教师们都跑得满身是汗，王以祥倚着篮球柱子笑着说："老了，跑不动了！"

高隽民看见何丽娟跟徐凌云就说："你们两位赶快回休息室去组织个拉拉队来支援我们。你们看，场前场后、场左场右全是同学，没等打球，喊就把我们喊晕了。你听吧！都是叫：'同学！冲！冲！努力！前进！'没有一个喊：'老师们冲'的。"

场外有一个同学嚷了，他说："高老师！一上场的时候，您不是说，凭这几个老手，站在那儿也能把同学们赢了吗？"

立刻，很多同学们都嚷起来了，说："是呀，高老师，卖卖老力气，赢这些小伙子们，比的是球，不是比'加油'！"

高隽民说："你们的精神攻势太厉害。"

说的全场人都笑起来了。

哨子响了，球赛又开始了。王以祥跑到场外去发球，当他把球抛进场里，立刻又冲过去，接到了高隽民投过来的球的时候，徐凌云觉得了在王以祥身上的变化。在玩球之间，王以祥表现得这样敏捷，这样灵巧，他的这些特点，徐凌云以往没有看见过。往时，在玩球时，王以祥也是取守势的，徐凌云曾讥笑他是球场中的保守主义者，她说他是不求有功，但求无过。

如果，在王以祥身上发生的变化，正是缘于跟徐凌云的相爱，那就证实了两人的结合，对两人都是最好的：他们彼此汲取了对方的长处，充实改正了自己。在徐凌云也是一样，她觉得她开始变得虚心了，变得考虑问题时慎重了，就拿今天去工会开会的事情来说吧，如果一切情形都像今天一样，徐凌云一定会找一个同志代替她去，她留在学校里听活动课，并且要为自己的不去开会找出很多使自己安心的理由。

今天，从整个学校来考虑，从活动课的发展前途来考虑，她确定了，只有自己去开会最合适，她克服了愿意留在学校里听课的强烈欲望，到工会开会去。

十 七

从工会开会回来，已经将近六点了，连活动课的座谈会也赶不及了。下了环行电车，徐凌云两步并作一步地向着学校跑。

在学校所在的那条胡同里，同学们正往家走，整个一条胡同都是同学们，三三两两，谈的几乎全是活动课的事，特别是初中的同学们，讲的更欢。

同学们招呼着徐凌云，向徐凌云敬礼，很多人都问："徐老师！您上哪儿去啦？"

徐凌云一一回答着同学们，她急于知道活动课的效果，有两个初中一年级的同学正从她身边走过，她不知道他们的名字，但确定知道他们是初一年级丙班的同学，她就问："怎样，今天的活动课，听明白了吧？"

两人同时说："明白！明白！真明白！"其中一个同学抢着说："郭老师从来也没讲过这么好。同学们个个瞪着大眼睛听，嘿！越听越棒。"

另一个说："高二那个同学扮的美国资本家，真像，我一听他说话，我就生气。在垄断资本家眼里，美国的千千万万人民都不要紧，就是他的钱要紧。"

他们这样说着，又有几个小同学围上来了，几张小嘴，就像春天的小喜鹊一样，喳！喳！喳！争着抢着说出自己对这次活动课的意见。

徐凌云的心，像含苞的花朵一样地开放了；同学们的反映，像甘露一样，灌溉着她心中的花朵。她环顾着周围的同学们，看着那些张兴奋的小红脸，高兴地说："同学们！这只是我们新活动课的开始，将来，在活动课中，讲政治，讲历史，讲生物，都可以这样做，用什么方法，能叫同学们听明白，咱们就用什么方法来讲。好了，咱们不在大街上谈了，有话，明天咱们在学校里好好谈谈，大家快回家吧！"

同学们说着"明天见"，一个个欢天喜地地走了。徐凌云也进了学校的大门。

在门口，郭文正推着车子出来，他告诉徐凌云，他要到团区委去，去汇报这次座谈会的情况。

在大门内左侧的金鱼缸前，在又圆又大的莲叶的遮蔽之中，一个个系着红领巾的队员，头垂着，在看着缸中的碧水。

已经是该回家的时候了，为什么这个队员还留在这儿呢？徐凌云觉得奇怪。她走近了他，她认出来那是李再琪了。徐凌云叫了一声，李再琪抬起脸来，眼角停聚着两颗泪珠。徐凌云说："李再琪，为什么还不回家？"

李再琪说："我在等您。"

徐凌云说："有事吗？"

李再琪说："没有什么事，只是想跟您谈谈。"

徐凌云很明白李再琪为什么激动，刚才同学们的反映，正是李再琪难受的原因，徐凌云说："李再琪，我明白你，你是不是觉得对不起郭老师？"

李再琪点点头。

徐凌云说："李再琪！不要把这些事放在心上，只要你学习得好，就对得起郭老师了。"

李再琪说："我们小队里还给校长写过书面意见，建议学校请吴老师作教导主任。今天我们全小队开了会，认为我们那时提出的意见是错误的，吴老师教课没有郭老师教得好，他又不诚实，他故意说郭老师不好，他不团结。"

徐凌云看看四周，四周只有风在吹，工友老吴在右侧的鱼缸边为金鱼换水，从水管中吸出来的水噗噗噗地激打着砖地，老吴专心一致地在放水，并没有注意他们的谈话。

徐凌云说："教师们都是旧知识分子，难免有些事情做得不对头。我们应该帮助吴老师，帮助他把功课教好。至于教导主任的问题，学校行政方面，一定会满足全体同学的要求，选最好的教师来担任，你不要担心。"

李再琪说："郭老师是不是能当选？"

徐凌云说："有可能，谁能把同学教得更好，教得大家都满意，他就可以作教导主任来领导我们。"

这时候，高武和林榕从二门走出来，看见徐凌云在和李再琪说话，两人立刻跑过来了。

高武把手中的一个信封递给徐凌云，高武说："徐老师！这是队部与团支部给学校行政的合理化建议，请您转达。"

徐凌云接过来，放在书包里说："我一定转达给校长。"徐凌云又向李再琪说："李再琪！回家去吧！你的心我完全明白，你再想想，明天我们好好谈。不过，我希望你们记住一句话，只要是你们学习得好，郭老师就一定很高兴，其他都不成问题。"

李再琪听从了徐凌云的吩咐，向徐凌云敬了礼，背着书包走出校门去了。徐凌云也到教员休息室中来了。

教员休息室中人很多，几乎所有的教师都在。徐凌云急于看看吴诚，她也并不是想跟他谈什么，只是想看看吴诚的神色。

徐凌云刚刚在座位上坐好，刘明就走过来了，刘明说："徐老师，你失掉了一个好机会，今天郭老师的政治课讲的太好了，真是教学史上的新纪元。我们都得到了启示与教育。可惜你没有听见。我已经下决心了，将来在讲化学的时候，我也要汲取郭老师的讲课经验，多方面想办法。老一套是不行了，生填硬塞，同学们就是听不懂。"

还没等徐凌云回答，高隽民、何丽娟等人就都迎上来了，高隽民说："徐老师！工会里有什么好消息？"

何丽娟俯在徐凌云耳边，说："他上团区委去了，区委惦记着要知道咱们活动课的结果。"

徐凌云向何丽娟会意地一笑，就向大家说："好消息！了不起的好消息！等跟领导上商量一下，找时间我做详细传达。简单地说，从十一月起，教师同志全体享受公费医疗。"

徐凌云的话刚一说完，四面八方都立刻说起来了，真的是欢声四起，甚至有人疑惑是自己听错了，一再追问徐凌云是不是真的。

王杰民跟高隽民说："高老师！你的三十年的胃病这回有了着落了，政府会负责给你治好的！"

梁芮说："我这三颗病牙，闹了五六年了，总是钱不敷余，这回也该动动它了。"

高隽民说："对！咱们老年的老病，都有了根除的希望了。政府尊重咱们，因为咱们是人民教师，照顾得无微不至，可是，在咱们之间，还有人在这个时候闹意见，为个人搞地位，不从整个工作来考虑问题，这样的人真是……"

何丽娟说："是什么？"

高隽民说："要在从前，我早就连甚么都骂上了，现在，我不能骂人，我也说不出难听的话来，我只能说他不够作为一个新中国的好人民的资格，用'不像人'三字来表示最大的轻蔑。"

正在这时候，王以祥和吴诚开门走进来。吴诚走在王以祥的前面，他恰好听见了高隽民的话，高隽民炯炯的眼光，从刘明，到梁芮，停在正跨进门来的吴诚身上。

徐凌云觉得，在高隽民威严的眼光下，吴诚的神态非常不自然；她觉得高隽民这样对待吴诚，是过苛的，但她觉得吴诚正应该承受这样的轻蔑。

吴诚看了高隽民一眼，假做镇定地说："高老师！谁又惹您生气了？"

高隽民说："没有人惹我，我只是有感而发。政府尽最大努力来照顾我们，实行公费医疗。公费医疗呀！不简单，先生！真不简单！你算算看，这一下子，救了多少人，我，老梁，老王，老张，都有病，以往就是无力治疗，所以我说：今天谁再体会不到政府的好处，不抛弃旧的作风，还搞对立，闹地位，不从工作上着想，他就不像人了。"

吴诚的脸色原本不好看，这下子，更显得苍白了。徐凌云注意地观察他，觉得他非常沮丧，表面上虽然跟平常一样，实际是在强打精神。徐凌云觉得，活动课是给他开开心窍了，显然，吴诚是处在激动之中。

吴诚说："刚才我和校长到初一甲去了一次，初一甲的队员同志们给我提了很多意见，主要是指出我不信任郭老师，看不起郭老师，我过分相信自己等等。我觉得同学们提的很对，所以，高老师指的'不像人'的成分我也有，我真的要好好检查检查自己了，再这样，任错误发展下去，不但同志们看不起我，同学们也不会要我这样的教师了。"

高隽民拍了下吴诚的肩膀，他说："老吴！今天我才听见你说了句痛快话，其实何止你，我们那个人还不都是一身毛病，主要的就是及时检查，勇于纠正，跟自己本身的错误进行斗争，绝不是件简单的事。"

王以祥说："是嘛！我们还都不够完整，都有毛病，为了祖国的明天，为了可爱的第二代，互相帮助吧！"

吃饭的铃声响了，大家去吃饭了。徐凌云从书包里把高武的信拿出来，预备给王以祥。王以祥在洗脸架前洗手，也许是需要洗手，也许是在等候着徐凌云。屋子里只有他们两个人了。

徐凌云说："校长！队部里有合理化建议提给学校。"王以祥一边擦手一边问："什么内容？"

徐凌云说："我还没有看，我可以看吗？"

王以祥说："队部的建议，你有资格看，看吧！"徐凌云从信封中把建议拿出来，看着。

王以祥说："讲的什么？"

徐凌云说："关于教导主任的问题。"

王以祥说："提的郭文是不是？"

徐凌云点了点头。

王以祥说："从这星期一开始，提郭文的人真多，也有人提你。"

徐凌云说："也有人提我吗？"她笑了。

王以祥说："你的意见呢？"

徐凌云说："我赞成郭文。我觉得我不能胜任。"

王以祥说："我也这样想，我觉得你应该再锻炼一个时期，我希望你能作郭文的副职。"

徐凌云说："为什么呢？"

王以祥说："你可以多想些办法，帮助他，前天，在区党委，我又谈到了这个问题，党委同意我的意见。"

徐凌云不说这个问题，却说："吃饭去吧！一会，人家都吃完了。"

王以祥说："我想，咱们回你家里去吃晚饭好不好。"

徐凌云说："家里顶多是豆腐、白菜，没法招待你。"

王以祥说："我还用你像客人一样地招待吗？"

徐凌云说："你要去，就去吧！现在走吗，你是不是还有事？"

王以祥说"没有事了，我想跟你好好谈谈。你不知道我心里多兴奋，郭文的进一步提高，就是整个学校的提高，尤其是你……"王以祥直视着徐凌云的紫葡萄一样的眼睛，无限热情地说："你在郭文的进步中，给予他很大的帮助，我代表全校的教师和同学们感谢你。"

王以祥的眼光像火一样，使得徐凌云的心燃烧起来了。她的兴奋与快乐，原来是蕴藏在心里，这次爆发出来了。她本来觉得只有和王以祥促膝长谈，才能述说出她心中的最大欢乐。但是，她不敢约王以祥，她怕他有事。当她知道王以祥正是跟她有着同样的感情的时候，她觉到了说不出的安慰。

徐凌云说："咱们走吧！孩子们会高兴我这么早回家的。"两个人双双从学校里走出来。虽然两个人这样从学校中出来，已经不止一次了，但徐凌云却觉得今天完全不同于以往，她觉得，她不但是回家，而且是回到她和王以祥两个人共住的家里去。从今天起，她的家庭生活，一定会更加丰富多彩吧！

在一家水果店里，王以祥买了刚刚上市的桃子、梨和脆枣。徐凌云说："为什么买这么多东西？"

王以祥说："让孩子们多跟我接近一些，让她们像尊敬你、爱你那样来对待我。第一次见，我愿意尽可能使她们满意，使她们觉得，我这个爸爸还够资格。"

王以祥说着，脸无缘由红了，徐凌云第一次看见他羞红了脸。

徐凌云没说什么，只幸福地微笑着。两个人分提着沉甸甸的水果包，回家去了。

我和我的爱人

署名：刘遐

原刊《上海新民报晚刊》
1953 年 4 月 9 日 -17 日

一 我这半辈子

我是一个文艺工作者，担任农村中的摄影工作。我们机关里出的农民画报，又是国内唯一的大型的农民画报。我的摄影创作，经常在画报上发表，所以，我自信工作得满不错。自己也肯努力，无论是摄影技术，无论是文艺理论，每天都在钻研，以求不断地提高自己。

只是，有一件事老不称我的心，就是我跟我的爱人爱花不对脾气，我老瞧她不顺眼。论起我们结婚的年头也不少了，有了一个儿子和一个女儿。按理说，爱花也生得满漂亮，家里的事情也处理得有条有理，只是，我觉得她没念过书，不懂文学，不懂艺术。跟我这个艺术专科学校出身的大学生作配偶，实在是相差太远。

我也有过跟她离婚的打算。第一次提出，遭到我的母亲的强烈反对。因为我母亲觉得：一来，这是娃娃亲，我家和她家，原是为"两好合一好"才给我们订了亲的，不能伤了我们两家三代相交的情谊。二来，爱花家虽说是住在乡下，家里头的日子可过得挺殷实，在我父亲失业而死，我们一家子眼瞧着要挨饿的时候，受过我岳父的接济。三来，我们结婚之后，爱花是做饭、缝衣，没有一件做得不好，甚至连我的衬衫都能仿着外面买来的衣衫样缝新的；这样的巧媳妇实在是千中拣一，说什么也不能推出门去。因此，我第一次提出跟爱花离婚的事就作了罢论。第二次，我又提出了离婚，那是在日本投降以后，国民党反动派统治时代。那时候，我这个穷酸的大学生，要有名气的亲戚没有，要有地位的同学也没有，自己学的这一套又是阔佬们最看不起的艺术，所以，只勉强混了个文书的小职位。每月入不敷出，一家人连窝窝头也吃不上，逼得我母亲只好带了爱花和我妹妹，搬回老家去种那仅有的四亩地，暂时对付活着。我一个人留在城里，每天心烦意乱，不去追究那个黑暗社会给予劳苦大众的迫害，和使得像我这样的青年悲观失望的根本原因，反倒觉得是我不幸的婚姻害了我，如果爱花是个懂文学、懂艺术，是一个有"灵魂"的女人，她一定能诱引着我的创作获得灵感，使我一举成名，成为艺坛上的"骄子"。只要我成名，什么生活问题，什么地位、名誉问题，不就完全解决了吗！我一个人闷在一间又黑又小的公寓里，脑子里幻想着我的画挂在展览室的墙壁上，有许多人在欣赏，在订购。并且，在这展览室中招待顾客的，是一位如花似玉、出口成章的女人。当然，这个女人绝不是爱花。我把为生活煎熬得无路可走的怨气都出在爱花身上，仿佛我这一身霉气都是因她一人而起。因之，我又提出了离婚。

这次，不是我母亲反对，而是我自己狠狠地打了自己的嘴巴：话说出口来，没法子收回去。事情是这样的：我把要离婚的信寄给爱花之后，没几天，就接到了妹妹的来信。信里写着，爱花对离婚的事没意见，爱花只是说，我既然看不起她，觉得她配不上我，她也不强求。爱花的意见之外，是妹妹用母亲的口气写的。母亲的口气很和婉，不像我第一次提出离婚时那样发脾气，可是这和婉的话，却比发脾气还使我难堪，使我无地自容。母亲说，她现在正病着，妹妹从小生长在城里，根本做不好庄稼活，所以家里的生产就只靠爱花一个人来做；爱花的哥哥也时常来帮忙，牲口也是用的爱花娘家的。我既然要离婚，也行，就是要我把母亲、妹妹、和我的四岁的儿子接到城里来。乡下生活也实在难过，今天保长要捐，明天甲长要税，就老太太一个人带着爱花和妹妹两个年轻女人，又常有不三不四的人们去捣麻烦，所以，能搬回城里也罢。既然我一定认为是爱花带累着我挨穷受苦，母亲也不能强迫我留下爱花。

母亲的要求是对的，我能跟爱花离婚，可不能扔掉自己的亲娘呀！当然我也说不出不要妹妹和儿子的话来。当时我的收入是，连我一个人还吃不饱，再接母亲、妹妹和儿子来，就只有大家喝西北风了。可是在乡下的一家子，离了爱花又不行。我要坚持离婚，不给乡下的一家子想办法，根本不对。无可奈何，我只好来个不了了之，不管乡下那一伙人。事实上，乡下的一家也实在等于跟我没有关系了，我就没在经济上帮助过她们一分一毫。那一家子的老的、小的，就全倚靠着爱花的两只手吃饭。一想起，我这堂堂的大学生，反倒倚靠着妻子来替自己扶养母亲，实在觉得脸上无光。有这么个难题一挡，离婚问题自然也就无形中搁浅了。

我的家乡是先解放的，有一个时期，我跟家里连信件的联系也中断了。到北京解放，我到现在的工作岗位上来了之后，我才又接到了家里的来信。由信中我知道了家乡解放后的情形：妹妹和爱花都参加了乡村中的工作，妹妹因为念过六年小学，在我们乡里算是数一数二的知识分子，在工作组的培养之下，已经做了当地的区干部。爱花因为生产积极，也作了乡里的妇女主任。岳父家定的是中农成分，爱花的哥哥也参加了村里的工作。

解放后，我的思想很混乱过一个时期，像我这样长期受着资产阶级的艺术观统治的人，一时间，自然理解不到艺术与人生的关系，也就更谈不到艺术为人民服务了。感谢党，在理论上在创作中帮助我、指引我。在我思想混乱的时候，帮助我分析、澄清；在我工作感到困难的时候，告诉我克服的方法；并且派我到农村去体验生活，改造自己。

解放后的第二年，也就是去年，因为长时期在农村中工作，接近了先进的农民，我发现了我从来没有意识到的农民们的许多优点，他们忘我的劳动热忱感动了我。我不但不再鄙视农民，而觉得农民是自己最亲密的朋友了。

在农村中工作，每接触到妇女们，特别是接触到妇女干部的时候，我便不由自己地想起了爱花。我决心把爱花和母亲接到城里来。我的工资，经过两年来的调整，不但我一个人用不完，就是一家人生活，也毫无问题了。

爱花带着孩子来了，母亲跟妹妹仍旧留在乡下。因为妹妹的工作离不开，母亲不愿留妹妹一个人在乡下，就暂时跟妹妹住在那儿了。

爱花来了之后，我们虽说是结婚这么多年了，两个人过小日子还是头一次，我们简单地布置了自己的小家，两个人一块生活起来了。年底又添了我的小女儿。

当然，我已经根本没有跟爱花离婚的念头了。但是没有离婚的念头，不等于承认爱花能够跟我完全相配。也可以说是出自一种义务观点的概念吧！我觉得，我是个搞农民工作的革命干部，当然说不出轻视农民出身的爱人的话来，同时，爱花这几年照顾老的、抚养小的，也委实不容易，就人情来讲，我也不能无故把爱花抛弃。

　　在我这样错误思想的支配之下，我们的家庭自然没有什么快乐可言。一切都像例行公事一样：早晨起来，我吃了早饭上班；晚上，下班回来吃晚饭；晚饭后，我往床上一躺，爱看书就看会儿书，心里痛快的时候，也抱抱我的小女儿，不然，就是一个人去看电影、逛大街。自从机关里组织了文娱小组之后，在文娱小组里，弹弹琴、跳跳舞，有时再哼上两句改革的京剧，日子不知不觉地就过去了。

　　当机关里演电影或者有其他集体活动，招待家属的时候，有很多同志劝我把爱花带到机关里玩玩。我脸上虽是笑着答应，心里却暗自说：她还配参加机关里的晚会哪！一点艺术修养都没有，她能看得懂电影吗？跳舞，那就更不用提了。

　　生活提高了，同志们你添大衣，我买皮鞋，添手表，买钢笔，希望的东西就能买到手。我因为一个人要负担四口人的生活费，自然就比别人的手头紧了一些。看见机关里夫妻两个人一块工作，同出同入，你帮我、我帮你的情形，我打心眼往外羡慕。可是，一想到爱花，就像心头浇了一盆冷水一样。日子一长，两个人刚刚单独过小日子的新鲜劲一过去，我觉得跟爱花生活在一起就是负担。有了这么个想法之后，总觉得爱花不顺眼，特别是在工作中受到批评，被领导同志指出创作中的非无产阶级的表现方法，而自己又一时绕不过弯来，产生了抵抗情绪的时候，更觉得爱花无知得讨厌，一点也帮助不了自己。

三　老王启示了我

　　贯彻婚姻法运动开始，我们机关里也布置了婚姻法的学习。学习一开始的时候，我还觉得自己满有理，第一，我认为我很对得起爱花，也就是我真正体会了婚姻法的精神；因为我不但没有虐待过她，没打过也没骂过，还主动地把父母包办的婚姻搞好，从乡下把爱花接到城里来，履行了同居的义务。第二，家里的经济开支，我从来没有鸡毛蒜皮地跟她算小账，她说今天吃菠菜，就吃菠菜；她说吃韭菜，就吃韭菜。顶多做的不好，我不爱吃，可是我绝没限制过她的买菜自由。婚姻法对已婚的人们说来，也不过是家庭民主、和睦，这两项我都做到了。所以，我认为我是满有理的。

在我们学习的文件中，有一篇是邓颖超同志写的，题目是"学习苏联人民崇高的共产主义道德品质"。文中所指的道德是有关劳动、爱情、婚姻和家庭等方面的。这一个文件用具体的事例说明了苏联人对劳动、爱情以及家庭的共产主义的道德观。文章写得很生动，例子也举得特别恰当。我被这篇文章所描绘的苏联人民幸福的家庭生活迷住了。更因为自己家庭生活的不圆满，也越加觉到了苏联人的幸福家庭的惹人羡慕。那天，讨论完文件，我一个人正在咀嚼着这个报告中引用的诗人史杰潘·施企巴乔夫的美丽的诗句的时候，党支部书记老王来找我闲谈了。

我对老王的感情，用一句北方人常说的话来代表，就是："没什么说的！"这句俗话包含的意思是这样：佩服而且敬仰这个人，觉得这个人已经到了完整无缺的境界，这种佩服和敬仰，是从心里发出的，绝不是泛泛一论，为应付人而说起的。

三年来，论起老王对我的帮助，真的是屈指难数，我几乎没有一件工作不是在他的影响和帮助下作起来的。甚至我拍摄的那些比较像样的照片，每张都受到过他的启示。所以，正在我们学完了婚姻法的文件，老王来找我闲谈，我的心，可就制止不住咚咚地跳起来了。我自然而然地立刻就联想到了自己的家庭问题。一向我虽然觉得自己满有理，这会儿不知为什么心虚起来了。老王坐在我的对面，我连对老王看也不敢看了，我真怕他那双闪闪发光的眼睛，我觉得，老王已经看穿了我，已经知道我一向看不起爱花的底细了。

老王手里也拿着一份邓颖超同志的报告文件，他像平日一样的和蔼又安详。他像平日一样，把头上的帽子向后一推，我知道这是老王要开始说话的信号，我不由自已地嘀咕着："我的好老王！你可别先批评我，让我捉摸捉摸滋味，看我到底是不是对爱花不好，等我回过味来，你再来帮助我。"

老王开口了，他读者史杰潘·施企巴乔夫的诗：

"爱情必须双方珍惜，随着年代岁月。

恋爱不是长板凳上的叹息，也不是月下花前的散步。

有泥泞，也有雨雪——既然得一辈子共同生活。

恋爱仿佛一首美好的歌，可是好歌却不容易谱写成功的。"

老王读完了，问我："你觉得这首诗怎么样？"

我说："当然很好！"

老王说："你觉得哪句最好？"

我说："这个！我一时还选不出来，我认为每一句都很好。"

老王说："对，是每一句都很好。我觉得特别值得咀嚼的是'双方珍惜'这四个字，虽然仅仅是四个字，就说明了两个人对爱情的观点和具体行动。要珍惜，老刘！要珍惜，而是要双方珍惜。不简单呀，只有在双方珍惜之中，真挚的持久的爱情才能成长巩固。同时，要珍惜，就必须互相了解，不仅是一知半解的了解，而是全面的了解。只有全面了解之后，才能逐渐获得思想、观点的一致，才能考验双方在共同劳动中的帮助和鼓舞，才能认真考虑到家庭的未来和孩子的问题。"

老王的话，自然而然地打动了我的心。本来，我在读完了报告之后，我已经有所感触了。我想，把要求退到最低限度上来看，至少我对爱花是从来没有帮助过她的。我只是抱怨她没有文化，抱怨她不能理解艺术。仔细检查起来，只抱怨而不帮助，这就是我的不对。

我这样沉思着，老王的闪闪发光的眼睛早在我脸上不知道转了多少圈了，一定的，他已经看穿了我的心。我的脸不知不觉地红起来了，而且一直红到耳根，我很怕老王再说一句什么，就是老王批评我对爱花帮助不够，我也接受不了。我想，这不是工作，这是个人问题，关于我和爱花，最好是让我自己来处理。

老王正要说话，服务员同志来找他，说有电话来了。老王去接电话，我把文具收拾好，赶紧抬腿往家走。将走出大门，老王从里面追了出来，他把手里拿的一张照片递给我，那是我前一天在北京近郊拍的，内容是表现一个积极工作的女村长正向群众讲解婚姻法。

老王说："老刘！这张照片，我们都觉得不太好。究竟不好在那里，编辑同志和我都想请你自己分析一下，这样内容的照片，以后还要拍一些，所以，我们想请你先好好地研究研究这张。"

我把照片接过来，一边说："好的，我分析分析看。"

老王看了我一眼，意味深长地说："你最好请你的爱人给这张照片多提些意见，她不是做过一阵子村里的工作吗？她的意见是应该得到我们的重视的。"

我答应着，就跟老王分手，他回机关，我就回家了。

三 这才真正认识了她

一路上，我心里翻来覆去转着的就是老王说的那几句话。对，表现农村中的妇女工作干部，应该尊重像爱花这样本身就做过乡村工作的女同志的意见。我一向嚷着深入农村，要叫自己的作品去跟广大的农民群众见面，要征求群众的意见。可是，对身旁朝夕相处的这个农民群众却总是熟视无睹。

我到家，爱花早把晚饭预备好了。饭锅在火边靠着，她正抱着小女儿，在院子里看儿子拍皮球。小女儿在爱花的怀中跳跃着咿呀学话，那个天真的小样儿真叫人喜欢。儿子穿着干净的蓝布衫，故意拾不着皮球，又故意装着跌倒了，来逗引小妹妹。引得小女儿咯咯、咯咯，笑得跟小鸽子一样。这真是一双逗人喜爱的孩子，特别是儿子故意一滑一跌的动作，显出了他的机智和灵敏。说这样可爱的孩子是个无知识的母亲一手教养起来的，谁也不会相信。

爱花娘三个看见我进院，都迎了上来。儿子把皮球装在口袋里，退在一边，规规矩矩地瞧着我，好像瞧个陌生的客人一样。小女儿根本不瞧我的脸，在妈妈的肩上转过来，转过去，寻找自己的小哥哥。

儿子和女儿总是跟我不大亲近。有时候，在我工作闲暇的时候，干脆说我心情愉快的时候吧，要跟儿子女儿亲热亲热，把两个孩子拉到我身边来的时候，儿子总是显得很局促，一句话都不说，非得我问起什么才回答。女儿就根本不要我抱，我勉强从她妈妈怀里抱过来，她瞧着我，竟会委屈得哭起来，闹得我觉得索然无味。这情形一长，我索性不再抱她，连带也不大理会儿子了。

可是，今天，孩子们跟我疏远的情形却特别刺伤了我的心。为什么孩子们跟我不像跟爱花那样亲密呢？我觉得我非常爱我的孩子，并且相信我爱孩子的心正像爱花对孩子们的心一样。要照我这样说来，孩子跟我疏远，不是我不好，而是孩子们不能体会到我对他们的父亲之爱了。这个逻辑实在是有点说不出口，作父亲的不能叫儿子和女儿感到自己对他们的慈爱，反而要孩子来体会吗？孩子是最现实的，也是最简单的，他感觉到好，就是好，感觉到不好，就是不好，一点虚假都没有。所以，孩子对我的疏远，正是我对他们不关心的反映。我主观上认为非常爱他们，客观事实是我并没表现出是怎样爱他们。对这个分歧我应该怎样来看待呢？

我对爱花是不是也是如此呢？毫无疑问，也正是如此。那么，我在家庭中所感觉到的寂寞，在爱情中感到的不满足，也正是由我一手造成的吧！老王特别指出要双方珍惜，我在家庭和夫妻的爱情中曾经怎样珍惜过呢。

我这样想着，心里像倒翻了五味瓶一样，也不知是个什么滋味。我照例坐在方桌面前等吃饭，爱花为我盛菜端饭，儿子笨拙地用双手抱着小妹妹，坐在床前的小板凳上，眼睛光闪闪地瞧着我。

爱花为我忙着，儿子怕小妹妹跌痛了，又怕妈妈不能好好做事情，虽然他还抱不好小妹妹，他也这样做了。这一家人，都在为我而忙碌，我一个人，抄着手坐在那里，这算是什么样子呢？

晚上，孩子们睡下之后，爱花坐在灯下给儿子缝衣服。我坐在她的对面，想找些话跟她谈谈，心里却乱得跟一团麻一样，实在想不出说什么好。要说跟她赔赔礼吧，又是师出无名，因为表面上我也没什么对不起她的。要说检讨我这些年来的大男子思想吧，一时也找不出适当的例子来，说的不明不白，也许把爱花闹糊涂了，不明白我究竟是怎么回事呢！

我想起老王交给我的照片来了。对，我就征求一下爱花的意见，也可以藉机会深入地了解她一下。老王不是说：只有深刻的了解，才能产生持久和巩固的爱情吗！

我拿起我的公事包，叫了爱花一声。

爱花说："要看电影去吗？"

我说："不是。你来看看这张照片好不好？"

我把那张照片递给她。她就着灯，翻来覆去地看了半天，就问我："你叫我看什么呢？我也看不出好坏来。"

我说："你看看这些人是在干什么呢？"

爱花说："我看像是开会吧。可是说话这个人不像咱乡里的干部那样，你看她，不坐在老乡中间，反倒一个人坐在条板凳上，好像为的要显出她是干部，跟老乡们不一样似的。我们当初在乡下开会的时候，特别是开妇女会，大家聚在一块，恨不能把心掏出来给别人看看，真是亲热极了。当干部的总是坐在人们中间，大家团团地围着她，绝没有干部一个人孤单单地坐在一边的事。"

爱花的话还没有说完，我的脸可就热上来了。爱花说的情形一点都不错。原来那一群开会的女同志是把村长团团围着来的，我因为那样不好拍，同时村长本人也不突出，才特意这样布置了一下的。我主观认为，这样才能着重地表现村长，谁知正像爱花所说的一样，却把会场饱满的气氛冲淡了，也把村长这个积极人物孤立了。老王他们所不满意的，也正是这一点吧！

我心里头也像脸上一样地发起热来了。我觉得爱花的意见很中肯，正一针刺在我的痛处，如果我每次都能这样征求爱花对我创作的意见，我一定会得到进一步的提高。爱花不正是我所企图表现的人们之中的一员吗？爱花过去在村中努力工作所得到的好评，我并不是不知道，我有什么理由忽视一个基本群众的意见呢！我又有什么理由看不起爱花呢！要是有作为理由的东西，也只是我那破了产的、资产阶级脱离实际的艺术观罢了。

我不由自已地走过去，挨在爱花身边。我从来没有这样用平等的心情贴近过爱花，也从来没有这样珍贵地感觉到爱花在我们共同生活中的意义。到我的前胸贴着了她的后背，我能够感觉到她的均匀的呼吸的时候，我的心，发狂一样地跳着，我感到了像初恋一样的甜蜜。

爱花也感觉到了我不同寻常的感情。她做针线的手轻微地颤动着，脸上出现了可爱的红晕。而且，突然，她的针不是刺在布上，而是刺在手指上了。

我拿开了她正在做着的儿子的衣衫，用我所有的力量拥抱了她。

爱花挣脱开我的双臂，很轻捷地闪到窗前去。我也追到窗前。屋外，好亮的月光，含苞欲放的榆叶梅，亭亭地立在月光之中。

爱花说："你看！榆叶梅要开了。"

我说："嗯！"我把手搭在她的肩上，轻轻挨近了她。这样，沉默了一会儿。

爱花说："我告诉你，我活了这么些年，老没觉得花好看，没觉得花香过。那年咱家土地改革以后，把欺侮咱爹、讹诈了咱家一条牛的恶霸刘永清斗倒的那天，我们几个女人，搭伴从会场往家走。其中二姐被刘永清强奸过，李家大婶的儿子被刘永清抓去当了兵。斗倒了刘永清，大家心里真是说不出来的快乐。走着，天眼瞧着黑下来了，忽然二姐说：'好香！好香！'我们爬上了眼前的小土山一看，山岭上山坳里开满了桃花、杏花，还有梨花。我们几个人像第一次看见花一样，跑到树前面，用鼻子闻着花香，手里握着那软软的花枝，怎么也舍不得走开。直到月亮上来老高，还是我想起了家里的孩子，才催促着大家回了家的。"

爱花讲着，我的眼前浮现了家乡的可爱的景象。家乡的花，自然不是土地改革以后才有，只是，那些花从前跟我们劳动人民无缘就是了。爱花她们在斗倒了恶霸之后，特别感到了花的可爱，也正在人情之中。可是，当时要是换了多愁善感的我，换了一肚子牢骚、一肚子资产阶级的腐朽的感情的我，可就未必那样强烈地感到花的可爱了吧！我所缺少的，正是爱花这样强烈的阶级界限分明的感情，而我的创作，正是应该生根在这种感情之上。我有什么理由说爱花不能在工作中帮助我呢！

我说："爱花！今天的花也好看吗？"

爱花不回答我。过一会，她转过身来看着我的脸。我看见爱花的眼中有泪光在闪动。爱花说："今天的花跟那天晚上一样好看！"说完，两颗泪珠儿从她的眼中双双地坠了下来。她把头埋在我的前胸，制止不住地呜咽起来了。她说："这么些年了，你今天才跟我说了知心话。"

我搬起爱花的脸，用我灼热的双唇吮去爱花的眼泪。我说："爱花！都是我不好，你受委屈了。"

四　我的甜蜜的家庭

我拿了爱花提过意见的照片去还给老王，并且按照爱花指出的缺点，叙述了我的意见。

老王照样安详和蔼地看着我，我察觉到他的眼中隐藏有促狭的神色，老王说："是你的意见呢！还是……"

我只笑了一下，没说什么，心里却说：我的好老王呀！别这样明察秋毫了，我认识了自己的错误不就行了吗？你不知道，这样真正建筑在互相了解、互相珍重上的两性爱情，已经以它的魅力征服了我。我已经懂得真正爱情的价值了。

老王说："你的意见非常好，正是我们要向你提出的那几点。希望你记着这张照片给你的帮助，永远记住。"

老王亲热地在我肩上拍了一下，我很明白他话中的双关意义，我说："老王！你放心吧！我懂得什么是珍惜了。"

老王爽朗地笑起来了，他又重重地拍了我的肩头一下，笑着走开了。

我把我近一个时期拍的照片、画的素描都装在公事包里，预备带回家去给爱花看。我情绪饱满地工作了一天，一想到爱花，心里就升起了甜丝丝的感觉。

下班了，我两步并一步地往家走。到家，看见爱花穿着蓝地红格子的新夹袄，系着雪白的围裙，笑容满面地正在煎鱼。儿子坐在台阶上，身下铺了一块席子，正用一张花纸在哄着坐在他身旁的小妹妹。

小妹妹打了一个喷嚏，流出了鼻涕。儿子不会给妹妹擦鼻涕，喊起妈妈来了。

爱花说："叫爸爸给擦！"

儿子瞧着我，犹疑着不敢开口。

爱花说："叫吧！爸爸会擦，跟妈妈一样会擦。"

儿子在妈妈的鼓励下，喊我了："爸爸！给小妹揩鼻涕。"我掏出手帕来，把女儿的鼻涕擦干净。女儿看见是我，爬过去就向哥哥的怀里躲。我拿起儿子刚拿着的花纸，横着往嘴上一捂，把花纸吹得呜呜响。小女儿不爬了，回身到我嘴边来抢花纸，儿子也拍手笑起来了。

我趁势抱起了小女儿，一手拉了儿子，告诉爱花："我带他们买糖去。"

我带着孩子们出了门，爱花在身后叮咛着："快回来！菜就好了。"

什么才是爱情

署名：瑞芝

原刊《上海新民报晚刊》
1953 年 7 月 15 日—9 月 16 日

　　政府发出了技术人员归队的号召以后，虽然只有两年学农的学历，杨喜春也被调到农业部门中工作来了。刚一决定调工作的时候，喜春的心是忐忑不安的。她很明白自己，在殖民地大学里的两年农业课程，她所学到的，是反动的摩尔根农学观点，是无限制地剥削地力和无限制地剥削农民，来供给地主兼资本家的统治阶级享受。论到农业技术，她所学到的，连农作物的种类也是按美国的标准来分类的。无限制地剥削地力和美国的农作物分类标准，和今天新中国的农业之间，是有着怎样的距离啊！用那样破了产的农业科学来为今天新中国的农业服务，真是缘木求鱼，当然也就难怪喜春不安了。

　　新的工作岗位，是农业宣传机构，自成为一个独立的单位，受农业部门领导，为广大农民出版小册子，挂图，连环画册等等。关于农业科学方面，有各科专家可以随时去请教，可是在做为宣传工作的文艺表现方面，却只能由自己来掌握。所以，在这个单位中工作的人员，除了一定程度的农业知识以外，还要具备一定程度的文艺修养，领导上调喜春到这里工作的主要原因，是因为在文艺修养方面，喜春已经达到了一定深度的缘故。同时，喜春对待学习的态度，是严肃又刻苦的，这就为她学习农业知识，准备了一定的条件。

这样，喜春就怀着忐忑又兴奋的心情到农业出版社上班来了。新工作岗位最使她满意的，是有机会去接近农民，她想象着和农民生活在一起的快乐，在和农民相处的日子里，喜春想，她这个旧知识分子，可以改造得更彻底一些。她巴不得早一天跑到农村去，跟农民们作好朋友，亲身去体验在农村中那些翻天覆地的变化，和农民分享这些翻天覆地的变化所给予的幸福与快乐。

喜春被派到编辑室里担任编辑工作，编小册子、挂图和连环画册等等。这些小册子等包含的内容是多种多样的，有农村中的合作互助问题，有农民的生产先进经验，有各种作物的栽培方法，有怎样防止家畜传染病，和怎样对待农作物的病虫害等等。在形式方面：有用文字的，有用照相的，有用画图的，也有图文兼有的。要求的标准是图文并茂，深入浅出，帮助农民解决在生产实践中所遇到的各种问题。

编辑室中一共有十四个人，有担任摄影的，有担任作画的，担任正式编辑的却只有喜春一个人，编辑长余英林也兼做一些编辑工作，有几位摄影同志也兼做些编辑工作，但也只限于兼做而已。这情形使得喜春觉得自己的责任又无形中加重了。她小心翼翼的，用廿六岁的年轻的心，接受着新工作中的一切，并且用最大的努力在工作中学习，希望自己很快就在工作中成长起来，成为对新鲜事物有敏锐感觉的农业宣传员。

一九四七年，正在大学里上着学的杨喜春，因为好朋友江爱华的被迫离校，连累受到学校当局的恐怖待遇。另一方面，也因为困难的家庭实在负担不起她上大学的费用，杨喜春忍痛丢弃了想成为农学家的理想，丢弃了一直梦想着从农业上的富强来改换中国面貌的志愿，离开了读了两年农业课程的学校，而以国文教员的身份在一家私立中学教起书来了。

这家私立中学，在当时和以往的北京是负有相当盛名的。原因是这家中学用一种尼姑式的清净来教导女孩子们，又用一种美国电影中流行的所谓文艺典型的英语来教导女孩子们。从这家学校毕业的姑娘们，成绩优良的，往往做了外交官的老婆，既温顺优雅，又外圆内方，说得好一口英国话。

喜春能够到这家贵族的学校来任教，她自己以为是靠了同学王蕙的力量，实际上，学校里的董事长李凌，在王蕙刚一把喜春介绍给他，他第一眼就看重了这个姑娘的美丽，他把喜春安置在学校中之后，又看重了喜春的灵敏。在李凌的帐帷之中，正少这样一位如花似玉、能写会算的女秘书。于是这位有财有势的董事长，就为这位可怜的大学生准备好了网子，企图把这条鲜鱼网上来，做成美味的佳肴，来娱乐自己。

一九四七——一九四八年，在北京是不平凡的两年，北京的学生们掀起了反美抗暴运动，抗议美军侮辱沈崇，和伟大的反内战运动。杨喜春以年轻的热爱祖国的心，迎接了这一切运动，在那传统清静无为的学校里，传播着反帝、要求民主、反内战的思想。她和进步的学生一块，热情地投入了这些运动之中。

这当然使得董事长震怒了，他从对喜春的利诱转到威逼，这位刚刚自食其力的姑娘被迫失业，又莫名其妙的复业，像穿在线上的木头人一样，被董事长牵过来拉过去地捉弄着。这位董事长相信，凭他的力量，足可以使这位美丽的姑娘就范，因此，在好朋友们一个又一个莫名其妙地失踪之后，喜春仍然能够留下来，在饥饿与恐怖交替的威胁中生活着。

霹雳一声，北京解放了，董事长没来得及对这个倔强的姑娘下最后的毒手，就夹着尾巴逃掉了。喜春和一切饱经迫害的人们一样，立刻从心底体会到了解放的幸福，学校被接收了，派来了新的校长，一切都改变了，从学校的形式到教学内容，都在彻底地改变着。

一九四九年十月一日，新中国成立了，当喜春和自己年轻的学生们站在天安门广场上，听着毛主席宣读开国文告，听到"中国人民站起来了"的时候，她怎样也抑制不住自己的眼泪了。她曾经把母亲珍藏了三十年的、母亲结婚时候的喜绫做了旗子，拿着去欢迎入城的解放军，拿着去游行，在开国典礼的这一天晚上，她把这面红旗钉在自己床前的墙壁上，在旗的下面，放满了盛开着的矢车菊。看着旗和花，喜春又一次流泪了，不是欣喜，也说不上是感伤，应该说是一种深沉的忆念。她想起了江爱华，那个从高中就同学，从高中起两个人就相爱着的江爱华。他是被迫出走的，如今，他应该在什么地方呢？爱华是不是知道，喜春也是以万分欣愉的心境来迎接开国盛典的呢？

学校在新校长顾明的领导下，很快就成为在北京数一数二的好学校了。在工作实践中，喜春和其他同志一样，经历着痛苦的思想改造过程，无论在什么工作中，喜春总是敏于接受，又勇于改正，她很快就成为校长的得力助手，在学生中获得很高的威信，成为同学们爱戴的教员了。她一直教着书，三年像一眨眼一样就过去了，根据顾明的同意，她被调到农业出版社来工作了。

到农业出版社上班没有几天，喜春就和一个名叫王珍的女同志谈得很融洽了。王珍已经过了三十岁，在这个机构里管理图书。人很沉默，总是不多言不多语的。喜春体会到王珍可爱，是由于喜春到图书室中去借书，喜春发现，王珍不但把书籍管理得井井有条，而且对所有书籍的内容，也都有一定程度的了解。当你向她借书的时候，除了你所要借的那一本之外，王珍还会主动地介绍给你，那几本书和这本书的内容有关系，那几本书的内容和这本书相同，可供参考。她对她管理的书籍，熟悉得惊人。因此，爱开玩笑的年轻的同志们管她叫"活目录"，她默默地承认了这个绰号，没有反驳过一次。

在管理书籍的余暇，王珍主动地要求作抄写工作。她也是属于编辑室中的，编辑室里的抄写工作原本很忙，她这样一要求，抄写工作就像雪片一样地飞落到她的头上来。特别是抄写员小李，总爱把工作往王珍头上推。小李人年轻，嘴会说，一天到晚东喳喳，西叫叫，领导喜欢她，同志们也爱跟她说说笑话，王珍做的抄写工作，结果都变成小李做的了。对这一切，王珍也不说什么，只是辛勤地工作着，尽一切可能辛勤地工作着。

喜春一跟王珍接近，就为她辛勤的工作作风感动了。当喜春知道王珍的待遇还不如小李，而王珍又单独负责一个七口之家的时候，喜春更觉得王珍可爱了；同时，也为王珍所得的待遇抱不平。她认为，而事实也是这样，王珍的确工作得比小李好，她应该比小李多得酬报。

可是因为自己刚刚来到这里，了解这机构中的情况还不够详细，她把这样的意见藏在心里了。

另一个跟喜春很快谈拢了的是美术工作人员小周。这是一个跟喜春年纪相仿的小伙子，刚从大学毕业出来，有小伙子们的冒失，说话尖刻，不给人留情面，正义感强，他认为对的事，就坚持到底，会跟人争辩到脸红脖子粗；但只要你据理说服了他，他就会心平气和地听从你。他是搞画的，他对待他的画是严肃的，左一次右一次地征求别人的意见，人家的好意见，他总是听从，而且尽量修改他的作品。喜春觉得小周的倔强，正是小周的可爱。

有一天吃过午饭，编辑室里只有小周和喜春，喜春就把王珍的事提了出来。喜春是由王珍吃窝头的话谈起的，喜春还没说几句，小周就说了，而且说的直截了当。小周说："你刚来不知道，咱们这里有些不平的事，你慢慢就会看得见。王珍，咱们大家都说她好，可是领导上认为她政治不开展，人像木头，不如小李会说。"

喜春说："领导跟群众的看法不应该是对立的。群众看错了，领导有责任帮助纠正；如果领导看错了，领导也应该听从群众的意见，来改正自己。"

小周说："我的好同志，道理谁都会讲，实践就不简单了。这里牵涉到'人'的问题。'人'的问题，你懂吗？"

喜春刚要问小周所说的人的问题究竟何所指的时候，副编辑长原健进来了，他身后还随着小李，还有总务科的张乃容，制作科的王勤，暗室里的钱乃文。这是一群小鸟样的姑娘们，只要碰在一起，就会说笑起没完。

原健冷冷地看了喜春和小周一眼，脸上的颜色不大好看，好像他刚和谁呕过气一样，可是看情形却又不像。小李一见喜春，就嚷开了。小李说："小杨同志！你快加入我们的请愿团，我们正请求老原批准咱们买一只手风琴，一只曼陀铃，好把咱们的业余文娱活跃起来。"

喜春本来就不喜欢小李，听她这样夹七夹八的一说，又摸不清是怎样一回事，就只好笑着说："开展文娱活动，为什么要手风琴和曼陀铃呢？"

小李把双手往怀里一抱，做了个弹琴的样子说："有了曼陀铃，这样叮叮咚咚一弹，咱们大家就和着琴声跳集体舞，你看多好。等咱们把集体舞练好了，天安门的舞会，咱们就可以集体参加了，多好！"

喜春说："我也赞成买。可是这是总务上的事吧？我们应该去找总务科长。"

小李说："你不知道，老原赞成，就等于主任赞成了一半。总务科长也是听主任的，还不如找老原便当。"

原健听小李的话说得不妥当，他慌忙接过来说："小杨，你不知道，咱们机构有一笔福利金结余下来了，主任想给大家添买些文娱用品，小李她们得到了这个消息，就来找我，本来应该去找主任的。"

小周插嘴了说："找您正好，您最能解决问题。"

这句话里，喜春觉得有讽刺的意味，可是，她不明白小周为什么要讽刺原健。看原健，原健正看着自己，脸上有一种怡然自得的神色。原健看着喜春，用着一种半解嘲式的口气说："小杨！你不知道，我就是个'事事管'，'事事伸一手'的人，我不管什么职务、编辑，只要能给同志们解决问题就好，我就干。"

这话又像是针对小周说的了，喜春去看小周，小周却推开门出去了。

四

从一来到新的工作岗位上，喜春就觉到了原健对自己不平常的照顾。原健原是摄影人员，"三反"之后，用主任的话来说：因为对三反打虎工作有卓越的贡献，才被提升为副编辑长的。

原健是胶东老根据地的人，家是贫农，他从小就跟舅舅在外边学照相手艺。所以，在抗日战争的艰苦年代里，在他们一家都在对敌斗争中殉难的时候，他能够一个人留了下来。他是很以他的抗日家庭自豪的。

在工作岗位中原健非常忙，会计同志突击工作的时候，他帮助打算盘，暗室中的机器出毛病的时候，他帮助修理机器，勤务员之间有摩擦的时候，他帮助解决思想问题，编辑室里要买照相机，暗室里要试用新的洗相液的时候，更缺少不了他。主任像左右手一样地依靠着原健，无论什么问题，总是说："问问老原看！"有原健出现，问题才会解决。

喜春一来，原健就把全部情况介绍给她，甚至嘱咐她对编辑长余英林要加小心，原健说："余英林是个自私自利，又自高自大的人，不能对他提出意见，提意见之后，他会想办法报复你。"他又嘱咐喜春，有问题的时候，要先去跟他讲。

喜春在批评了余英林编辑的小册子《土地回家》之后，体会到原健的话是正确的。余英林真的像原健所说的那样：一点批评都承受不了。在《土地回家》中，余英林用了不法地主被枪毙的照片。喜春认为在像《土地回家》这种阐明土改的必要与好处的小册子中，不应该用地主肉身被消灭的照片。因为我们要消灭的是地主那个阶级，而并非个别地主。

地主本人只要罪行不大，没有血债，是可以劳动生产来改变自己的阶级成分的。只要地主好好生产，人民和政府都会欢迎他的。喜春的这个意见提出之后，编辑室中的同志都同意她的意见。就是余英林也很欣然地接受了。可是就在第二天的业务座谈会上，余英林找了许多客观理由，甚至把主任的意见也搬出来，证明在《土地回家》中用不法地主被枪毙的照片是更可以起作用的，余英林的结论是："用这样的照片更可以加强阶级仇恨。"

余英林已经四十岁过了，读过大学，做过国民党时代杂志社的主编，做过电影编剧，是个所谓的高级知识分子。人也正如旧社会的学者一样，有一种蔼然可亲却又相当尊严的风度。

余英林对待喜春，是非常有礼貌的，他也表现得很关切。可是，只要一接触到具体工作，余英林总是躲避着喜春，任何话都不肯讲，甚至喜春提出一个小册子的封面设计问题的时候，余英林也不表示自己的意见，他只是说好，一切都无条件地尊重着喜春。

当然，这不是真正的尊重，只是"不开罪人"的一种手段。喜春留意到，余英林不仅是对自己，就是对其他同志，他也都是这样，从不说长道短，也不说好说坏；工作也不拿主意，一切该解决的，都依靠主任，甚至编辑室的门上需要换把锁，他也要去征求主任的意见，主任说换就换，不换他也不反对。他像一只可怜的刺猬一样，有一定的文化知识，有一定的社会经验，这知识和经验仅仅是为了保护自己时才使用。他蜷缩在自己的长刺中，只要你不妨碍他，不是他认为你挖了他的墙脚，他绝不招惹你。在余英林，只有一件事最要紧，那就是保持一定的尊严，保持一定程度的知识分子的优越，更具体地说，就是用这样的尊严和优越来保持他现在的地位。

喜春不喜欢余英林，她从余英林"是，是，是！好，好，好！"的声调中感到敌意。正因为余英林的暧昧，喜春觉得原健还是比较爽直的。虽然，她也看不惯原健那种事事插一手，显示出只有我姓原的才能解决问题的那种俨然了不起的作风。可是，谈问题的时候，原健总还是该是该非，表示了自己的意见，也肯负一定的责任。在两位领导之间，喜春觉得自己还是接近原健的。因此，一遇到问题，她总是先去找原健。

原健要喜春学习摄影，并且示意她自己主动在编辑室的业务会议上提出来；原健讲了许多摄影工作在他们业务上的重要性。其实，喜春早已这样认识到了，他们所出的画册与挂图，比起画来，农民是更喜欢用照相版的。特别是用劳动模范们的照相所表现的丰产事迹，这种真人真事的画册与挂图，对农民的鼓舞作用更大。

喜春不由得由心里感激着原健，她认为这是领导上对她信任，才这样来培养她。她把她的要求在业务会议上提出之后，余英林照旧不表示自己的意见，他只是征求大家的意见，是不是赞成喜春学习摄影。

屋子里沉默了一会，好像大家忽然都变哑了一样。喜春开始觉得窘了，她意识到自己的要求提的不是时候。她环视着室中的人，十四对眼睛倒有十二对躲避着她，她看到小周的时候，小周用眼睛白了她一眼，扭头看窗外去了。

终于有人说话了，那是陈正清，他同意喜春学习照相。理由是：喜春的文艺水平相当高，看问题也比较尖锐，能够掌握照相技术的话，一定可以给工作带来很大的好处。

喜春还不了解陈正清，那是个很难捉摸的人，你看不出他究竟是好是坏。他的意见，多半是其他两三个人的意见的综合。他的工作表现也很平常，他也是作画的，他的画跟他的人一样，每张都四平八稳，一点感情都没有。喜春再也没有想到，首先赞成她练习摄影的却是陈正清。

陈正清话刚说完，小周用手臂撞了坐在他身边的张宏仁一下，悄悄地说："老张！你听，八哥在叫。"

张宏仁也是摄影人员，像照得相当好；喜春曾经把编辑室人员所拍摄的照片都看过了，比较起来，张宏仁照得最好。无论在表现手法上，在所采取的角度上，张宏仁拍的照片都表现了一定程度的内容：主题明显，画面明朗。

张宏仁听了小周的话，也悄悄地说："你别瞎扯，这儿那里来的八哥。"

小周说："不信你看，就在那儿。"小周手指着陈正清所坐的方向。陈正清背后是一扇敞开着的窗，窗外是一株洋槐树，在青青的嫩叶间，白色的丛生的洋槐花，像星星一样。谁也不知小周指的究竟是陈正清，还是窗外的鸟。可是，陈正清的脸红了一下，原健的大眼睛，也机灵地瞪起来了，脸上冷冷地挂了一层霜。

余英林说："小周！你又淘气，正在开会嘛！"

小周把脖子一缩，一脸正经地说："对！开会。同志们别听我的，我净胡说八道，扰乱大家情绪，就该检讨。"

原健说："你别废话了，你赞成或是不赞成，说嘛？"

小周说："我赞成！我没意见。"

张宏仁说："我赞成杨同志学习摄影。不但是杨同志，咱们编辑室里的同志，谁愿意练习摄影，我都同意。一来，咱们有这样条件，上级替咱们准备了很多的好照相机；二来，咱们业务上又特别需要，现在咱们一编小册子，一编挂图，就感觉到照片太少，若是编辑室中的每一个同志下乡去都能照相，咱们照片资料就可以丰富得多了。照相又不比绘画，没有学画的基础就不能学，所以我希望，从杨同志开始，领导上尽量培养编辑室中的同志练习摄影。"

张宏仁的发言，得到了全场一致的掌声，原健的脸也开朗起来了，他带头鼓着掌。喜春练习摄影的问题，就这样由大家肯定下来了。

五

喜春热中于自己的摄影练习，只要有机会，她就跑到近郊的农村去。原健给予了喜春最大的方便，只要编辑的工作稍有余暇，或是京郊的农村或农场中有材料需要拍照，原健总是派喜春去，又常常自己陪伴着她。

喜春的摄影技术飞快地进展着，她拍摄的照片，有几张已经达到了相当高的水平，在图片展览的时候，得到了吴司长的表扬。一经跟先进的农民接触，一投身到农民们忘我的生产热潮之中，喜春的整个身心都沸腾着，她用她饱经风霜的二十六年的心，接受农民所给予她的纯朴的友谊。她交了好几个好朋友，有农场中的女工，有农业生产合作社中的女社长，有互助组中的骨干。她竭尽自己的智慧帮助她们，给她们讲书，教她们唱歌，帮助她们照看小孩子，介绍给她们简单的医药常识。她也跟她们学习着农业生产上的一切技术，她学习怎样捉害虫，怎样分辨秧苗是不是缺雨。农民们在生产中阔步前进的气魄，农民们实事求是的工作办法，使得喜春逐渐改变了知识分子的狂妄与脱离实际的工作气质。生活在农民的友情中，像鱼儿在水里一样，喜春觉到了无限的自由和愉快。

可是，编辑室中的气氛却越来越使得喜春莫名其妙了。每次从乡下回来，在她热切地盼望大家对她这一阶段工作提出批评的时候，总没有人说什么。余英林照例是好，好，好！有时只是为了改换一下提意见的方式，他才提出一点极其表面的，像一个标点符号用的不当，或者一张照相的角度不好等等这些可有可无的意见，小周明显地表现出对喜春的不满，他躲避着喜春，喜春一直没有找到跟他谈一谈的机会。陈正清的意见照例是没有内容，话说的虽然多，可是没有一句能用。

其他同志的意见总是表扬多于批评，无论喜春编的小册子、挂图，照的照片，总是百分之九十是好的。这样没有批评的工作着，也就是自己的意见就是唯一的意见地工作着，喜春觉得手足无措了。解放后，在学校中，在校长顾明的正确领导下，她习惯于争辩的生活，一个问题，一件工作，越是分歧的意见多，越是大家争辩得厉害，才解决得越彻底，解决了之后也更愉快。她怀恋起学校的生活来了，她不晓得怎样才能使这里的空气活泼起来；每次从火热的农村回到机关里来的时候，总觉得像突然掉在枯井里一样，又闷气，又别扭。

麦收将近的时候，领导上指示要编辑室中的工作同志分头出去拍摄麦子丰收的照片，两个人一组，全室中有十个同志分五组下去。喜春很盼望自己和张宏仁一组。张宏仁是个胸襟广阔的人，对谁都很热诚，谁有什么问题找到他，他都尽自己的能力帮助解决，他从不计较个人得失。真要找他缺点的话，只是在政治学习上的钻研劲头不够顶大，他只是跟同志们一块在学习，不比谁好，也不比谁坏。是个把任何事都看得平常，在任何事中都能够找到快乐的人。小周管他叫"土地爷"，意思是"有求必应"，这个绰号叫开了，无论男女同志，都把张宏仁叫"土地爷"。

　　分组下乡是可以自愿结组的，不过要得到领导的同意。当喜春提出要跟张宏仁一组的时候，谁都不做声，停了一会，小周说："杨同志！你的话是真是假？"

　　喜春被小周问得窘起来了。她怎么会说假话呢，她的确愿意跟张宏仁一组，和张宏仁一块下去，喜春知道他一定会很好的帮助她。并且，她任何时候也没说过假话，她不会把自己的真意隐藏起来，而挑别人喜欢的话来讲，她曾经为不会说假话受过很大的委屈，她不但自己不肯说假话，就是别人说假话，她也极端鄙弃他，认为这是做人的耻辱。

　　她不知道小周为什么这样误解她，她连争辩的话都说不出来了，她只是说："我为什么要说假话呢！我为什么要说假话呢！结组不是也可以自己要求的吗？"

　　小周说："是可以的。这件事早就酝酿成熟了，组已经大致定好了，就等着大家表决：你不可能不知道，为什么要装糊涂呢？"

　　这真是天大的冤枉，喜春真的不知道什么时候大家酝酿好的，她还高高兴兴地等着在室务会议上来讨论。她几乎窘得哭出来了。她只能说："既然是大家酝酿好了，我就等着分配吧！"

　　下乡的小组组成了，喜春和原健一组，到河南去。小周向喜春说："你真幸运，跟领导人一组，这是学习的好机会，可以提高得更快一些。"

　　小周的话是充满了讽刺的，喜春不知道这个小伙子为什么这样跟她过不去。没等她回答，陈正清接着说："跟老原一块，什么问题也好解决。"

　　一向不爱说话的编辑顾仁插了一句嘴说："杨同志很会找寻道路，

一开始转工作，就走的直路，所以进步很快。我们都不行，一直还在弯路上摸索着，始终找不着窍门，工作总是没起色。"

　　小周的话，顾仁的话，这都是些什么话呢？喜春真的不明白这其中究竟有什么奥妙。她觉得她跟小周、顾仁，甚至张宏仁之间，是隔着一堵墙的；他们从来不跟她讲什么，并且故意躲避着她。这究竟是为什么呢？喜春一向是很坦白的，对人对己，她都光明磊落，该是就是，该非就非。她批评别人的时候，人们用异乎寻常的眼光瞧她，就是她诚心诚意地赞美张宏仁的照相和小周的画的时候，人们也用不同寻常的眼色瞧她。究竟她什么地方做错了呢？她现在真的是忐忑不安起来了。她真的不知如何才好，她总是怀疑自己把工作搞坏了，可是她在尽最大的能力工作着。她也怀疑是自己学习的不好，可是，反复地检查之后，她发现对文件的精神是领会到了，纵然领会的不够深刻，但并没有犯错误。她又反复地回忆自己在工作中的一切行动，她没有什么越轨的地方，只是工作得很热情。是不是自己工作得热情、卖劲，就等于夸张自己，把自己膨胀起来，而把别人挤扁了呢？是不是自己在行为上不检点，把坏印象留给人家了呢？这也没有。不要说别人，就是跟接近次数最多的原健，喜春也保持了一定的女性的矜持。那么，究竟为什么呢？什么原因使得喜春脱离开大家，独处在孤岛之上呢？喜春找不出原因来，她困惑着，从一察觉到大家对自己有意见，喜春就寻找原因，可是她一直没有找到。她觉得自己像装在闷葫芦里一样，她迫切地盼望着跟谁谈谈，特别希望跟主任谈一谈。可是主任屋子里总是挤满了人，有老原，有制作科的孙庆章，有小李，有小窦，有这个机构中的所有的积极分子。除了人之外，主任的桌上堆着高高的文件，这里的一切问题都要经过主任批准才能执行，就像编辑室中的门要换把锁也得主任自己亲眼看了才能换。主任忙得很！

六

下乡的各组都分头出发了。喜春和原健，也被指定在五月二十日由北京起身。五月二十日是星期一，十九日的早晨，喜春正帮助妈妈洗菜，因为妈妈一定要包饺子给喜春吃，算是给她饯行。王珍来找喜春来了。

王珍的来访，使得喜春这样高兴，除了原健，还没有一个同志像一个亲密的朋友那样地来拜访过她。

王珍还带着她七岁的小女儿，娘两个笑盈盈地进了喜春家的大门。

喜春欢迎着王珍，像招待老朋友一样热诚地招待着王珍，喜春拉王珍到自己的屋里坐好。喜春十二岁的弟弟志伟带王珍的女儿到学校的操场上玩去了。

王珍说："我先到机关里，看见老原跟主任一块到北海去了，我准知道他不能来找你，我才来了的。"

喜春说："他来他的，你来你的，你来与他有什么关系呢？"王珍笑着说："我不是不知趣的人，我不能来夹萝卜干，招人讨厌。"

喜春听了王珍的话，先愣了一会，后来她回过味来了，她的脸不禁羞红了，她明白，王珍是说自己和老原已经在相爱着，所以她不愿意来妨碍他们。

喜春赶紧问王珍："好姐姐！你告诉我，是你一个人这样想，还是大家都这样认为？"

王珍不回答喜春的话，却说："老原要结婚了！"

喜春觉出了王珍的话中是另有含义的，她直截了当地问王珍："告诉我！老王，老原要和谁结婚，是和我吗？"

王珍说："人人都这样说，你为什么还装糊涂呢？"喜春说："这个消息是由谁传起的？"

王珍说："究竟是谁传起的，我也不十分清楚，可能是制作科的老孙吧！"

孙庆章是原健的好朋友，那个人的嘴最会说，未曾说话先带笑，一张嘴能把黑说成白，能把死人说活了，明明是气你，挖苦你，可是他能说得你无法答对。他专门会抓人谈话之间的漏洞，抓着一点把你批评得体无完肤。小周把孙庆章叫做打耳光式的批评者。传来传去，耳光两个字就成了孙庆章的暗名了。大家聚在一起闲谈的时候，只要有人一说"耳光"，大家就散了，人们像躲避蛇蝎一样地躲避着他。

一听说这消息是孙庆章传出来的，喜春的脸都气青了。她喊着"气死我了"，声音这样大，不但把坐在她对面的王珍吓了一跳，就是正在外间屋里忙着包饺子，准备款待王珍的喜春的妈妈也赶忙跑到里间来了。

妈妈进来，看见喜春好好地坐在王珍的对面，安心地吁出来口长气，说："你这孩子，就是这么个猴脾气。好好的跟大姐说话，嚷什么呢？"

王珍说："都是我不会说话，把你气着了。"

喜春捺下去心中的气愤，把站起来的王珍又推着坐下，说："老王，不是你不会说话，我是恨我自己，我恨我白长着两双大眼睛，不认真假人，被人利用了。"

妈妈看了喜春一眼，没说什么，悄悄地走出去了。

喜春跟原健接近，最初也会为原健魁伟的外形和他对自己的无限殷勤迷惑过。但是，在更进一步，两个人应该彼此了解得更深一层，也就是超越同志的感情来说爱情的时候，喜春发现，原健的幼稚是惊人的。原健会说一整套漂亮的话，这套漂亮的话猛听起来，是很有条理的，可是仔细一分析，那些话处处跟要解决的问题结合不上。那漂亮的话，就像一套美丽的衣裳穿在草人的身上一样，怎样也遮盖不住那草扎的躯干。而且，原健非常不用功，喜春没有看见原健专心一致地学习过一次。原健就凭着自己的小聪明，东抓点，西拾点，看起来，货箱子里的货是样样俱全，可是没有一样是中用的。

喜春看穿了原健之后，爱原健的心自然一点也没有。只是因为原健在工作中支持她，余英林和小周这些人又对她保持着一定的距离，事实上造成她和原健的接近。也许是为了讨喜春的欢心，原健开始努力学习起来了。他说他文化低，要喜春帮助他。喜春正帮助他读《新文学简明教程》。只要原健肯学习，作为一个同志来讲，她是没有理由不帮助他的。

王珍看着喜春的样子，呷了一口茶，又呷了一口茶，显然，她是在等待喜春平静下来。

喜春说："老王！你照直说好了，你今天来，绝不是单纯来看我，你想说什么，尽管说好了。咱们相处也有几个月了，你一定看得出我并不是孙庆章那样的小人。你说什么我都不会跟任何人讲，跟老原更不会讲，告诉你实话，我一点都不爱老原。"

王珍停了一停，考虑了好久，终于把一切都讲清楚了。

王珍告诉喜春：这机构因为成立的仓促，原来是很混乱的，从主任来了之后，经过了整干，清除了两名混进来的特务，又经过了"三反"，搞清了贪污，才算基本稳定下来。主任人是不错，只是太狭隘，他相信的人，总是好的，他不相信的人，就是有好表现，他也看不到心里。主任刚来的时候，未被清除的特务煽动大家打击他，是老原和孙庆章主动地帮助了主任，把一切情形介绍给主任，曾经给了主任一定程度的帮助。这样，老原和孙庆章就在主任的眼前织了一层网：能够跟他们混水摸鱼的，就都是好人，都是积极分子。又因为主任对业务不熟悉，看不出谁做的工作真好真坏，宣传工作又不像工业出品，件件有标准可凭，究竟是好是坏，因为水平不同，评价就相差很远，所以很难辨清是非，分出好坏。老原和孙庆章在本身的业务上，都是最差的，就凭着嘴会说，主任喜欢一天到晚忙着的人，老原和孙庆章就那样做，这样，他们就一步步地成了主任眼前的红人了。

能够正经搞工作的人都被认为不好，能说会道的都是好人。凡是脚踏实地搞工作的人，就没有看得起老原的，没人跟他们合流。

听了王珍的话，喜春恍然大悟，她知道，她之所以被小周、被顾仁歧视，正是因为她接近了原健的缘故。

喜春摇着王珍的手臂，热情地说："我的好王姐姐，这情形你为什么不早说给我听？"

王珍说："你真是聪明人说胡涂话，我要不是弄清楚你跟老原不一伙，我敢跟你说这些话吗？老原要知道我在你面前揭他的老根子，他不夹生吃了我才怪！"

喜春说："你相信我跟老原不是一伙吗？"

王珍说："我总归大几岁，什么事也料到一些。我看你，人品也好，心地也厚道，若真是跟老原结婚，那才真是委屈了你。你不知道，你刚来的时候，没有认清老原的为人，跟他怪亲近的时候，我心里只暗地为你着急，又不好向你指明。后来，我看见你始终跟他淡淡的，我才放心了。"

喜春为王珍话中的友情激动了，这是一种真正对同志关心的感情，喜春觉得这几个月的委屈没有白受，有人明白她。

喜春说："王姐姐，小周他们为什么那样跟我别扭？"

王珍说："这话说起来又长了。咱们这里的情形，吴司长是知道的，他曾经告诉大家，要派得力的干部来充实咱们的队伍。吴司长说过之后，先派了一位江同志来，是吴司长从东北局要来的，是个很精明的人。那位江同志，来了半个月，得腹膜炎进医院了，还没来得及做什么。紧接着你就来到了这里。在你和江同志没来之前，老原曾扬过这样的风，他说，就是孙悟空来，也跳不出如来佛的手掌心。他话中的意思你当然明白。你知道，群众都热切地盼望打开现在的局面，谁不愿意痛痛快快地工作呢？谁不愿意该好就好，该坏就是坏呢？所以大家把希望都寄托在你和江同志的身上。可是你一来，真的像老原说的那样，没有跳出如来佛的手掌，大家太失望了，又怎么能怪小周他们看不起你呢！"

喜春说："对！小周看不起我是应该的，小周说怪话也是应该的。"

王珍说："老原还说，你来是要作副编辑长的，当然，正编辑长就是他了。他老早就想把余英林挤掉的。"

老余对喜春的抱着成见，有敌意也自然是应该的了。喜春抱着王珍，像抱着自己的亲姐姐一样，喜春说："我眼前总是堵着一堵墙，今天，你算帮我把墙扒倒了。王姐姐，我的心里真亮堂。王姐姐，谢谢你，真不知道要怎样感谢你才好。"

王珍说："我也不要你感谢我，你是被上级倚重才特意调来的人，我只希望你帮助大家工作得更好，使大家都工作得快乐，我的心愿就满足了。"

这真的是王珍由衷的话，这个担负着七个人的生活，为生活几乎压扁了的女人，唯一的盼望只是大家工作得更好，可是，这样的人确是被认为是政治不开展的人。天知道，王珍政治不开展，什么样的人才算是政治开展呢？

喜春凝视着王珍，她的眼色中孕藏着海一样深厚的崇敬。那眼色使王珍感动了，她先红着脸，一会就手足无措了。她从来没被人这样尊敬过，她只是一个普通的女人，没有很高的文化，从有记忆的那一天起，就在生活的浪涛里挣扎，从没有人看得起她。

桌上有一件正在缝着的白衬衫，那是喜春给志伟做的。王珍把衬衫拿在手里，熟稔地接着喜春作过的地方缝下去，她逐渐回复平静了。

志伟带着王珍的小女儿回来了，小女儿的手中拿着花花绿绿的糖果。孩子一看见王珍，立刻说："妈！小叔叔买给我的，真甜，你吃一块，真甜。"

王珍无限慈爱地抚摸着小女儿。她说要走了，喜春娘两个坚决留她吃了饭再走；王珍怕老原来了碰见不合适，坚持着一定要回家。喜春送她娘两个到电车站去，把妈妈赶做出来的饺子，满满地包了一大包，送给了王珍的小女儿。

七

喜春跟原健准备搭南下的车，是下午五点，由北京开，第二天上午到。选这趟车的原因，是因为喜春和原健都是第一次到这个地方去，上午到，对他们的行动更方便一些。

余英林在星期六就曾嘱咐喜春，星期一的上午不用到班上来了，可以在家里准备一下行装。这自然是余英林对喜春的关怀。余英林惯会在这些小地方做做好人。在没和王珍交换过意见以前，喜春又会认为余英林这是假惺惺，现在，喜春发觉到自己也同样对余英林抱有成见了：无论余英林说的什么话，她总是不从正面来考虑，总是先从话里找找，是不是含有敌意，是不是在给她"当"上。甚至要仔细分析一下，是不是安有陷阱。帮助同志们团结的工作不容易做，使同志互相猜忌，却是轻而易举。连喜春这样素来不肯相信别人谗言的人，也长久摆脱不开原健所设置的圈套。从自己这点小小的体会中，喜春越加理解到同志们对原健、对孙庆章那种敬而远之的心情了。

其实，余英林要喜春在远行之前多休息一下，有什么不好呢？这不正是一个领导人该做的事吗！

喜春仍旧在每天上班的时间内来到了机关，喜春注意到在余英林的座位旁边坐着一个生人，她还没看出是谁，余英林就说："杨同志！你为什么又来了，我不是说要你休息休息吗？"

喜春笑着说："昨天不是休息一天了吗！"

余英林说："昨天是星期日，自然应该休息，今天你们要坐夜车，早晨也应该休息休息的。"在他们说着话之间，坐在余英林旁边的人抬起了头，他把一只手伸给正在走过来的喜春，微笑着说："杨同志！还记得我吧？"

喜春望了那个人一眼，她疑惑是自己的眼花了，看错了人；可是细看，一点都不错，正是江爱华，正是那个被喜春供养在青春的心里，把少女春水一样的柔情都缱绻在他身上，在一切幸福的梦中都与他同在的江爱华。如果在七年前，在这样长久的别离之后，喜春会扑到那个人的怀里，用快乐的眼泪来代替叙述心腹的。可是，现在她大了，十九岁已经成为遥远的过去了。而且，这些年生活的锻炼，已经叫她懂得：所谓"爱情"，不能够仅限于一见钟情的浪漫式的相知了；也不能够仅仅建筑在年轻人瑰丽的梦想上面了。虽然，这是江爱华，是在七年前跟自己心心相印的人。可是，这中间隔了七年，而且是天翻地覆的七年，从前，那孩子似的热恋，又怎么能够一成不变地搬到今天来呢！

这一切，像潮水一样，在喜春的心里汹涌着。喜春究竟是大人了，她把这一切都藏在心里，在稍稍镇静了之后，平静地，正如和一个普通的朋友重逢一样，握着了江爱华的手。

喜春说："怎么会忘记呢！老同学嘛！一向好？"

爱华说："生活得满好！就是身体不从人愿，越愿意工作，越生病，刚刚从医院里出来。"

余英林向喜春说："江同志比你早来半个月，刚来就病了，住在医院里，昨天出院，今天就到班上来了。咱们机关里添了你们两位生力军，一定会出现一番新气象。大家都在期待着你们呢！"

正说着，铃响，学习开始了，因为编辑室中的人都下乡去了，临时把制作科的学习小组拼到编辑室里来一块学习。他们正在学习《实践论》。这个文件本来比较难于领会，学习的人又是七拼八凑，临时聚在一起的，讨论的时候，根本就没人发言，只是孙庆章一个人讲了好半天。他讲了些"知"与"行"的关系，连王阳明、孙中山的学说都牵涉到了；

他又掌握了一定的说话技巧，所以说得洋洋大观，显示出非常博学的样子。其实，喜春的肚里明白，这正是《初中语文》第二册中胡绳写的一篇关于理论与实践的文章中的东西，孙庆章只是把胡绳的文章重述了一遍而已，任何自己的意见也没有。他准是看了在初中读书的女儿的书来着。

今天，主任也参加了大家的学习会了。主任一向不参加大家的学习，主任是处长级，按学委会的规定，是应该学习《矛盾论》的。

孙庆章说完，主任虽然矜持着，也看得出对孙庆章的发言是无限赞许。孙庆章左顾右盼，看得出是在抑制自己的得意神色，他说："同志们！我的话完了，这是抛砖引玉，大家别冷场，有什么高见，快谈吧！"

喜春原来是准备发言的，可是孙庆章的神色叫她齿冷，孙庆章挟着纸烟的手指，喜春看去，就像一条蛇一样在那里蠕动。在听了王珍的介绍之后，喜春更加嫌弃孙庆章了，她连看都不想看孙庆章一眼。江爱华的出现，使她不平静的心更加紊乱。她又想，索性叫孙庆章出尽丑态吧！叫大家认清他的真正面貌，认识得越清楚越好，只有大家完全认清了孙庆章是什么东西，孙庆章才可能正确地认识自己。

制作科的小王发言了，那是个刚出中学门的女学生，正在学习冲洗底片。小王说："孙科长的意见很好，我听了觉得很清楚，对我有启发。不过，我觉得，这些意见我好像在什么地方看见过一样，好像是在初中的课本上。"

主任说："咱们的意见都是从书本上领会到的，你再学习的深入，也超不过文件去呀！"

陈正清说："对！就是这样，我们就是要跟文件学。"

这样一来，又没人说话了。还是余英林提议精读文件，才把其余的学习时间混过去了。下学习的铃响的时候，喜春注意着江爱华，想在爱华的脸上找寻到一点什么。可是，江爱华的脸很平静。他是被派到这里来做副主任的，他安闲地拿着学习文件，走回主任室去了。

八

吃午饭的时候，喜春回家了。一来妈妈要她回去，在家里吃了饭再走，说这样可以吃得舒服些；二来，她也要回家拿行李，下午就直接从班上到车站去了。

吃过饭之后，喜春斜靠在自己的单人床上，觉得心里像倒翻五味瓶一样，不知是什么滋味。爱华的不意出现，固然是使喜春心境不安的大原因，最使喜春困惑的，却是立刻就要和原健一块去乡下的事。

喜春不知怎样与原健相处才好。在王珍没来之先，原健在喜春心中还保留着一点甜意。喜春总还觉得，抛开一切不谈，原健孜孜工作的精神还是可取的；他的工作方法不好，是领导上的蓄意娇惯。可是，见了王珍之后，她明白原健这一切都是为了保持自己不该据有的领导职位的时候，喜春觉得原健比余英林还要可耻。余英林只是张起了硬刺，维护着自己的安全，而原健却像狐狸一样，不仅是保护，而是用欺骗，用威吓，用一切卑鄙的方法使自己膨胀起来，以便挤扁别人。

这行为是不能容许的，这个社会里要的不是这样的人，这样人，应该得到的是群众不容情的教育，他应该被放置在他确实能够担当起来的工作岗位上去，切切实实地工作起来，来改掉这一切挤扁别人的行为。

依照喜春的意见，从现在起把原健送到暗室里去才正合适，叫他在那儿管理放大照片，他的能力也只能做这个工作。不但要叫他放大照片，而且要给他规定出一定的课程，叫他好好学习，检查检查自己以往的行为，分辨出那些行为是对的，以后要继续发扬，找出那些是错的，要彻底改正。

可是，事实上，原健却是副编辑长，领导着这样一个出版机构的编辑工作，是这个机构内的积极分子，是被指定为人们学习的榜样，是这次下乡工作组的当然组长，喜春要由他领导。在业务上领导喜春，喜春还是可以根据事实来跟他争辩的。可是，在两个人的私人关系上，人们以为喜春是原健的好朋友，未来的爱人，原健也早已这样认定的，这个使人难堪的局面，究竟应该怎样来处理呢？

不要说喜春是原健的爱人，就是被认为是原健的好朋友，喜春也觉得是自己的屈辱。喜春认为，谁若能跟原健谈得拢，就等于表明自己没有灵魂。

尽管喜春这样想，却不能不跟随原健一块到河南去。她没有一点理由来拒绝这次和原健一块出差。强烈的组织观念，使得喜春不愿为私人的恩怨违反了民主的决定。纵然这个决定可能是在原健的操纵下制造出来的。

喜春在自己的小屋里像困兽一样来回疾走着，妈妈却误会到喜春为离家而不安。妈妈这些天正犯喘病，喜春的确不放心把妈妈丢下远行。

妈妈竭力忍受着气喘病的折磨，说："喜春！你放心去吧！我这两天已经觉得好多了，要不了三天就能全恢复了，你放心走好了。再说，志伟也懂事了，他能帮我做些事情。"

喜春当然不愿意告诉妈妈，她这次出去，必然会引起很多的不愉快，她当然不能让病弱的妈妈还远远地牵记着她。在她为那个流氓校董威逼的时候，妈妈替她担了多少心啊！妈妈是眼巴巴地盼望着喜春寻上个如意郎君的，因为原健的殷殷来访，因为原健对妈妈的无限尊敬，妈妈把原健认作是乘龙快婿呢。

喜春说：“妈！江爱华也在我们的机关里，他今天上班了，如果在七年前，我可以托他来照应您，那样我就是走多远，也是放心的。”

妈妈说：“哪个江爱华？”

喜春说：“就是那个，有一年过五月节，在咱们家里帮您裹粽子，您说他手怪巧的那个江爱华。”

妈妈说：“不是他叫国民党抓去了吗？说他是共产党来着。”

喜春说：“是的，就是他。国民党抓了他，又叫我们校长给保出来了。从那之后，他就跑了，那时候，大家都说他跑到延安去了。”

妈妈说：“那他准是共产党了，他怎么样，做了大干部了吧？”

喜春笑了，说：“是的，是我们那儿的领导。”

妈妈想说什么，却又把话咽回去了，妈妈很知道江爱华在女儿心上的分量。喜春在被那个校董威逼利诱，缠得不可开交的时候，还一直把爱华的照片摆在床头的小柜子上，若不是炮火毁掉了她们原来的住屋，爱华的照片一定会摆到今天的。

妈妈想了半天又说：“喜春！你年纪也不小了，也该自己打主意了，妈妈像你这样年纪的时候，你都上学了。”

喜春不睬妈妈的话，却把妈妈的手合在自己的双手之中。喜春说：

"妈！真的，若是在七年前，我一定找爱华来照应您，那样，我出去，就完全放心了。"

"为什么七年后的现在就不能够再找我了呢？"谁在外间这样说了，喜春一听就知道是爱华来了。她被这个"意外"闹呆了，僵在床上，连跑出去迎接爱华的想头都忘记了。

爱华自己进来了，手里拿着一本破损了的笔记本，像七年前一样，给妈妈鞠躬，热烈地问候着妈妈好。

妈妈看着爱华，往事像烟一样地飘起来，老太太的眼睛湿润了，妈妈拉着爱华的手说："好孩子！你受委屈了。"

爱华说："谢谢您牵记着我，您看我现在不是很好吗？"

妈妈仔细地端详着爱华说："爱华比过去还精神，可是瘦多了，现在的年轻人就是这样，越受苦，工作得越起劲，喜春还不是一样，若不是这些年受了些苦，到今天也还得是个毛孩子。可不能像现在这么懂事。"

爱华说："您说得真对，百炼才成钢，我们都懂事了，您也为我们操够心了。"

在爱华和妈妈说话之间，喜春的心始终狂跳着。爱华完全跟七年前一样，仍旧像对待自己的母亲那样看待妈妈。不平凡的七年过去了，锻炼成钢的爱华回来了。那么，绮丽得春花一样的两人的初恋也还会延续下去吗？

妈妈说是为爱华倒茶去，体贴的妈妈，自然是要给他们两人一个单独相聚的机会。妈妈一离开屋子，爱华就热情地对喜春说："我的小喜鹊，你知道我多么想你吗？"

喜春说："我在担心，我怕我配不上你，我这个小资产阶级的大学生。"

爱华说："我不也是小资产阶级的大学生出身吗？问题不在那儿，只在于你是不是改造得很好。真的，喜春，你知道，这些年，我一直在担心，怕你禁受不住引诱，被什么大阔佬藏到金屋里去，你实在是漂亮得叫人担心。"

喜春说："你是不是相信我禁得住引诱呢？"

爱华说："我相信你，在对敌斗争的残酷环境中，我每次觉得自己对革命有了更进一步的理解，体会到生活在革命阵营中的光荣与幸福的时候，我就觉得对不起你。我知道你是不能安于醉生梦死的生活的，可是我没有把你早一天引导到革命的大家庭里来。我少为党为人民培养了一个应该是有用的干部，也把自己心爱的人丢在火坑里不管。喜春，刚一离开你的时候，你是不是非常恨我？"

喜春说："你知道你被捕之后，校长不肯保你，说你有红色嫌疑，是小张、大马我们几个用种种办法把他逼到司令部里去的。还有王蕙，你知道吧！那个阔小姐为你的被捕哭得好伤心，若不是她在她爸爸面前竭力保证你，你也脱不开监狱的。后来你走了，我到处找你，我知道你连件棉袄都没有带，我把毛线衣、绒衣绒裤托小张转给你，你收到了吗？"

爱华说："收到了，在绒裤的裤腿里，还藏着一枚金戒指，我都收到了，喜春，现在谢谢你那样惦记我。"

喜春说："过去的事慢慢再说，你快告诉我，现在，你相信不相信我，你是不是相信我配得上你，是不是相信我改造得还不错。爱华，快告诉我，只有知道这件事，我才能安心，你知道，我现在虽然坐在你身边，可是我不能相信，我不敢说我长久盼望的幸福已经来临了。"

爱华把站起来的喜春拉过来，用自己的眼睛捉着喜春的眼睛。无限热情地说："喜春！我相信你，我知道你会做我最好的伴侣，我相信我们工作和生活在一起一定非常快乐。喜春，安心吧！我相信你就像相信我自己一样。"

七年的长久别离之后，他们拥抱了，两个人双双地浸润在巨大的幸福之中。

忽然爱华端起喜春的下颏，看着喜春的脸，一本正经地说："喜春！我不能不问起你这件事，就是你跟原健……"

喜春不容爱华说完，用手捂住了爱华的嘴，直截了当地说："我一点儿都不爱原健，也从来没想到过我会爱他，事实在那儿摆着，你会看到的。"

爱华说："这样我也放心了。亲爱的小喜鹊，我抓紧这一点功夫跑来的，上班的时候到了，允许我说再见吗？"

喜春说："组织上要我今天到河南去……"

爱华说："我知道，你看我带来了一本好东西，让它在我们这次的小别中陪伴着你。它一定会使你满意，它可以回答一切你要问我的问题。"

那是爱华带来的破损了的笔记本。

喜春迫不及待地翻开了那已经残破了的封皮，爱华用手拦着了她。

爱华说："慢慢再看嘛。路上，要当心身体。对原健，要冷静，记住要冷静。回来的时候，我要以主任的身份来检查你的工作。"

喜春说："我还怕你不检查我呢！"

爱华说："这一点请你放心，我不但一定要检查，而且一定检查得非常细致彻底。总之，对一切问题要冷静，好好地考虑之后再处理。记着！要冷静。"

爱华一个人先回机关里去了。

九

显然，原健为和喜春一块出差在高兴着，从一搭上火车起，他就絮絮地讲东讲西。喜春却完全没有心绪来理会他的话，她只是用全副精神来读爱华的笔记。

爱华的笔记是他在逃出敌人的魔掌之后开始写的，有时连续写了几天，有时隔上几个月才写，断断续续，一直写到他再次回到北京来。这一阶段，也正是他跟喜春分别的七年，其中有他摘录的各种文章，有他读书后的心得，有他在工作中的体会，有他思想斗争的过程，也有他始终缠绕在心头的对喜春的怀恋。

喜春跳过那些丰富的、爱华在革命阵营中多彩的生活记载，先来读他所写的关于自己的那些部分。在爱华的笔记里，喜春一直被用小喜鹊三个字来代表着。小喜鹊还是他们共同在高中读书时，同学们送给喜春的绰号，因为同学们说喜春和气悦人，到哪儿都受到欢迎，正如人们憎恶乌鸦，喜欢喜鹊一样。

在爱华的笔记上这样写着：

"小张不肯带小喜鹊来，他只把小喜鹊送给我的东西转送来了，我正觉得衣裳是过于单薄了。把喜鹊给我的绒裤穿上。在裤脚里，我找到了一枚金戒指。我认识这枚戒指，这是喜鹊的传家之宝，还是她外祖母给她母亲，她母亲又给了她的。我虽然恨不得立刻就见到小喜鹊，可是我不能不尊重小张的意见。小张的意见是正确的，比起来，喜鹊还不够坚定，她的母亲和弟弟也没法子叫她撇下不管，而我们的生活又是这样艰苦，这样秘密。"

"窗外喜鹊在叫，我读着辩证唯物论，我已经读了十次了，一次比一次读的更有味，我多么想把这样的好书介绍给小喜鹊呀！"

"同志们的批评是正确的，我跟喜鹊走着不同的道路，我不应该过分怀念她，假使她已经做了少奶奶了，她还值得我爱恋吗？而她的环境又是那样容易使她成为一个少奶奶。"

"我不能设想那样爱读书、有正义感、富于反抗的小喜鹊会成为游手好闲的废人。如果喜鹊的手指也涂上了指甲油，除了摸牌就夹着纸烟，任何工作都不做的话，那双手纵然生得再好看，也是该诅咒的，就是用枪柄打碎了也完全不可惜。"

读到这里，喜春的心跳起来了。她不由自主地看了看自己的双手，心里想：好危险，真的是有这样的机会，有叫自己的双手除了打牌和吸烟之外，就可以任何事都不做的生活机会，可是自己是从那个绊脚索中冲过来了。校董那精悍的阴险的脸再次出现在喜春眼前，喜春像拂去脸上的灰尘一样，用手帕擦了擦脸。

原健看喜春读着这个破本子，读得这样全神贯注，几次说话喜春都不理，早就觉得索然了。趁喜春擦脸的机会便问喜春："你在看什么？"

喜春说："笔记！"

原健说："谁的笔记？"

喜春说："我……自己的。"

原健说："自己写的东西，还值得如此注意地看。"

喜春说："正因为是自己写的，看起来才更有趣味。"

两人沉默了一会，原健说："该吃晚饭了，到食堂去吧！"

天色真是不早了，玫瑰色的落日余晖照在车窗上，一转眼就消失了。初夏的夜雾升起来了，车外边到处是淡青的雾。机车喷出来的白烟，一团一团地凝聚在青色的天空上。

喜春不想跟原健一块去吃饭，她一跟他单独相对，就觉得心上像压着一块大石头一样。她安静地说："我还不饿，你先去吃吧！我留下来照顾座位。"

原健白了喜春一眼，一个人到食堂去了。

车上的服务员开始布置卧铺了，原健吃饭还没回来，等服务员一把卧铺安置好，喜春就钻到自己的床位里去，把帘子密密地拉拢，俯在枕上，就着床头的小灯，读着爱华的笔记。

在喜春刚读过的那一段之后，有一个很长的时期，关于喜春，爱华什么都没有写。时间大约有两年多，这一段，也是爱华生活最紧张的一段。

爱华断续地写着：

"我们掩护农民抢收，麦子都熟了。"

"记住跟指导员联系，刚陷在敌手，情况危急。"

"借三区河湾村周大爷粮三石。要到总部打粮票。小周负伤，安置在董大娘家。"

"六村的民兵中有奸细混进，要特别警惕。"

那之后，笔记就又写得长了，又有了读书札记。其中有这样一小节，而且在周围加上了蓝圈。

"小张也不得不从北京逃出来了，他无法继续工作了，王蕙揭露了他，敌人正疯狂得紧，难为小张逃出来，小张真够机智，小张说喜鹊正被一个魔鬼缠着。据说喜春并不屈服，但愿小喜鹊有魄力禁受得起。"

在这一段之后。又有长久时间没写，最后是在东北的松花江畔写的。常常有歌颂松花江的文字出现，关于喜春，有这些记载：

"顾明来信说小喜鹊在他负责的学校里工作，我要顾明多照顾她一些，我不能忘掉她，她始终在我心里占据着一定的地位，但愿她能靠近组织，好好工作。"

"顾明说：喜鹊非常聪明，进步得特别快，肯于暴露，学习得很艰苦。顾明称赞喜鹊是不会没理由的。"

"顾明没有告诉喜鹊，我究竟在什么地方。顾明对我真够体贴，我的意思恰是这样，我不愿意喜鹊知道我仍旧一个人，仍旧这样纪念着她。我想等她完全成为我们的同志的时候，再去找她。"

"顾明说：喜鹊已经成为他得力的助手了，顾明就是这样善于培养人，我也正是在顾明的影响下才逐渐成长起来的。我们一块吃树叶，搞敌后根据地的时候，顾明的愉快的生活态度曾强烈地感染过我，但愿喜鹊尽量靠近他，从他那里多多学习些东西。"

"顾明把喜鹊写的思想总结寄给我了，喜鹊的字越加写得好看了。

她对自己分析批判得还好。七年了，我一直在悬着心，喜鹊终于跟我走一条路了。我们是同志，不是敌人了。"

"领导上要我去搞农业宣传，说那里迫切地需要人，我发愁没有得力的助手，顾明把喜鹊推荐给我。顾明已经准备吸收喜鹊加入组织了，我想跟农业机构的支部商量一下。"

这时候，原健吃完饭回来了，他看见喜春这样过早地睡了觉，就说："小杨，你是不是不舒服。"

喜春不做声，悄悄地把灯关了。原健掀起一角帘子，喜春嗅到了啤酒的气味，她一动也不懂，假装睡着了。原健把帘子放下，喜春听见原健说："这个人真怪，连饭也不吃就睡觉。"火车正在祖国的大地上疾驰着。

十

在许昌附近地区的一个农业生产合作社里，正如在北京一样，喜春用整个身心参加了农民们沸腾的生产生活，她要求农业生产合作社的负责干部，在不妨碍合作社里原有的计划之下，分给她一件工作，她迫切地希望和社员们生活、工作在一起，而不是到农村来作客。

合作社收获的麦子要马上分给群众，还有春豌豆也要分。因为合作社里还没有建立起仓库来，粮食在场上打完了，立刻就要送到社员们的家里去。为了照顾收获的方便，村前村后共设有两个场，需要两个会计和两个记账员来管理分配。合作社正愁还缺一位记账员。这是突击工作，大家都在忙，社里也不能从别的部分抽调人，喜春欣然把这件工作接受了。

喜春和农民一块起来，当星星还在天上闪烁，社员们到地里"割早"（在早上割麦）去的时候，她和会计一道，坐在被夜露打湿了的冷板凳上，开始算账、记账。到夜里，一切都结束之后，她还要晚睡一会，把账目填写清楚。而且要根据劳动日的比例，算出社员们应该分配的麦子、豌豆，连第二天分配给那些人，她都要跟社长们一道，把分配表缮写清楚。而且，除了这之外，她还要在适当的时候，抓紧机会拍摄照片。她忙得连洗脸的工夫都没有了。

从来到这个生产合作社起，喜春尽量对原健和婉，她把对待原健的关系看成是对自己的考验。她本来是这样的，她看不起她认为有毛病的人，她连话也不肯跟那种人讲，她记得爱华告诉她要冷静，她尽量压抑着这个老脾气，尽量抛开成见，寻找原健的优点，并且尊重原健，事事先拿来跟他商量。

喜春这样有礼貌，又工作得这样热诚，原健简直找不出什么理由来干涉喜春。当然，在原健，是需要喜春跟他更亲近的。他窥伺着喜春，总想找个机会把喜春捉着，喜春是尽量避开他，除了工作之外，一句闲话不谈。

四天麦收过去，喜春在群众中生根了，社员们像自己家人一样地待承着喜春。有人要她教写字，有人要她讲文件，有人要她给裁一件衬衫，有人跟她来讨论社中的分配是否得当。这之外，她还要代替农忙托儿组的老大娘喂病了的小红吃药，小红的妈妈只信任喜春，说只有上过学堂的喜春才不至于把小红吃的洋药喂错了。因此，几次原健要找喜春单独谈谈，喜春的身边不是围满了姑娘们，就是围满了老大娘们。

原健的脸色越来越显得不高兴了，到后来，喜春简直不敢正面瞧原健的脸。原健的脸阴森森的，大眼睛骨碌碌地来回直转。原健和喜春的工作方式不一样，他独自睡在合作社的客房里，床铺打扫得一干二净，他常常睡到人们吃早饭时才起来。白天背着照相机满村子转，需要了解情况的时候，就把社长抓到他屋里去谈。要照一张什么照片的时候，就布置人们来做，时常命令喜春去给他组织群众。他有时也一个人跑到供销合作社去，在那里吃咸鸭蛋喝烧酒，一坐就能坐半天。

两个人就这样捉迷藏似的一个追一个躲地过了廿多天。工作结束的这一晚上，喜春正在屋里整理笔记，原健来找她，一定要她到村外小河边去谈一下。

喜春知道再也躲不过去了，她把正整理着的东西往旁边一推，爽朗地说："走吧！"

原健气汹汹地说："把照相机收起来，锁好。"

原健不平常的声音把喜春吓了一跳，但她顺从着他，把照相机放在背包里，把背包锁好，又挂在墙上，这才跟随着原健出来了。

两人默默地走到村外的小河边上来，河面上，垂柳的细枝条飘拂着。在河西岸，当地老乡喜爱的金银花盛开着，花香一阵阵地扑着鼻子，水蝼蛄叫着，月亮升上来了。

喜春倚着河岸上的一棵歪脖子柳树站着，原健坐在她对面的一块石头上。

喜春折了一枝金银花，把花插在鬓边，花瓣软软地贴在她的脸上。

原健说："小杨！你总是很大意，刚才又把照相机丢下就走。同志！这是国家财产，要像爱护自己眼珠那样爱护才行。"

这样的话，喜春不知听原健说过多少次了。原健惯会这样正颜厉色地申斥人。好像只有这样做，原健才觉得自己有领导的味道。

喜春没说什么，只把头低下了。

原健停了一下，把声音变得柔和了，他又说："小杨！你知道，你能够被批准练习摄影，并不容易吗？"

喜春说："我不知道，我觉得这也很简单，只要工作上需要，领导又相信我，不就可以了吗？"

原健说："你看你说得多轻松，就是领导信任这一点，就轻易得不到。小周，老王，小窦还有其他几个人，老早就要求练习摄影，领导上都没有答应他们，连陈正清请求都没有批准，陈正清那个人多好，最能尊重领导意见。"

在喜春要求练习摄影的时候，小周及张宏仁等人的态度和发言又不是没有理由的了，喜春明白了，喜春能够比别人都先得到练习摄影的机会，正是原健特殊的照顾。也正是这特殊的照顾，才在她和小周这些人之间，制造了墙壁，她故意问原健："为什么我一请求，领导上就答应我了呢？"这句话正是原健期待的一句话，他本来是要借着照相这件事来表明自己的心意的。可是他也故意这样说："因为领导信任你，我就是相信你一定能把摄影学好的。"

喜春说："领导上根据什么相信我呢？我不过刚刚来到这里，就是和你相处的时间也不长，论农村工作经验，我比小周也差得很远。"

这句话把原健问窘了，他停了一会才说："因为你是吴司长推荐来的，你的政治品质够，小周就不行，他连个正经的工作态度都没有，就会说怪话。"

喜春说："其实，我觉得我还差得远，就是比小周，我也不行。领导上对我真是特殊照顾。"

原健说："你才明白，领导上对你的确是另眼看待，因为你肯学习，工作态度也好。我就非常佩服你，愿意向你学习。"原健站起来，走到喜春身边来，继续说："余英林根本负担不起编辑室的领导工作来，主任早就有意叫我来全面领导了。可是吴司长的意思是还需要考虑一下，吴司长说领导编辑室的工作，要文艺修养较高的同志才合适。你一来，正是这样人材，你在报纸上写的稿子，你没来的时候，我们就研究过了，认为你写的不错。我们都在等着你，特别是我，我不但愿意和你工作在一起，而且还愿和你生活在一起，我俩共同来负责编辑室的工作，你出主意，我给你跑腿，都是自己人，工作起来多方便。"

在原健说话之间，喜春就悄悄地向一边移动，她只想离原健越远越好。喜春早就看出原健根本不明白什么是真正的爱情，原健把一切都看成是保护他个人向上爬的手段，对爱情的态度也正是如此，他对生活是淡漠的，喜春从来没有看见他有特别愉快的时候。他生活在人群之间，不是爱别人，而是提防着别人。喜春从来没听见过他衷心地赞美过任何人，任何人都不在他的眼里。原健的这一番话，喜春早就从事件的发展中料到了。可是在听到原健这样毫无顾忌地正面提出来的时候，她仍旧抑制不住猛然上升起来的憎恶。她只顾想心事，忘记了自己是靠在河边的一棵柳树上，只顾往边上移，往边上移，不提防脚下一滑，"噗咚！"一声，一只脚陷进水里去了。

这一声，也惊起了栖息河边草丛中的野鸭子，它们展翅疾飞过河面，震动了树枝，洒了原健和喜春满身露水。

原健慌忙拉着喜春说："小心！"

喜春挣脱开原健的手，说了声："我去换鞋，明天再谈吧！"两步并一步跑回自己的住处去了。

喜春住的屋子里，挤满了人，这些人都是跟喜春话别来的。她们还拿来了很多礼物，有当地出产的果子干，有煮熟的鸡蛋，有用烘炉烘好的鸡蛋饼……

小红的妈妈抱着病好了的小红，一看见喜春进屋，就把小红送到喜春怀里来，说："你可回来了，我们等你半天了。"

火车是上午十一点从许昌往北京的，因为还有三十里的旱路要赶，喜春和原健准备清早就动身。合作社预定用胶皮轮的大车送他们上车站。依喜春的意见，两个人的行李都不重，很可以自己背了走到车站去。农民们正忙得很，她不愿单单为了送他们两人，耗费社员大半天的时间。可是社长执意要套了车送他们，并且为了免去他们的顾虑，社长说合作社也要到车站附近的区联社去拉豆饼。原健对喜春说：

"既然社里要去拉豆饼，也不算是单单相送咱们，你为什么一定不肯搭他们的车呢？天这样热，背着行李也不好走。"

社长执意要送，原健也肯坐，喜春也就不好再讲什么了。其实，喜春心里明白，她前天刚帮助生产合作社和区供销社拟订好了结合合同，区供销社会把豆饼送到生产合作社来的，根本用不着他们自己去拉。

负责套车送他们的社员是个年轻的小伙子，名叫常富贵，一心想上北京的机耕学校去学习开拖拉机。喜春在他们社里的时候，他曾抓着喜春教他算术。这天，东方刚闪亮，他就把四挂马的胶皮车套好了，并且悄悄地招呼喜春和原健起身上路。

原健说："老常！现在就走，不太早了吗？"

天委实是太早了，晴空中，星光还在闪着。

常富贵说："早点走好，省得妇女们起来，你也舍不得杨同志，她也舍不得杨老师，孩子哭大人叫的，吵的人发烦。"

社里的人还在睡着，只有喂马的老高头送着他们。一出村口，走上了大道，常富贵把鞭子一扬，四匹大马，甩开大步，车子疾风一样在晓风中奔驰着。在早霞的金色光辉里，只见插在头马辔头上的农业生产合作社的红旗迎风招展，马身上佩戴着的鸾铃，铃！铃！铃地响个不停。

三十里路，一眨眼就到了，喜春看表，只走了一点五十分。常富贵赶车回去了，临别，他再三嘱咐喜春，要她记住，机耕学校招新生的时候，给他捎信来。

刚刚六点钟，这个中原地区的粮食主要产地也刚刚从甜睡中醒来，街上升起来早饭的炊烟。

原健提议吃早饭去，喜春没有理由说不去，她知道，昨天晚上那段公案还没完结，原健不在这次的出差中得到一个结论，他是不会甘心的。

在车站附近的一家小饭铺里，他们选了一副座头，他俩是这个铺子里第一对食客。粥送来了，原健还要了包子和炒鸡蛋。喜春一口一口地喝着粥，她不断在心里重复着爱华的话，"要冷静，不要意气用事。"

也许因为在晨风中远行的缘故，原健的双颊发红，这使他一向淡漠的神色显得温和了。

原健说："小杨！关于我们两个的事，你究竟怎么样个想法。你知道，咱们全机关的人都在看着咱们。"

喜春说："和你在一起工作，我没意见，你对我的帮助也不少，你对我的好处，我都知道。我一定好好工作来回答你对我的关心。"

原健说："在生活上，你说，在生活上你是不是也愿意和我在一起呢？"

喜春说："两个人生活在一起，至少应该有这样一个条件，就是两个人对生活的态度一致。"

原健说："你具体一点说。"

喜春说："我认为，两个人生活在一起，至少是要我喜欢的东西你也不讨厌，你欣赏的东西我也能够理解才行。"

原健说："这也没啥，譬如你喜欢文艺，我现在也正努力地接近；一个人喜欢的东西，另一个人也想法接近就行了。"

喜春说："这不是一时就可以学起来的事，我们两个人就正是这样。我喜欢的东西你讨厌，我看成大事情的事你却觉得平常，或者觉得没什么。我想，我们之间是没有共同生活的条件的。"

原健当啷啷地把手中的筷子往桌上一放，连饭铺里的伙计都被他这突然的行动弄呆了，他们注视着他，脸上露着惊奇的神色。

原健也觉出自己激动的既不是地方，也不是时候，他努力使自己平静下来，一连气把碗里的粥吃光。

原健把空的粥碗放下，说："小杨！你要明白，我没有一件事不为你打算，你看，连你同情王珍，我都在意这件事，我跟主任提了两次了，说王珍的补助费太少，她家不够生活。其实，像王珍那样的木头人，真是一点前途也没有，我根本就没把她看在眼里，都是为了你，我才给她在主任面前说好话的。还有，你看照相机，我发给你的，都是最好用的，别人想要都要不到，你是聪明人，你不能不明白我。"

喜春说："你对我的关心，我一定用搞好工作来回答。你是领导，你应该这样照顾我，也应该这样照顾其他同志。我们不能生活在一起的根本原因，就在于我们对人对事的看法根本不同。你看王珍是木头人，我却觉得她工作负责，感情丰富。这样有相反见解的两个人，不可能过共同生活。"

原健说："你对小周的看法呢？"

喜春说："小周虽然有缺点，基本上是好的。"

原健说："对陈正清呢？"

喜春说："陈正清是八哥，只会重复别人的话。"

原健说："好哇！你竟跟小周的说法一样。好了，算我姓原的眼瞎，看错了你。"

原健一古脑儿把背包行李乱背在身上，走出饭铺去了。

喜春紧张着的心逐渐平静下来了，饭桌上的花瓶里，养着一束盛开的晚香玉，洁白的花朵轻俏地站在朝日的光辉里，花朵的影子照在洁白的桌布上。

喜春看看花，心里想：晚香玉总归是又香又美，就是放在黑夜里，它也仍会放出清香来的，绝不能因为天黑，就说晚香玉也不香了。

她的粥和包子，她还没有吃，可是她也不想吃了。她站起来，到会计那儿付了钱，连原健的那一份也付清了。

当她离开饭铺到车站去的时候，原健又迎着她走过来了。他把一张车票递给喜春，跟她并肩前行着。

原健说："小杨！咱们机关里没有一个人不知道咱俩要结婚了，大家公认咱们很相配，论人材，论相貌，我觉得我还配得上你。主任也很赞成咱们的结合，在咱们机关里，我总是说到那做到那，你看，轮到我本身的婚姻问题，我倒没办法了。你再仔细想想，咱俩结合，对你只有好处，你不能叫我在众人眼前丢脸！"

喜春说："我们家乡有句古话，说冰河可以凿通，冰冷的心可装不进爱情去，这是要自愿的，你不能强迫我自愿。"

原健说："好！我不能强迫你自愿，咱们各走各的路，走着瞧吧！"

在火车上，原健的脸始终像就要下雨的天一样，阴沉得几乎滴下水来，一直连一句话也不讲。喜春看着他，先觉得别扭，以后就逐渐坦然了。

车窗外，一望无际的是连绵不断的金黄色的小麦，像金子一样在太阳下闪烁着。有的地里，人们正在收割，牲口和人忙成一片。从火车上看来，虽然听不见那些人们的声音，但能感觉到他们欢愉的情绪。喜春的心飞跑到那些质朴的农民之间去了。即将和爱华重见的事，更使她兴高采烈，对着丰收的田野，她总是不由自主地微笑着。火车一刻一刻地靠近北京，喜春却焦灼起来了，她盼望一下子飞到爱华身边去，把自己在农民中的感受讲给他听，她渴望着把自己在农民中获得的友谊与信赖，与爱华分享。

火车上的时间，在这样欢乐的等待中过去了，原健也好像平静下来了。傍晚的时候，他接受了喜春的邀请，和喜春一块在食堂里吃了晚饭。

第二天车一到北京，他们就径直到机关里来了。按规定，他们可以休息一天的，但原健急于到机关里来，喜春不愿在这个关头再违拗他，她依从着原健，忍受着旅行中的疲倦，在六月的太阳底下，背着行李搭了电车，到机关中来了。

喜春他们，是这次分头下乡工作，最后回来的一个组，其他四个组都已经先后回来了。同志们都热烈地欢迎着他们，余英林特别祝贺喜春第一次较长时期在乡下工作所获得的成绩。喜春直觉到周围的气氛温和起来了，特别是看见小周晒得微黑的脸上，对她表现的已经不再是又轻蔑又嘲笑的感情的时候，喜春几乎喜欢得流出泪来。大家不但是对她，就是同志们之间也是一样，喜春发现，大家已经不是彼此猜忌，彼此漠然地互相对待了，而是真诚的热心地彼此相处着。她听见小周跟陈正清为一张画辩论着，小周不是指东指西地挖苦陈正清，而是直截了当地说："老陈！我认为这样的表现方法不好。"

什么力量使得这原本互相存着戒心，对工作积极不起来的人们一下子转变过来的呢？是谁，使大家敢于这样的正直的表现自己，又正直地对待别人了呢？只有领导有这样的力量，那么，是王主任，或者是……

喜春突然想到江爱华了。对，爱华是到这里来做副主任的，那么说，这一切改变都是由于爱华的缘故了。

这样想着，喜春的心像擂鼓一样地响起来了，这是难以抑制的兴奋和快乐，这个变化，其实早在编辑组发给他们指示工作的信中，喜春已经觉察到了。在喜春没下乡以前，工作是好是坏，该这样做或者该那样做，从来没有人说过什么，可是在这次下乡的工作期间内，每一次的工作汇报，都得到领导上的指示与帮助。

喜春把自己的东西略略地整理了之后，就去找王珍还书，其实，是用不着这样着急去归还书籍的，喜春是想急于听王珍谈谈机关里的变化。她知道王珍是会和她谈知心话的。

正如喜春所盼望的，当图书室里只有王珍和喜春两个人的时候，王珍说："小杨，这样子可好了，江主任又公正，又能干，完全明白工作中的困难。现在工作可好做了，人们心里也痛快了，没一个人不佩服人家江主任。"

王珍的话，像蜜一样地流进喜春的心里。她甚至想告诉王珍，她跟爱华相爱的事了。她勉强压抑着，才把升到嘴边的这句话又吞回肚里去了。

十三

依从着余英林的指示，喜春把照好的胶片交给暗室之后，就预备回家去休息了。她是渴望见到爱华的。虽然她知道，在机关里见到爱华，特别是见到作为他们的领导人的爱华，她只能看看爱华就是了，跟爱华谈谈自己希望要告诉他的事，谈谈七年来的彻骨相思，那当然都是不可能的。可是，就是能看到爱华，能听到爱华的声音，不管爱华是对谁讲话，喜春觉得，那就足以安慰自己了。

爱华没有到编辑室来，喜春自然不能到主任室去找他，余英林一再催促着，喜春就决定回家了。

一回到机关，在编辑室里绕了一圈就走出去了的原健，这时，却突然从外面跑进来了，他拉着喜春到主任室去，说要去向主任汇报工作。

余英林说："你们还是休息休息吧！汇报工作明天再说么！"

原健说："只是简单地谈一两句乡下的情况，谈完就休息。"

喜春和原健到主任室去了，她知道爱华在主任室里。在就要见到爱华的这一瞬间，她却突然觉得心慌起来了，她还没有来得及好好分析一下自己在乡下的工作，她还没有从这次下乡工作中认识到自己的错误和缺点，她将向爱华汇报什么呢？只能汇报工作中的一般现象了。这样，爱华是不是会疑惑到自己的工作不深入和不踏实呢？假如爱华认为自己工作得不踏实，不深入，会不会影响到爱华和她的爱情呢？喜春觉得，只有工作得好，她才会得到爱华的爱，也只有工作得好，她才能无愧地承受爱华的爱情。她把对爱华的汇报，看作是工作中的考验，也看作是爱情的考验的。

主任室里只有王主任一个人，爱华的座位空着。原健和喜春来了之后，王主任只殷殷地询问喜春一路上的情况。

王主任夸奖了原健和喜春，王主任说："这次下乡对原健和喜春都是很好的考验，喜春应该向原健学习。"

爱华没有回来，据说他到农业部里开会去了。

十 四

喜春到家的时候，妈妈正坐在枣树的荫凉里纳鞋底，天尽管热得流汗，妈妈的精神却满好。喜春叫了一声"妈"，老太太立刻三脚两步地迎上来，鞋底上的长麻线，在老太太的两腿之间缠卷着。

喜春觉到仿佛从前念中学时候放假回家一样。妈妈的头发虽然花白了，喜春却觉得妈妈比那时候还年轻；自己也是一样，虽然远远超过上中学的年龄了，却觉得自己比上中学时候学习得还努力，学习得满怀信心。

在屋角旁的小煤炉上，炖着茄子，妈妈已经把午饭预备好了。喜春非常喜欢吃茄子，特别喜欢妈妈夹肉蒸的茄盒。妈妈的笑脸，再加上茄子的香味，喜春立刻觉到了家的魅力，严严密密地把她包裹起来。

屋子里，在喜春床前的小便柜上，在喜春宝爱的朱红的花瓶里，插着一大把晚香玉。晚香玉的甜香充满了整个屋子。

喜春一边放下行李，一边问着老太太。

喜春说："妈！您怎么知道我今天回来呢？"

老太太说："我知道你快回来了，可是不知道你今天准回来。"

喜春说："我以为您是为我回来才买的花，才炖的茄子。"

老太太说："茄子是志伟想吃的，花是爱华送来的。"

喜春说："花是爱华买的吗？"

老太太说："从你走之后，你的花瓶就没有空过，总是这一束刚谢，那一束就又接上了。"

喜春说："那么，爱华常来看您了？"

老太太说："你又说傻话了，他不来，花也不会自己走来呀！"

喜春一手把老太太拖着坐在床上，望着老太太的眼睛，急切地问：

"妈妈！您快告诉我，爱华对您怎样，是不是还和从前一样？"

老太太说："爱华就是好，比从前还好，你不在家，什么事他都给我安置的周周到到，就没叫我着急过。发薪水的时候，他早早就打发服务员把钱送到家里来。还怕我自己不方便，星期日的早上带着志伟给买了粮食，买了煤。倒不是说爱华给我做了这些事就好，而是说难得他那样细心。"

妈妈的话，像春雨一样，一滴滴地渗透到喜春心的底层，泛滥成无数温柔的细浪，这温柔的细浪，顷刻就淹没了喜春的全身。喜春的整个身心，都体会到了爱华无限的爱。

长长的别离，辛酸的忆念，一下子都得到报偿了。

喜春拉着妈妈的手，不由自己地说："妈！您知道我等他等得多苦吗？"

老太太说："傻孩子，作娘的还能不知道女儿的心吗！"

喜春说："妈！这回您也为我放心了吧。咱不说这件事了，您告诉我，您真的没犯老病吗？"

老太太说："真的没犯，不是早就写信告诉你了吗。"

喜春说："我怕是您担心我在外面着急，您病了也不肯讲。"

老太太说："真的没有犯病，这也许是心里安顿的缘故。爱华没来之前，我瞧你跟原同志那种委委屈屈，有话说不出来的神情，心里真是一点都不踏实。你说，你到底跟原同志怎样呢？"

喜春说："妈不是早就瞧出来了吗？我在刚刚认识他的时候，不明白他究竟是怎样一个人，也曾经觉得他不错。可是，和他越相处越觉得不对头，我跟他根本合不来。"

老太太说："你和原同志好，你们机关里的人都知道，这会儿你不理他，又跟爱华好，同志们会不会想你是眼睛往上瞧，谁地位高就跟谁好呢？"

喜春说："您说的对，人们可能这样想。可是我和爱华是老同学，我和原健也根本没好过，那都是他一方面造的空气。知道事实的人，就都会明白我的。"

老太太说："话是那么说，也还是小心点好，你可别任着性子净去找爱华，他是领头的人，对别人影响不好。"

喜春听了妈妈的话，笑起来了。喜春说："妈！您真好，您想的真周到。我一定小心，您放心吧！"

这时候，志伟放午学回来了。

喜春迎着志伟走向前去，愉快地问着给自己敬着队礼的弟弟。

喜春说："亲爱的少年队员同志，这一月的成绩还好吧！"

志伟说："报告，各科成绩都是五分。"

喜春说："数学的难关怎样过去的呢？"

志伟说："队互助小组帮助我，爱华哥哥也帮助我了。"

喜春说："我知道爱华哥哥会帮助你的。"这样说着，喜春的脸绯红起来了。刚才在妈妈眼前，那样勇敢地诉说了对爱华的无限相思，对着这逐渐成长起来的聪敏的弟弟，喜春却又为自己的爱情羞涩了。

妈妈端了饭来了，志伟忙着去帮妈妈掀帘子。喜春也借着这个机会去擦桌子，找筷子，她怕志伟注意到她绯红的脸。

十 五

吃过晚饭之后，喜春再也捺止不住对爱华的想念了，在她的心里，好像聚集着无数淘气的小动物一样，她怎样也不能使自己安静下来。躺在床上看书，看不下去；跟妈妈说话，说的前言不对后语；想洗衣服，妈妈说她太累，不让她洗；想整理整理下乡的工作札记，又觉得无从整理起。实在找不出什么活儿好作的时候，她把妈妈纳着的鞋底拿过来，坐在晚香玉的旁边，纳起鞋底来了。她想，爱华会来看她的。她在焦灼地等待他来。

老太太一个人出去了，说是院子里凉快凉快去。志伟和同学看电影去了。当屋子里只有喜春一个人的时候，喜春扔掉手中的鞋底，闭了灯，躺到自己的小床上来了。

屋子里安静得很，晚香玉的香气更加浓郁了。邻家的收音机正唱着"在那遥远的地方"，不晓得是那位歌手，把这只小歌子唱得这样好，歌声中的无限柔情，正像喜春心中汹涌的热爱一样，在空间回旋着，长久地回旋着。

爱华为什么不来呢？喜春怕他不知道自己的地址，这个疑惑是可笑的，因为妈妈说过，爱华已经来过不止一次了。喜春又想是爱华还不知道自己回来，可是，这个疑惑也不成立，因为既然喜春他们已经到机关里去过了，机关里的人包括爱华在内，就不可能不知道他们的归来。那么说，爱华仍然疑惑着喜春和原健在相爱吗？不，这当然更不对，如果爱华这样疑惑的话，他就不会在喜春心爱的花瓶里，插上了喜春最喜欢的花儿了。

月亮透过纱窗帘，照进屋子来了，晚香玉的花影，婷婷地印在雪白的床单上。喜春从这纤细美丽的花影里，感到了最细致的体贴。虽然在长久的别离之后，还没来得及叙述刻骨的相思，虽然在共同的工作中，还没来得及争辩对工作的体验与感受，喜春却直觉到，爱华是这样理解她，不但是完全理解她在工作中所获得的快乐，也完全懂得她在私生活中每一细节的意义。什么才是爱情呢？爱情就是在工作中的互相尊重与理解，就是分享对方的欢乐与烦恼，就是用最细致的体贴使对方的生活更加丰满。而这一切，喜春都从爱华的给予中，体会到了。她浸润在难以述说的幸福之中。

忽然，喜春听见了原健和妈妈说话的声音，她疑惑是自己的耳朵听错了，她立刻从床上坐起来，就在她刚刚扭开电灯的时候，妈妈真的是同着原健一块进来了。原健满面春风地笑着，手里捧着个大西瓜。妈妈给原健倒上一杯茶，就悄悄地走出去了。原健把西瓜放在桌子上，一边用手巾擦汗，一边向喜春说：

"小杨！是累了吧？今天都是我不好，拉你背着行李挤电车。"

喜春说："还好。远路都跑了，挤那么一段电车，算什么呢。"

原健说："小杨！我是爽快人，我今晚找你来，是想请你再考虑一下我们两个的事。你应该明白，跟我结合，对你只有好处，无论对你的前途和目前的工作。我们俩合作，工作也只能是越做越好。"

喜春说："在工作上的合作是另一回事。在爱情上，我们谈不来。这一点我已经说过了，爱情的基础是两个人对各种问题看法的一致性。我们两人在这点上恰恰完全不同。"

原健说："原来我们也许有些不同，可是这个不同是可以克服的。

这次在乡下，我不是完全尊重你的意见了吗？因为我尊重你，我们的工作做得这样好，王主任认为我们是这次下乡工作中最好的一个组，这还不能证明我们的合作是最适当的吗？"

喜春说："可是事实上有些事件并没有完全获得一致。"说完，喜春站到窗前去了。她故意躲开原健的注视，她不知道为什么从原健的注视中觉到了贪婪的意味。

原健望着喜春的背影，想了一想之后又说："好了！我明白了，你一定认准我和你谈不来，我当然不能勉强你。不过你要注意到，你这样做的后果。"

喜春不说话，只咬着自己的嘴唇。

原健说："你这样做，同志们都会看不起你，咱们全社的人哪个不知道我们下乡回来要结婚了呢！大家一定看你是水性杨花，看你是个顶随便的女人。"

喜春说："原同志！请你不要侮辱人，你没有资格说这样的话。我和你并没有什么了不起的关系，就是有了什么约定，也可以解除的。这不等于我就是'水性杨花'。同志们也不会那么糊涂。"

原健说："好！好！就算我说错了。想不到我姓原的，会在你杨喜春身上碰钉子。"

原健把自己的纸烟、打火机、手帕，一古脑儿收在口袋里，站起身来就走。

喜春想把西瓜也让原健拿走，她忍着气没有那样作，默默地送原健出来。

走到门口，原健回头望了望喜春说："听说江主任是你的老同学，是吗？"

喜春说："是的！"

原健说："怪不得我这个副编辑长不顶事了，江主任没结婚，人又能干，你这是走'高干路线'。"

喜春说："我和你的事，与江主任和我是同学这件事，一点关系也没有，您别都拉扯在一起。"

原健说："好，我明白了。再见！"

十 六

跟原健的冲突，把喜春的心气得一直战颤着，她一夜都没有睡好觉。一向睡得很舒服的小床，这一夜却像铺有荆棘一样，喜春怎样躺着都不好受。她又怕吵着忙累了一天的妈妈，在床上辗转着，又极力不敢把床弄响。

黎明了，她刚刚睡好，就觉得有人在她身边站着。她怕是妈妈发现她正在难受，来看她，她立刻从床上坐起来，要告诉妈妈她睡得很好。

就在她坐起来的时候，她看见站在她床边的不是妈妈，而是江爱华。

爱华穿着白衬衫、灰裤子，正把两只蓓蕾的荷花插在花瓶里。

一看见是爱华，喜春的心不由自主地紧缩了一下，而且立刻就慌乱地跳起来了；心跳得这样响，几乎像要跳到身体外面来一样。喜春是这样兴奋，她自己都怕把这兴奋给爱华瞧见了，趁着爱华没有转过身来的这一小会，她重又睡下来，把灼热得红火一样的脸，紧紧地埋在枕头里。

爱华已经发觉喜春睡醒了，他轻轻地俯下身来，在喜春的耳边说："小喜鹊！天亮了！"

在遥远的学生时代，爱华常常在清晨，用这样的话去唤醒喜春。起身之后，两个人就一块出去看书，出去划船。

喜春把埋在枕头里的脸刚刚抬起，就被爱华擒住了。爱华热情的亲吻像骤雨一样地落在喜春的嘴上和脸上，两个人都快乐、兴奋得透不过气来了。

最后，还是喜春说："爱华，放开我，妈妈要笑我们了。"

爱华说："妈妈和志伟买菜去了。"

喜春说："妈妈什么时候去的，是你来了以后，还是你没来之先呢？"

爱华说："妈妈本来是要等你醒了再去的，越等越着急，又不舍得叫醒你。妈妈预备给你做好菜吃呢；又怕今天是星期日，去晚了买不到你爱吃的东西，一看见我来，关照我一声，立刻就走了。"

喜春说："现在什么时候了？"

爱华说："差十分八点。"

喜春说："我还以为刚刚五点钟呢。你看，太阳还没出来。"

爱华说："太阳等着你呢，等你睡足了觉才出来。告诉我真的是睡醒了，还是我吵醒了你。"

喜春说："是你吵醒了我，你赔偿我损失吧！"

爱华再次亲吻着她，爱华说："我赔偿你。这是我对你最好的赔偿。"

喜春说："为什么昨晚你不来？"

爱华说："你没回来的时候，我已经跟小周约好了，他想单独跟我谈谈，当然不便改日子。"

喜春说："你们谈得好吗？你觉得小周怎么样？"

爱华说："小周的优点比缺点多，而且倔强得很可爱。"

喜春说："他是很爱说怪话的，这一点你也认为是可爱的吗？"

爱华说："得了，我的小杨同志，你别试探我了，我早知道，编辑室里大部分的人虽然没有公开表示，基本上都是赞同小周说怪话的，因为他的怪话恰恰说出大家不敢说的话，不是吗？"

喜春不回答爱华的话，却说："那么，你看余英林呢？"

爱华说："余英林虽然跟小周不同，基本上也不是坏人。余英林现在的怕事、不敢负责任，主要是领导上对他的帮助不够，城市里的小资产阶级的两面性和农民完全一致，就看你怎样培养他积极的一面了。咱们整天嚷着帮助农民，可是对咱们一齐工作的同志，就注意得太少了，你不这样想吗？"

爱华这样一说，喜春觉得爱华的每一句话都打到她的心坎上。喜春说："你那样了解余英林，那样了解小周，对我呢？"

爱华说："对你的意见吗？我说出来你听听看对不对。工作热情高，对新鲜事物有敏锐的感觉。可是对具体环境注意的不够，常常脱离实际去要求别人。"

爱华的话说得喜春脸红起来了。她已经感觉到自己这样的缺点了，特别是在下乡之前，受到同志们的冷淡的时候，喜春常常感觉到因为自己没有深入的了解情况，因而造成自己在群众中的孤立而深夜不成眠。

就是跟原健的关系，不也正是自己单凭热情处理问题，没有进一步了解对方，才造成这样后果的吗？

爱华把喜春的右手合在自己的两只手之间，眼睛紧紧地捉着喜春的注视，安静但意味深长地说："告诉我，我的看法对吗？"

喜春把脸俯在爱华的手背上，脸上感到了爱华手上的温暖，像用手摸到了爱华的心一样的感觉到了爱华匀称的心跳。她不仅觉得在肉体上是这样亲密地贴近了爱华，就是在精神上，她也觉到了和爱华融洽无间的喜悦，爱华对她的批评，说得她心服口服。她觉到了跟爱华在一起的难以述说的快乐，爱华的爱情，使得她的精神越加丰满起来了。

喜春不回答爱华的话，只是把自己灼热的脸紧紧地贴在爱华的手背上，爱华用另一只手捧着喜春的脸，又把热情的亲吻印在喜春的脸上了。

老太太和志伟买菜回来了，喜春跳下床去迎接妈妈。她不晓得为什么那样怕见妈妈，好像她有什么秘密没有说给妈妈一样。她的眼睛闪动着又快乐又羞涩的光彩，脸红得跟那正在绽苞的荷花一样。

爱华也是一样，在爱华安详、机智的眼色里，快乐的光彩像小鬼头一样顽皮地闪动着。

志伟一面从筐子里往外拿菜，一面大声地向姐姐报告着菜名，老太太看着女儿光彩四射的脸，也高兴地微笑了。

老太太又忙着烧菜去了。喜春把自己的床铺整理好了之后，就去洗脸。爱华在老太太和志伟的眼前，一点也不掩饰对喜春的爱情，喜春洗脸，他给喜春拿毛巾；喜春梳头，他给喜春拿梳子；喜春换衬衫的时候，他替喜春扣钮扣。

无论是洗脸、梳头、换衣裳，在这些每天都作的琐碎的日常细节里，因为有了爱华的体贴，喜春都觉到了无比的魅力。

这时候，原本阴霾得很沉重的天，开始下雨了。望着滴在燥的土地上的大雨滴，爱华说："喜春！我们去看顾明吧！"

喜春说："下雨了呢！"

爱华说："你不是喜欢在大雨里面跑路么。"

喜春回想起两个人在雨天里挤在一只伞底下，从学校里往家跑的情形来了。她笑了。她说："好！咱们吃过饭就去！"

爱华说："咱们去给妈妈帮忙吧！"

就是跑到厨房去的这一小节路，两个人也拉着手去了。

十 七

星期一上班的时候，刚刚走进编辑室的门，王珍就用一种关心又同情的神色望着喜春。喜春因为忙着整理工作日记，准备向全社同志汇报，虽然看到王珍不同寻常的脸色，因为一心专注在工作上，并没有进一步去询问王珍究竟为了什么。

工作之间休息一刻钟的时候，王珍把喜春拉到甬路的尽头去，悄悄地说："小杨！从星期六晚上起，原健就在宿舍里到处讲，现在全社的人都知道你跟他的事'吹了'，他把毛病都扣在你的身上了。"

喜春说："好姐姐！别人不知道，你总是知道真情的，我一直也没跟他怎么样呀？"

王珍说："你那样说不解决问题呀！这种牵涉到男女关系的事，

女方越是否认，大家越觉得其中准有秘密。你一向对原健的态度，虽然很冷淡，人家还都以为你是假装的呢。大家都想，原健人漂亮，又是积极分子，你没有理由不和他好。"

喜春说："原健都说我什么来着？"

王珍正要告诉喜春，小李从后面跑过来了。小李一只手搭在喜春的肩头上，一只手搭在王珍的肩头上，瞧瞧喜春又瞧瞧王珍，笑嘻嘻地说："你们说什么知心话呢？"说完，不等回答，小李就又问喜春："喂，小杨！你怎么跟老原'吹'了？"

喜春说："我跟老原是好同志，我们一起工作得不错，怎么能说到'吹'或'不吹'呢。"

小李拍着手笑起来，而且嚷着："好小杨呀！你真是三百六十个心眼，你还装糊涂呢。"

小李这样一嚷，在院子里的、在甬路里的人都聚拢来了，有人说："对。小杨！你讲讲吧！大家早就知道你就要跟老原结婚了，为什么又闹翻了呢？"

喜春窘得几乎哭出来了，她真的不知用什么话回答才是。她只说："谁说我要跟老原结婚，我自己都不知道有这么回事。"

又有人说了："小杨！你平常顶大方，怎么在这件事情上还封建呢。你就谈谈嘛！"

喜春说："好同志们，我真的没什么可说的，你们叫我从何说起呢？"

这时候，大家都发现这样的玩笑是开得太过了。原来本不是诚心使喜春受窘，而只是由于一种善意的好奇才围拢来的人们，更觉得这样对喜春是不对的了。有的人们走开了，有的人跑到喜春的身前去。暗室里的小田用手搂着喜春的臂膀，拉喜春往屋里走着，一边说："小杨姐！谁也不是诚心跟你过不去，你可别介意，我们都关心你呀，小杨姐！"

刚刚走过来的小周紧接着小田的话大声地说了："好哇，这种关心，这叫什么关心呢？这是人家私生活的事，别说没什么了不起，就是真的怎么样了，我们谁也没有权利来过问。我不知道别人，我就从来没听说过小杨要跟老原结婚。也许老原有过这样的希望，好心的同志们就把老原的希望当作现实了。希望和现实之间是有距离的，同志们！还有，有这个希望的是老原，而不是小杨。"

正和喜春往屋里走的小田，一边走一边回头向小周说："小周！还是你会说话，我们本来都是好意，反倒把小杨姐说窘了。"

上班的铃声响了，人们都回到自己工作的屋子里去了。

十 八

关于原健和喜春的事没人提起了，就是连一向爱多嘴多舌的小李，也不再讲到这件事。其实，人们的"起哄"原是出自一种好心的好奇，一旦大家真的知道喜春并不爱原健，而两人的爱好与兴趣间又显露了严重的分歧的时候，人们自然而然地就中止了这好心的预测。不但是没人提起，人们在和喜春谈到一些别的问题的时候，也尽量避免提到原健。

敏感的喜春，立刻就感觉到了同志们这种细致的体贴。她原来预想因为原健的问题，她会窘一个时期的，事实证明，她的这个预想是不正确的。不仅关于她和原健的问题，在同志们对待一切问题的态度上，在整个编辑室的工作气氛上，喜春都觉得不同于以往，表现得特别显著的是小周和余英林。小周突出地显得沉着和踏实，原来点火就着的火爆性子，现在温和得多了。在谈起一件什么事情的时候，他也完全扔掉了他惯常使用的讽刺的口吻，而是坦白诚恳地说："对这件事，我有这样的意见……"

余英林也不再是"是是是，好好好"地来对待工作了。遇见应该由他解决的事情，他有的是及时表示了自己的意见，有的就说："好吧！我考虑一下，明天告诉你。"而在第二天，他真的是清清楚楚地讲出了自己的意见，甚至贡献了叫你如何进行工作的方法。

小周、余英林，以及整个编辑室中气氛的改变，究竟是因为什么呢？喜春完全懂得这个改变的原因。在很早以前，她曾在她的读书笔记中写过下面的两句话："……全区真好像发动机点了火一样，立刻就动起来了。不过，要是没有火花把它点起来，尽管发动机里的混合气体再饱和，那也是白搭；单凭火花，要是没有饱和的混合气体呀，那机器也不会蠕动一下。"这两句话，原是比喻领导和群众的关系的。今天，喜春更加深刻地体会了这两句话中包含的丰富内容。这真是天才的比喻，爱华也正像这两句话里面所说的火花一样，点燃了编辑室里饱和的混合气体，使得这里的工作机器，像发动机一样，有规律的积极地动起来了。

这一天，编辑室里讨论怎样对待农业生产合作社中的一些缺点，爱华和王主任都参加了。以往，像这样由于在编辑中遇到困难，急需明确解决的问题，是从没有这样由大家用开会的方式来解决的。问题是编辑顾仁提出来的，包含这样一个总的内容：是不是可以表现农业生产合作社中的缺点？要表现的时候，用什么样的表现方法？像盲目"办大社"，像"单纯依赖国家贷款，不计算成本，只追求高产量"，像"有些劳动模范骄傲自满，作风不民主"，等等问题。

讨论会是由爱华主持的，以往编辑室几乎有这样一条不成文的定律：为了避免农民产生对合作社不信任的心理，只许宣传合作社的优越。对劳动模范更是如此，为了怕影响不好，不能轻易表现劳动模范的缺点。

讨论会开头的时候，还多少有些拘束，在爱华的引导性的发言之后，人们愉快地无拘无束地谈起来了。大家把在下乡工作中所体会到的一切问题都倾泻出来了。发言像冲过山石的水流一样，流泻着，又互相激撞着，每一条的流速都一样的汹涌，一样的清澈，又都是一样地反映着太阳的光彩。

在这样山泉突起一样的发言里，爱华表现了领导的艺术，他迅速地捉住发言中的根本问题，把那些奔流着的水泉用不同的方法堵截到主流中来，大家越讨论，问题的发现越趋明朗，体会也越趋一致，最后，当那山泉似的发言归为一条奔流的河水的时候，人们兴奋的感情是无法形容的。这条奔流的河水一样的总的问题是大家意见的总合。曾经受过堵截的不想走正路的山泉，也完全领悟到了归到主流里来是多么应该和正确。

会议由爱华作了总结，他说："农业生产合作社的缺点是可以表现的，表现的时候要看的全面，把缺点的各个方面，也就是把缺点形成的原因，形成后的后果都根据事实加以再现，更要紧的是要提出纠正缺点的办法，以及纠正缺点后把生产提高一步的结果。至于劳动模范的问题，也是一样的，只要那个劳动模范本身已经有毛病了，就要把他的毛病提出来，姑息他，怕影响不好，结果将是坏影响反倒更严重。要紧的是：观察一个人的时候，要把他的品质和他的作风结合起来看，要从各个角度来看，要分析出他'所以如此'的原因，针对他所以如此的原因，正确地提出我们的意见，对他进行帮助。"

会就这样结束了，看得出，这是个人人都满意的讨论会。人们不仅都从这个会里获得了启发和教育，今后的工作方法也明确起来了。爱华的总结，像灯一样，指出了工作前进的道路。

这是喜春第一次参加由爱华领导的业务研究会。在讨论之前，她对合作社的缺点应该怎样表现的问题是早就苦恼着的。为这件事，她还曾和余英林冲突过。经过这一番讨论，喜春懂得了合作互助是党在农村工作中的根本政策，是过渡到社会主义农业的惟一道路。对这样重大的问题，发现了缺点就必须指出缺点形成的关键，更重要的是要拿出纠正的办法来，只有提出"纠正"的办法，才是真正解决了表现缺点的问题。只有提出"纠正"的办法，才是真正完成了农业宣传的任务，才能领导农民们前进一步。

由于这次讨论的启发，喜春也检查了自己的生活作风。首先，她立刻就想到了自己和原健的关系问题。毫无疑问，原健是有些糊涂思想的，工作方法不对头。但是，糊涂思想不仅原健有，自己又何尝没有呢？使得原健的糊涂思想发展，以至形成了一连串的工作中的错误，一方面是领导上的纵容，一方面也正是同志们没有对原健进行帮助。自己就是这样，一看到原健，就先引起了憎恶的感情，不是分析原健形成错误的原因，而是鄙视他，抱着敬鬼神而远之的态度。同时，有些问题对原健要求过高，脱离原健所能达到的程度。这样，不是把原健的一切总合起来看，也不从原健本身的发展过程上来看。只因为原健是领导，就用一个标准的领导尺度来要求原健，这种看法，正表现了自己对人、对事恰恰是严重地脱离了实际。

这样想着，喜春觉得惶惑起来了。正因为这样一种自以为是的，自以为已经正视了现实的思想方式，造成了她在工作中的粗枝大叶。在对待同志们的关系上，造成了以个人喜怒为条件的私人感情。用"脱离实际的尺度去要求别人"，不正是自己思想糊涂的体现吗？爱华说：要紧的是要有"纠正的办法"。这是句简单的话，可是这句简单的话里却包含了如此丰富的内容。它是积极的，前进的，与人为善的。

这样想着，喜春觉得渗出了一身热汗，觉得心在沸腾着，觉得最迫切的是纠正自己的错误。爱华再三嘱咐过自己的，要"冷静地分析问题"的声音，又在耳边响起来了，这是句简单的话，实行起来却是这么不容易。

王主任离开编辑室了，王主任是带着满意的微笑走的。一向陷在忙碌的事务圈子中的王主任，也一定从爱华这样的领导方式中得到了启示吧！

爱华仍旧坐在他原来的位子上，小周、顾仁、张宏仁围着他，他们正热烈地讲论着一件事情。爱华的脸上闪烁着热忱的光彩，眼睛智慧地在那几个人的脸上转动。他倾听别人的话的时候，是这样专注，表现了他对人的尊重。但是他这样专注的神色使得喜春苦恼起来了。这一点恰恰是她自己最缺少的。喜春严重地意识到了自己自恃聪明，对人不够尊重的缺点。但另一方面，喜春也觉到了稀有的快乐，她激动着，设想着编辑室的工作蓬勃开展的情况。她考虑着怎样才能把自己的全部知识完全投到工作里去，爱华点燃了她对工作的热爱，这种爱情是远远超越她和爱华的私人感情的，她激动地注视着爱华，不仅觉得爱华是这样可爱，而且觉得爱华是这样值得尊敬，同时，喜春也注意到原健，原健安静地坐在自己的座位上，正沉静地思索着。

十 九

这一天吃午饭的时候，喜春和王珍一块到食堂里去。在"给菜处"，她买了肉和青菜，在另外一个窗口，还供应炒鸡蛋和拌豆腐，她请王珍去买一碟子拌豆腐来，这样，她们这餐午饭就很丰富了，有菜，有肉，又有豆腐。

可是王珍买回来的却是炒鸡蛋和拌豆腐两样。喜春是知道王珍的家庭负担的，她原想如果完全不要王珍买菜，王珍一定不肯白扰自己，要王珍买比较定价高的菜，又会破坏了她的经济预算。王珍有严重的贫血病，需要吃得好一些，喜春想用自己跟王珍共同吃饭的方式，使王珍能够吃得比较好，而又不觉得是过分地叨扰了自己。可是，王珍却买来了鸡蛋和豆腐两样，她所付出的代价，只略低于喜春；这也就是说，喜春原来的计划被王珍打乱了。

这一点小事却使喜春联想到一个真理，"任何自作聪明的事都是愚蠢的"。她原想自作聪明地为王珍安排一顿丰满的午饭，结果，却迫使王珍花了这么多菜钱。如果王珍一个人单独吃的话，她一定只买一碟子拌豆腐的。喜春觉得自己这样关心王珍，结果适得其反。但她却不愿意直接说破这一点，她只是说："你为什么又买两样菜，我们的菜太多了，要吃不了。"

王珍笑着，不回答喜春的话。在这样沸腾着各种各样声音的食堂里，她也像在自己安静的家庭里一样，先用抹布擦了擦桌子，在一张长桌子的犄角上，端端正正地摆了两双筷子，把四种菜也搭配着摆好，这才安娴地请喜春入座，开始吃饭。

这时候，喜春看见爱华走进食堂里来了。她在食堂里看见爱华还是第一次。她禁不住低声地问着王珍："老王！江主任常来食堂里吃饭吗？"

王珍说："常来。不但江主任来，王主任也常来吃饭了。"

两人正说着，爱华不是到"给菜处"去，而是走向她们这里来了。

在班上，爱华一直和喜春保持着一般同志的关系，从来没显出跟喜春特别亲密；喜春也是这样，除了工作上的必要问题，她从来没单独去找过爱华。今天，爱华这样笔直地走向她们桌前来的情形，是出乎喜春的意料之外的，她立刻被这个意外弄慌了，心跳起来，连挟菜都不自然了。

爱华不仅是走过来了，而且注意地检查了她们所吃的菜。喜春心里想："这是为什么呢，我难道还不知道注意营养吗。为什么单单来注意我们的菜呢？食堂这么多人，给人家什么印象呢？"

喜春这样想着的时候，王珍说话了。她说："江主任！您放心吧。组织这样照顾我，我不能再苦自己了，把身体拖垮，影响工作，就更对不起组织了。"

爱华听了王珍的话，笑了。他说："对！顶要紧的是照顾身体。"说完，他又走到了另外两个同志的桌前看了看，穿过了食堂的后门，走出去了。

爱华的来，在王珍心上所引起的感情是无比深厚的，就在她那样娴静的、从来难得表现激动的脸上，也闪动着活泼又快乐的光辉。坐在她们身边吃饭的其他同志们，纷纷来问王珍，问爱华来看她的原因。

王珍说："江主任了解到我的家庭负担，知道原来组织上给我的生活补助费不解决问题之后，就请领导上批准，增加了我的生活补助费。在我是这样的，我觉得，只要不挨饿就可以了，我尽量节省，每天吃咸菜下饭，不让组织上为我负担太多。可是，后来江主任看见我吃得太苦，又从医生那儿了解到我有贫血病，就又叫我请求了疾病临时津贴，坚决让我吃好一点。他还亲自来检查我吃的什么菜呢。"

王珍的话，在这些同志的心上，看得出，立刻点燃了一种温暖又幸福的感情。这时候，坐在王珍旁边的老黄说话了。老黄是总务科的会计，已经将近五十岁了，他在旧社会中，不是作文书，就是作保管，一直挣扎了二十年，用自己菲薄的收入，哺育了大大小小的一群孩子。因为生活的煎熬，两鬓都过早地变白了，见了人，总是习惯地弓着腰，连头也不敢抬，是个被旧社会毁损了的小人物。因为他的懦怯，事事总是退后一步，但求无错的作风，曾经有人叫过他"废物"。

老黄像是跟王珍讲又像是跟自己讲，用暗哑的低音慢慢地说："江主任也关心到我这个老废物了，我快五十岁的人了，可是，我如今活在明朗的日子里。"

总务科的小高，一个很莽撞的小伙子，恰好坐在老黄身边，他把筷子往桌上一敲，大声地说："谁再叫老黄是废物，谁就是对新鲜事物没有感觉。这一阵子，老黄工作得真够样，王主任已经口头上表扬老黄两次了。我看了老黄的工作，把他好有一比，这叫枯树开花，越活越年轻。"

小高的话，引得大家都笑起来了。坐在食堂东面，一直带着很大兴趣注视着这边的小李，又像喜鹊似的喳喳起来了。小李说："小高！老黄是枯树开花，越活越年轻。你呢？"

小高说："我吗？我是小树开花，越长越旺盛。"

小李说："你们两个人都开了花，谁的花香呢？"

小高说："反正我的花不香，瞧我这件衬衫脏得跟泥球一样。"小高这样说着的时候，放下筷子，站起身来，把脑袋往旁边一扭，眼睛一斜，嘴一撇，做出来一个瞧不起人的样子。这是小李在讥笑小高衣服太脏时的表情，小高学得这样神似，大家哄堂大笑起来了。

在这样的笑声里，喜春真正体会到了大家欢愉的情绪。能使这些被旧社会损毁了灵魂的人，感到劳动不再是苦刑而是快乐，感到生活不是负担而是欣慰，斩断了束缚自己的锁链，充分理解到作为生活主人的自己的价值。这是多么巨大的力量，又是多么深厚的爱情。有了这样深厚的爱情的滋润，还有什么东西不能够生根发芽，还有什么东西不会生长得欣欣向荣呢？在这样认识到了自己的主人翁地位，在这样理解了什么才是真正的人生的人们之间，脸上的灰尘可以洗干净的，思想上的缺点也必然会得到批评与纠正的。像原健那样把自己估计过高，自以为是了不起的能人，也必然将在同志们的帮助下，走上正确的道路的。

那么，自己又有什么理由仍旧这样对原健避之如蛇蝎呢？为什么不能更好地帮助他，要他更深刻地认识自己的错误呢！

这样想着，喜春觉得自己好像负了债而不肯偿还人家一样，既使自己感觉得不是滋味，也对别人不起。她想得这样入神，几乎连吃饭都忘记了。

坐在喜春身边的王珍，已经把饭吃好了，她看喜春这样沉思着，就用肘碰了她一下，又叫了声"小杨"。

喜春看了看王珍，羞涩地笑了。她把碗中的残饭一口吃净，拉着王珍的手走出食堂来了。

在甬路的荫凉里，一些年轻的同志们在弹手风琴、吹口琴、拉二胡，玩的兴高采烈。一些新的乐器都是爱华来了以后添置的，业余歌咏团也成立了，年轻人高兴得像沸腾的水一样。

喜春重又想到在会计老黄脸上表现的那种坦然自若的神色了。一切蒙昧是由于党的启示才被驱逐了的，这散在的力量是由于党的指引才组织起来的。作为党的意志的体现人，爱华的生气勃勃的形象，在喜春的心里，无限度地膨大起来，喜春觉得全身都沐浴在爱华的爱里，在那些年轻人不熟练的乐器合奏里，爱华的无微不至的照顾，像从音键中迸出来的音响一样，是这样温存得动人心弦。喜春紧紧地捏着了王珍的手，喜春说："老王！咱们也去唱唱。"

喜春坐在年轻人中间，轻轻地用自己的手指捏着了手风琴光滑的琴键的时候，心像六月里的花儿一样地开放了。可是，当她抬起头来，由敞开的窗子里，看见原健默然地坐在办公室里，身边弥漫着厚厚的烟幕的时候，喜春觉得不安起来了，她心里说："我应该找原健谈谈，我应该尽力帮助他。"

星期天，喜春和爱华一块到颐和园去了，他们带着游泳衣，准备在昆明湖里好好地游游水。爱华本来打算请老太太和志伟一块来的，喜春却愿意单独和爱华在一起。她觉得，在假日，她能单独占有爱华，是种无比的快乐。

昆明湖里的水，碧绿的，像母亲一样，张开了温暖的怀抱欢迎他们。

喜春把两条粗黑的辫子盘在头上，很敏捷地跳到水里去了。爱华跟随着她。他的黑色的游泳衣，把他的脸显得这样白，以至喜春担心地问："爱华！你不舒服吗？"爱华把自己湿漉漉的脸贴近了喜春，说："要是不舒服，也是因为太快乐了。"

喜春的游泳，原是爱华教会的，这时，喜春却显得比爱华游得更熟练，她像条鱼儿一样，使自己颀长的身体，在碧绿的水草上面灵巧地漂浮着。

喜春在挨近岸边的水里，发现了一只小青蛙，她急促地叫着："爱华！帮我捉着它。"

爱华说："为什么要捉它呢？"

喜春说："捉着了我再告诉你。快！它要跑掉了。"

两个人追逐着青蛙，激起了一层又一层的水花。那个作为他们目的物的小青蛙，显然被他们吓昏了，它左跳右跳，反倒跳到爱华虚张着的手里来了。喜春一看见爱华已经捉到了青蛙，很快地跳到岸上去，把装着食物的书包倒空了，把那只帆布的书包浸湿，而且在里面放了一捧泥巴。

喜春说："爱华！快把青蛙放进来，我已经为它预备好临时的家了。"

这一切，爱华虽然不知道喜春究竟为什么，但是，为喜春单纯又快乐的样子感染，都依着喜春的话做了。

喜春小心翼翼地把青蛙放进它的"家"里去了之后，严密地把书包系好。想了想之后，又把系好的书包拉开了一条缝，在那条敞开的小缝上，用捆食品的麻线织了一个致密的小网，这样，这个临时的青蛙之家就又湿润又通风了。

喜春说："爱华！我们捉的很快，在它来不及生气的时候，就把它安置好了。我只怕惹翻了它，它要把肺气炸了呢？"

爱华说："你要把它带到那儿去呢？"

喜春说："志伟他们的小队，今年在校园的后面辟了两亩水田。那里没有青蛙，他们担心稻子叫虫吃掉，要捉些青蛙养在里面。今天，当我们到这儿来的时候，他再三地嘱托了我的。"

爱华说："但愿捉去的青蛙不跑掉，不然，这些少年队员们的苦心就白费了。"

两个人在岸旁休息着，被碧水浸过的四肢，好像增加了抵抗太阳威热的力量一样，火一样的阳光照在身上的时候，不是灼热，而是舒服。被碧水浸过的心，也正像青空中的白云一样，轻巧又自在地在天空中翱翔着。

爱华在岸边拾到了两枚乳白色的荷花瓣，他就在花瓣上画起画来了。

喜春看着他画，他画着蓝天，画着白云，画着花和屋子，又画了一个小女孩。而且三笔两笔在女孩的头发上画了一个大蝴蝶结。

喜春以为爱华画的是眼前的景致，她说："你画的不像。"爱华说："不是像不像的问题，而是你满意不满意的问题。"喜春说："为什么是我满意不满意呢？你的画自然应该先问你自己满意不满意。"

爱华说："我最关心的，当然是你的满意或者不满意。"

喜春明白爱华画的是什么了，他画的是他们两个人的家。她的脸绯红起来了，甜蜜的感情像碧水一样地浸透了她，而且真的像耽在两个人的家里一样，她热情地建议爱华画上窗帘，画上栅栏门，而且要爱华画上两只小鸡，要女孩子拿着米喂小鸡。

喜春问爱华："为什么是女孩子呢？"

爱华说："这就是我和你不同的地方，作爸爸的总是比较喜欢女儿的。"

喜春说："不，第一个应该是儿子，其次才是女儿。这样，哥哥可以保护妹妹，也可以使得爸爸不要以为自己是这个家庭里的惟一的男性而趾高气扬。"

爱华扔开手中的笔，把脸一直俯到喜春的脸上，轻轻地问："那个趾高气扬的爸爸会是我吗？"

喜春从爱华的臂弯里滑脱出来，鳗鱼一样地游到水里去了。

她由这样单纯的争辩里感到了将做母亲的羞涩和幸福，她把灼热的脸贴在睡莲的叶子上，用手把碧水洒在那圆圆的大叶子上。水像珠子一样地在莲叶上滚动着，反射着耀眼的七彩。滚动着的清灵的小水珠，正像喜春心里跳动着的感情一样，这样绮丽和可爱，又这样具有灿烂的光彩。

爱华追上了喜春，他拉她游到岸边去，把毛巾披在她湿漉漉的肩上之后，他装得正像一个尊严的家长一样，他说："喂！该准备吃些什么了吧！我饿了。"

喜春把带来的馒头和酱鸡摆在一张白纸上，动手剖开那只滚圆的西瓜。

爱华在喜春的身边坐好，像是告诉喜春一件顶重要的事情一样，他说："喜春，如果不是在这儿，我一定先吻了你再吃饭。"

喜春四外看了看，来游泳的人已经很多了，无论是岸边和水里，都听得见人们愉快的声音，假日的欢乐的气氛，笼罩着整个游泳场，喜春微嗔着说："你不怕人家听见了笑话！"

爱华说："谁都不会笑我，任何一个人要是我的话，他都会这样想，这是一定的！"他说话的神气这样肯定和庄重，仿佛说着一件很要紧的事情一样，喜春不由得被他逗得笑起来了。

两人津津有味地吃着简单的午饭，刚刚被碧水浸过的四肢是这样轻松，喜春觉得自己好像晴空中的白云一样，一阵风就能把自己吹上天去，越是这样轻松和愉快，喜春越想立刻把自己心里藏着的问题尽快地说给爱华，她相信，经过爱华的分析与判断，她可以把问题解决得更好。

喜春踌躇了一会，终于说了，她说："爱华，你看我应该去找原健谈一谈吗？"

爱华看着喜春，光闪闪的眼睛像要看穿喜春的心一样，爱华说，"我认为是应该的，你知道，这次你们下乡回来，领导上已经把同志们提给原健的意见跟他谈过了，他现在很苦恼，这苦恼正表现他思想在斗争中。这时候去找他，跟他谈，会帮助他进一步认识自己的错误的。小周、老张、余英林，已经都分别跟他谈过了。"

喜春说："我也早想去和他谈了，只是，一直觉得跟他谈话就是负担，鼓不起勇气来，现在才想通，帮助原健，这是我的义务。这件事，我刚刚才体会到。"

爱华温存地笑了，他恬静地说："你再想不通，我就要催你去了。

我知道，你不是那样把一点小恩小怨记在心上，不肯帮助同志的人。我正在等待你认识到这件事。"

喜春说："你认为原健仍然是个好同志吗？"

爱华说，"为什么不是呢。他的错误，自然缘由于他本身的缺点，可是领导人对他的过高估计，和对他的使用方法，也正是造成了他错误的主要原因。原健像一个被宠坏了的孩子一样，他原来还不能精密分析事物的思考力，被一点点偶然的成就扰昏了，夸大一点说，也可以说是被胜利冲昏了头脑了。对原健，主要地是让他清醒过来，认识自己，也认识周围的人和事物。他是可以改正错误的，尽管慢一些，我认为，他还有改正错误的毅力。"爱华说着，特别在最后的两句加重了语气，他说："正确地认识自己，这本是艰苦的斗争过程。"

喜春把脸埋在两膝之间，脸上火辣辣地在发烧，爱华每一句话都说中了她的痛处，她悄悄地，用低得自己才能听见的声音说："我知道，我就还没有正确地认识自己。"

爱华说："不仅是你，我又何尝是完全正确地认识了自己呢。但只要要求自己严格，对自己的错误不姑息，我们会逐步前进的。不是吗？小喜鹊！"

喜春说："是！我明白你的话。"她把爱华的手贴在自己的脸上，感到了爱华给予她的支持，是这样诚恳、有力，而又一丝不苟。

吃午饭的时候，喜春一看见原健离开了食堂，就急忙地追踪在他的后面。追上原健的时候，她邀原健出去散散步。

　　八月的中午，正是最热的时候，树枝上的知了一声接着一声地叫着，喜春和原健走在林荫路上。作为林荫路的树，虽然还不够高，遮荫的面积也不大，但整个林荫路给人的印象是蓬勃的。那挺拔的，年轻的树干，那鲜嫩的树叶，配上那玲珑剔透的假山石，完全表现了这个城市大踏步前进的雄伟姿态，表现了这个城市自己的风格，显露了难以比拟的美。

　　在一丛珍珠梅前面，在一株年轻的芙蓉树下，喜春和原健选了一块平坦的山字石，坐下来了。稍稍沉默了一会，喜春说："老原！我觉得很对不起你，因为我的狭隘，影响了你和群众的关系，许多应该做好的工作都弄糟了。我既对不起工作，更对不起你。"

　　原健没有说什么，捻开了打火机，吸起了一支烟。

　　稍停了停，喜春又说："就像在乡下吧，那一天，我给合作社记账，你主动要帮助我打算盘，当时我拒绝了你。现在我想明白了，如果当时我不是专为我自己着想，而是想想我们的共同工作，想想在群众中的影响，我绝不会拒绝你。那时候，我尽想'我'了，我没想到工作。以至影响了群众对你的感情。"

　　原健仍旧没说什么，只重重的吸着烟。

　　喜春有些窘了，但她仍旧继续说下去，喜春说："再说咱们两个人的问题吧，我应该一开始就坦白诚恳地提出我对你的意见，不应该表现得不明朗，不是直接表明态度，而是躲避着你，以至使你误会，使群众对我们两人的关系误解，使你感到困惑。"

　　原健仍旧不说什么，他低着头，注视脚底下的绿草，喜春只好轻轻把话停下来了。

　　这时候，风在吹，知了的叫声更响了，电车的铃声清脆的响着，树影也一点点地拖长了。

在吸尽了第三支烟之后，原健说话了。原健说："小杨！这些事固然有你的成分，可是主要的是我不对。就拿练习摄影的事来说吧，在你之先，小周就要求过，我没有答应他。可是在他之后答应了你。目的当然是为培养出我们迫切需要的摄影人材，可是，答应你，不答应小周，并不是根据你们俩的具体条件考虑的，这里面掺杂了私人的感情成分。这样做，怎么能让小周心平气和，又怎么能使大家承认我领导的正确呢。类似这样的事还多得很，我现在完全明白了。总之，我原来的基础太薄，又过分好胜，什么事都抢尖，常常自以为是，又不虚心，所以——今天的错误都是必然的。"原健说到这里，停了停，又接着说："我明白你的意思，是想来帮助我，江主任、王主任、老余、小周都跟我谈过了，特别是江主任，每句话都说到了我的心坎上，连我心里没说出来的话，江主任都替我说出来了。在这样的领导面前，一个人不可能不认识到自己的错误的。"

原健说着，双眉紧锁在一起。喜春望着他，突然发现原健这些天变瘦了，也仿佛变老了；脸上那种浮夸的神气一点也没有了，而是充满了深沉的沉默。

喜春再也没想到原健这样爽直地说出了自己的感情，她越加觉得自己以往是蒙在一种偏见之中，完全没有从另一个角度来看原健，以至对原健产生了很多误解，影响了和原健的正常的同志关系，影响了工作。

喜春说："老原！……"

原健叹了一口气，抢着说："小杨！谢谢你吧。就是关于咱们俩的事，也是我自己处理不当，给你添了不少麻烦，希望你别往心里去。"

喜春说："你为什么这样说呢。我们俩的事，我处理不当的地方也很多，不能完全归咎于你。"

原健说："好吧，不要再谈这些事了。你如果想帮助我，请你根据事实，具体把我做过的事再分析一下，帮我挖挖根，挖的越深，我也就改的越彻底，我已经请求组织上给我组织一次检讨会了。江主任一开始指出我错误的时候，我还接受不了，现在我已经有了勇气了。我很清楚地认识到了，如果我再不能坚决改正错误，重新做起，我就掉队了。"

说完，原健站起身来，看了看远处的蓝天，看了看身边的花朵，突然转过身来，说："小杨！请多帮助我吧，请消除对我的偏见，多帮助我吧！"说完，头也不回地迈着大步走了。

喜春本来还有许多话要说，原健走了，她也不好拦他，这时，她才第一次觉到了和原健之间的同志的感情。她追上了原健，握住了原健的手，诚恳地说："一定！老原，我一定尽我的力量帮助你。对我也是一样，请你不客气地指出我的错误来。我们互相多帮助吧！"

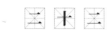

会是在星期天的下午开的。那天，因为临时有任务，喜春和小周被派到郊区的农村去拍照，到他们回来的时候，会已经接近尾声了。

会场的气氛是很和谐的，但从和谐中，立刻就使你直觉到了严肃。会是由余英林主持的，爱华和王主任都参加了。原健的神情比前两天开朗多了，半月来，一直存在他脸上的那种深沉的沉默消失了。一向在他脸上的那种傲气凌人的神色也消失了。因为失去了一向的倨傲，失去了这些天在他脸上的严峻的沉默，他仿佛变成了另外一个人一样。这说明他在艰巨又痛快的思想斗争里，已经有所获得了。也证明他是获得改正了。

喜春和小周在自己的座位上坐好，听见了爱华所说的最后两句话。爱华说："我相信，任何一个同志都不会忘记了这个会，这个会证明了我们是这样的人：既能坦白承认错误，又能勇于改正。只有勇于改正错误的人，才是最可尊敬的人。让今天的这个会，作为我们民主生活的最好的开始。"

在爱华发言之后，余英林简单地做了总结，会就散了。紧接着就响起了下班的铃声。

这一天晚上，还有一个庆祝晚会，庆祝参加俄语学习的同志们圆满地完成了这一阶段的学习任务。

为原健召开的检讨会，喜春虽然只参加了几分钟，但会场中的气氛，原健的诚恳的神色、爱华热情洋溢的声音，都使她激动。激起了她强烈要求改正自己缺点的真诚愿望。会后，如果依照她的心愿，她想立刻去找爱华，倾听爱华分析自己的工作，倾听他尖锐的、一针见血的指责。只有这样的指责，才能跟她现在迫切要求改正自己的情感相适应。可是她还有任务，她被指定负责去布置庆祝晚会的会场，而且限定在一个钟头内把会场布置好。领导上对布置会场的要求是：既要合乎庆祝晚会的需要，又要使人直觉到大家对坚持学习俄语的人是如何尊敬。

人们都去吃晚饭了，喜春先到会场里来，她要把心中汹涌的热情转到布置会场上来，她想象着应该怎样布置才能使会场的气氛既和谐又愉快，同时带出庆祝的特色。

礼堂中有人在搬桌子、拿椅子，喜春迅速地跑进了屋子，她看见青年团支部书记陈辉和三个人在拖地板。陈辉是个精力充沛的小伙子，永远笑着，笑的时候露出来跟贝壳一样又好看又整齐的牙齿。

陈辉刚刚调到这里来工作，过去这里团的工作作得不好，组织上特意从团委调陈辉来的。

陈辉一看见喜春，就笑了。他一边加紧拖着地板，一边说："艺术指导来了！我们正想把地板拖干净之后，去请你呢。"

那三个人是王琴、陈梅和小高，都是机关里最活跃的青年同志，王琴是这次坚持俄语学习中的一个。

王琴把垂在胸前的两条黑辫子甩到背后去，一边用手背擦着脸上的汗，一边说："小杨！我们研究了半天，也研究不出怎么布置才好。地板马上擦干净了，你快出主意吧！"

陈辉和王琴这样一说，喜春更觉得责任重大了。她说："咱们大家都出主意，把各人意见中的最好部分集合起来，一定比我一个人的主意强。"

陈辉说："小杨！你听我说，任何艺术形式都要求完整，布置会场也是这样。所以我的意见是，完全由你出主意，大致布置好之后，我们再提意见给你作补充。这样做，一定能做得更好。大家看我的意见可行不可行？"

王琴说："我赞成。"

小高说："我也赞成。小杨！你快动手吧。"

把地板擦干净之后，根据喜春的意见，四个人很快地把这间朴素的礼堂装饰起来了。

他们把两面大红旗交叉着钉好，把毛主席和马林科夫同志的像并肩挂在红旗下面。在两张画像下摆着金色的美人蕉和雪白的玉簪。这八盆盛开着的花，在蓝色的帷幕前，在鲜艳的红旗下，像一个小小的花之山，簇立在领袖像的下面。中间是两盆最高的花，两边挨次矮下去。这八盆花是喜春在几十盆花里精心选出来的。

在礼堂内右面雪白的墙上，钉了学习俄语同志们所作的练习，那几张写着俄文的朴素的蓝格纸，依照陈辉的意见，用红花和金色的小花做成的花环圈起来了。在迎着礼堂进口的墙上，贴了团支部送给学俄语同志的贺词。在铺着绿色桌布的讲台上，在一丛香气四溢的马蹄莲旁边，摆着俄语讲习班奖给学俄文同志们的奖状。

一切刚刚布置就绪，人们就从四面八方涌向礼堂来了。喜春和陈辉、王琴等在礼堂的小休息室里洗手，她听到人们在赞美着礼堂布置的好，也有人提到了她的名字。她虽然止不住很高兴，但马上就记起了爱华批评她的话，爱华说："你的热情高，做事情速度快，但深度不够。所以特别要在自己以为是成功的，以为是做得好的工作中，倾听别人的意见，加以检查，加以修正。"

喜春把洗手的水泼掉，拉着陈辉和王琴，她说："让咱们到礼堂去看看，以一个观众的身份来看看咱们的布置，听听别人的意见，还有二十分钟开会，布置不够的地方，咱们还来得及做最后修正。"

喜春等几个人从休息室的门走出来，再从礼堂的正门走进去。这之间，王琴问喜春："小杨！你吃饭了吗？"

喜春说："没有。你们呢？"

王琴说："一样。"

陈辉说："咱们到礼堂去看一下，然后抓紧时间吃饭。"

庆祝晚会一直到十二点钟才散，人们的兴奋、愉快的感情是难以叙述的，这样的庆祝晚会从来没有举行过，这还是第一次。晚会的节目丰富得很，几乎全部是和庆祝俄语学习相关联的。这些都是临时准备的，但演出的成绩并不潦草，每一个小节目都很精致，恰如其分地表现了演出者的感情。节目的整体，总的表现了大家昂扬的学习意志。

喜春是这次学习俄语中的一员，因为她克服了下乡缺课的困难，还被奖给努力学习的奖状。

时间很晚了，街上安静得很，连电车的声音也听不见了。很多原本住在家里的人都留在机关里睡了，她们劝喜春也睡在机关里，喜春自己却不想这样做。她和大家说了再见之后，慢慢地出了机关的大门，胸前仍然戴着那朵庆祝学习的大红花，走到静悄悄的夜的街道上来了。

街上，风轻轻地吹着，街树在月光下轻悄得摇曳着，种在交通台上的一丛丛的花，灿烂地盛开着，你仿佛可以感觉到，那些灿烂的花正在往上伸长，正在绽开自己的蓓蕾一样。

周围很静寂，其实并不静寂，一切都充满了几乎分辨不出的夜的特殊的声音。

喜春走着，倾听着自己轻捷的脚步声，心里洋溢着青春的激情。她觉得四周是这样和谐，仿佛只要她把两手轻轻一挥，就能像在梦里那样，高高地飞翔到碧空中去一样。她感到在自己的身体里有一种异常轻松的感觉，一种被美好的思想所鼓舞的兴奋，随着内心的音乐，她想运动自己的快乐的身体，在这光滑的柏油路上，在这银子一样的月亮的清辉里，她渴想着跳舞，渴想着就是轻轻地跳一下也好。在美丽的月光下，出色地跳跃起来了。这不是她从任何人学来的，而是一种独创的无可比拟的美的运动，她沉醉在自己幸福的跳跃之中。

向四周望了望，她轻轻地滑开自己饱满的四肢，轻轻地回旋着身体，突然，她停下来，因为她听见有人急促地走过来了。

她马上认清那个人是谁了。她说："爱华！是你吗？"

月光下，爱华微笑着，把惊愕的喜春拉了过来，爱华说："喜鹊！在跳舞吗？"

喜春原想偷偷跳一下的，她并不是真正想跳什么舞，而是要发泄身体里那种要求运动、要求和谐、要求用某种节奏来表现的欢愉的情绪。她不回答爱华的话，把自己的身体紧紧地靠近爱华，说："谢谢你呀，谢谢你，十二分地谢谢你呢！爱华！"

爱华说："为什么要说这么多谢谢呢？"

喜春说："第一个谢谢是我的，谢谢你在我心里巩固那种在困难中坚持学习的感情，使得这种坚持学习的行动变成了我生命的节奏。第二个谢谢是代表我们全体学习俄语的同志的，谢谢你叫我们进一步体会到了学习的光荣和愉快。第三个谢谢，是以一个工作人员对领导来说的，谢谢你指导我们一次比一次深刻地认识了自己，认识了周围的环境，这种认识，在我们心里唤起了改正自己、努力前进的意愿。"

爱华说："喜鹊，你说的不对。应该感谢的是俄语学习班的同志，是全体工作的同志，如果没有大家的努力，就像今晚上的庆祝会吧，将为谁召开呢？创造奇迹的是大家，创造快乐的是大家。应该感谢、应该赞美的也是大家。"

喜春说："你说的对，我完全同意。可是，在我心里，却怎样也不能不产生对你的尊敬与感谢。真的，爱华，我没听见你对我说过，可是我时时刻刻都这样感觉到，感觉到我生活的每一分钟，都在接受你的关注与督促。做任何一件工作，那怕是削铅笔这样的小事，我也一定要找一张废纸，把木屑包起来，不弄脏地板；在废纸上修尖头，而不在桌子上，为的是不损伤桌子的一分一毫。一切，我都要求尽我的能力做得最好。只有'做得最好'，爱华，我才能够安心地承受你的关注，承受你的爱情。"

爱华说："喜春！你说得真好，我也是一样，正因为你的爱护，正因为大家对我的关怀，才使我不断督促自己，改正自己，和大家一起前进！"

静悄悄的夜里，在平展的大路上，两个人，像春天的鸟儿一样，轻捷又愉快地走着。

喜春说："爱华！你怎么知道我是回家来的呢？"

爱华说："在这样欢愉的晚会之后，是不可能立刻就想睡觉的，需要平静地休息一会，不，是需要一个咀嚼晚会感情的时间。这个时间应该是单独的，而不是和大家一块，所以我想你一定是回家了，而且一定是步行回家。"

喜春用自己光闪闪的眼睛看着爱华，在那光闪闪的眼睛中，显露着被人挚爱的姑娘的矜持和快乐。

喜春说："爱华！我知道了，因为你这样想，你就来送我了。是吗？"

爱华不回答，只把喜春的手贴在自己的胸上。

喜春说："爱华！你不是说这个时间应该是单独的吗？为什么要来送我呢？"

爱华说："我想，在你需要一个人安静地休息的时候，有我的陪伴，会使你休息得更好。这个'单独'，是我们两个人的。我们俩是一样，如果真的是一个人独在，反倒使我们咀嚼感情的兴趣减少了。不是吗？喜春！"

喜春说："爱华！你知道，我原来是盼望你来的，不是需要你送我回来，而是需要和你这样走一会。可是，我不想去找你。"

爱华说："如果等你去找我，我就不是最好的爱人了。"

爱华说着，自己先笑了。就是在月光下，也看得出喜春的脸羞红了。在遥远的少女时代，喜春有一次和爱华生气，曾说过这样的几句话。

喜春的家到了，爱华握着喜春的手，轻轻地说："喜春！好好睡，明天等我，我们一起去看我们的新房子。"

鸣谢

在搜寻梅娘佚著、佚文的过程中，得到了许多先生、同行、文史爱好者的帮助。他们是杉野要吉、大久保明男、蒋蕾、杨铸、杉野元子、羽田朝子、Norman Smith、孙屏、刘奉文、刘慧娟、陈霞、庄培蓉、张曦灏等。如本文集的书信卷所示，众多梅娘信件的持有者，提供了梅娘手书的复印件。

还有不少亲友为《梅娘文集》提供了梅娘不同时期的照片，入选照片、图片均由柳青编排。梅娘的好友，东北沦陷区作家、书法家李正中先生（1921-2020），生前热情为《梅娘文集》题签。终校得到了刘晓丽教授的友情助力。

在书稿即将付梓之际，谨在这里向所有无私指教、大力协助过的人士，表达诚挚的谢意！

梅娘全集编委会

2023 年 4 月 9 日